Susanne Mischke
Tod an der Leine

Zu diesem Buch

Eine Menschentraube hat sich in aller Herrgottsfrühe am Hohen Ufer gebildet. Nachdem sich Kommissar Fernando Rodriguez durch die Schaulustigen gedrängt hat, wünscht er, er hätte sich nie von seiner Mutter überreden lassen, an einem Samstagmorgen auf dem Altstadt-Flohmarkt lästige Erbstücke zu verscherbeln. Denn der Anblick der Toten am Leine-Ufer ist für ihn ein doppelter Schock. Abgesehen davon, dass die Ermordete äußerst attraktiv ist, kennt Fernando ihren Namen: Marla Toss. Als heimlicher Verehrer der jungen Regisseurin wollte er ihr gerade an diesem Abend auf einer Premierenfeier näherkommen. Stattdessen erwartet das Kripo-Team um den draufgängerischen Fernando Rodriguez, den knurrigen Bodo Völxen, die unkonventionelle Oda Kristensen und die quirlige Jule Wedekin nun ein neuer nervenaufreibender Fall, der große und gefährliche Kreise zieht – bis weit zurück zu einem früheren Juwelenraub und tief hinab in Hannovers Katakomben, wo der Schlüssel zu jenem furchtbaren Mord verborgen liegt.

Susanne Mischke wurde 1960 in Kempten geboren und lebt heute bei Hannover. Sie war mehrere Jahre lang Präsidentin der »Sisters in Crime« und erschrieb sich mit ihren herrlich bösen Romanen eine große Fangemeinde. Für das Buch »Wer nicht hören will, muß fühlen« erhielt sie die »Agathe«, den Frauen-Krimi-Preis der Stadt Wiesbaden. Zuletzt erschienen von ihr »Liebeslänglich« und die beiden Hannover-Krimis »Der Tote vom Maschsee« und »Tod an der Leine«, die über die Grenzen der Expo-Stadt und Niedersachsens hinaus großen Erfolg haben. Weiteres zur Autorin: www.susannemischke.de

Susanne Mischke
Tod an der Leine

Kriminalroman

Piper München Zürich

Mehr über unsere Autoren und Bücher:
www.piper.de

Von Susanne Mischke liegen bei Piper vor:
Mordskind
Die Eisheilige
Wer nicht hören will, muß fühlen
Schwarz ist die Nacht
Die Mörder, die ich rief
Das dunkle Haus am Meer
Wölfe und Lämmer
Karriere mit Hindernissen
Liebeslänglich
Der Tote vom Maschsee
Tod an der Leine

Originalausgabe
1. Auflage September 2009
5. Auflage April 2010
© 2009 Piper Verlag GmbH, München
Umschlagkonzept: semper smile, München
Umschlaggestaltung: Cornelia Niere, München
Umschlagabbildung: Hannes Jung
Autorenfoto: Jens Niebuhr
Satz: psb, Berlin
Papier: Munken Print von Arctic Paper Munkedals AB, Schweden
Druck und Bindung: CPI – Clausen & Bosse, Leck
Printed in Germany   ISBN 978-3-492-25771-8

Mittwoch, 20. August

Blausamtig spannt sich der Himmel über die Dächer von Linden. Ein Tag zum Heldenzeugen, denkt Fernando Rodriguez und fragt sich, woher er diesen seltsamen Ausdruck hat. Klingt nach seiner Kollegin Oda Kristensen, freilich mit einer üppigen Prise Sarkasmus dabei, oder vielleicht auch nach seinem Vorgesetzten Bodo Völxen, so ein bisschen angestaubt. Egal, irgendetwas liegt in der Luft, etwas Prickelndes, Vielversprechendes. Er nimmt einen tiefen Atemzug, und wünscht sich für heute eine Tatortbesichtigung im Freien, vielleicht eine Leiche im Wald, damit er diesen strahlenden Spätsommertag nicht zwischen muffigen Papierbergen in der Polizeidirektion verbringen muss. Beschwingt federt er die Straße entlang, grüßt die Entgegenkommenden, es sind jeden Tag dieselben: eine Frau mit einem Kinderwagen, die ein quengelndes größeres Kind hinter sich herzieht, zwei bleiche, rauchende Schüler, eine türkische Frau mit Kopftuch und Einkaufskorb, ein blonder Junge, der ihn frech angrinst und eine Fratze schneidet. »He, Bulle!«

»Pass bloß auf, du kleiner Pisser!«

»Selber klein!«

Fernando verzieht das Gesicht. Einen ›Pisser‹ hätte er weggesteckt, aber klein – das schmerzt. »Na warte!« Mit ein paar raschen Schritten hat er den Bengel eingeholt und nimmt ihn in den Schwitzkasten.

»Verhafte mich doch, Bulle! Wo haste denn deine Handschellen und die Wumme, häh?«

Fernando lässt den Jungen los, nicht ohne ihm vorher noch einen Klaps hinter die Ohren mitzugeben. »Mach, dass du in die Schule kommst!«

Der Knirps reckt den Mittelfinger und hüpft schulranzenklappernd davon. Weiter vorne wartet schon sein Kumpel, man begrüßt sich mit *high five*.

Fernando setzt seinen Weg fort. Rotzfrech, diese Kinder heutzutage, kein Respekt vor niemandem. Er steuert den Kiosk an der Ecke an, um seine Straßenbahnlektüre zu kaufen. Durch die Scheibe sieht er Pia, souveräne Herrscherin über ihr Reich des Tabaks, der Süßigkeiten und der Schlagzeilen. Irgendwann wird man solche Läden unter Denkmalschutz stellen müssen, befürchtet Fernando, und registriert nebenbei: Verdammt, ich werde alt, ich denke schon wie ein alter Mann. Pia redet mit einer Frau, die Fernando nur von hinten sehen kann – schlanker, eleganter Hals, nackenlanges dunkles Haar.

»… bestimmst also du, einfach so, ja?«, hört Fernando Pia beim Betreten des winzigen Raumes durch das helle Bimmeln der Ladentür hindurch sagen. Pia, das erste Lächeln eines jeden Arbeitsmorgens, dieselbe Pia klingt nun, als könne sie ihre Wut nur mühsam im Zaum halten.

»Morgen, Pia.«

»Morgen, Fernando.« Die Kioskinhaberin versucht ein Lächeln, aber in ihren Augen sitzt noch immer ein Rest von Zorn. In diesem Moment dreht sich die andere Frau um und Fernando streift ein Blitz. Binnen ein, zwei Sekunden läuft ein Film vor ihm ab, der jedoch nicht sein Leben zeigt, sondern die lange Galerie seiner Freundinnen, Affären, Geliebten … alle hübsch anzusehen, manche sogar ziemlich, aber gegen diese Frau sind sie allesamt nur Abziehbilder. Diese hier ist das Original, das absolut unübertreffliche Meisterstück. Hat die Welt je solche Augenbrauen gesehen? Und dieser Blick – klar, sezierend, intensiv – dagegen der Mund – die pure Erotik, die schiere Verheißung, gewürzt mit einer Spur Arroganz. Fernando spürt das Blut durch seine Adern pulsieren, als sein Blick über die hoch angesetzten Brüste huscht, die sich frech unter dem schwarzen Pullover abzeichnen. Ihre Hüften in der Edeljeans sind schmal, fast knabenhaft, und vermutlich könnte er ihre Taille mit beiden Händen umfassen – eine Vorstellung, die ihm den Atem raubt. Wie kommt ein solches Überwesen überhaupt in einen Lindener

Zeitungskiosk? An wen erinnert sie ihn nur? Juliette Binoche? Ja, ein bisschen, dieser intellektuelle Touch, aber da ist noch was anderes ... Isabelle Adjani! Isabelle Adjani in »Ein mörderischer Sommer«. Eine Frau, für die ein Mann sich mit Freuden ruinieren würde, eine Frau ...

»Eine *Bild*, Fernando?«

Der Angesprochene schaut Pia an wie ein Schlafwandler, den man gerade vom Dach geholt hat. Was, wie, eine *Bild*? Um Himmels willen, nein! »*Die Zeit*, bitte«, ordert Fernando.

»Zehn vor acht. Bist ganz schön spät dran heute.«

Fernando wird rot wie ein Stichling. »Die Zeitung!«, zischelt er Pia zu.

»*Die Zeit*? Die kommt erst morgen, heute ist Mittwoch«, klärt die Kioskbesitzerin den Ahnungslosen auf. »Oder willst du die von letzter Woche?«

»Nein, die habe ich schon«, behauptet Fernando und fügt hinzu, er habe sich im Tag geirrt.

»Das kann schon mal passieren«, sagt nun die Fremde. Fernando überläuft es heiß und kalt. Diese Stimme! Dunkel, geheimnisvoll, tragend.

»Meine Schwester«, erklärt Pia.

Wie kann ein solches Zauberwesen Pias Schwester sein? Gut, Pia ist nicht hässlich, hübsche Augen, nette Grübchen, aber sie ist keine Frau, die erotische Fantasien weckt. Fernando überwindet den Impuls, Pias Schwester die Hand zu küssen wie einer Königin. Stattdessen nickt er ihr feierlich zu und sagt: »Fernando Rodriguez.«

»Marla Toss.«

Marla. Wo kommt sie her, was hat sie hier zu suchen? Soll er es wagen, sie danach zu fragen? Oder ihr lieber erst mal ein Kompliment machen? Auf keinen Fall möchte er aufdringlich wirken, oder »schleimig«, wie seine Kollegin Jule Wedekin das nennen würde, aber ihm ist klar, dass er schleunigst etwas sagen muss, irgendetwas, das seinen weiteren Aufenthalt hier rechtfertigt. Ein bisschen Small-Talk, Herrgott, Fernando, das ist doch sonst eine deiner leichtesten Übungen! Jeden Morgen unterhält er sich mit Pia über Gott und die Welt, wobei – er muss es leider zugeben – die *Bild*-Schlagzeile oft das Stichwort liefert. Aber ausgerechnet jetzt fällt ihm ums Verrecken nichts Originelles ein. Dieser Lichtgestalt kann er schließlich nicht mit ›Schönes Wetter heute …‹ kommen.

»Hab gerade deinen Yannick getroffen«, sagt er schließlich zu Pia, obwohl er ihren Sohn fast jeden Morgen trifft. »Süßer Bengel.« Er lächelt Pia an und meint die andere. Marla. Sie ist Yannicks Tante, fällt Fernando ein – ein Wort, das nun wirklich überhaupt nicht zu dieser Frau passt. Tanten sehen anders aus.

»Ich muss los. Wir reden ein andermal weiter«, sagt die Schöne, und ehe Pia oder Fernando etwas erwidern können, bimmelt die Glocke der Ladentür mit den zahllosen Aufklebern, und schon geht, nein, schreitet die Erscheinung den Bürgersteig entlang in Richtung Limmerstraße.

Wenn Fernando sich beeilt, kann er sie noch einholen, vielleicht haben sie ja denselben Weg? Schon sieht er sich mit diesem Zauberwesen in der Stadtbahn sitzen …

»Fernando?« Pias Blick und Tonfall verhindern ein rasches Entwischen.

»Was ist?«

»Findest du, dass Yannick schlechte Manieren hat?«

Fernando schüttelt den Kopf. »Aber nein. Wie kommst du denn darauf?«

»Schon gut.« Ihr Lächeln hat erneut etwas Verkrampftes, aber Fernando kann sich jetzt nicht darum kümmern, er hat es eilig. Doch als er aus der Tür stürzt, ist Marla spurlos verschwunden. Wenig später fährt ihm auch noch die Bahn vor der Nase weg.

Im Büro von Hauptkommissarin Oda Kristensen herrscht Bodennebel mit Sichtweite von knapp unter zwei Metern. Oda nutzt den Urlaub ihres Vorgesetzten, um in ihrem Büro nach Herzenslust Zigarillos zu qualmen, obgleich ihr klar ist, dass Edeltraut Cebulla, die Sekretärin des Dezernats, sie garantiert denunzieren wird. Seit sämtliche Gebäude der Polizeidirektion Hannover per Gesetz zur rauchfreien Zone erklärt worden sind, müsste Oda theoretisch für jeden Zigarillo runter vor die Tür. »Dort erkälte ich mich dann und werde acht Tage krankgeschrieben, ist das besser?«, hat sie Völxen gefragt.

»Was weiß ich? Ich habe diese Vorschrift nicht gemacht«, hat der Hauptkommissar ebenso mürrisch wie ratlos zurückgeblafft.

Rauchen lässt die Haut frühzeitig altern steht in fetten schwarzen Lettern auf der Packung. Oda dreht sie um. Normalerweise achtet sie darauf, dass die Warnhinweise Impotenz oder einen frühen Tod androhen. Auf ihrem Grabstein könnte dann stehen: *Hier ruht Oda Kristensen. Rauchen ließ ihre Haut schnell altern.* Vielleicht sollte ich aufhören, erwägt Oda, während sie einen Kringel in Richtung Decke bläst, und so die wenigen Jahre der Ansehnlichkeit, die einer Frau mit vierzig noch bleiben, ein bisschen hinauszögern. Ach, was soll's, denkt sie verdrossen. Bei mir ist der Zug sowieso abgefahren. Jetzt ist Veronika an der Reihe, zumal sie nun endlich wieder normal aussieht. Oda schlägt die Tageszeitung auf. In der Theaterbeilage wird auf mehreren Seiten über die neue Sparte *Junges Theater Hannover* berichtet. Einer der Artikel beschäftigt sich mit dem Stück, in dem Odas Tochter Veronika mitspielt. Seither ist das Mädchen wie umgewandelt: Ihren Grufti-Look hat sie von einem Tag auf den anderen abgelegt, und zu Odas großer Freude ist auch keine Rede mehr von einem Zungen-Piercing. Scheint demnach ein halbwegs vernünftiger Junge zu sein, um den es geht. Details waren Veronika bis jetzt nicht zu entlocken, im Gegenteil, standhaft leugnet sie das Offensichtliche. Nun ja, mit sechzehn hat man Geheimnisse vor seiner Mutter, das ist nur natürlich.

»Nicht Perfektion ist das Ziel, sondern Authentizität«, lässt der Regisseur, ein gewisser Daniel Schellenberg, die Leser der »Hannoverschen Allgemeinen Zeitung« wissen, und die Jugendlichen würden bei der Theaterarbeit »fürs Leben lernen«. Attraktiver Mann, bemerkt Oda, zumindest auf dem Foto.

Sie wird in ihrer Lektüre unterbrochen, denn es klopft an der Tür und schon rauscht Fernando Rodriguez in das kleine Zimmer. Hektisch wedelt er mit der Hand vor seinem Gesicht herum, während er mit angehaltenem Atem zum Fenster strebt und es weit aufreißt. Kühle, ungemütlich frische Morgenluft verwirbelt die Rauchschwaden.

»Verdammt, Rodriguez, was machst du hier für einen Aufstand?«, knurrt Oda.

»Wie kannst du hier noch atmen?«

»Du kommst spät.« Ihre klaren blauen Augen mustern ihn prüfend. Das straff zurückgekämmte, im Nacken geknotete hellblonde Haar und ihre stets schwarze Kleidung verleihen Odas Erscheinung etwas Puritanisches. Ein Schein, der trügt.

»Ich weiß, 'tschuldige. War was Wichtiges in der Morgensitzung?«

»Ich habe sie ausfallen lassen. Wegen einer Altenheimleiche und einem Selbstmörder brauchen wir keine Sitzung«, antwortet Oda.

Fernando grinst erleichtert. »Nichts gegen Völxen, aber wenn er nicht da ist, ist es auch mal ganz gemütlich«, stellt er fest, während er das Stillleben auf Odas Schreibtisch betrachtet: Rillos, Kaffee, Nagelfeile, die aufgeschlagene Zeitung, ein paar von Frau Cebullas Keksen ...

»Was denkst du? Dass ich hier eine ruhige Kugel schiebe?«

»Aber nein!«

»Das täuscht nämlich! Ich bin dabei, mich zu informieren, wie die Presse die Aufklärung des Mordes an dem polnischen Autoschieber behandelt.«

Aber Fernando hört ihr schon gar nicht mehr zu, sondern platzt heraus: »Oda, gerade habe ich die Frau meines Lebens getroffen.«

»Ach, schon wieder.« Oda grinst. Typisch Fernando. Stets hin und her gerissen zwischen jugendlichem Sturm und panischem Drang. Oda beobachtet amüsiert, wie sich ihr Kollege nervös über seine dunklen Locken streicht, die wie immer einen Klacks zu viel Haargel abbekommen haben.

»Dieses Mal ist es ernst. Sie ist es! Sie wird die Mutter meiner ...« Fernando stutzt und reißt Oda die Zeitung aus der Hand.

»He! Die lese ich gerade! Wenn du den Sportteil suchst, der liegt im Papierkorb.«
»Die ist es!«
»Das sagtest du schon.«
»Nein, das. Das ist sie!«
Leicht befremdet beobachtet Oda, wie Fernando mit den Augen das Porträt einer unterkühlten Schönheit verschlingt. Es ziert das Titelblatt der Theaterbeilage, die einmal im Monat erscheint. *Die Eigensinnige – Marla Toss, junges Regietalent ...*
»Halt, das ist meine!«
Odas Protest ignorierend verschwindet Fernando mitsamt der Zeitungsbeilage aus dem Büro.
Oda steht auf und schließt fluchend die Fenster.

»Was für eine herrliche Luft! Ist es nicht wunderbar, so im Freien zu frühstücken?« Bodo Völxen lässt seinen Blick schweifen. Die Kornfelder sind abgeerntet, der Apfelbaum trägt schwer an seinen Früchten, die vier Schafe und der Bock lassen sich die Spätsommersonne auf die Wolle scheinen.

»Mhm«, tönt es verhalten hinter der Zeitung. Sabine teilt seine Leidenschaft für das Frühstück im Freien nicht. Die Sonne weicht die Diätmargarine auf, die Marmelade zieht Wespen an, und der Wind macht die Lektüre der »Hannoverschen Allgemeinen« zum Geduldspiel. Aber kein Urlaub währt ewig, sagt sie sich, um Gelassenheit bemüht.

»Vielleicht sollte ich doch mal prüfen, ob ich nicht schon mit Mitte fünfzig in den Ruhestand gehen und einer dieser hyperaktiven Senioren werden kann, was meinst du?«

Zwei erschocken aufgerissene Augen werden über der Zeitung sichtbar.

Völxen grinst. »War nur ein Scherz.«

Seufzend legt seine Frau ihre Lektüre hin und sagt: »Wir müssen uns was mit dem Schafbock einfallen lassen, und zwar schleunigst.«

»Ich weiß. Ich werde Amadeus beizeiten wegsperren«, verspricht Völxen.

Sabine köpft ihr Frühstücksei mit einem gekonnten Hieb.
»Unsinn. Der Bock muss kastriert werden.«

Ein eisiger Schmerz schießt Völxen in die Lenden, kalter Schweiß bricht ihm aus allen Poren. Nur Frauen können so kühl und mitleidlos über solche Dinge sprechen, stellt er mit einem Schaudern fest.

»Sonst kannst du nächstes Frühjahr die Lämmer selbst beim Schlachter abliefern«, fügt Sabine hinzu.

Sie hat ja recht. Vor allem männlicher Nachwuchs ist schwer vermittelbar und endet meistens als Osterbraten – eine Tatsache, vor der Völxen gern die Augen verschließt. Nun starrt er trübselig auf sein Marmeladenbrot – Erdbeer-Rhabarber, ein Geschenk der Nachbarin. Der Appetit ist ihm vergangen. Was wiederum nicht so schlimm ist, er wollte ja ohnehin ein paar Kilo abnehmen.

»Ins Theater?« Jule Wedekin glaubt, sich verhört zu haben. »Du? Mit mir?«

»Jetzt tu nicht so! Warum denn nicht? Dieses neue Stück da, *Faust reloaded*, das sie im Ballhof aufführen, das würde mich wirklich interessieren. Am Samstag ist Premiere.«

»Also, ich weiß nicht – du und Goethe ... und dann auch noch *reloaded*.« Wer weiß, was da auf einen zukommt, fragt sich Jule nichts Gutes ahnend und gesteht: »Ehrlich gesagt, ich kann's nicht leiden, wenn sie die alten Klassiker verhunzen.«

»Du denkst wohl, ich schau mir nur Rambofilme im Kino an?«, beschwert sich Fernando, ihren Einwand ignorierend.

»Nicht doch«, lügt Jule und fragt: »Warst du schon in Rambo Teil IV?«

»Natürlich. Aber deswegen gehe ich trotzdem ganz gern mal ins Theater. Mein kulturelles Spektrum ist eben sehr breit.«

Jule lehnt sich zurück, verschränkt die Hände im Nacken und sagt: »Gib es zu, Fernando, du hast bei einem Radioquiz mitgemacht, und statt Dauerkarten für Hannover 96 zwei Theaterkarten gewonnen.«

»Also weißt du, jetzt wirst du langsam wirklich beleidigend«, echauffiert sich ihr Kollege. Er lässt sich ihr gegenüber in seinen Sessel plumpsen. An der Wand hinter ihm wogt sanft die riesige Hannover 96-Fahne.

Totalflaute an der Frauenfront, schlussfolgert Jule. Sonst würde er nicht mich einladen. Aber ins Theater ... das will so gar nicht zu Fernando passen. Es muss etwas anderes dahinterstecken, und das hat garantiert nichts mit mir zu tun.

»Du als höheres Töchterchen kennst dich doch mit Theater aus, du bist die ideale Begleitung«, schmeichelt Fernando nun.

Jule überhört das ›höhere Töchterchen‹ und fragt: »Ich soll dir also das Stück erklären?«

»Nein. Ich dachte nur, du gehst gern ins Theater.«

»Geht so. Früher musste ich regelmäßig hin, meine Mutter hat mir jedes Jahr ein Abo verpasst. Und neulich habe ich sie in eine avantgardistische Romeo-und-Julia-Aufführung begleitet. Da wurden auf der Bühne rohe Krähen verzehrt, dann haben sie ein Dixi-Klo umgeworfen und sich mit Kot beschmiert, ehe sie alle kreuz und quer übereinander hergefallen sind.«

»Mit echtem?«, fragt Fernando.

»Vermutlich nicht. Aber es hat mir auch so gereicht. Apropos Mutter – warum gehst du nicht mit deiner Frau Mama ins Theater? Die würde sich bestimmt freuen.«

Ein finsterer Blick signalisiert Jule, dass das kein guter Einfall war.

»Hast du schon Karten?«

»Noch nicht.«

»Frag doch erst, ob es noch Karten gibt. Premieren sind oft ausverkauft.«

Schon greift Fernando zum Hörer. Jule verdrückt sich in Frau Cebullas Büro, wo die Kaffeemaschine steht. Als sie zurückkommt, strahlt Fernando. »Es gibt noch welche, sogar ganz vorne. Also, was ist jetzt?«

Das Telefon klingelt und Jule, froh, sich um die Antwort drücken zu können, nimmt den Anruf entgegen. Es ist die Leitstelle.

»Wir müssen los.« Jule leert zügig ihren Kaffeebecher.

»Was gibt's?«

»Eine Wohnungsöffnung in der Nordstadt. Riecht schon.«

Naserümpfend sehen sie einander an, dann tritt ein listiger Ausdruck in Jules goldfarbene Katzenaugen. »Weißt du was, Fernando? Wenn du dieses Mal die Leiche untersuchst und ich das Protokoll führe, dann komm ich mit ins Theater.«

Die uniformierte Polizistin und ihr junger Kollege warten vor dem Haus und begrüßen Jule und Fernando mit erleichterter Miene. »Dritter Stock«, sagt die Blonde und gönnt Fernando einen aufmerksamen Blick, den dieser jedoch entgegen seiner sonstigen Gewohnheiten nicht erwidert. »Eine Nachbarin hat den Hausmeister informiert, weil es aus der Wohnung komisch roch«, erklärt sie. »Der Bestatter ist unterwegs.«

»Wer ist in der Wohnung?«, fragt Jule streng, denn eigentlich sollten die beiden darauf achten, dass kein Unbefugter den Leichenfundort betritt. Aber vermutlich riecht es dort so, dass keiner freiwillig einen Fuß über die Türschwelle setzt.

»Der Notarzt ist noch oben«, sagt der junge Beamte. Er ist blass. Kein gutes Zeichen.

»Dabei fing der Tag so gut an«, seufzt Fernando. Sie steigen die ausgetretenen Holztreppen hinauf. Im ersten Stock lehnt ein kleiner Junge im Türrahmen, und schaut die beiden aus großen, dunklen Augen an. Drinnen ruft eine Frauenstimme etwas auf Türkisch. Das Kind dreht sich um und schließt die Tür. Im zweiten Stock mischt sich der typische süßliche Leichengeruch mit dem Duft von angebratenem Fleisch und Zwiebeln. Das Leben geht weiter, denkt Jule sarkastisch und hält sich ein Papiertaschentuch vor die Nase.

»Das hilft nichts«, meint Fernando. »Es ist besser, wenn du nur durch den Mund atmest.«

»Nein, dann habe ich das Gefühl, ich würde das essen«, antwortet Jule.

Aus der linken Wohnungstür im dritten Stock kommen gerade der Notarzt und ein Sanitäter. *F. Landau* verrät das Schild neben der Klingel. Ein untersetzter älterer Herr in einem Blaumann steht ein paar Stufen weiter oben vor einem offenen Fenster. Die rechte Wohnungstür ist einen Spalt weit geöffnet, ein alter Mann linst halb neugierig, halb ängstlich heraus.

»Kripo, wie sieht's aus?«, fragt Fernando den Arzt.

»Mann um die dreißig. Liegt schon ein paar Tage. Keine äußeren Verletzungen, die genaue Todesursache kann ich leider nicht feststellen.«

»Wo liegt er?«, fragt Jule.

»Immer der Nase nach«, grinst der Notarzt unter seinem dicken Schnäuzer und folgt dem Sanitäter, der bereits die Flucht ergriffen hat.

»Was ist mit mir?«, ruft der Mann auf der Treppe. »Ich habe ihn gefunden.«

»Ja, aber erst, nachdem ich Sie gerufen habe«, protestiert es aus dem Türspalt gegenüber mit krächzender Stimme.

»Einen Moment Geduld bitte, mit Ihnen beiden spreche ich gleich«, verspricht Jule und betritt den Wohnungsflur. Der Gestank trifft sie wie eine Faust in den Magen.

Der Tote ist mit einem blauen Trainingsanzug bekleidet und liegt zusammengekrümmt wie ein Embryo auf einem zerschlissenen Teppich. Er hat kaum Haare auf dem Kopf, seine Gesichtshaut ist gelblich mit roten Flecken auf der Unterseite, der Mund steht offen, die Augen sind geschlossen, vielleicht vom Notarzt. Die Hände sehen aus wie Krallen, mit schwärzlich verfärbten Fingerkuppen. Fliegen krabbeln über das Gesicht der Leiche, und obwohl irgendjemand das Fenster geöffnet hat, hängt der Verwesungsgeruch hartnäckig in der warmen Luft. Das Ganze wäre halb so ekelhaft, wenn die Fliegen nicht wären, findet Jule, die während der vier Monate, die sie nun beim 1.1.K, dem Dezernat für *Straftaten gegen das Leben und Todesermittlungen* arbeitet, eine handfeste Abneigung gegen diese Insekten entwickelt hat. Vor allem gegen die grünlich schillernden.

Das Zimmer ist karg möbliert, die wenigen Sachen passen nicht zusammen und sehen aus, als stammten sie vom Sperrmüll. Ein paar leere Wein- und Bierflaschen stehen herum. Die Küche ist leidlich aufgeräumt, viel Geschirr gibt es nicht in dem einzigen Schrank, dessen linke Tür fehlt. Auf einem Teller neben der Spüle liegt ein Rest Pizza, eingesponnen in grünliche Schimmelfäden. Der Herd starrt vor eingebranntem Dreck.

»Ich rede mal mit dem Hausmeister«, sagt Fernando, dessen Gesicht die Farbe des Pizzarestes angenommen hat.

»O nein! Das war anders abgesprochen!«, erinnert ihn Jule.

»Muss ich wirklich ...?«

»Leiche oder Theater.«

Einen spanischen Fluch auf den Lippen fügt sich Fernando in sein Schicksal. Er streift sich die Handschuhe über und beugt sich über den Toten. Besonders gründlich wird er ihn nicht inspizieren, da ja der Notarzt bereits festgestellt hat, dass keine äußeren Verletzungen vorliegen. Peinlich wäre nur, wenn man ein Messer oder ein Einschussloch übersehen würde. Aber danach sieht es nicht aus. Eher nach einem Junkie.

Jule flieht hinaus ins Treppenhaus. Endlich darf der Hausmeister sein Wissen preisgeben. Die Tür zur Nachbarwohnung ist inzwischen zu.

»Ich kenn den eigentlich kaum. Der heißt Landau und wohnt seit ungefähr zwei Jahren da, allein. Man munkelt, dass der mal im Knast war. Mehr weiß ich nicht. Ich wohne ja auch nicht im Haus, sonder drei Häuser weiter.«

»Sie haben nichts angefasst da drin?«

»Gott bewahre.«

»Auch nicht das Fenster?«

»Doch stimmt ... das habe ich aufgemacht. Es war ja nicht zum Aushalten. War das falsch?«

»Ist schon gut«, beruhigt Jule den Mann und notiert sich seine Personalien. Dann darf er gehen.

Nebenan, bei Erich Goldmann, wie die Gravur auf dem messingfarbenen Türschild lautet, öffnet sich die Tür, als Jule gerade klingeln will. Der kleine Mann ist schätzungsweise über achtzig und trägt trotz des warmen Wetters eine beige Strickjacke. Sein weißes Haar ist nur noch als schmale Sichel von Ohr zu Ohr vorhanden, die Füße stecken in Filzpantoffeln. Erich Goldmanns Wohnung ist größer als die seines toten Nachbarn, und es riecht darin nicht nach Leiche, sondern nach Fichtennadel-Raumspray und Bohnerwachs. Das Stäbchenparkett glänzt wie frisch abgeleckt. An den viel begangenen Stellen ist braunes Packpapier ausgelegt. Jule achtet darauf, auf dem Weg zu dem angebotenen moosgrünen Plüschsessel nicht neben das Papier zu treten, um nicht schon zu Beginn der Befragung den Unmut des Hausherrn zu erregen. Dieser setzt sich auf das Plüschsofa ihr gegenüber. Auf einer Anrichte reihen sich Bilder von Paaren und Kindern aneinander, eine mächtige Standuhr tickt die Zeit herunter. Auch hier gibt es Fliegen, aber die kleben an einem spiralförmigen Leimstreifen, der zwischen den Pflanzen im Fenster hängt.

»Möchten Sie vielleicht einen Schluck trinken, junge Frau?«

»Ein Glas Wasser, sehr gern«, sagt Jule. »Warten Sie, ich kann auch selbst ...«

Aber Herr Goldmann hat sich bereits ächzend erhoben, schlurft in seinen Pantoffeln über das Packpapier in Richtung Küche und bringt ein Glas Leitungswasser sowie ein weiteres Glas mit einer klaren Flüssigkeit darin. »Wodka. Damit kriegen sie den Geschmack weg.«

»Danke, aber ich bin im Dienst«, lehnt Jule ab.

»Anders geht es nicht, glauben Sie mir«, beharrt der Alte.

Er scheint zu wissen, wovon er redet, und Jule, die in der Tat das Gefühl hat, dass sich der Verwesungsgestank wie Lack auf ihrer Zunge abgesetzt hat, stürzt erst das Wasser und dann den Wodka hinunter.

»Ich habe gehört, was der Hausmeister gesagt hat. Es stimmt, der Herr Landau war mal im Gefängnis. Banküberfall oder so was. Aber darauf gebe ich nichts, solange sich einer gut benimmt. Und es gab nie Anlass zur Klage«, sprudelt der alte Herr nun unaufgefordert los.

»Hatte er Arbeit?«

»Nein, ich glaube nicht. Der war immer zu Hause.«

»Gab es Besucher?«

»Nein. Das wäre mir aufgefallen. Das Haus ist recht hellhörig.«

»Auch nicht in den letzten Tagen?«

»Nein. Wissen Sie, ich glaube, der war sehr krank. Sah auch nicht gesund aus, immer so fahl, und wenn er die Treppe hoch ist, hat er gerasselt wie ein alter Diesel. Außerdem habe ich ihn schon öfter drüben in der Apotheke gesehen.«

»Wann haben Sie ihn zuletzt gesehen?«

»Das ist bestimmt schon über eine Woche her. Wie schrecklich, dass der so lange tot da drin lag. Aber ich habe mir nichts dabei gedacht, man sah sich auch sonst oft tagelang nicht, und ruhig war der ja immer.« Herr Goldmann schüttelt bekümmert sein nahezu kahles Haupt. »Nur, als es dann so roch, da schwante mir was. Wissen Sie, ich kenne diesen Geruch, ich war seinerzeit an der Front ...«

Ehe Herr Goldmann seine Jugenderinnerungen zum Besten geben kann, bedankt sich Jule und verlässt den Veteranen mit dem bedauernden Hinweis, sie habe noch viel Arbeit vor sich.

»Hat mich gefreut, Ihre Bekanntschaft zu machen«, sagt der alte Mann galant und lässt es sich nicht nehmen, die Besucherin zur Tür zu bringen. Jule hat nun beinahe ein schlechtes Gewissen, weil sie den einsamen Mann nicht ein wenig vom Krieg hat erzählen lassen.

Durch das Treppenhaus wabert noch immer der süßlich-dumpfe Geruch. Soeben tritt auch Fernando leichenblass aus der Tür gegenüber. »Ich habe im Schrank einen Ordner mit lauter Arztrechnungen und Rezepten gefunden, ausgestellt auf Felix Landau. Wenn ich das richtig interpretiert habe, dann hatte das arme Schwein Krebs.«

Sie verlassen den Fundort. Im zweiten Stock duftet es jetzt intensiv nach Lammbraten. Jules Magen knurrt. Unten winkt der Kollege von der Streife gerade den Wagen des Bestatters heran.

»Die Leiche muss ins Rechtsmedizinische Institut, würden Sie das veranlassen?«, sagt Jule zu dem jungen Uniformierten.

Fernando bekommt langsam wieder Farbe und fällt in gewohnte Verhaltensmuster zurück. Er lächelt die blonde Kollegin an, als er sagt: »Wenn die Leiche weg ist, versiegeln Sie bitte die Wohnung, falls man doch noch die Spurensicherung braucht – ginge das?«

»Natürlich geht das, Herr ...« Sie sieht Fernando mit fragend aufgerissenen Barbieaugen an.

»Rodriguez. Oberkommissar Fernando Rodriguez vom 1.1.K.«

»Kerstin Lenz, Kommissarin z. A.«

»Vielleicht sieht man sich bei Gelegenheit, Frau Lenz.«

»Schon möglich«, lächelt sie, und Fernando gönnt ihr einen tiefen Blick aus seinen espressobraunen Augen.

»Bist du jetzt fertig?«, zischt Jule.

»Was denn, was denn? Nur keine Hektik! Wo bleibt denn sonst das Zwischenmenschliche im grauen Polizeialltag?«

»Dann sülz doch auch noch dem Kollegen das Ohr voll.«

»Ich bin doch nicht schwul!«

Jule lässt das Thema fallen und fragt: »Können wir noch rasch bei deiner Mama im Laden vorbeischauen? Ich habe noch nicht gefrühstückt, ich hätte jetzt richtig Lust auf ein paar Tapas.« Außerdem, fällt ihr ein, ist Völxen nicht da, also kann man den Dienst schon mal etwas ruhiger angehen lassen.

»Wie kannst du jetzt ans Essen denken? Mir ist noch immer schlecht, ich krieg diesen Geruch nicht so schnell aus der Nase«, jammert Fernando.

»Du kannst mir ja zusehen«, antwortet Jule und denkt: Memme!

Samstag, 23. August

Der Radiowecker springt an, und die aufdringliche Stimme einer ekelhaft gut gelaunten Moderatorin plärrt Fernando ins Ohr. Er blinzelt und schaut auf die Anzeige. Fünf Uhr! Auf dem Flur hört man geschäftig hin und her eilende Schritte. Fernando ist eben in seine Jeans geschlüpft, als Pedra Rodriguez schon gegen seine Tür hämmert. »Beeile dich! Ich möchte einen guten Platz haben!«

»¡*Mierda, déjame en paz!*«, brüllt Fernando missgelaunt, und wiederholt es gleich noch mal auf Deutsch. »Lass mich in Ruhe!«

»¡*Contrólate!*«, kommt es mit drohend knurrendem R zurück.

Fernando flucht und streift sich ein T-Shirt über. Nein, es ist nicht zu leugnen: Das Mutter-Sohn-Verhältnis ist dieser Tage getrübt. Schuld daran ist ein gewisser Alfonso Ortega, der sich für Fernandos Geschmack viel zu häufig in ihrer gemeinsamen Wohnung aufhält, ja, sich dort allmählich regelrecht einnistet. Erst am vergangenen Wochenende hat er wieder bei ihnen übernachtet. Einundzwanzig Jahre ist es her, dass Fernandos Vater gestorben ist, einundzwanzig Jahre lang hat seine Mutter keinen »Freund«, »Lebensgefährten« oder dergleichen gebraucht. Wozu also jetzt? Ihr kann doch nicht langweilig sein, sie hat ihren Laden, in dem sie Wein, spanische Lebensmittel und Tapas verkauft, sie hat ihn, Fernando, und am Wochenende besuchen sie regelmäßig seine Schwester, deren Mann und den siebenjährigen Rico, Pedras Enkel. Damit muss eine Frau mit sechzig doch ausgelastet sein. Und wo ist er nun, der verdammte Argentinier? Keine Spur von ihm, jetzt, da es etwas zu tun gibt.

Pedra Rodriguez hat ihrem Sohn einen rabenschwarzen Kaffee zubereitet, den dieser rasch hinunterstürzt. Im Hof hinter dem Laden wartet der Lieferwagen seines Kumpels Antonio, vollgestopft bis unters Dach mit alten Möbeln, Bildern, Lampen, Krimskrams.

»Ich finde es unerträglich, dass du die Andenken an Papa einfach so verscheuern willst«, hat Fernando am Abend zuvor, beim Beladen des Wagens, protestiert, und natürlich hat er sich nicht verkneifen können, anzumerken, dass »dahinter garantiert nur *dieser Alfonso* steckt«.

»So ein Unsinn! Ich will das Zeug schon lange loswerden. Das meiste stammt noch von meinen Eltern, schon dein Vater fand vieles davon scheußlich. Wir haben die Sachen nur behalten, weil wir kein Geld für etwas Neues hatten, wir haben lieber dafür gesorgt, dass du und deine Schwester etwas Ordentliches zu essen und zum Anziehen bekommen habt, und eine gute Schulbildung ...« Es folgte ein langes Lamento über harte Zeiten und undankbare Kinder, das in Pedras Lieblingssprichwort gipfelte: *Cría cuervos y te sacarán los ojos* – züchte Raben, und sie hacken dir die Augen aus.

Aber Fernando ist nicht davon abzubringen: Es ist Alfonso, der es nicht ertragen kann, von den Besitztümern seines Vorgängers umgeben zu sein. Und jetzt soll er, Fernando, den halben Samstag mit seiner Mutter auf dem Flohmarkt zubringen, um die Erbstücke zu verschleudern. Dass vielleicht an dem einen oder anderen Stück auch seine, Fernandos, Kindheitserinnerungen hängen könnten, scheint seine Frau Mama nicht zu interessieren, im Gegenteil: »Möchtest du die Kuckucksuhr mit der Madonna und dem beleuchteten Heiligenschein etwa über dein Bett hängen?«, hat sie ihn verspottet. Darauf hat Fernando dann doch verzichtet, aber die kleine Stehlampe, deren bronzener Fuß eine barbusige Nixe mit aufgemalten grünen Augen darstellt, hat er klammheimlich wieder aus dem Transporter genommen und auf seinen Nachttisch gestellt.

Eine knappe halbe Stunde später holpert der alte Ford Transit durch die schläfrige Stadt. Ein feuriger Schimmer im Osten kündigt den Sonnenaufgang an. Die Luft ist feucht, die Straße nass, es riecht nach Regen. Auch das noch.

Der Altstadt-Flohmarkt am Ufer der Leine, eingeführt nach dem Vorbild der Pariser Flohmärkte, hat nicht nur Tradition, er ist sogar der älteste Flohmarkt Deutschlands. Der Bummel entlang der Stände gehört im Sommer zu Fernandos Samstagsritual, allerdings zu einer zivilen Uhrzeit – so gegen elf, zwölf, nachdem er einen Café Latte in der Markthalle – sehen und gesehen werden – getrunken hat. Vor zwei Wochen erst hat er auf dem Flohmarkt fünf originalverpackte Bollywood-DVDs erstanden, obwohl für Neuwaren und Massenartikel eigentlich ein Verkaufsverbot herrscht. Fernando gähnt. Warum kommt eigentlich nicht der Herr Ortega mit zum Flohmarkt? Kann man diesem Kerl überhaupt den Laden anvertrauen? Noch dazu am Samstag, wo am meisten los ist? Am Ende wirtschaftet dieser Mensch noch in die eigene Tasche. Man hätte vorher die Flaschen zählen sollen. Fernando nimmt sich vor, gleich am Montag einen früheren Kollegen anzurufen, der jetzt beim Organisierten Verbrechen arbeitet. Die Kollegen dieses Dezernats haben einen guten Draht zu den Ausländerbehörden. Dieser Ortega sollte mal gründlich durchleuchtet werden ...

Das Einzige, was Fernando trotz allem einigermaßen bei Laune hält, ist die Aussicht auf den Abend: die Theaterpremiere. Während der vergangenen zwei Tage hat er vergeblich versucht, Pia über ihre Schwester auszufragen. Einmal war der Kiosk voller Leute und Pia nicht in Plauderlaune, ein andermal war nur Pias Mann Stefan hinterm Tresen, und der gab sich maulfaul. Natürlich ist Fernando klar, dass Marla Toss allenfalls am Ende des Stücks auf der Bühne erscheinen wird. Aber sie wird da sein, irgendwo im Hintergrund oder im Zuschauerraum, da ist er ganz sicher. Das wäre ja sonst, wie wenn Dieter Hecking dem Stadion fernbliebe, wenn seine Roten spielen. Außerdem wird es doch bestimmt eine Premierenfeier geben. Vielleicht gelingt es ihm, sich dort einzuschmuggeln. Für die Vorstellung selbst hat er zwei Plätze in der dritten Reihe bekommen. Ob es wohl übertrieben wäre, ihr eine Rose auf die Bühne zu werfen? Was würde Jule dazu sagen? Egal! Er hat sie ohnehin nur eingeladen, um auf dem ungewohnten Terrain eine fachkundige Begleiterin zu haben, für alle Fälle. Hoffentlich denkt Marla nichts Falsches ...

Die goldene Uhr an der Marktkirche zeigt fünf nach halb sechs, als sie im Windschatten einer Stadtbahn die Brücke überqueren, unter der die Leine grün und träge in Richtung Linden fließt. Gleich dahinter biegt Fernando rechts ab in die Straße Am Hohen Ufer, die die Altstadt nach Süden hin begrenzt. Es ist schon einiges los, Fahrzeuge mit offenen Heckklappen, randvoll mit Kisten und Krempel, stehen am Straßenrand, zwischen den Autos wuseln Menschen herum, die Arme beladen mit Kartons und Trödel.

Pedra fängt an zu zetern: »Wir sind viel zu spät dran, alles ist schon voll! Halt hier an! Man darf sowieso nicht weiterfahren, da hinten ist Fußgängerzone. Warte! Lass mich erst den Tisch hinten rausnehmen.«

»Der ist doch viel zu schwer für dich!«

»Wie soll ich denn sonst einen Platz reservieren, soll ich mich selbst hinlegen?«

»Aber man bekommt doch von der Marktaufsicht einen Platz zugewiesen«, versucht Fernando seine hektische Mutter zu beruhigen.

»Und wenn mir der nicht gefällt?«

Es ist sinnlos, mit ihr zu diskutieren. Kaum hat Fernando angehalten, springt seine Mutter aus dem Wagen. Die Hecktür wird aufgerissen, der Tapeziertisch herausgehoben, und schon zerrt Pedra Inocencia Rodriguez das Trumm hinter sich her.

»¡Histérica!«, murmelt Fernando und hält Ausschau nach einem Platz zum Entladen des Wagens. Er hat keine Lust, Nachtschränkchen, Lampen und zahllose Weinkisten voller Vasen und Geschirr durch die halbe Stadt zu schleppen. Warum konnte sie keinen Flohmarkt wählen, bei dem man bequem vorfahren und das Zeug vom Auto aus verkaufen kann? Fernando bemerkt einen kleinen Menschenauflauf, der sich weiter hinten gebildet hat. Was ist da los, gibt es dort bereits etwas umsonst?

Soeben beschließt er, sich zum Ausladen kurz in die zweite Reihe zu stellen, als er eine Sirene hört. Sein Transporter wird überholt, und direkt vor ihm halten zwei Streifenwagen schräg zur Fahrtrichtung und versperren so die Straße. Vier Polizisten springen heraus und eilen in Richtung der Menschenansammlung. Einer wendet sich vorher noch um und macht Fernando klar, dass er auf keinen Fall hinter ihnen stehen bleiben kann. Vor sich hin schimpfend fährt Fernando weiter. Um die Ecke, am Marstall, findet er zum Glück noch einen Parkplatz. Um nicht mit leeren Händen zu laufen, nimmt er schon mal eine große Stehlampe mit, auf deren schwerem Bronzefuß Faune herumtollen. An der Uferstraße hat sich nun eine dichte Menschentraube vor den beiden Streifenwagen gebildet. Was da wohl los ist? Eine Schlägerei unter den Verkäufern um die besten Plätze wahrscheinlich. Schrecklich, in was für eine Gesellschaft sich seine Mutter da begibt. Er muss schleunigst nach ihr sehen, nicht, dass sie noch mit ihrem frechen Mundwerk an den Falschen gerät. Fernando stellt sich auf die Zehenspitzen und macht den Hals lang, aber seine gefühlten eins achtzig reichen nicht aus, um etwas zu erkennen. Eine Schlägerei scheint es jedenfalls nicht zu sein, dafür verhalten sich die Umstehenden zu ruhig. Ein ungutes Gefühl beschleicht ihn. Es gibt eigentlich nur einen Anlass, bei dem die Leute in dieser passiven, hartnäckigen Art dastehen und starren. Fernando verschafft sich Platz, wobei ihm der schwere Lampenfuß recht nützlich ist.

»Au, mein Schienbein, verdammt!«

»Pass doch auf, Idiot!«

»Kripo Hannover, gehen Sie zur Seite!«

Fernando kämpft sich voran bis zu einer Ausbuchtung der Uferstraße, einer Art Balkon mit Aussicht auf die drei großen, bunten Nanas auf dem gegenüberliegenden Leibnizufer. Fernando hat den üppigen Frauenfiguren, die von der Künstlerin Niki de Saint Phalle – was für ein Name! – geschaffen worden sind, noch nie viel abgewinnen können. Aber die Menschen, die sich vor dem Geländer drängeln, betrachten nicht die tänzelnden Nanas, sondern starren nach unten.

»He, Bulle, suchst du den Stecker?«

»Das nenn ich mal 'nen echten Armleuchter.«

»Wo will denn der Kleine mit der großen Funzel hin?«
Verfluchte Lampe! Aber irgendwo abstellen will Fernando sie auch nicht, am Ende wird das gute Stück noch geklaut. Die Polizisten beginnen nun damit, die murrenden Schaulustigen auf die Straße zurückzudrängen. Absperrband wird ausgerollt. Fernando hält einem der Uniformierten seinen Dienstausweis unter die Nase und fragt: »Was ist denn los?«
»Da unten.«
Der Kollege deutet mit dem Daumen hinter sich. Fernando stellt endlich seine Lampe hin, tritt an das rote Geländer der Balkonbrüstung und schaut nach unten. Sekunden später wünscht er sich, niemals zu dieser Stunde an diesen Ort gekommen zu sein.

Bodo Völxen seufzt. Da könnte man endlich einmal ausschlafen, und was ist? Das Kreuz tut ihm weh und er muss pinkeln. Also quält er sich aus dem Bett, und wo die alten Knochen schon einmal in der Senkrechten sind, bleibt er auch gleich auf. Er hüllt sich in seinen abgewetzten, gestreiften Bademantel, gegen dessen Entsorgung er seit Jahren stur protestiert, schlüpft mit nackten Füßen in die Gummistiefel und geht quer durch den Garten zu seinem Lieblingsplatz, dem Zaun seiner Schafweide. Vorher erleichtert er sich hinter der Wand des Holzschuppens, wohl wissend, was Sabine dazu sagen würde. Es ist ein kleiner, rebellischer Akt gegen seine eigene, von Ehejahr zu Ehejahr stetig fortschreitende Verschafung.

Am östlichen Horizont glüht ein blutroter Streifen unter grauen, schweren Wolken. Dicht aneinander gedrängt stehen Doris, Salomé, Angelina und Mathilde im taufeuchten Gras unter dem Apfelbaum. Allerlei Gedanken gehen Völxen im Kopf herum. Nein, was ihn beschäftigt, ist nicht das, was alle vermuten – sein fünfzigster Geburtstag, der nächsten Monat ansteht. Der ist ihm egal, was ist schon ein Datum? Er ist nicht mehr jung, das merkt er auch so, aber auch noch längst nicht alt. Er fühlt sich gut, sein Cholesterinspiegel ist im grünen Bereich, und seit er regelmäßig zum Nordic-Walking geht, hat er sogar schon drei Kilo abgenommen, worauf er stolz ist, auch wenn seine Tochter Wanda meint, das sei, als wenn ein Panzer eine Schraube verliere.

Wanda! Da hat das Mädchen nun endlich das Abitur gemacht, noch dazu mit einer ordentlichen Note, und was geschieht? Sie verliebt sich und will Biobäuerin werden. Dabei hat sich Wanda bis vor Kurzem nie fürs Landleben interessiert, nicht einmal für die Schafe. Ganz im Gegenteil, ständig wurde über das Dorfleben gelästert und darüber geklagt, dass man »in diesem Schweinekaff« lebe und nicht in der Stadt – dabei ist es nur eine Viertelstunde mit der S-Bahn zum Hauptbahnhof. Und dann muss bloß so ein Landlümmel daherkommen, und alles, restlos alles, wird über den Haufen geworfen! Oder sind das die Gene? Völxens Großvater war Obstbauer und Pferdezüchter, Völxen hat jede Ferien bei ihm verbracht, und hin und wieder, wenn es dem Kommissar auf der Dienststelle zu viel wird, sehnt auch er sich nach einem ruhigen, einfachen, naturnahen Leben. Aber das sind Hirngespinste, Tagträumereien, das weiß er im Grunde genau.

Aber offenbar nicht für Wanda. Je mehr er auf sie einredet, desto eigensinniger beharrt sie auf ihrem Vorhaben und bezichtigt ihn der väterlichen Eifersucht. Woher hat sie nur diesen Dickkopf? Natürlich von Sabine. Die ist auch keine große Hilfe in dieser Angelegenheit. »Lass sie, sie ist alt genug, um zu wissen, was sie tut«, ist deren Meinung dazu. Als ob eine Neunzehnjährige wüsste, was sie tut!

Als Wanda zwei Jahre zuvor verkündete, sie wolle nach dem Abitur zur Polizei gehen, hat Völxen ebenfalls ablehnend reagiert. Aus Sorge, weil er die Verhältnisse kennt. Früher hätte ihm der Entschluss seiner Tochter vielleicht geschmeichelt, aber die Zeiten haben sich geändert, sind brutaler geworden, gefährlicher. Bestimmte Bevölkerungsgruppen haben keinerlei Respekt mehr vor dem Leben anderer Menschen und auch nicht vor der Polizei. Er hätte viel zu viel Angst, dass so ein gewalttätiger Idiot sie eines Tages absticht oder erschießt. Aber Bäuerin! Ein Leben im Dreck! Wo ist denn da die Perspektive? Er sieht Wanda mit einem karierten Kopftuch unter einer Kuh sitzen und hinter einem Marktstand stehen und mit schmutzverkrusteten Händen Kartoffeln verkaufen. Seine kluge, witzige, hübsche Tochter!

Auf der anderen Seite des Weidezauns wird eine Gestalt sichtbar, ebenfalls in Gummistiefeln und mit einem dicken, verfilzten Pullover über der unvermeidlichen blauen Latzhose. Völxen steht regungslos da, wird quasi selbst zum Zaunpfahl, aber schon hat der Nachbar ihn entdeckt.

»Moin, moin, der Herr Kommissar! Senile Bettflucht, was?«, brüllt Jens Köpcke über die Weide.

Völxen gibt ein mürrisches Knurren von sich, das zur Not als Morgengruß durchgeht. Salomé blökt und Völxen fällt ein, dass er gar keinen Zwieback für seine Tiere dabeihat. Außerdem fröstelt ihn nun allmählich. In seinen Gummistiefeln schlurft er zurück ins Haus.

Noch immer ist drinnen alles still. Völxen setzt Kaffee auf. Sabine ist gestern sehr spät nach Hause gekommen, fällt ihm ein. Wo war sie noch gleich gewesen? Irgendein Konzert, vermutlich. Er hat nicht nachgefragt, war froh, dass sie ihn nicht aufgefordert hat, mitzukommen. Auch nach zwanzig Jahren Ehe mit einer Klarinettistin hat er nicht viel übrig für dieses Instrument, im Gegenteil. Ob Klassik oder Klezmer, für ihn klingt das alles wie Katzen quälen. Er hört am liebsten Rockmusik aus den späten Sechzigern und Siebzigern, da ist er ganz einfach gestrickt.

In das Röcheln der Kaffeemaschine mischt sich das Fiepen seines Mobiltelefons, das neben dem Brotkasten liegt. Automatisch wandert sein Blick zur Küchenuhr. Zehn vor sechs.

Hauptkommissar Völxen möchte auch im Urlaub informiert werden, wenn etwas Wichtiges vorfällt. Ein Mord, zum Beispiel. Er überlegt, wer an diesem Wochenende Bereitschaftsdienst hat. Seines Wissens Jule Wedekin, das Dezernatsküken. Sie ist erst seit April in seiner Abteilung, aber sie macht sich sehr gut: intelligent, zuverlässig, ehrgeizig. War ja auch meine Wahl, denkt er mit einem Anflug von Eitelkeit.

»Völxen.«

Zu seiner Verwunderung ist es Fernando. »Es gibt eine weibliche Leiche am Hohen Ufer«, kommt es mit gepresster Stimme. »Und ich ... sie ist ... es ist furchtbar. Furchtbar.«

Aufgelegt. Was ist denn mit dem los, der tut doch sonst immer so cool? Das muss ja eine schrecklich zugerichtete Leiche sein. Völxen zieht die Gummistiefel aus, geht leise ins Schlafzimmer und schlüpft in die Kleider, die er gestern Abend über den Stuhl geworfen hat.

»Hören Sie mal, junge Frau, das können Sie mit mir nicht machen!« Ein korpulenter, rotgesichtiger Mann hat sich vor Jule Wedekin aufgebaut. Auf seiner Stirn funkeln Schweißperlen. Hinter ihr flattert das rot-weiße Absperrband. Er ist nicht der einzige Händler, der sich über die polizeiliche Maßnahme beschwert. Kommissarin Wedekin hat die Streifenbeamten angewiesen, das Altstadtufer vom Beginenturm bis zur Marstallbrücke abzuriegeln, und zwar sowohl die Straße selbst, als auch die untere Uferpromenade. »Sie können Ihren Stand doch da drüben aufbauen«, schlägt Jule vor und deutet über den Fluss auf das Leibnizufer.

»Da ist doch schon alles belegt. Mein Stand ist neben dem Marstall-Tor, schon seit Jahren, das wissen meine Kunden.«

»Dann will ich wenigstens meine Kisten wieder mitnehmen«, protestiert eine ältere Frau mit grellblonden Haaren, die wie Strohhalme vom Kopf abstehen.

»Nein, bis die Spurensicherung fertig ist, bleibt alles so, wie es jetzt ist«, antwortet Jule bestimmt. Verdammt, sie ist noch nicht einmal bis zu der Leiche vorgedrungen. Die beiden Streifenbeamten, blutjunge Bürschchen, die den Leichenfundort sichern sollen, sind mit ihrer Aufgabe offenbar überfordert, denn sie haben sich von zwei russisch sprechenden, wild fuchtelnden Männern in eine Auseinandersetzung verwickeln lassen.

»Das lasse ich mir nicht bieten!«, brüllt nun ein Glatzkopf in einem abgewetzten Norwegerpullover Jule an.

»Genau«, bekräftigt die Grellblonde. »Los, Karl-Heinz, hol die Kisten wieder her!«

Der Norwegerpullover macht Anstalten, das Absperrband zu übersteigen.

»Bleiben Sie stehen, oder ich muss Sie festnehmen«, droht Jule und winkt vorsorglich die beiden Grünschnäbel zu sich heran. »Niemand betritt diese Straße oder das Ufer«, sagt sie mit fester Stimme. Die Jünglinge nehmen Haltung an, einer legt die Hand an seine Waffe. Karl-Heinz Norwegerpullover hält zögernd inne.

»Soll ich Verstärkung anfordern?«, fragt einer der Polizisten Jule.

»Nein, das wird nicht nötig sein«, meint Jule, aber ganz sicher ist sie sich da nicht.

»Dann müssen Sie auch mich festnehmen, ich hole jetzt meine Teddys«, kündigt der Dicke mit dem roten Gesicht an. »Die sind ein Vermögen wert, die lass ich doch da hinten nicht einfach so rumliegen. Wer ersetzt mir denn den Schaden, wenn die nachher geklaut sind?«

»Und ich will meine Tischdecken! Was haben meine ungarischen Tischdecken mit einer Leiche zu tun?«, ist eine schrille Frauenstimme mit osteuropäischem Akzent zu vernehmen.

Aufruhr liegt in der Luft. Jule sieht sich nach Fernando um. Aber der steht noch immer unten, bei der Leiche, wo eigentlich sie, Jule, längst sein sollte. Gut, er ist gar nicht im Dienst, er ist nur zufällig hier, aber dennoch könnte er ihr ja mal ein bisschen beistehen gegen die rebellierende Meute.

»Ihr könnt mich mal! Ich lebe vom Flohmarkt, ich will jetzt sofort meine Sachen.« Der beleibte Rotgesichtige hält auf die Absperrung zu. Jule stellt sich ihm rasch in den Weg. Der Mann will Jule beiseiteschieben, doch sein Arm wird gepackt, seine Füße verlieren den Bodenkontakt, er macht einen halben Salto rückwärts und landet unsanft auf seinem Gesäß. Schadenfrohes Gelächter wird laut. Die zwei Jungs in ihren nagelneuen, dunkelblauen Uniformen starren die Kollegin von der Kripo mit großen Augen an.

»Au, mein Rücken! Das ist Körperverletzung!« Der Dicke hat sich aufgerappelt, hält aber wohlweislich Abstand zu Jule.

»Hauptkommissar Völxen, Ihre Personalien bitte!«, donnert nun eine Stimme über die Meute hinweg.

»Diese wild gewordene Furie hat mich angegriffen!«, empört sich der Teddybärhändler.

»Ihre Personalien, wird's bald!«, fordert Völxen noch einmal. Widerwillig zückt der Mann seine Brieftasche.

»Soso, Herr Rehlein, Sie leben also vom Flohmarkt, wie ich eben hörte. Dann führen Sie sicher Buch über alle Ein- und Verkäufe, damit das Finanzamt einen Überblick hat, oder?« Völxen hat seine buschigen Augenbrauen zusammengezogen und fixiert sein Gegenüber. »Und Ihren Gewerbeschein haben Sie sicherlich auch dabei, oder?« Der Gefragte murmelt etwas, das Jule nicht versteht, aber das macht nichts, denn sie ergötzt sich lieber an dem Anblick, wie sich binnen Sekunden die Menschenansammlung lichtet und schließlich ganz auflöst, wie Butter in einer heißen Pfanne.

Auch Völxen gestattet sich ein grimmiges Lächeln. Sein graubraunes, an den üblichen Stellen schon etwas lichtes Haar hat heute bestimmt noch keinen Kamm gesehen, erkennt Jule. Aber wenigstens hat er keine Klopapierfetzen im Gesicht, wie es zuweilen vorkommt, wenn er sich mal wieder mit dem Rasiermesser seines Großvaters geschnitten hat. Er ist nämlich überhaupt noch nicht rasiert, wie der graue Schimmer auf seinen Wangen verrät.

»Guten Morgen, Frau Wedekin. Wie ich sehe, haben Sie alles im Griff.« Der Dezernatsleiter betrachtet seine jüngste Mitarbeiterin mit einem amüsierten Blick. »Solche Aktionen kenne ich sonst nur von unserem Spanier. Haben seine Rambo-Manieren am Ende schon auf Sie abgefärbt?«

»Tut mir leid«, entschuldigt sich Jule. Die kleine Narbe unter dem linken Wangenknochen hebt sich als weißer Halbmond von ihrem vor Aufregung geröteten Gesicht ab. Um ihren Vorgesetzten abzulenken, erklärt sie: »Ich konnte die Leiche noch nicht in Augenschein nehmen. Aber Fernando ist unten.«

Völxen hält auf die Treppe zu, die vor der Marstallbrücke zur unteren Uferterrasse führt, als eine raue Stimme an sein Ohr dringt – »¡El comisario, Chule!«

Pedra Rodriguez stellt den Tapeziertisch beiseite, den sie soeben über die Brücke schleppen wollte, und schon wird Völxen auf beide Wangen geküsst, danach Jule. Der *comisario* bemerkt dabei verdutzt gewisse Veränderungen an seiner alten Bekannten: Ihr Haar, bis vor Kurzem ein langer schwarzer, mit grauen Strähnen durchsetzter Zopf, glänzt in einem milden Nussbraun und ringelt sich in schmeichelnden Locken um ihr Gesicht. Auch das ist neu, stellt Völxen mit Schrecken fest: Der Schnurrbart ist verschwunden. Ihr Markenzeichen – einfach weg! Vor lauter Verblüffung bringt der Kommissar keinen Ton zur Begrüßung heraus, nur Jule fragt: »Frau Rodriguez, was machen Sie denn hier?«

»Ich wollte Sachen verkaufen. Aber jetzt ist alles abgesperrt.«

»Das wird dauern«, prophezeit Jule.

»Nando hat den Autoschlüssel, aber er steht unten bei dieser toten Frau. Da will ich nicht hin, ich mag so etwas nicht sehen.«

»Wenn bloß alle Leute so wären wie Sie«, seufzt Völxen. »Warten Sie hier, ich lasse Ihnen den Schlüssel bringen.«

Hinter ihnen bahnt sich der Wagen der Spurensicherung hupend seinen Weg, was Völxen prompt zur Eile veranlasst. »Schnell, Frau Wedekin, lassen Sie uns noch einen Blick auf die Leiche werfen, ehe uns Fiedlers Leute wieder stundenlang schmoren lassen.« Er duckt sich vor der Treppe unter dem Absperrband durch und Jule folgt seinem breiten Rücken die Stufen hinunter.

»Ist die Rechtsmedizin schon verständigt?«

»Ja, Dr. Bächle wird selbst kommen, er ist schon unterwegs.«

»Bestimmt ein notorischer Frühaufsteher, unser Schwabe«, bemerkt Völxen.

Die Tote liegt vor der Mauer der Uferbefestigung, die aus hellen Sandsteinblöcken besteht. Jemand hat den Körper mit einem Leinentuch bedeckt, das am Saum mit kunstvollen Hohlsaumstickereien verziert ist. Daneben steht Fernando, regungslos und mit hängenden Schultern, als müsse er Totenwache halten. In einigem Abstand sitzt ein junger Mann mit einem Pferdeschwanz auf der Ufermauer und starrt missmutig auf den Fluss. Seine

Partnerin tigert in lackschwarzen Stiefeln, die ihr bis über die Knie reichen, vor ihm auf und ab. Zu allem Überfluss setzt nun auch noch ein sanfter Regen ein.

»Wer hat die Tischdecke auf die Leiche gelegt?«, will Völxen wissen.

»Ich«, antwortet Fernando. Sein Gesicht ist kalkweiß. »Ich wollte nicht, dass alle sie anstarren.«

Seit wann ist der so auf Pietät bedacht, fragt sich Völxen. Aber er war ja auch vorhin schon so komisch.

»Ich kenne sie«, erklärt Fernando, und es klingt, als ob ihm jedes Wort schwerfiele. »Das ist Marla Toss. Sie ist Regisseurin am Theater, heute Abend sollte die Premiere sein.«

»Wer hat sie gefunden?«

»Die zwei da drüben.« Er deutet auf den jungen Mann und seine bestiefelte Freundin.

»Hast du sie schon befragt?«

»Äh, nein ... ich ...«

»Wieso nicht?«, erkundigt sich Völxen in leicht gereiztem Ton.

»Ich ... Ich dachte ...« Fernando kommt ins Stottern, und Völxen poltert auch schon los: »Was hast du dann die ganze Zeit hier gemacht? Los jetzt, *vamos*, Personalien aufnehmen, die üblichen Fragen stellen ...« Fernandos Hinweis, er sei eigentlich gar nicht im Dienst, kommt bei seinem Chef gar nicht gut an. »Wenn du hier bist, bist du auch im Dienst, so sieht's aus. Und nimm jetzt das verdammte Tischtuch da weg.«

»Ich mach das schon«, sagt Jule. Fernando nickt ihr dankbar zu und geht zu dem wartenden Pärchen.

Jule deckt die Leiche auf. Das Gesicht ist eine bleiche Maske, der dunkelrote Lippenstift das einzig Farbige darin. Die Augen sind geschlossen, ihr Mund steht leicht offen, das dunkle Haar klebt feucht am Kopf. Schneewittchen ohne ihren gläsernen Sarg, denkt Jule, die allmählich begreift, weshalb Fernando unbedingt ins Theater wollte. Sogar als Tote ist Marla Toss noch eine bemerkenswert schöne Frau. Sie trägt Jeans, ein schwarzes, tief ausgeschnittenes T-Shirt und einen knallroten Trenchcoat, wie sie in diesem Jahr in Mode gekommen sind. Ihr rechter Fuß steckt in einem teuren braunen Mokassin, der linke Schuh liegt einen Meter neben der Leiche. Sie trägt keine Strümpfe, die Zehennägel sind rosa lackiert, die Fingernägel nicht. Jule streift sich Latexhandschuhe über. Hosentaschen und Manteltaschen sind leer, keine Handtasche. Vorsichtig hebt Jule den Kopf der Toten an. Das Haar am Hinterkopf ist blutverklebt, auf dem Pflaster ist angetrocknetes Blut erkennbar. Sie hat rote Flecken am Hals.

»Und, Frau Kommissarin?«, fragt Völxen, während er sich halb widerstrebend, halb interessiert über die Tote beugt. »Was sagen Sie als abgebrochene Medizinerin zu diesem Fall?«

»Da ist Blut am Hinterkopf«, antwortet Jule. »Nachdem der linke Arm so seltsam unter dem Körper liegt, nehme ich an, sie wurde von da oben runtergeworfen. Es sieht aber so aus, als ob man sie vorher gewürgt hätte. Da sind geplatzte Blutgefäße um die Augen, das ist typisch für …« Jule hält inne, denn hinter ihr ertönt eine Stimme: »Bravo! Wenn des so isch, dann kann i' ja glei' wieder in mei' Bett!«

Jule richtet sich auf. »Guten Morgen, Dr. Bächle.«

»Grüß Gott, die Herrschaften!« Die Dackelfalten auf Bächles Stirn sind noch eine Spur tiefer als sonst, jetzt, wo er die junge Kommissarin halb grimmig, halb amüsiert mustert. »Gratuliere zu Ihrem Befund, junge Dame!«

Völxen kommt Jule zur Hilfe: »Ich habe Kommissarin Wedekin gebeten, die Leiche in Augenschein zu nehmen. Wir wollten uns natürlich keineswegs anmaßen, Ihre überaus geschätzte Autorität in Zweifel zu ziehen oder gar Ihrem Urteil vorzugreifen.«

»Völxen, ich bitt' Sie! Kein Süßholzgeraschpel in aller Herrgottsfrüh'!« Der Schwabe schüttelt unwillig sein schlohweißes Haupt mit der Einstein-Frisur. Dann geht er in die Knie, öffnet seinen Koffer und mault dabei vor sich hin. »Dibbisch! Immer desselbe Elend mit dere Bagage von d'r Kripo.«

Nachdenklich beobachtet Völxen den Rechtsmediziner bei der Arbeit. Eigentlich müsste der Hauptkommissar ja an Leichen gewöhnt sein. Eine Leiche, so sagt er sich auch jetzt, ist nur die Körperhülle eines nicht mehr existierenden Menschen, allenfalls gut, um Hinweise auf Täter und Tatumstände zu liefern. Emotionen sind für einen Ermittler nicht hilfreich, sie verstellen die Sicht, behindern das klare Denken. Aber sosehr er sich auch jetzt um eine pragmatische Sichtweise bemüht, so ganz kann er seine Gefühle beim Anblick der toten Frau nicht unterdrücken. Wer hat es zu verantworten, dass diese schöne junge Frau so daliegt? Warum musste sie sterben? Wer immer das getan hat, soll dafür geradestehen, schwört sich Völxen, während sein Zorn einer leisen Trauer weicht. Schließlich wendet er sich ab, denn er will nichts sehen von den entwürdigenden Prozeduren, die Dr. Bächle an dem Leichnam vornimmt. Lieber schaut er hinüber zu den drei Nanas, die Wanda kürzlich als Ausgeburten einer durchgeknallten Erotomanin bezeichnet hat. Dann bemerkt er Jule Wedekin, die mit hochgezogenen Schultern neben ihm steht. Um die nun unvermeidliche Wartezeit zu überbrücken, fragt er seine Mitarbeiterin: »Frau Wedekin, sagen Sie, stimmt es eigentlich, dass Hannover seinen Namen vom Hohen Ufer hat?«

Jule, auf ihr Steckenpferd Stadtgeschichte angesprochen, antwortet sofort, scheinbar ohne nachdenken zu müssen: »Nein. Das ist leider nur eine Hypothese, die aber noch heute gern geglaubt und verbreitet wird. Gottfried Wilhelm Leibniz, unser ortsansässiger Philosoph, ist daran schuld. Er hat seinerzeit die Theorie aufgestellt, das mittelalterliche Wort *Hanovere* oder *Honovere* könne auf »hohes Ufer« zurückgeführt werden. Die Sache hat nur einen Haken: Das Hohe Ufer war nicht immer hoch, sondern wurde erst ab 1541 mit dem Material einer hundertsiebzig Jahre zuvor zerstörten Burg aufgeschüttet. Noch bis ins 18. Jahrhundert hinein hieß das Hohe Ufer lediglich Dreckwall.«

Völxen bedankt sich artig für die Lektion, woraufhin Jule verlegen antwortet: »Gern geschehen.«

»Und was war auf der Dienststelle so los, die Tage?«

»Nicht sehr viel. Am Mittwoch gab es einen Leichenfund in

der Nordstadt. Männlich, zweiunddreißig Jahre alt. Lag schon mindestens zehn Tage in seiner Wohnung.«

»Todesursache?«

»Vermutlich starb er an Krebs. Wir fanden entsprechende Arztbriefe und Medikamente in der Wohnung. Das Gutachten der Rechtsmedizin steht noch aus«, sagt Jule mit einem Seitenblick auf Dr. Bächle.

»Zehn Tage? So was hat man doch sonst nur bei alten Leuten.«

Jule zuckt mit den Schultern. »Er war arbeitslos, die Nachbarn hatten zu ihm keinen Kontakt – das Übliche. Na ja, vielleicht nicht bei Ihnen auf dem Land.«

»Ach, selbst da kann so etwas passieren«, wehrt Völxen ab. »Aber Sie haben schon recht. Auf dem Dorf funktioniert die soziale Kontrolle schon noch ein bisschen besser. Was aber nicht immer ein Vorteil ist«, fügt er hinzu und muss dabei an den Vorfall von vergangener Woche denken, als er beim Wenden mit dem Hänger voller Gehölzschnitt den Zaun seines Nachbarn leicht touchierte, wobei zwei Zaunlatten zu Bruch gingen. Natürlich hat er die Angelegenheit sofort mit dem Geschädigten geregelt, zwanzig Euro und zwei Klare obendrauf, schließlich kennt man einander. Allerdings hat Völxen keine Notwendigkeit gesehen, seiner Familie von dem Missgeschick zu berichten. Keine vierundzwanzig Stunden hat es daraufhin gedauert, bis die Nachricht »der Kommissar hat Köpckes Zaun umgefahren« kreuz und quer durchs Dorf gegangen und schließlich bei Sabine angekommen ist.

»Wie geht es denn Ihren Schafen?«, erkundigt sich Jule.

»Gut, gut«, antwortet Völxen, aber es klingt irgendwie unfroh.

Ein Geräusch erregt ihre Aufmerksamkeit, sie sehen nach oben. Über den Metallzaun der Brüstung beugt sich ein Mann weit nach vorn. Das Objektiv seiner Kamera ist auf die Leiche gerichtet, und hinter dem Fotoapparat erkennt man einen Kopf mit schulterlangem, strähnigem, mausbraunem Haar. Erneut klickt der Auslöser.

»Markstein, verschwinden Sie auf der Stelle hinter die Absperrung!«, ruft Völxen.

Der Reporter grinst nur und winkt Völxen jovial zu. Auch Fernando hat den Journalisten bemerkt. Er unterbricht die Befragung des Pärchens, seine Augen werden schmal wie Messerrücken. »Dem Arschloch polier ich jetzt endlich mal die Fresse«, kündigt er an und rast im nächsten Augenblick davon.

»Rodriguez!«, brüllt Völxen. »Du bleibst hier! Das ist ein Befehl!«

Aber Fernando stellt sich taub und hält zielstrebig auf die Rampe zu, die in der Mitte scharf abgewinkelt nach oben führt.

»Los, halten Sie diesen Idioten auf!«, sagt Völxen zu Jule, aber die hat längst begriffen, dass Eile Not tut, es sei denn, man möchte sich in den nächsten Wochen mit Dienstaufsichtsbeschwerden und Anklagen wegen Körperverletzung herumschlagen. Sie verfolgt ihren Kollegen, der bereits die Rampe hinaufrennt. Doch der *Bild*-Reporter hat kapiert, dass Gefahr im Verzug ist. In seinem langen, geschlitzten Trenchcoat, der ihn aussehen lässt wie den Antihelden in einem Italo-Western, tritt er zügig den Rückzug an. Leider nicht rasch genug, befürchtet Jule, noch ein paar Meter, dann hat Fernando ihn am Kragen. Zum Glück ist Fernando nicht der einzige Verfolger. Die beiden jungen Beamten, die den Leichenfundort sichern sollen, haben inzwischen auch registriert, dass Markstein den abgesperrten Bereich betreten hat. Sie packen den stadtbekannten Medienvertreter unsanft bei den Armen und zerren ihn hinter die Absperrung. Dort allerdings reißt sich Markstein los und taucht zwischen den noch immer herumstehenden Gaffern unter.

Fernando hat die Verfolgung aufgegeben, ein Schwall von spanischen Flüchen und Drohungen bricht sich Bahn.

Etwas außer Atem kommt nun auch Jule an. Sie ergreift Fernandos Oberarm. »Komm jetzt. Du kannst dich hier nicht aufführen wie Klein-Rambo.«

»Was heißt hier *Klein*-Rambo?«, echauffiert sich Fernando und behauptet: »Sylvester Stallone ist auch nicht größer als ich.«

Was zu beweisen wäre, denkt Jule.
Fernando schüttelt ihren Arm ab. »Lass mich los. Ich darf doch wohl noch meine Lampe von da oben wegholen, oder?«

Jule und Fernando warten, bis die alte Frau ihr Kleingeld zusammengekratzt und damit das Arztromanheftchen bezahlt hat. Noch während die Tür hinter der Kundin ins Schloss fällt, sagt Fernando: »Pia, kannst du deinen Laden für einen Moment dichtmachen?«

»Bist du wahnsinnig? Ich habe gerade aufgemacht, heute ist Samstag!« Pia Hermes schnaubt erbost, aber dann, als sie die ernsten Gesichter von Jule und Fernando bemerkt, wird ihr Blick von einer Sekunde auf die andere panisch. »Was ist denn? Ist was mit Yannick? Oder mit Stefan? Nun rede doch schon!«

Jule dreht kurzerhand das Schild an der Ladentür um. *Offen* ist nun im Inneren des Kiosks zu lesen.

»Nein, nein, mit den beiden ist nichts«, sagt Fernando leise.

»Ja, was ist denn dann?«

Ohne Umschweife erklärt Jule: »Frau Hermes, Ihre Schwester wurde heute Morgen tot aufgefunden.«

Pia schaut abwechselnd von Jule zu Fernando, schließlich bleibt ihr Blick an Fernandos Gesicht hängen. »Tot? Marla? Bist du sicher?«

Eine seltsame Frage, findet Jule. Fernando nickt nur und Jule betrachtet die Süßigkeiten in den Schraubgläsern. Augenscheinlich sind es seit Generationen dieselben Dinge, mit denen sich Kinder die Zähne ruinieren: Schaumwaffeln, Lutscher, kleine rosa und weiße Gummimäuse, Lakritzschnecken, türkischer Honig, Ketten mit pastellfarbenen Zuckerringen zum Abbeißen, Brausestäbchen, Brausetütchen ... Manche dieser Köstlichkeiten hat Jule als Kind geliebt und schon seit Jahren nicht mehr gesehen. Sie beschließt, nachher ein paar Brausestäbchen mitzunehmen, als Frühstück sozusagen. – Frühstück? Siedendheiß fällt ihr ein, dass sie heute um elf Uhr zum Brunch verabredet ist. Ihr Vater, Professor Jost Wedekin, möchte seiner Tochter endlich seine neue, junge Lebensgefährtin vorstellen. Zwanglos und auf neutralem Boden, in einem dieser In-Lokale. Jule hat den Namen notiert aber schon wieder vergessen. Schon zweimal ist der Kennenlern-Termin verschoben worden, immer von Jule. Und nun sieht es schon wieder so aus, als ob nichts daraus wird. Verdammt, langsam wird die Sache peinlich, er wird denken, dass sie das absichtlich macht.

»Wieso ist sie tot?«

Jule richtet ihre Aufmerksamkeit wieder auf die Kioskbesitzerin.

»Was ist denn passiert?«

»Sie wurde ermordet«, presst Fernando hervor. »Händler vom Flohmarkt fanden sie heute früh am Hohen Ufer.«

»Und wer war das?«

»Wir stehen erst am Beginn unserer Ermittlungen«, erklärt Jule Wedekin. »Frau Hermes, haben Sie eine Ahnung, wie und wo Ihre Schwester den gestrigen Abend verbracht hat?«

»Im Theater, nehme ich doch an. Sie hatte Generalprobe, das hat sie mir gesagt. Heute ist doch die Premiere ihres Stücks.« Pia verbirgt für einen Moment ihr Gesicht in den Händen. »Entschuldigen Sie. Ich bin ganz durcheinander.«

»Kann ich verstehen«, sagt Fernando und sieht dabei aus, als sei *seine* Schwester ermordet worden.

»Wie ist das denn passiert?«

»Das muss erst die Obduktion ergeben«, weicht Jule aus. Laut Dr. Bächles erstem Eindruck wurde die Frau erdrosselt und es gibt keinen Hinweis auf eine Vergewaltigung. Aber derlei Einzelheiten muss man ja nicht gleich allen Beteiligten auf die Nase binden, findet Jule.

Ein Mann, dunkelhaarig, Ende dreißig, in einem abgewetzten Parka öffnet die Tür. »Morgen zusammen. Wieso ist das Schild umgedreht, Pia?«

»Marion ist tot. Ermordet. Heute Nacht.«

»Was?« Auch Stefan schaut Fernando an, als wolle er von ihm die Bestätigung. Der nickt nur.

»Aber wieso? Wie kann das sein?« Das hagere, unrasierte Gesicht wird auf der Stelle blass, während Jule erneut die bisher bekannten Todesumstände schildert. Dann hakt sie bei Pia nach.

»Wieso nannten Sie Ihre Schwester eben Marion?«

»Weil sie so heißt. Marion Hermes. Marla Toss war nur ihr Künstlername.« Die Betonung des letzten Wortes verrät, was Pia von Künstlernamen hält. Sie scheint sich inzwischen wieder gefangen zu haben, während ihr Mann noch immer verstört wirkt. Der Traurigste in der Runde ist aber nach wie vor Fernando, so kommt es Jule wenigstens vor. Eigentlich müsste sie sauer auf ihn sein, wegen dieser scheinheiligen Premieren-Einladung. Aber Fernando ist ihr nicht wichtig genug, um deswegen gekränkt zu sein. Sie mag ihn, auch wenn ihr sein Machogehabe manchmal auf die Nerven geht, aber er ist nicht ihr Typ. Zu unreif, zu sprunghaft, zu verwöhnt von Mama.

»Wann haben Sie Ihre Schwester zum letzten Mal gesehen?«, will Jule wissen.

»Gestern Nachmittag war sie hier.«

»Und Sie, Herr ...?«, wendet sich Jule an Pias Mann.

»Stefan Hermes.«

»Moment ... Sie heißen alle drei Hermes?«

»Ich habe den Namen meiner Frau angenommen. So was soll vorkommen«, erklärt Stefan Hermes und klingt eine Spur ungehalten.

»Verzeihen Sie«, sagt Jule und wiederholt ihre Frage nach der letzten Begegnung mit der Getöteten.

»Ich weiß es nicht. Keine Ahnung. Ist schon ein paar Tage her.«

»Frau Hermes, wo hat Ihre Schwester gewohnt?«

Pia nennt eine Adresse in Limmer, die Jule notiert. »Sie wohnt erst seit vier Monaten wieder hier in Hannover«, setzt Pia hinzu.

»Wie alt war Ihre Schwester?«

»Zweiunddreißig. Zwei Jahre jünger als ich.«

Verstohlen taxiert Jule die Frau hinter dem Verkaufstisch. Durchschnittsgesicht, ein paar Kilo zu viel um die Taille, die Frisur ein Dreistufenelend mit groben Billig-Strähnchen. Dagegen die deutlich hübschere und beruflich erfolgreiche Schwester. Da kann leicht Neid aufkommen, überlegt Jule. Vielleicht sogar Hass? Sie selbst hat mit Gefühlen unter Geschwistern keine Erfahrung, sie hat keine Geschwister. Ihr Bruder starb mit vier Jahren an Meningitis, da war Jule erst zwei.

»Hatte Ihre Schwester für gewöhnlich eine Handtasche bei sich?«

»Ja, klar«, antwortet Pia. »So ein Edel-Teil. Sie musste ja auch ständig ihr Handy dabeihaben – sie war ja so wichtig.« Pia verdreht die Augen und Stefan zischt: »Pia, bitte!« – »Ist doch wahr.«

»Können Sie mir ihre Nummer geben?«

»Warten Sie.« Pia holt ihr eigenes Mobiltelefon aus einer abgewetzten Handtasche und nennt Jule die eingespeicherte Nummer.

»Hatte sie einen Mann, einen Partner?« Eine Frage, die endlich auch Fernando zu interessieren scheint, jedenfalls hört er auf, apathisch auf seine Fingernägel zu starren.

»Nein«, antwortet Pia. »Jedenfalls nichts Festes. Aber es gab immer welche, die um sie herumschwirrten.«

Das kann Jule sich gut vorstellen. »Gibt es Angehörige außer Ihnen?«

»Nur meine … unsere Mutter. Die lebt im Altenheim, aber es hat gar keinen Zweck, mit ihr zu sprechen. Sie erkennt oft die Leute, die vor ihr stehen, nicht mehr.« Pia sieht ihren Mann an, während sie das sagt. Der blickt nachdenklich durch die Scheibe der Ladentür. Draußen nähert sich ein Kunde mit einer Tüte voller leerer Flaschen.

»Kann ich das Schild wieder umdrehen?«, fragt Stefan. »Wir können es uns nicht leisten, am Samstagvormittag zu schließen.«

Jule nickt. »Gleich. Ich muss Sie beide fragen, wo Sie letzte Nacht waren, zwischen zwölf und ein Uhr. Das gehört zur Routine«, setzt sie vorsichtshalber hinzu.

»Wir waren zu Hause, was glauben Sie denn? Schließlich haben wir ein Kind, und ein Babysitter ist uns zu teuer«, antwortet Pia gereizt.

»Können Sie das bestätigen?«, fragt Jule den Ehemann, und wie erwartet bejaht Stefan Hermes die Frage. Dann öffnet er die Tür und sagt zu dem Mann mit den Flaschen: »Bin gleich so weit.«

Die Phase der Betroffenheit scheinen beide inzwischen einigermaßen überwunden zu haben, bemerkt Jule und sagt: »Rufen Sie mich an, wenn Ihnen noch etwas einfällt.« Sie legt eine Visitenkarte auf den Zahlteller mit der Jägermeister-Werbung. »Kommen Sie bitte am Montag bei uns vorbei, wir müssen ein Protokoll ihrer Aussagen anfertigen.«

»Bis dahin wissen wir auch schon mehr«, versichert Fernando, aber Pia beachtet ihn gar nicht, sie winkt durch die Scheibe. Auf dem Gehweg nähert sich schlendernd ein blonder Junge.

»Das ist unser Yannick. Bitte sagen Sie ihm nichts von ... der Sache. Ich möchte das lieber selbst machen.«

»Mochte er seine Tante denn sehr?«, will Jule wissen.

»Wie denn? Er kannte sie doch kaum«, antwortet Pia.

Jule und Fernando verabschieden sich. Der Junge grüßt den Mann mit den Flaschen und sagt zu Fernando, als der aus dem Laden tritt: »Hi, Bulle!«

»Hallo Yannick.« Fernando streicht Yannick im Vorbeigehen kurz übers Haar.

»He, Pfoten weg, bist du schwul oder was?«

»Yannick!«, mahnt Pia erbost. »So was sagt man nicht!«

»Der hat mich angegrapscht.«

»Los, komm rein!«

»Ich will aber gleich zu Marco!«

»Du kannst ja zu Marco, aber komm jetzt erst mal rein!« Mit einem hellen Bimmeln schließt sich die Tür hinter dem zeternden Knirps.

»Ein aufgewecktes Kerlchen«, kommentiert Jule, während sie beobachtet, wie Pia das Kind an sich drückt, als wäre der Junge soeben knapp einem Mordanschlag entgangen. Fernando nickt abwesend. Auf dem Weg zu Jules Mini bemerkt sie: »Sonderlich traurig über den Tod ihrer Schwester wirkte Pia Hermes nicht gerade, oder täusche ich mich da?«

»Hm.«

»Ist ja auch verständlich – die jüngere, hübschere Schwester, nun auch noch auf dem Sprung, eine Berühmtheit zu werden. Während man selbst in diesem Kiosk versauert ...«

Endlich reagiert Fernando: »Quatsch! Ich sehe Pia jeden Tag, sie versauert nicht. Sie ist immer gut gelaunt. Und mit Stefan bin ich zur Schule gegangen.«

»Was macht der eigentlich? Leben die alle von dem Kiosk?«

»Nein, Stefan ist Schreiner, er hat eine Werkstatt in der Fössestraße. Die zwei sind grundanständig. Und Pia ist nicht unzufrieden, sie liebt ihren Mann und sie vergöttert ihren Sohn.«

Es haben auch anständige Menschen schon getötet, denkt Jule und sagt: »Klar, Mann und Sohn sind ja auch das Einzige, was eine Frau braucht, um glücklich und zufrieden zu sein.«

»Manche schon. Du wirst langsam wie Oda«, erwidert Fernando.

Jule beschließt, das einfach als Kompliment zu nehmen und murmelt nur: »Der Bengel könnte etwas Disziplin vertragen.«

»Findest du? Die Kids sind hier alle so«, behauptet Fernando. »Das hier ist Linden und nicht ...«

»Schon gut«, unterbricht ihn Jule, und ehe er wieder die alte Leier vom höheren Töchterchen anstimmen kann, fragt sie: »Wie gut kanntest du eigentlich Marla Toss, beziehungsweise Marion Hermes?«

Fernando seufzt. »Das ist schwer zu erklären ...«

»Wieso? War doch eine einfache Frage.«

»Als ich sie zum ersten Mal sah, habe ich gewusst, dass ich schon mein Leben lang auf sie gewartet habe.«

»Und wann war das?«

»Am Mittwoch, im Kiosk.«

»Du hast sie nur dieses eine Mal gesehen?«

»Ja.«

»Worüber habt ihr gesprochen? Über den Blumenschmuck in der Kirche?«

»Nur ein, zwei Sätze«, gesteht Fernando, taub für Jules Spott. »Sie hat mir ihren Namen genannt.« Er seufzt, seine Schultern kippen nach vorn und mit tieftraurigem Augenaufschlag stellt er fest: »Mehr war uns nicht vergönnt.« Jule kann sich ein Grinsen nicht verkneifen, und Fernando giftet: »Dass du das nicht verstehst, wundert mich nicht!«

»Was verstehe ich nicht?«

»Dass es Liebe auf den ersten Blick gibt. Dass man jemanden ansieht und weiß: Sie ist es!«

»Ich kann verstehen, dass man so etwas glaubt. Dass es ein Irrtum war, merkt man dann – früher oder später«, antwortet Jule, die damit ihre bisherigen Erfahrungen in Sachen Liebe klar umrissen hat.

»Mit dieser Einstellung endest du irgendwann einsam mit drei Katzen.«

Nun platzt Jule der Kragen. Sie bleibt stehen, stemmt die Ellbogen in die Seiten und säuselt: »Fernando Rodriguez in der Rolle des tragischen Helden, der nach langen Jahren des wahllosen Herumvögelns endlich seine Frau fürs Leben gefunden hat. Und dann entreißt ihm ein grausames Schicksal die Angebetete – noch bevor er sich eine Abfuhr holen konnte.« Jule ringt theatralisch die Hände. »Ja, das ist großes Kino, genau nach deinem Geschmack. Aber jetzt komm bitte wieder zurück auf den Boden der Tatsachen, wir haben in einem Mordfall zu ermitteln.«

Fernando vollführt eine unwillige Handbewegung und beschleunigt seine Schritte, wobei er vor sich hin murmelt: »¡Vete a tomar por el culo!«

»Du mich auch«, antwortet Jule, die das spanische Götz-Zitat sehr wohl verstanden hat. An manchen Tagen geht ihr dieses spanische Muttersöhnchen dermaßen auf die Nerven! Dabei hält er sich für einen Mordsbrecher, dieses Weichei. Wie hat Oda neulich gesagt? – Wenn Fernando ein Pavian wäre, würde man ihn nicht einmal in die Nähe der Weibchen lassen.

Jule schluckt ihren Ärger hinunter und greift zum Telefon, um Völxen über den Stand ihrer Ermittlungen zu informieren.

Hauptkommissarin Oda Kristensen mustert den jungen Mann im schwarzen Kaschmir-Rollkragen, der auf einem der beiden Besucherstühle vor ihrem Schreibtisch sitzt. Er hat blondes, asymmetrisch geschnittenes Haar, das ihm immer wieder in die hohe Stirn fällt. Der Tod dieser Marla Toss scheint ihm nahe zu gehen, seine blauen Babyaugen blinzeln verdächtig. Er dreht sich eine Zigarette, was Oda zum Anlass nimmt, ebenfalls zu ihren Rillos zu greifen. Sie war nicht sehr begeistert, als Völxen sie vor einer Stunde anrief, mitten in ihrer samstäglichen Putzorgie. »Muss das sein? Ich versinke im Dreck!«, hat sie gestöhnt, aber Völxen war unerbittlich: »Wir müssen alle, die gestern an der Generalprobe beteiligt waren, vernehmen, und zwar möglichst rasch.« Um an die Namen und Adressen zu kommen, hat Völxen in aller Frühe den Intendanten aus dem Bett geklingelt, und dieser wiederum den Dramaturgen.

Wenigstens habe ich den schnuckeligen Regieassistenten abgekriegt, tröstet sich Oda. Alexander Menken, achtundzwanzig Jahre alt. Sie schaltet das Aufnahmegerät ein, nennt Ort, Zeit und den Namen ihres Gegenübers und beginnt zum Aufwärmen mit einer Frage, deren Antwort sie schon kennt: »Findet die Premiere denn heute Abend trotzdem statt?«

»Der Intendant hat sich dafür entschieden«, sagt Alexander Menken knapp.

»Finden Sie das in Ordnung?«

Seine vollen Lippen kräuseln sich wie bei einem kleinen Kind, kurz bevor die Tränen fließen. Aber er fängt sich gerade noch und sagt mit erstickter Stimme: »Marla hätte es sicher so gewollt.«

Oda stößt eine Rauchwolke aus.

»Es ist so furchtbar. Sie hätte es wirklich verdient, diesen Abend heute. Es wäre ihr Durchbruch geworden, da bin ich ganz sicher. Sie hatte schon so tolle Ideen für den zweiten Teil des Faust.«

»Wie gut kannten Sie Marla Toss?«, will Oda wissen.

»Wir proben seit vier Monaten.«

»Und privat?«

Er schüttelt den Kopf, traurig, wie es Oda vorkommt. »Sie hat nie über ihr Privatleben gesprochen.«

»Wie war die Arbeit mit ihr?«

»Ich habe viel von ihr gelernt. Sie war so unkonventionell, so innovativ, und sie strahlte eine so natürliche Autorität aus, der man sich kaum entziehen konnte! Ich möchte bloß wissen, wer so etwas tut.«

»Das möchten wir auch«, versichert Oda. »Erzählen Sie mir von gestern, von der Generalprobe im Ballhof. Lief alles gut?«

Alexander Menken zieht an seiner Zigarette und schüttelt den Kopf. »Nicht so ganz. Aber das haben Generalproben so an sich.«

»Was ging denn schief?«

»Ach, eigentlich nur Kleinigkeiten. Marla fand die Schminke und die Frisuren der Hauptdarsteller nicht okay, dann gefiel ihr die Beleuchtung nicht und ein paar Musikeinspielungen kamen verzögert. Nichts Weltbewegendes, dennoch war Marla ziemlich aufgeregt. Sie ist – war – eben eine Perfektionistin.«

»Hat sie sich auch über Sie aufgeregt?«

Er nickt. »Ja, ich habe auch mein Fett weggekriegt. Aber das darf man nicht überbewerten, sie konnte eben manchmal sehr impulsiv sein.«

Klingt eher nach Zicke als nach »natürlicher Autorität«, denkt Oda bei sich.

Menken zieht an seiner Zigarette und streicht sich seine Haartolle aus der Stirn. »Wissen Sie, vor einer Premiere liegen die Nerven immer blank, da legt keiner ein Wort auf die Goldwaage. Wir alle haben Marla sehr geschätzt. Das wird hart heute Abend. Hoffentlich sind die Leute nicht zu durcheinander.«

»Wann war die Probe zu Ende?«

»Etwa um halb zwölf. Wir haben dann noch kurz geredet, so etwa zehn Minuten, dann ist sie gegangen.«

»Zu Fuß?«

»Ja.«

»Allein? Oder mit anderen?«

»Darauf habe ich nicht geachtet. Aber die meisten waren schon weg.«

»Und Sie?«

»Ich habe noch mit dem Requisiteur und dem Tontechniker gesprochen, etwa zehn Minuten, dann bin ich auch gegangen.«

»Haben Sie Marla Toss draußen noch gesehen?«

»Nein, die war schon weg. Sie ging immer an der Leine entlang zur Haltestelle Clevertor und fuhr mit der Zehn nach Limmer.«

»Und wie sind Sie nach Hause gekommen?«

»Ich bin zur Stadtbahn gegangen. Haltestelle Marktkirche. Am Hohen Ufer bin ich nicht vorbeigekommen. Das wäre ja die komplett andere Richtung gewesen.«

»Hatte Frau Toss eine Handtasche bei sich?«

»Ja, ihre große schwarze Umhängetasche.« Seine Augen weiten sich: »Wurde sie ausgeraubt?«

»Möglich«, antwortet Oda ausweichend. Ja, möglich wäre es, aber nicht wahrscheinlich. Ein Räuber schlägt sein Opfer nieder, schnappt sich die Beute und flieht. Und wenn nichts da war, um sie damit niederzuschlagen? Wenn er sie lediglich zum Schweigen bringen wollte? Aber es ist zu früh für derlei Spekulationen, sieht Oda ein.

»Wo wohnen Sie?«, fragt sie den Regieassistenten.

»In der List. Gretchenstraße.«

Wie passend. »Allein?«

»WG. Mit zwei Typen von der Uni.«

»Hat Sie jemand nach Hause kommen sehen?«

»Brauche ich ein Alibi?«, fragt er erschrocken.

»Schaden kann's nicht«, antwortet Oda. »Also?«

»Nein. Die waren im Bett oder nicht da. Vielleicht hat mich einer gehört, keine Ahnung. Ich war allerdings recht leise und bin gleich ins Bett gegangen.«

»Danke, Herr Menken, Sie können gehen.«

Der junge Mann steht auf, steckt den Tabak in seine Gesäßtasche und trottet aus ihrem Büro. Netter Hintern, registriert Oda und macht einen Haken an den ersten Namen ihrer Liste.

Sie öffnet das Fenster. In letzter Zeit reagieren die Leute ja geradezu panisch auf ein bisschen Qualm.

Die Maskenbildnerin, Gudrun Röse, ist eine stämmige Mittfünfzigerin in einem roten, wallenden Gewand, deren linkes Augenlid ab und zu nervös und unkontrolliert zuckt. Oda erkundigt sich, ob ihr türkisfarbener Turban auf eine Krebserkrankung hindeutet. Nein, sie sei kerngesund, sie schwärme nur für Tücher, versichert Frau Röse konsterniert und äußert sich im Folgenden nicht ganz so positiv wie ihr Vorgänger über Marla Toss.

»Wissen Sie, sie hatte zwei Seiten. Da war die kluge, charmante, hinreißende Marla Toss, aber sie konnte auch unheimlich launisch sein, und wenn sie jemanden nicht mochte, dann hatte derjenige – oder meistens war es eine diejenige – nichts zu lachen.«

»Mochten Sie sie?«

»Nein«, gesteht Frau Röse unumwunden. »Es tut mir schrecklich leid, dass sie tot ist, aber man kann wirklich nicht behaupten, dass ich sie gemocht habe. Und um es gleich zu sagen, wir hatten an dem Abend einen ziemlich heftigen Krach, weil sie wieder mal plötzlich genau das Gegenteil von dem wollte, was sie bei der letzten Probe gesagt hatte. Wissen Sie, Frau Kommissarin, ich bin ja schon lange in dem Laden und bin so einiges gewohnt, gerade von den Regisseuren, aber gestern ist mir der Geduldsfaden gerissen.« Frau Röses Augenlid flattert erregt, und Oda muss wegsehen, denn das Geflatter veranlasst sie selbst zum Blinzeln. »Als sie auch noch an den Perücken herumgemäkelt hat, die ich haargenau nach ihren Angaben frisiert habe, habe ich ihr den Krempel vor die Füße geworfen und bin gegangen. Mein Mann kann bezeugen, dass ich schon um kurz nach elf zu Hause war, er hat mir einen ayurvedischen Tee gekocht, damit ich mich wieder beruhige.«

Frau Röse wirkt auf Oda nicht wie eine, die einer Widersacherin auflauert, um sie umzubringen. Sie lässt ihren Zorn heraus, und damit ist die Sache erledigt.

Beim nächsten Künstler, dem Darsteller des Dr. Faust, handelt es sich um einen untersetzten Endvierziger mit dem Charme eines Heizdeckenverkäufers, aus dessen zu dunkel gefärbtem

Haar Schuppen auf seinen schwarzen Rollkragenpullover rieseln. Mephisto hingegen ist ein hagerer Mann mit tränensackbehangenen, dunklen Augen und großporiger Haut. Seine Zahnbeläge harmonieren mit der Farbe seines Jacketts und er hat einen Mundgeruch wie der Leibhaftige. Beide Herren waren nach der Probe noch bis ein Uhr zusammen in einer Kneipe.

Nach Mephistos Abgang lüftet Oda erst mal ihr Büro und steckt sich dann einen Zigarillo an. Auf ihrer Liste stehen noch der Requisiteur, Gretchens Bruder, der Choreograph und ein Erdgeist.

Völxen sitzt zwei Türen weiter in seinem Büro und kümmert sich um das Gretchen, den Wagner, die Hexe, Fausts Schüler, Gretchens Nachbarin, die Kostümbildnerin und ein paar Waldgeister und Wahngestalten. Etwa ein Dutzend Statisten sowie die Bühnentechniker, Bühnenbauer und die Beleuchter werden wohl erst am Sonntag an die Reihe kommen. Damit nicht genug, müssen auch eventuelle Alibis überprüft werden. Adieu Wochenende!

Zum Glück ist Veronika mit ihren Theaterproben beschäftigt, tröstet sich Oda. Andererseits ist die Vorstellung, dass sich an genau dem Theater, an dem ihre Tochter schauspielert, möglicherweise ein Mörder herumtreibt, auch nicht gerade erbaulich.

Die Wohnung von Marla Toss liegt in einem gepflegten, vierstöckigen Wohnblock mit dreißig einheitlich gehaltenen Klingelschildern. Ein Mann schiebt gerade ein Fahrrad aus der Tür, sodass Fernando und Jule rasch den Hausflur betreten können. Alles hier ist ordentlich, keine Kinderwagen auf den Treppenabsätzen, keine Schuhe vor der Tür, auch keine Pflanzen vor den Glasbausteinen. Eine Atmosphäre kühler Anonymität. Jule fröstelt. Da Fernando ein Spezialist im Öffnen von Türen ist – sowohl mit Gewalt als auch ohne – haben sie auf einen Schlüsseldienst verzichtet, was sich nun, als sie im dritten Stock angekommen sind, als Fehlentscheidung herausstellt.

»Sicherheitsschloss, mehrere Bolzen. Keine Chance«, konstatiert Fernando mit Kennerblick. Jule klingelt an der Nachbartür mit dem Namensschild Weber. Ein älterer Herr vom Typ misstrauischer Rentner öffnet. Die Beamten zeigen ihre Dienstausweise und fragen, ob es einen Hausmeister gibt oder sonst jemanden, der einen Schlüssel für die Nachbarwohnung haben könnte.

»Im Block nebenan wohnt der Hausmeister. Krause heißt er.«

»Das ist jetzt ein Witz, oder?«, fragt Fernando.

Herr Weber schüttelt den Kopf. »Nein, er heißt wirklich so.«

Fernando läuft die Treppen hinunter, während Jule den Mann über Marla Toss aushorcht.

»Die kommt oft spät abends nach Hause. Arbeitet am Theater. Sie ist sehr ruhig und grüßt immer freundlich. Aber mehr auch nicht. Sie wohnt noch nicht lange hier. Was ist denn mit ihr?«

»Sie ist tot. Wahrscheinlich ermordet.«

»Etwa hier? In unserem Haus?«

»Nein, in der Nähe des Theaters.«

»Mein Gott!« Der Mann dreht sich um und ruft ins Wohnungsinnere: »Erna? Hast du das gehört? Unsere Nachbarin ist tot. Ermordet. Aber zum Glück nicht hier im Haus.«

Eine kleine, grauhaarige Frau erscheint und äußert wortreich ihr Entsetzen, während sie ihre Hände an einer karierten Schürze abtrocknet. »So eine junge, hübsche Frau. Bestimmt war es ein Triebtäter, hab ich recht?«

»Es sieht nicht danach aus, aber wir ermitteln noch. Hatte Frau Toss Besucher, erinnern Sie sich an jemanden?«

Die beiden sehen einander an, dann sagt der Mann: »Ab und zu hatte sie Herrenbesuch. Man hörte dann Musik und Stimmen. Aber ganz dezent, kein Grund, sich zu beschweren, wirklich nicht. Wir haben's nur gehört, wenn unser Fernseher aus war.«

»Haben Sie den Herrn auch mal gesehen?«

»Nein, gesehen hab ich den nie. Ich hab schon zu Erna gesagt: Der kommt und geht wie ein Geist.«

»Stimmt. Wenn Sie mich fragen, Frau Kommissarin, der wollte nicht gesehen werden. Bestimmt ein Verheirateter. Er war auch nicht oft da. Vielleicht einmal die Woche.«

»An einem bestimmten Tag?«
»Nein, ganz unterschiedlich.«
»Und sonst?«
»Sonst war niemand da«, versichert Erna.
»Das Kind, Erna, du vergisst das Kind.«
»Ach so, ja. Ein paarmal hörte man Gepolter und eine Kinderstimme. Ein Junge, der Stimme nach. Aber das war nicht oft, und gesehen habe ich den auch nie.«

Das wird Yannick gewesen sein, ihr Neffe, kombiniert Jule. Sie bedankt sich bei den Webers, die leise ihre Haustür schließen. Jules Handy klingelt.

»Alexa, es ist halb zwölf. Wo bleibst du denn?«

Ihre Eltern nennen Jule hartnäckig bei ihrem ersten Vornamen, obwohl ihnen Jule wiederholt gesagt hat, dass sie den Namen nicht leiden kann. Eine heiße Welle überspült Jule.

»Papa! Ich kann nicht kommen. Ich habe Dienst und es gab einen Mord an einer jungen Frau, heute Nacht. Ich stecke mitten in den Ermittlungen. Das geht noch das ganze Wochenende so.«

Es folgen Sekunden des Schweigens, die sich ewig hinziehen. Im Hintergrund hört Jule ein Durcheinander von Stimmen und Gelächter. Bestimmt sagt er gleich: *Du wolltest es ja nicht anders.* Jost Wedekin, Professor für Transplantationschirurgie an der Medizinischen Hochschule, ist bis heute ungehalten darüber, dass seine Tochter Alexa Julia ihr Medizinstudium hingeworfen hat und zur Polizei gegangen ist. Aber er sagt nur: »Du hättest wenigstens anrufen können.«

»Entschuldige. Erst wollte ich dich nicht so früh wecken und dann habe ich es vergessen.« Das ist die Wahrheit. Wie konnte das nur passieren?

»Das ist jetzt das dritte Mal, dass du absagst, aber das weißt du ja selbst.«

»Tut mir leid. Aber ich kann wirklich nichts dafür.«

»Das hoffe ich. Brigitta hat sich wirklich sehr darauf gefreut, dich endlich kennenzulernen.«

Brigitta. Oder auch ›die Schlampe‹, wie Jules Mutter die Dame nennt. »Du, ich kann jetzt nicht reden, ich bin mitten in einer

Zeugenbefragung. Ich meld mich wieder. Am besten, wir verabreden das mal ganz spontan.«

»Ist schon gut, Alexa.«

Aufgelegt. Jule zerrt am Ausschnitt ihres T-Shirts. Ihr ist warm geworden.

Fernando kommt die Treppe herauf, hinter ihm ein dicker Mann im blauen Drillich, der schnauft, als hätte er einen Marathon hinter sich. Er schließt den Beamten die Wohnungstür auf und äugt neugierig in den Wohnungsflur.

»Den Schlüssel behalten wir. Der Erkennungsdienst braucht ihn noch.«

»Es gib auch noch einen Kellerraum«, weiß der Hausmeister. »Die Nummer 24, steht außen dran.«

»Danke, Herr Krause«, sagt Fernando und schließt die Tür vor dessen Nase.

Jule macht das Licht an: ein breiter Flur mit einem großen Einbauschrank. Sie wirft einen Blick hinein. »Lieber Himmel!«

»Was ist?«

»Ich dachte immer, meine Mutter hätte einen Schuhtick.« Jule weist auf den Schrankinhalt. »Das sind bestimmt an die zweihundert Paar«, schätzt sie. »Wahnsinn.«

Fernando schweigt dazu. Über einen flauschigen Teppich gehen sie ins Wohnzimmer, das mit beigefarbenem Velour ausgelegt und spärlich möbliert ist: Anrichte, Regal, Couch, Tisch, Flachbildfernseher. Es sieht aus, als hätte sich die Bewohnerin noch nicht entschieden gehabt, hier zu bleiben. Es gibt nur wenige Bücher, hauptsächlich Bildbände, und fast gar keine Dekorationsgegenstände, Vasen oder dergleichen Krimskrams, wie er sich normalerweise in Wohnungen mit der Zeit anhäuft. Es ist unverkennbar die Wohnung einer Person, die oft umzieht und sich nicht mit unnötigem Ballast abmühen will, spekuliert Jule. An der Wand des Wohnzimmers hängen drei großformatige Fotografien, die alle drei dasselbe Motiv zeigen: Das Gesicht von Marla Toss aus verschiedenen Perspektiven in Schwarz-Weiß. Auf den Bildern ist sie von geradezu überirdischer Schönheit, muss Jule zugeben. Aber was heißt das schon, in Zeiten der digitalen Bildbearbeitung? Jedenfalls muss man schon sehr selbstverliebt sein, um sich dreimal in Plakatgröße an die eigene Wand zu hängen.

Seit sie die Wohnung betreten haben, hat Fernando noch kein Wort gesagt. Nun fragt er: »Hast du Handschuhe für mich?«

Jule gibt ihm ein Paar Latexhandschuhe und geht ins Schlafzimmer. In der Mitte des Raumes prangt ein französisches Bett mit schneeweißer, glatter Bettwäsche. Auch hier hängen Fotos der Bewohnerin an den Wänden, dieses Mal ist sie in voller Größe abgebildet, spärlich bis gar nicht bekleidet. Das ist keine Eitelkeit mehr, das ist schon Narzissmus, findet Jule. Sie öffnet den geräumigen Kleiderschrank. Der Hauch eines Parfums streift ihre Nase. Sie atmet tief ein. Es ist das wunderbarste Parfum, das sie je gerochen hat. Es duftet nach Rosen und Weihrauch, süß und würzig zugleich. Die Kleider im Schrank sind überwiegend Edelmarken. Auf einer Kommode mit einem dreiteiligen Spiegel steht, zwischen Schminksachen und einer Unmenge Pinsel und Puderquasten, der Parfumflakon, nach dessen Inhalt die Kleider duften. Es heißt *Amouage*, und die Form des Flakons erinnert an eine Moschee. Genau, so würde Jule den Duft auch beschreiben: orientalisch. Es ist jedenfalls keiner, den man an jeder Ecke kaufen kann, registriert Jule und notiert sich den Namen, ehe sie die Kommode inspiziert. Ihre Mutter könnte wissen, ob und wo man das Parfum hier bekommt, überlegt Jule. Ich muss sie ohnehin mal wieder anrufen.

In der obersten der drei Schubladen befindet sich Unterwäsche, und eine Schatulle mit etwas Silberschmuck. In der mittleren T-Shirts und unten ausnahmslos Kaschmirpullis.

»Fernando!«

Ihr Kollege kommt herein, und wie Jule es erwartet hat, saugen sich seine Blicke sofort wie Blutegel an den Fotografien fest.

»Hier spielt die Musik!«

»Was ist denn?«

»Sieh dir den Kleiderschrank an. Alle Aufhänger der Bügel zeigen nach außen, alle Kleider hängen in einer Richtung. Aber ein paar Sachen liegen unten und die zwei Seidenblusen da hängen total schief auf dem Bügel.«

»Ja, und?«, fragt Fernando verständnislos.

»Das gibt Dellen, vom Bügel«, erklärt Jule und deutet anklagend auf die zwei Blusen. »So was tut nur ein Mann, dem die Dinger vom Bügel gerutscht sind und der sie irgendwie wieder draufwurstelt.«

»Wenn du meinst«, sagt Fernando ohne viel Überzeugung.

Jule winkt ihren Kollegen zu der Kommode. »Hier, die Schubladen. Fällt dir was auf?«

»Jede Menge Stringtangas.«

»Nicht *die* Schublade. Die mittlere.«

»Schön, es könnte ordentlicher sein. Aber sie war Künstlerin. Denkst du, so eine Frau faltet ihre T-Shirts auf DIN-A-4?«

Jule schnaubt wie ein Kampfstier. »Fernando, das sind gebügelte T-Shirts! Denkst du, eine Frau macht sich die Mühe, ihre T-Shirts zu bügeln, um sie dann kreuz und quer da hineinzustopfen?«

»Hm«, meint Fernando nachdenklich. »Da hast du recht. Meine Mutter kriegt auch Zustände, wenn ich das in meinem Schrank mache. Sie droht dann immer, dass sie mir nie mehr was bügelt.«

Unter normalen Umständen hätte Jule an dieser Stelle ein paar deutliche Worte verloren, aber sie ist froh, dass Fernando allmählich wieder aus seiner Lethargie erwacht, deshalb schluckt sie ihren Kommentar hinunter und stellt lediglich fest: »Hier hat jemand rumgewühlt. Jemand, der einen Schlüssel hatte.«

»Das kann nur ihr Mörder gewesen sein«, stellt Fernando seinerseits fest. »Den Schlüssel hatte er aus ihrer Handtasche.«

»War was im Schreibtisch?«

»Nichts Besonderes. Bankauszüge, Versicherungskram, Arbeitsverträge. Ihr Girokonto ist ein bisschen überzogen, aber nicht so schlimm wie meins.«

Irgendetwas in Fernandos Tonfall macht Jule hellhörig. »Fernando … du verschweigst mir doch nichts, oder?«

Der Kollege weicht ihrem sezierenden Blick aus. »Und das da.« Er geht ins andere Zimmer und kommt mit einem kleinen Plastiktütchen in der Hand zurück.

Jule stößt einen kleinen Pfiff aus. »Koks?«

»Vermutlich. Das ist in Künstlerkreisen nichts Besonderes. Ist ja nicht viel, nur ein, zwei Gramm.«

»Du musst es ja wissen.«

Ehe Fernando Rodriguez vor gut drei Jahren zum Dezernat 1.1.K, dem Dezernat für Todesermittlungen, kam, war er bei der Drogenfahndung. »Lag in der obersten Schublade. Dort liegen auch dreihundert Euro. Auf Geld war unser Schubladenwühler nicht aus. Falls es ihn überhaupt gibt.«

Jule überlegt laut. »Ich weiß ja nicht, wie gut so eine Nachwuchs-Regisseurin verdient, aber doch sicher nicht so gut, dass sie sich derart viele Edelklamotten leisten kann? Und dann noch die Kokserei ...«

Allmählich scheint Fernando wieder auf Touren zu kommen, denn er fragt, während er in der Küche den Inhalt des Kühlschranks – ein paar Lebensmittel vom Discounter und eine Flasche Champagner – betrachtet: »Du denkst, sie hatte 'nen Sugar-Daddy?«

»Wenn du es so ausdrücken möchtest.«

»Wenn dieser Kerl ihr Mörder ist, dann musste er natürlich alles verschwinden lassen, was seine Identität verraten könnte«, spinnt Fernando den Faden weiter.

»Oder der Mörder war nicht ihr Sugar-Daddy, sondern hat was anderes gesucht«, spekuliert Jule.

»Wir sollten die Bude noch mal richtig filzen«, schlägt Fernando vor. »Vielleicht hat er was übersehen.«

»Sie sind also Janne Wolbert, das Gretchen«, stellt Hauptkommissar Völxen fest, nachdem die junge Frau ihm gegen über Platz genommen hat. Sie ist eine zierliche Brünette Mitte dreißig mit schmalem Gesicht, ungeschminkt, recht apart. Die Haare sind zu einem Pferdeschwanz gebunden, ihr roter Pullover hat einen großen, weiten Rollkragen, als wäre tiefster Winter.

»Genau. Und normalerweise müsste ich jetzt zu Hause sein und mich auf die Premiere vorbereiten.«

»Warum? Können Sie Ihren Text noch nicht?« Völxen nimmt einen großen Schluck Kaffee, während Frau Wolbert etwas von mentaler Einstimmung und Premieren-Vorbereitungs-Ritualen faselt.

»Wie fanden Sie denn die Arbeit mit Marla Toss?«, fragt der Hauptkommissar.

Sie seufzt. »Manchmal recht anstrengend.«

»Inwiefern?«

Frau Wolbert ringt die Hände und verdreht die Augen. »Sie wusste einfach nicht, was sie wollte. Den einen Tag sollte man eine Szene emotional spielen, am anderen unterkühlt. Für mich war das ein Zeichen von Unsicherheit. Der Job war einfach eine Nummer zu groß für sie. Aber ein paar wichtige Herren haben sich offensichtlich von ihrem Äußeren und ihrem Auftreten blenden lassen und hielten sie für begnadet.«

Völxen ahnt, auf welche »Herren« sie anspielt. Der Intendant, mit dem er am Vormittag kurz gesprochen hat, hatte Tränen in den Augen und sagte: »Wissen Sie, es war nicht nur ihr Talent. Sie war das, was man früher eine Diva nannte. Sie hätte unserem Theater, ach, was sage ich, der ganzen Stadt zu neuem Glanz verholfen ...«

Völxen lässt das Gesagte unkommentiert und fragt: »Was wissen Sie über das Privatleben von Frau Toss?«

»Nichts.«

»Ich bitte Sie. Erzählen Sie mir nicht, dass am Theater nicht geklatscht wird.«

»Sie haben mich gefragt, was ich weiß, nicht nach dem Klatsch«, versetzt Janne Wolbert.

Völxen lächelt anerkennend. »Richtig. Also dann den Klatsch.«

Sie zwirbelt ihren Pferdeschwanz und sagt: »Der Dramaturg. Seine Frau ist Sängerin an der Oper. Aber das ist wirklich nur Klatsch.«

Völxen macht sich schweigend eine Notiz, während sein Gegenüber nun schwere Geschütze auffährt: »Wenn Sie es genau wissen wollen: Sie war launisch, zickig und selbstverliebt. Und arrogant. Ich habe mal gehört, wie sie zu der Maskenbildnerin gesagt hat, Schauspieler wären nichts weiter als dressierte Affen, denn sie würden ja nur das reproduzieren, was sich die wahrhaft kreativen Geister – damit meinte sie Bühnenautoren und Regisseure – ausgedacht haben. Sie können sich also vorstellen, wie es ist, für so jemanden zu arbeiten.« Sie setzt eine Kunstpause und fährt dann fort: »Ohne den Althoff, von dem die wirklich guten Einfälle gekommen sind, hätte sie diese Produktion nie hingekriegt. Sie hat ihn ausgenutzt. Schon möglich, dass er sich das hat bezahlen lassen – irgendwie.« Sie lächelt voller Unschuld, während sie ihr Gift verspritzt.

»Hatten Sie gestern Abend Streit mir ihr?«

»Nein, gestern nicht, aber sonst schon einige Male. Aber das gilt für alle, da können Sie fragen, wen Sie wollen.«

»Das werden wir wohl auch tun«, meint Völxen.

Sie lächelt. »Das müssen Sie wohl, aber ich fürchte, das ist Zeitverschwendung. Ich denke nicht, dass es jemand vom Ensemble war.«

»Warum nicht? Wenn ich Ihre Andeutungen richtig verstanden habe, dann hatte sie doch nicht allzu viele Freunde am Theater?«

»Aber keiner würde sie ausgerechnet am Tag vor der Premiere ermorden. Niemand von uns würde eine Premiere gefährden. Man kann von Glück sagen, dass der Intendant so vernünftig ist und sie nicht abgesagt hat. *Das* hätte ich dem Mörder wirklich übel genommen.«

Für einen Augenblick ist Völxen tatsächlich sprachlos.

Den nutzt das Gretchen und fragt: »Kann ich jetzt wieder nach Hause? Ich brauche unbedingt noch ein paar Stunden Ruhe, um siebzehn Uhr müssen wir ja schon wieder im Theater sein.«

»Eine Frage noch. Wann haben Sie gestern das Theater verlassen?«

»Um viertel nach elf. Da war sie noch da.«

»Allein?«

»Ja.«

»Sind Sie dann direkt nach Hause?«

»Ja, mit der Stadtbahn. Ich wohne in Badenstedt. Mein Freund war noch auf, als ich nach Hause kam. Sie können ihn fragen.«

»Machen wir«, versichert Völxen. »Auf Wiedersehen. Und – toi toi toi für heute Abend!«

»Danke.« Sie schenkt dem Kommissar ein strahlendes Lächeln. »Kommen Sie doch auch. Ich besorge Ihnen eine Karte.«

»Mal sehen«, sagt Völxen, der nicht im Traum daran denkt.

»Nichts«, sagt Fernando entmutigt. »Die Wohnung ist sauber – sozusagen.«

»Dann hat derjenige wohl gefunden, was er gesucht hat«, meint Jule. »Im Computer war auch nichts Auffälliges, so auf den ersten Blick.«

»Pscht!«, macht Fernando.

»Was ist?«

»Ich hab was gehört.«

»Was denn?«

»So ein Schnurren ...«

»Das war mein Magen«, erklärt Jule. »Ich habe heute noch keinen Bissen gegessen. Dabei wäre ich zum Brunch eingeladen gewesen.«

»Ach? Von wem denn?«, fragt Fernando.

»Von meinem Vater. Er will mir seit Wochen seine Midlife-Crisis vorstellen.«

»Aber du hast keinen Bock drauf.«

»Nicht so richtig«, gesteht Jule.

»Kann ich verstehen«, sagt Fernando im Gedenken an Señor Ortega.

Es klingelt an der Tür. »Die Spurensicherung, endlich«, seufzt Fernando und Jule geht öffnen.

Rolf Fiedler ist persönlich im Einsatz. »Frau Wedekin, ich grüße Sie. Sie hätten den Samstag wohl auch lieber anders verbracht, nicht wahr?«

»So ist es.«

»Moin, Rodriguez.« Eskortiert von zwei seiner Leute drängelt sich Rolf Fiedler mit seinem Koffer an Fernando vorbei. Alles an ihm ist eckig, das Kinn, die Figur und seine Bewegungen.

»Wir haben den Eindruck, dass die Wohnung durchsucht worden ist«, klärt Fernando den Leiter der Spurensicherung auf.

»Wichtig wären die Fingerabdrücke dieses Menschen.« Fernando muss den Kopf in den Nacken legen, um nicht zu Fiedlers Krawattenknoten zu sprechen.

Fiedler indessen senkt seinen schnurgeraden Seitenscheitel und blickt auf Oberkommissar Rodriguez hinunter wie auf ein Kind, das etwas sehr Dummes gesagt hat. »Was glauben Sie, Herr Rodriguez, wozu sind wir wohl hier?«

»Ich wollte es ja nur noch mal erwähnen«, grummelt Fernando und wendet sich an Jule: »Komm, lass uns abhauen. Ich muss ja heute noch Antonios Wagen ausladen. Was für ein Scheißtag!«

Zu dieser Aussage passt auch das Wetter. Der Himmel hat sich eingegraut, gerade fängt es wieder an zu regnen.

»Der Fiedler steht auf dich«, sagt Fernando, als sie in Jules Mini sitzen.

»Kann sein.«

»Wäre der nichts für dich?«

»Ich bitte dich! Fiedler ist so dröge wie Gersterbrot.«

Zum ersten Mal an diesem Tag sieht man Fernando grinsen. »Was ist mit dem Blonden, der über dir wohnt?«, bohrt er weiter.

»Thomas? Was soll mit dem sein?«

»Ich dachte, da läuft was.«

»Wir sind Freunde, nicht mehr. Er kifft mir zu viel. Aber du musst dir keine Sorgen um *mich* machen. Immerhin bist du sieben Jahre älter als ich und kriegst auch nichts gebacken.«

Oje, das hätte sie nicht sagen sollen. Schon umwölkt sich Fernandos Blick aufs Neue.

Hoffentlich kriegt der sich bald wieder ein, denkt Jule verdrossen und sagt: »Ich habe Hunger. Wollen wir zu deiner Mama gehen?«

»Ja«, sagt Fernando, ehe ihm einfällt, dass ja heute der Feind die Stellung im Laden hält. Aber so weit kommt es noch, dass er sich von diesem Alfonso vergraulen lässt. Vielleicht ist es ja gar nicht so schlecht, dort unverhofft aufzutauchen. Eine kleine unangemeldete Kontrolle, sozusagen.

»Also, eines weiß ich jetzt: Sollte ich mal die Nase voll haben vom Polizeidienst, dann eröffne ich neben dem Theater ein Herrengeschäft für schwarze Kaschmirrollis.« Oda sitzt auf Völxens Schreibtisch und spielt mit dem DS-Modell, einem Abbild des heiß geliebten Fahrzeugs ihres Vorgesetzten.
»Finger weg und runter vom Tisch!«
»Also nichts von Bedeutung«, schlussfolgert Oda aus der Laune ihres Chefs. Sie lässt sich auf dem Besucherstuhl nieder, während Völxen drauflos wettert: »Diese Theatermischpoke geht mir vielleicht auf die Nerven! Alle, ausnahmslos alle, haben mir erst einmal vorgejammert, was für eine Zumutung es doch sei, heute, am geheiligten Tag der Premiere, hier vorgeladen zu werden. Das scheint den meisten mehr zuzusetzen als die Tatsache, dass eine junge Frau, ihre Spielleiterin, nur ein paar Meter von ihrem Arbeitsplatz entfernt ermordet wurde. Gefühllose, eitle Exzentriker sind das, wenn du mich fragst!«
»Also, Faust und Mephisto haben auf mich einen recht geknickten Eindruck gemacht«, hält Oda dagegen. »Und auch Gretchens Bruder, der Choreograph und der Erdgeist wirkten durchaus betroffen.«
»Das sind ja auch Männer. Das wahrhaft sensible Geschlecht«, erwidert Völxen. »Die Frauen dieser Truppe sind geschlossen der Meinung, die Toss habe diesen Job nur bekommen, weil sie sich hochgeschlafen hat. Hyänen sind das!«
Oda schaut ihren Vorgesetzten prüfend an und lächelt dabei.
»Was ist daran so lustig?«, raunzt Völxen.
»Dein Geblöke über die Frauen. Wer hat dich geärgert, Tochter oder Gattin?«
Manchmal hat Völxen den Eindruck, dass Oda ihn besser kennt als er sich selbst. Immerhin kennen sie sich nun schon

bald zwanzig Jahre, seit den gemeinsamen Tagen und Nächten beim Kriminaldauerdienst. Und Odas Psychologiestudium tut ein Übriges dazu. Er fühlt sich durchschaut und kapituliert. »Beide«, knurrt er. »Die eine will ihr Abitur dazu benutzen, um Bäuerin zu werden, die andere möchte meinen Schafbock kastrieren lassen.«

»Den, der dich regelmäßig über den Haufen rennt?«

»Genau, Amadeus. Ich sehe die Notwendigkeit ja ein, aber allein die Vorstellung!« Ein Beben erschüttert den massiven Körper des Hauptkommissars.

»Ich verstehe«, sagt Oda sanft. Sie macht ein mitfühlendes Gesicht, stützt die Ellbogen auf Völxens Tisch und legt das Kinn auf ihre gefalteten Hände. »Im Grunde geht es nicht wirklich um die Frage Bock oder Hammel, sondern um die Symbolik. Für dich ist das so, als wollte Sabine dich zum Ochsen machen.«

»Dämliches Psychologengequatsche! Das Tier tut mir einfach leid.«

»Warum? Ein Schafbock hat kein Ich-Bewusstsein«, bemerkt Oda. »Er wird danach nicht mehr wissen, dass da mal was war.«

»Bist du da sicher?«

»Absolut. Der Begriff Streithammel führt in die Irre.« Oda grinst. »Er wird als Hammel ein friedliches und friedfertiges Leben führen, ein besseres als vorher, als er noch ein Getriebener seiner Hormone war«, versichert Oda und fügt hinzu: »Man sollte eine entsprechende Maßnahme auch mal bei Fernando in Erwägung ziehen. Überhaupt wäre zu überlegen ...«

»Ist schon gut«, unterbricht Völxen barsch, denn er hat den Verdacht, dass er nicht ernst genommen wird – wieder einmal.

»Und was Wanda betrifft, dieses einfältige Schaf, da wirkt jedes Wort von dir nur krisenverschärfend«, meint Oda und zuckt resigniert mit den Achseln. »Aber um noch mal zu den Zicken zu kommen: Die Maskenbildnerin hat ebenfalls sinngemäß zu verstehen gegeben, dass die Toss recht launisch gewesen sei, und ihre angeblich so erfrischenden Ideen stammten in Wirklichkeit vom Dramaturgen, mit dem sie ein Verhältnis gehabt haben soll.«

»Davon habe ich auch gehört«, wirft Völxen ein.

»Faust und Mephisto haben durchblicken lassen, dass sie über die kleinen Unzulänglichkeiten ihrer Spielleiterin aufgrund ihrer Erfahrung einfach hinweggesehen haben. Alles in allem hat sich nur der Regieassistent positiv über Marla Toss geäußert, aber er scheint mir total in sie verschossen gewesen zu sein. Er hat übrigens kein Alibi, und die Maskenbildnerin auch nicht, die ist sogar schon eine Stunde früher gegangen, weil sie mit der Toss Krach hatte.«

Völxen starrt auf seine Liste. »Der Dramaturg«, wiederholt er langsam. »Konstantin Althoff. Mit dem habe ich doch heute Morgen schon telefoniert. Wieso haben wir den nicht vorgeladen?«

»Das weiß ich doch nicht.«

»Weil er nicht bei der Generalprobe war«, fällt Völxen ein. »Er ist seit Mitte der Woche schwer erkältet, hat er mir gesagt.«

Das Telefon klingelt. Es ist Jule Wedekin. Völxen stellt den Lautsprecher an, und beide hören ihr mit wachsendem Interesse zu. Als Völxen aufgelegt hat, sagt er zu Oda: »Dann mal los. Auf diesen Herrn Althoff bin ich jetzt neugierig geworden.«

Der Laden mit den spanischen Lebensmitteln und den spanischen Weinen ist leer, als Fernando und Jule eintreten.

»Deine Mama hofft wohl doch noch auf das große Flohmarktgeschäft«, stellt Jule fest.

»Die ist ja so stur! Was die sich in den Kopf gesetzt hat, muss dann auch so sein. Typisch«, meint Fernando.

»Typisch was?«, fragt Jule mit hochgezogenen Brauen.

»Ach, nichts. Aber dass dieser Kerl den Laden einfach unbeaufsichtigt lässt ... Und sieh dir das an!« Fernando deutet auf eine angebrochene Rotweinflasche und zwei benutzte Gläser auf einem der beiden Stehtische. »Der säuft sich hier einen vom besten Rioja!«

»Du wirst ihn doch nicht verpetzen?«

»Und ob ich das werde! So geht das schließlich nicht. Was willst du haben?«

»Manchego, Oliven, Datteln in Speck ... die übliche Mischung.«

Fernando schlüpft hinter die Kühltheke und stellt eine Platte mit Tapas zusammen. »Schinken auch?«

»Ja, gerne.«

Fernando findet keinen angeschnittenen Schinken mehr, deshalb geht er nach hinten in die kleine, gekühlte Kammer, wo ein Serrano-Schinken von der Decke hängt. Der Weg dorthin führt über einen kurzen Flur, der ein Fenster zum Hof hat. Draußen nimmt er eine Bewegung wahr. Alfonso. Er hat sechs Kisten Wein auf die Sackkarre gepackt und stellt diese gerade neben seinem klapprigen Toyota ab, den er im Hinterhof geparkt hat. Jetzt öffnet er den Kofferraum und beginnt damit, die Kisten ins Auto zu laden.

»Ich wusste es!«, schnaubt Fernando. »Der klaut den teuren Rioja.« So weit er weiß, kostet die Flasche um die zwölf Euro – Einkaufspreis! So eine Kiste ist 144 Euro wert, und sechs davon ... Fernando vergisst Jules Wunsch nach Schinken, kehrt um und fegt mit den Worten »jetzt ist er fällig« durch den Laden, nach draußen, auf den Hof. Dort drückt Alfonso gerade die Klappe des Kofferraums zu.

»Hallo Nando!«

Eine Welle des Zorns schießt Fernando ins Blut. Er hasst es, von anderen Menschen Nando genannt zu werden, den Kosenamen hat außer seiner Mutter nur sein Vater benutzt.

»Fernando, wenn's recht ist«, sagt er eisig. »Was machst du denn da?« Gleich, denkt Fernando, gleich wird er mich anlügen, und dann schlage ich ihm seine gelben Zähne ein! Er ballt bereits voller Vorfreude die Faust.

»Ich lade sechs Kisten Rioja in meinen Kofferraum«, antwortet Alfonso, die Ruhe selbst.

»Und was hast du damit vor, wenn ich fragen darf?« Dieses spöttische Lächeln, allein dafür sollte man ihm die Fresse polieren.

»Ich fahre sie nach Ladenschluss zu einem Kunden nach Ahlem. Das liegt ja fast auf meinem Weg. Der Mann war zu Fuß hier, hat den Laden nur durch Zufall entdeckt. Er wollte ein andermal mit dem Wagen kommen, aber ich dachte, sicher ist sicher, und habe angeboten, ihm die sechs Kisten kostenlos nach Hause zu bringen, wenn er sie gleich bezahlt.

»Was für eine Kunde ist das denn?«, fragt Fernando ein klein wenig verunsichert.

»Die Adresse liegt neben der Kasse.«

»Und der hat bar bezahlt?«

»Nein, mit EC-Karte. Sonst noch Fragen, Herr Kommissar?« Der kleine Argentinier geht an Fernando vorbei in den Laden, wo er Jule Wedekin übertrieben charmant begrüßt. Kleinlaut schleicht ihm Fernando hinterher.

»Es ist nicht gut, wenn niemand im Laden ist«, sagt er noch, aber Alfonso hat auch hier vorgesorgt. »Dein Freund Antonio von gegenüber hat versprochen, dass er ein Auge auf die Tür hat. Damit keiner was rausträgt, während ich hier einlade. Die Welt ist schlecht, man muss höllisch aufpassen, nicht wahr?«

Konstantin Althoff bewohnt eine großzügige Altbauwohnung im dritten Stock einer Seitenstraße der Lister Meile. Er scheint tatsächlich krank zu sein, denn er trägt einen plüschigen Bademantel in Leopardenmuster und einen roten Schal um den Hals. Seine Stimme klingt heiser. Braune Locken hängen feucht in die hohe Stirn, die Augen glänzen fiebrig.

Völxen und Oda zeigen ihre Dienstausweise und werden hereingebeten.

»Wir ermitteln im Fall des Todes von Marla Toss und hätten ein paar Fragen an Sie.«

»Klar. Verstehe.« Der Dramaturg wirft einen nervösen Blick über die Schulter. Eine üppige schwarzhaarige Frau, seidig umflattert von einer Art Kaftan mit afrikanisch anmutendem Muster, erscheint im Flur. »Was ist denn los, Konstantin?« Die Stimme der Frau ist so melodiös, als wollte sie jeden Augenblick in Gesang ausbrechen, ihr Blick dagegen eher finster.

»Polizei. Wegen der Sache mit Marla«, erklärt Konstantin Althoff.

»Frau Althoff! Ich bin Hauptkommissar Völxen. Ich habe Sie schon singen hören. *La Traviata.* Ist aber schon eine Weile her.«

»Tatsächlich?« Ihr fleischiges Gesicht wird eine Spur freundlicher. »Sind Sie ein Opernfan?«

»Mehr meine Frau«, gesteht Völxen. Das letzte Mal hat ihn Sabine vor einem Jahr in die Oper geschleppt, und wenn es nach ihm ginge, können bis zum nächsten Mal ruhig noch ein paar Jahre ins Land gehen. Er wendet sich an den Dramaturgen im Leopardenplüsch: »Herr Althoff, ich möchte Sie bitten, mit uns zu kommen, wir müssen Sie erkennungsdienstlich behandeln.«

»Mein Mann ist krank«, sagt Frau Althoff mit leisem Vorwurf zu Völxen, aber Althoff versichert rasch: »Nein, nein, es geht schon. Ich zieh mich nur eben an.« Wenig später kommt er in Jeans und T-Shirt wieder. Nur den roten Schal hat er anbehalten. »Ich bin bald wieder zurück«, verspricht Konstantin Althoff seiner Frau und schlüpft in ein Sakko.

»Wollen wir's hoffen«, antwortet diese mit leiser Ironie.

Sie weiß Bescheid, denkt Oda, während sie die Walküre verstohlen taxiert. Von der Statur her wäre sie kräftig genug, um eine andere Frau zu erdrosseln. Man wird auch sie beizeiten nach einem Alibi fragen müssen. Aber erst einmal geht es um den Gatten, der ihnen hustend die Treppe hinunter nach draußen folgt.

Er scheint erleichtert zu sein, dass sie ihn nicht in Gegenwart seiner Frau befragen, deshalb macht er erst gar nicht den Versuch, etwas abzustreiten. »Ja, wir hatten ein Verhältnis. Ein ziemlich lockeres, aber ich befürchte, ich war da nicht der Einzige«, sagt er, nachdem er auf dem Rücksitz des Dienstwagens neben Oda Platz genommen hat.

»Können Sie das präzisieren?«, fragt Oda.

»Nein. Es ist nur so eine Ahnung.«

»Worauf gründet sich diese Ahnung?«

»Auf nichts. Eine Ahnung eben. Sie tat immer sehr geheimnisvoll, man durfte bei ihr nie unangemeldet aufkreuzen, abends war oft das Telefon abgestellt. Und sie erzählte nie, was sie an

den Abenden gemacht hat, an denen wir uns nicht getroffen haben. Aber ich kann Ihnen nichts Konkretes darüber sagen. Manche Dinge möchte man vielleicht gar nicht wissen.«
»Sie waren regelmäßig in der Wohnung von Frau Toss?«
»Mehr oder weniger. Aber höchstens ein Mal in der Woche.«
»Hatten Sie einen Schlüssel?«
»Nein.«
»Weiß Ihre Frau von der Affäre?«
»Ich denke, sie ahnt etwas. Aber sie sieht das nicht so eng. Wohin fahren wir eigentlich?«
»Zur Hanomagstraße. Wir brauchen Ihre Fingerabdrücke – unter anderem«, erklärt Völxen, der den Wagen steuert.
»Bin ich verdächtig?« So langsam scheint Althoff doch nervös zu werden und Odas anschließende Frage – »Herr Althoff, wo waren Sie gestern zwischen Mitternacht und ein Uhr« – wirkt auch nicht gerade beruhigend auf ihn.
»Zu Hause. Ich war krank.« Wie um das zu verdeutlichen, fängt er an zu husten.
Oda lässt das Fenster herunter.
»O, bitte, keine Zugluft!«
Oda lässt das Fenster wieder hochfahren. »Zeugen?«
»Meine Frau. Die war auch zu Hause. Wir haben ferngesehen.«
»Was gab es denn?«
»Was weiß ich? Wie gesagt, mir ging es nicht so gut, ich bin irgendwann vor der Glotze eingeschlafen und gegen drei Uhr aufgewacht und ins Bett gegangen.«
»Sie hätten es also nicht bemerkt, wenn Ihre Frau die Wohnung verlassen hätte?«
»Ich bitte Sie, das ist doch Unfug!«
»Wie Sie meinen«, antwortet Oda. »Herr Althoff, waren Sie an der Entscheidung beteiligt, Frau Toss die Regie dieses Stücks zu übertragen?«
»Ja, ich habe das befürwortet. Ich habe vor ein paar Jahren ihr Debüt in Kassel gesehen und war beeindruckt. Aber die endgültige Entscheidung hat natürlich der Intendant getroffen.«

»Bestand dieses Verhältnis zwischen Ihnen und Frau Toss schon, bevor diese nach Hannover kam?«

»Nein«, behauptet Althoff, aber ein forschender Blick von Oda hilft seinem Gedächtnis auf die Sprünge. »Vor drei Jahren in Kassel – ich hatte da eine Gastregie –, da sind wir uns schon mal begegnet. Aber das war nur so eine kurze Sache, nichts von Bedeutung. Danach hatten wir jahrelang so gut wie keinen Kontakt.«

»Und jetzt hatte es mehr Bedeutung?«, fragt Oda.

»Wie meinen Sie das?«

»Gab es gemeinsame Zukunftspläne, wollten Sie sich vielleicht von Ihrer Frau trennen?«

»Aber nein, wo denken Sie hin?« Er schüttelt energisch seinen Lockenkopf, was einen neuen Hustenanfall provoziert. »Für Marla war ich ein Zeitvertreib, nicht mehr, da brauchte ich mir gar keine Illusionen zu machen.«

»Wären Sie gerne mehr für sie gewesen?«

»Ach, nein. Es war schon gut so, wie es war«, sagt er mit Wehmut im Blick.

»Haben Sie ihr Geschenke gemacht?«, will Oda wissen.

»Hin und wieder eine kleine Aufmerksamkeit.«

»Was dürfen wir darunter verstehen?«

»Eine Flasche Champagner, ihre Lieblingspralinen, eine CD.«

»Was ist mit Kleidern, Schuhen, Schmuck, Geld?«

»Aber nein, natürlich nicht. Bin ich Krösus?«

Oda zuckt die Schultern und fragt: »Haben Sie Ihre Freundin auch künstlerisch beraten?«

»Ab und zu habe ich ihr einen Tipp gegeben und manche Ideen haben wir gemeinsam entwickelt.« Seine Miene leuchtet auf. »Sie war ja so … begeisterungsfähig. Man konnte wirklich gut mit ihr arbeiten.«

»Da haben wir allerdings schon andere Meinungen gehört«, bemerkt Oda.

Der Dramaturg winkt mit großer Geste ab. »Ach, wissen Sie, Schauspieler halten sich immer für klüger. Und wenn eine Regisseurin jung und schön ist, kommt es unweigerlich zu Stutenbissigkeiten. Ich wette, die Wolbert hat über sie gelästert. Die hat selbst genug Starallüren, das hat nichts zu bedeuten.«

»Haben Sie mal Freunde von Marla Toss kennengelernt?«

»Freunde?«

»Personen, mit denen sie außerhalb des Theaters zu tun hatte.«

»Nein, nie.«

»Ihre Schwester?«

»Auch nicht. Sie hat nie über ihre Familie gesprochen. Nur einmal, das war noch in Kassel, sagte sie: *Ich bin heilfroh, dass ich da raus bin.* Was immer das bedeuten sollte.«

Sie sind in der Hanomagstraße angekommen, Völxen parkt den Wagen und sie begleiten Herrn Althoff in das alte ehemalige Fabrikgebäude.

»O, ein Paternoster«, ruft Konstantin Althoff voller Bewunderung. »Dass es so was noch gibt!«

»Und er funktioniert sogar noch«, sagt Oda.

Allerdings kommen sie um das Vergnügen herum, den alten Aufzug zu benutzen, denn der Erkennungsdienst residiert im Erdgeschoss. Zwei Streifenbeamte warten im Flur, zwischen ihnen kauert ein Jugendlicher in Handschellen.

»Was wird denn hier jetzt gemacht«, fragt der Dramaturg, auf einmal sichtlich nervös.

»Sie werden gemessen, gewogen, von allen Seiten fotografiert, besondere Körpermerkmale werden notiert, es werden Ihre Fingerabdrücke genommen und eine Speichelprobe für eine DNA-Analyse«, erklärt Oda.

»Mein Gott, man kommt sich ja vor wie ein Verbrecher.«

So soll's auch sein, denkt Oda in einem Anflug von Sadismus. Sie einigt sich flüsternd mit Völxen, die Zeit, die die Prozedur in Anspruch nehmen wird, zu nutzen, um Frau Althoff nach dem Alibi ihres Mannes zu fragen – ehe sich die beiden womöglich absprechen können.

Der Ballhofplatz liegt am späten Samstagnachmittag wie evakuiert da. Hinter Fachwerkfassaden befinden sich hier zwei

Spielstätten des Schauspiels Hannover: der etwas größere Ballhof eins, in dem dreihundert Leute Platz finden, und der Ballhof zwei, der hundertdreißig Plätze fasst. An diesen beiden Spielstätten werden hauptsächlich zeitgenössische, experimentellere Stücke aufgeführt, den Ballhof zwei bespielt neuerdings auch das Junge Schauspiel Hannover.

»Warum heißt das hier eigentlich Ballhof?«, fragt Fernando, als sie die Theaterplakate an der Glastür vom Ballhof eins studieren.

»Weil das Gebäude im siebzehnten Jahrhundert dem Federballspiel diente«, antwortet Jule.

Fernando tippt sich an die Stirn. »Federball, ja? Verarschen kann ich mich selber.«

»Das ist wahr. Es war eine Halle für Federball, das war zu der Zeit große Mode bei der feinen Gesellschaft. Feste wurden hier natürlich auch gefeiert, und später durften darin auch Komödianten auftreten. Und ob du es glaubst oder nicht: Während der Weimarer Republik war das hier ein Schwulen- und Lesbenzentrum.«

»Das merkt man heute noch«, kommentiert Fernando, denn gleich um die Ecke, in der Knochenhauerstraße, liegen ein paar einschlägige Lokale.

»Aber ich denke, wir sind nicht hier, um dir mal wieder Nachhilfe in Geschichte zu geben, sondern um die Anwohner zu befragen. Gehen wir zu zweit oder jeder einzeln?«, will Jule wissen.

»Einzeln«, entscheidet Fernando. »Geht schneller.«

»Gut. Treffpunkt in einer Stunde?«

»Ja. Hier, an diesem komischen Brunnen«, sagt Fernando und verschwindet, ehe ihm Jule auch noch dessen Historie erzählen kann.

Eine Dreiviertelstunde später steht Jule am Ballhofbrunnen – einem rauschenden Wasser-Kunstwerk im Stil der Siebzigerjahre. Gleich dahinter befindet sich der Bühnenausgang vom Ballhof zwei. Dort muss Marla Toss herausgekommen sein.

Jules Befragung der Anwohner hat nichts gebracht. ›Hier geht es nachts öfter mal rund, wenn sich die Besoffenen aus dem Steintorviertel hierher verirren. Denken Sie, ich renne dann jedes Mal ans Fenster?‹ So oder ähnlich haben die meisten Bewohner – vorwiegend alte Leute und Studenten – reagiert. Wäre schon ein großer Zufall gewesen, wenn jemand etwas Brauchbares gesehen oder gehört hätte. Jule hat keine Lust, noch eine Viertelstunde hier herumzustehen, also geht sie die Strecke ab, die Marla Toss Freitagnacht gelaufen sein muss. Sie überquert den Platz und die schmale Burgstraße und passiert das Marstall-Tor, ein einzelnes Fragment der alten Stadtbefestigung, das in den Sechzigern an die Uferstraße versetzt wurde, gleich neben das Zeughaus. Ein paar Schritte am oberen Ufer entlang und Jule steht vor dem Balkon mit den in Beton eingelassenen, leicht angegammelten Holzrosten, die als Bänke fungieren sollen. Das Ganze macht einen schäbigen Eindruck und passt nach Jules Empfinden überhaupt nicht zu dem ehrwürdigen alten Gemäuer der Uferbefestigung. Nachdenklich betrachtet sie den Ort, an dem Marla Toss den Tod fand. So spät in der Nacht war an diesem Uferabschnitt garantiert nichts mehr los. Sogar jetzt ist hier kaum Betrieb, der Flohmarkt ist längst vorbei. Es ist typisch, ärgert sich Jule, dass einer der geschichtsträchtigsten Orte dieser Stadt ein tristes Hinterhofdasein führt. Vor Kurzem gab es Pläne für einen Biergarten am Flussufer, aber offenbar wurde bis jetzt nichts daraus, und auch die hochfliegenden Pläne für ein Luxushotel sind wieder verworfen worden. Wie ist es wohl hier in der Nacht? Romantisch? Wenn man zu zweit ist, vielleicht. Als Frau allein – eher unheimlich. Würde sie selbst diesen düsteren, einsamen Weg zur Straßenbahn wählen oder lieber durch das Rotlicht- und Amüsierviertel bis zum Steintor gehen? Lieber hier entlang, entscheidet Jule. Aber sie ist kein Maßstab, sie ist Polizistin und geübt in Karate. Wie war das Wetter gestern Nacht? Regnerisch, kühl. Kein Abend, an dem sich Pärchen auf die Bänke setzen oder runtergehen zum Ufer, um an der dunklen, rauschenden Leine entlangzuflanieren. Eher ein Wetter, bei dem jeder zusieht, dass er sein Ziel möglichst rasch erreicht. Wie kam sie zu den Bänken? Kannte sie ihren Mörder und folgte ihm dorthin? Waren die Bänke nicht zu nass, um sich darauf niederzulassen? Oder kam es gar nicht dazu?

Jule tritt an das rote, schon etwas angerostete Geländer heran. Graugrün wälzt sich die Leine in Richtung Linden, nur die Nanas gegenüber bringen etwas Farbe in die Szenerie. Von hier oben sind auf der Uferpromenade die Bodenmosaike zu erkennen, die einst aus Trümmersteinen zu hannoverschen Stadtmotiven gelegt wurden. Spätestens als Marla Toss mit dem Kopf da unten aufschlug, war sie tot. Wahrscheinlich schon vorher. Man muss den Bericht der Spurensicherung und die Obduktion abwarten. Bis jetzt sind das alles nur Spekulationen, vorschnelle Schlüsse, die gefährlich sind, weil sie in die Irre führen können. Hat man erst mal eine Theorie entwickelt, neigt man dazu, alles auszublenden, was nicht dazu passt. Es gilt die altbekannte Regel: Erst Fakten sammeln, dann bewerten. Es kann sich immer noch etwas ganz anderes ergeben. Ein konkreter Hinweis auf einen Täter. Ein Hauptverdächtiger …

»Ach, hier bist du! Wollten wir uns nicht am Brunnen treffen?«

»Entschuldige. Und? Hast du was erfahren?«

Fernando schüttelt den Kopf. »War für'n Arsch. Niemand hat was gesehen oder gehört.«

»Bei mir auch nicht.«

»Völxen hat angerufen, in einer halben Stunde ist Lagebesprechung.«

»Ich wollte mir den Fundort noch einmal in Ruhe ansehen, kommst du mit?«

»Von mir aus«, sagt Fernando wenig begeistert und folgt Jule mit zögernden Schritten. Anscheinend kostet es ihn Überwindung, noch einmal hierherzukommen. Sie nehmen den abschüssigen, geknickten Weg, den Fernando heute Morgen hinauf gerannt ist, in der Absicht, seinen Lieblingsfeind Boris Markstein von der *Bild Hannover* zu vermöbeln. An der Mauer vor der Rampe steht eine Bronzefigur.

»Wer ist das?«, fragt Fernando.

»Mann mit Pferd«, antwortet Jule.

»Ach! Jule Wedekin, unser lebendiges Geschichtslexikon weiß nicht, wer das ist?«, staunt Fernando. »Dass ich das noch erlebe!«

»Die Figur heißt ›Mann mit Pferd‹, sie stammt aus den Fünfzigerjahren und weist lediglich darauf hin, dass hier mal eine Pferdetränke war«, erklärt Jule mit souveräner Geduld. »Das Hohe Ufer war nämlich nur bis ins 17. Jahrhundert hinein ein Teil der Stadtbefestigung, später legte man eine Reitbahn darauf an. Aber zu deiner Genugtuung – den Namen des Bildhauers habe ich tatsächlich vergessen.« Es ist nicht das erste Mal, dass Jule Wedekin Fernando Nachhilfe in Stadtgeschichte gibt. »Im Turm und im Zeughaus ist das Historische Museum untergebracht. Das solltest du dir dringend mal ansehen«, rät sie nun ihrem Kollegen.

»Muss das sein?«

»Ein bisschen was über die Stadtgeschichte sollte man schon wissen, wenn man hier lebt«, findet Jule.

»Dafür hab ich ja dich. Ich weiß dagegen, wo es den besten Döner gibt und wo man nach drei Uhr die schärfsten …« Fernando verstummt, denn sie haben den Leichenfundort erreicht. Die Regenschauer, die im Lauf des Tages niedergegangen sind, haben das Blut abgewaschen, ebenso die Kreidemarkierungen der Spurensicherung. Es sieht aus, als wäre nichts geschehen. Beide betrachten eine Weile stumm und in Gedanken versunken das Pflastermosaik und die Sandsteinquader der Ufermauer. Schließlich fragt Fernando: »Hat Bächle was von Abwehrverletzungen gesagt?«

»Nein, nichts.«

»Spricht eher für einen Bekannten«, folgert Fernando.

»Sehe ich auch so«, pflichtet ihm Jule bei. »Ich frag mich nur den ganzen Tag schon: Warum macht sich der Mörder die Mühe, sie von dort oben über das Geländer zu heben, um sie dann hier unten liegen zu lassen? Warum geht er nicht runter und wirft den Körper gleich noch ins Wasser? Die Mauer ist ja wirklich nicht hoch. Das hätte die Bestimmung des Tatortes sehr erschwert und außerdem zerstört Wasser eine Menge Spuren.«

»Vielleicht war das dem Täter egal«, antwortet Fernando.

»Dann hätte er sie auch da oben liegen lassen können«, wendet Jule ein. »Nein, ich glaube, er ist gestört worden. Durch Passanten. Also Zeugen!« *Die Besoffenen aus dem Steintorviertel ...* geht ihr die Aussage des Anwohners vom Ballhofplatz durch den Sinn. »Der Täter hat womöglich Leute kommen sehen oder gehört und hat Angst bekommen. Er hat nicht mehr gewagt, da runterzugehen und sie in den Fluss zu werfen, sondern ist geflohen.«

»Mit ihrer Handtasche«, erinnert sie Fernando. Er wirft einen letzten Blick auf die Fundstelle der Toten und geht dann rasch weiter, am Ufer entlang.

Jule folgt ihm. »Wir werden uns an die Presse wenden müssen, um Zeugen zu finden. Es muss ja nicht gerade dein Freund Markstein sein.«

Fernando sondert einen Knurrlaut ab. Er ist vor einer knapp schulterhohen, massiven Stahltür stehen geblieben, die in die Ufermauer eingelassen ist. »Was das wohl für eine Tür ist?«

»Das ist Hanebuths Gang«, antwortet Jule. »Kennt doch jedes Kind.«

Fernando fährt sich durch die dunklen Locken. »Das hab ich schon mal gehört. Wer war das noch gleich?«

»Jasper Hanebuth war der berüchtigtste hannoversche Verbrecher der Zeit nach dem dreißigjährigen Krieg. Angeblich soll er für mindestens neunzehn Morde verantwortlich sein. Er wurde 1653 aufs Rad geflochten. Durch den Gang, der hinter dieser Tür liegt, soll er die Beute seiner Raubzüge und auch seine Opfer aus der Stadt gebracht haben. Der Gang führte von hier bis unter die Kreuzkirche. Man kann ihn besichtigen, sofern man sich nicht vor Spinnweben ekelt.«

»Ehrlich? Das würde ich gern mal machen.«

Jule winkt ab. »Kannst du haben, aber du wärst sicher enttäuscht. Er ist heute nur noch fünfundzwanzig Meter lang. Es gab im Mittelalter viele unterirdische Verbindungen zwischen den diversen Stadtkirchen und dem Leinschloss, nur ist leider durch die Bomben im Zweiten Weltkrieg und durch anschließende Bauarbeiten viel davon zerstört worden. Durch die Kanalisation sind aber neue Gänge und Räume dazugekommen, es gibt quasi eine Stadt unter der Stadt.«

»Ich weiß«, sagt Fernando. »Als Kinder sind wir in die Eiskeller der Brauerei am Lindener Berg gestiegen. Was natürlich streng verboten und gefährlich war. Und in den Gängen unter dem Hanomag-Gelände sind wir früher auch rumgekrochen.«

»Waren die nicht abgesperrt?«, fragt Jule.

»Du weißt doch: Kein Schloss ist vor mir sicher, das war schon immer so.«

Jule fröstelt bei dem Gedanken an modderige Tunnel. Außerdem fängt es schon wieder an zu regnen.

»Dir ist kalt«, bemerkt Fernando, ganz Kavalier, während sie vor der Marstallbrücke die Treppe zum Hohen Ufer wieder hinaufsteigen. »Komm, wir fahren in unsere geliebte PD und werfen die Kaffeemaschine an.«

Frau Althoff ist nicht überrascht, als Oda wieder auftaucht. Sie hat sich inzwischen umgezogen und trägt ein braunes Kleid mit weißen Punkten, dessen Ausschnitt ihre üppigen Brüste präsentiert. Im Hintergrund läuft Jazz. Oda wird in ein großes Zimmer geleitet: matt glänzender Parkettboden, ein schwarzes Klavier, eine Sitzgruppe vor einem Flachbildfernseher, sonst wenige Möbel. Recht geschmackvoll, findet Oda.

»Sie kommen, um mich nach seinem Alibi zu fragen«, vermutet die Sängerin.

»Nach seinem und nach Ihrem«, bestätigt Oda, aber zunächst will sie etwas anderes wissen: »Frau Althoff, wussten Sie von der Beziehung Ihres Mannes zu Frau Toss?«

»Natürlich, ich bin ja nicht dämlich. Aber ob die Toss oder eine andere – man gewöhnt sich mit der Zeit daran.«

Oda nickt, auch wenn sie davon nicht so ganz überzeugt ist. »Und nun zu der obligatorischen Frage …«

»Ich war hier. Den ganzen Abend und die ganze Nacht.«

»Ihr Mann auch?«

»Das kann ich nicht mit Sicherheit sagen.«

»Wie das?«

»Ich habe mich um elf Uhr mit einer Flasche Rotwein in mein Zimmer zurückgezogen und Musik gehört, über Kopfhörer. Das ist das Zimmer am Ende des Flurs. Mein Mann ist hier im Wohnzimmer geblieben. Falls er kurz weggegangen sein sollte – was ich nicht glaube, er nimmt seine Krankheiten ja sehr ernst – aber falls doch, hätte ich das nicht unbedingt merken müssen.«

Oda kommt es so vor, als würde der Frau das Aussprechen des letzten Satzes einen perfiden Genuss bereiten. »Und Sie haben Ihr Zimmer nach elf Uhr nicht mehr verlassen? Sind Sie nicht mal zur Toilette gegangen, oder in die Küche?«

»Einmal bin ich ins Bad gegangen, aber das liegt gegenüber. Hier lief der Fernseher, das habe ich gehört, aber ich bin nicht mehr in dieses Zimmer gegangen.«

»Ihnen ist schon klar, dass Sie Ihren Mann damit nicht gerade entlasten?«

»Das tut mir leid«, säuselt Frau Althoff mit ihrer melodischen Stimme.

»Und Ihnen ist bewusst, dass Sie selbst damit auch kein Alibi für die Tatzeit haben?«

Die Sängerin reckt ihr volles Kinn, strafft die fleischigen Schultern und fragt: »Brauche ich denn eines?«

»Besser wär's«, antwortet Oda.

Sie seufzt. »Tja, es ist, wie es ist. Aber Alibis von Ehegatten sind ohnehin nicht allzu viel wert, oder?«

Dem stimmt Oda zu. »Dann danke ich Ihnen für Ihre Offenheit, Frau Althoff.«

»Gern geschehen«, antwortet sie und bringt Oda zur Tür.

Rache ist angeblich süß, überlegt Oda, während sie die Treppe hinuntergeht. So süß, dass man sich dafür selbst in Schwierigkeiten bringt?

»Zigarette, Alter?«

Eigentlich findet Yannick rauchen zum Kotzen, denn genau das hat er nach dem letzten Mal getan. Aber es wäre höchst uncool, das Angebot seines Freundes abzulehnen, also markiert er den Lässigen: »Klar, gib her.«

Sie werfen ihre Rucksäcke auf den Boden und setzen sich auf eine bröselige Mauer. Marco klopft zwei Zigaretten aus der Packung und zieht ein Feuerzeug aus der Tasche. Sie sind allein und befinden sich auf verbotenem Terrain, was die beiden Freunde jedoch nicht im Mindesten beunruhigt.

Eine Weile paffen sie vor sich hin, Yannick muss hin und wieder husten, der Rauch legt sich ekelhaft scharf auf die Zunge. Was finden die Leute daran nur so toll?

»Meine Tante ist tot«, sagt Yannick. »Ermordet.«

»Echt?«, fragt Marco mit weit aufgerissenen Augen. »Wie?«

»Weiß ich nicht. Gestern Nacht.«

»O Mann.«

»Scheiße, die war echt okay«, sagt Yannick und muss blinzeln. Der Rauch ist ihm in die Augen gestiegen.

»Sterben ist Scheiße«, versichert Marco rasch. »Haben sie den Kerl?«

»Nee.«

»Scheißbullen.« Marco nimmt einen tiefen Zug und nickt versonnen. Auch Yannick schweigt. Zu diesem Thema ist erst mal alles gesagt.

»Ich könnte dir einen Schatz zeigen«, sagt Yannick.

»Was für ein Schatz denn?«

»Ein Schatz eben. Aber du darfst keinem davon erzählen, das musst du schwören.«

»Ich schwöre es«, sagt Marco und hebt die Hand.

Yannick wirft die halb geraucht Zigarette in ein Gebüsch und springt auf. Marco steht langsam auf, die Kippe lässig im Mundwinkel. Sie holen die Eisenstange aus dem Versteck. Mit ihr als Hebel lässt sich die stählerne Klappe öffnen, die, verborgen unter wucherndem Unkraut, in einen Betonquader eingelassen ist. An einer Seite ist sie schon ganz verbogen, was darauf hindeutet, dass sie nicht zum ersten Mal auf diese Weise geöffnet wird. Die rostigen Angeln kreischen, als sie die schwere Platte hochstemmen. Krachend kippt sie um, auf den staubigen Boden.

Vor ihnen klafft ein quadratischer Einstieg, der über vier Meter senkrecht nach unten führt. In den Beton eingelassene Eisenbügel dienen als Leiter. Ehe die Jungs hinabsteigen, prüfen sie, ob ihre Stirnlampen funktionieren. Ohne Licht wären sie da unten »ganz schön am Arsch«, wie Marco sich auszudrücken pflegt. Yannick klettert voraus. Vor ein paar Wochen haben sie durch Zufall den Zugang auf dem Brachland der Hanomag entdeckt. Inzwischen kennen sie einige Wege des unterirdischen Labyrinths, aber längst nicht alle. Die, die sie schon erforscht haben, haben sie mit Kreidezeichen markiert. Pfeile weisen an Kreuzungen den Weg, ein Dreieck bedeutet, dass der Gang einfach in einem Berg Schutt oder an einer Mauer endet, eine Welle heißt, dass der Gang teilweise unter Wasser steht, eine stilisierte Ratte dient als Warnung vor einem starken Vorkommen ebendieser Tiere. Die Beschaffenheit der Unterwelt ist sehr unterschiedlich. Unmittelbar unter dem Hanomag-Gelände sind die Gänge geräumig und aus Beton. Leitungen führen an den Wänden entlang. Dann gibt es die Abwasserkanäle: Manche sind nur einfache Rohre, aber es gibt auch hohe breite Tunnels mit Gehsteigen neben dem Wasser. Am Ende eines sehr langen, sehr breiten Kanals liegt sogar eine riesige Halle mit einem See darin, sie nennen sie die »Grotte«. Einige Kanäle sind nur passierbar, wenn es länger nicht geregnet hat, aber die Jungs meiden sie nach Möglichkeit, denn sie stinken erbärmlich und man begegnet Ratten. Am interessantesten sind die Gänge, die modrig-erdig riechen und aus ganz alten Steinen gemauert sind. Diese stammen aus dem Mittelalter, davon haben sie in der Schule gehört – unterirdische Wege, die von Räubern und Schmugglern benutzt wurden, von Soldaten, Fürsten und Priestern. Yannick kann sich genau vorstellen, wie Mönche in langen Kutten im flackernden Fackelschein an diesen groben Mauern entlanggehuscht sind, finstere Gedanken unter ihren Kapuzen wälzend. Allerdings enden gerade diese Gänge oft in einem Schutthaufen oder vor einer Mauer. Auch heute kommen sie nicht sehr weit. Als sie einen schmalen Schacht hinabsteigen wollen, der in einem Tunnel der Kanalisation endet, hören sie es schon glucksen und rauschen. Sie leuchten hinab. Ein trüber brauner Fluss wälzt sich an den feuchten Wänden entlang.

»Verdammte Kacke«, sagt Yannick. »Hier ist Ende.«

»Wie? Wir kommen gar nicht zu deinem berühmten Schatz?«, höhnt Marco.

»Siehst du doch. Da kann man nur hin, wenn es trocken ist.«

»Du verarschst mich doch bloß, es gibt gar keinen Schatz!«

»Doch, Alter, ich werde es dir beweisen. Nur nicht heute. Oder willst du vielleicht durch diese Scheiße da durch?«

»Nee, muss nicht sein«, lehnt Marco ab.

Enttäuscht und fluchend treten die beiden den Rückweg an.

Oda Kristensen beobachtet die Menschen, die das Theaterfoyer betreten. Die meisten kommen paarweise und haben ihre Tickets schon in der Hand. Sieht nicht so aus, als ob sie die überzählige Karte, die Fernando ihr mitgegeben hat, noch verkaufen könnte.

»Könnte nicht schaden, wenn sich jemand die Vorstellung heute Abend mal ansieht«, hat Völxen bei der Besprechung gesagt und auffordernd in die Runde geblickt. »Freiwillige vor! Ich kann nicht hin, ich muss zum Obstweinfest.«

Fernando, der Besitzer zweier Eintrittkarten, schien jedoch zwischenzeitlich jegliches Interesse an den schönen Künsten verloren zu haben – »Das ist mein Pokerabend« – und sogar Jule Wedekin gab vor, anderweitig beschäftigt zu sein – »Ich bin mit meinem Vater verabredet.« Also hat sich Oda geopfert, woraufhin Fernando ihr die Karten sogar geschenkt hat. Vorhin sah es noch so aus, als wolle Veronika ihre Mutter ins Theater begleiten, aber quasi unter der Tür erreichte sie ein Anruf von einer Freundin, und Veronika wollte dann doch lieber in die Disko. Oder vielleicht den neuen Freund treffen, wer weiß?

Ein einzelner Mann betritt das Foyer und steuert auf die Kasse zu. Oda eilt dem potenziellen Opfer entgegen.

»Danke, ich bin versorgt«, lehnt er ihr Angebot ab. Seine Blicke gleiten dabei über Odas Gesicht, die augenblicklich bereut, sich nicht sorgfältiger geschminkt zu haben. Wozu, im Theater ist es doch eh dunkel, hat sie sich gesagt. Wenigstens hat sie ihr Haar noch gewaschen, es fällt ihr wie ein seidiger, blonder Vorhang auf die Schultern.

»Schade«, sagt Oda nun.

»Ist es der Platz neben Ihnen?«

»Ja. Ein ziemlich guter Platz.«

»Davon bin ich überzeugt.« Er lächelt. Schöner Mund, ausdrucksvolle braune Augen, sanft gewelltes, zigarrenbraunes Haar ohne graue Strähnen. »Was soll die Karte denn kosten?«

Odas charmantestes Lächeln kommt zum Einsatz. »Ich schenke sie Ihnen.« Sie reicht ihm das Ticket, das er mit einer burlesken kleinen Verbeugung entgegennimmt.

»Na dann ... auf einen schönen Abend.« Und als würden sie sich schon ewig kennen, legt er sanft den Arm um Odas Schulter und geleitet sie zu ihren Plätzen.

Als Jule nach dem Meeting ihre Wohnungstür aufschließt, klebt neben dem Schloss ein gelber Zettel: *Fred is back. Umtrunk mit Open End! Thomas und Fred.*

Fred? Ach ja, fällt es Jule wieder ein – Fred, Student der Philosophie, der sich seit Monaten in Südfrankreich oder sonst wo herumtreibt. Jule hat ihn noch nie gesehen, sie bewohnt die Dreizimmerwohnung mit Balkon in der List erst seit April, seit sie die Stelle in Völxens Dezernat angetreten hat. Die berufliche Veränderung hat sie zum Anlass genommen, der elterlichen Villa in Bothfeld den Rücken zu kehren. Hätte sie es auch getan, wenn sie geahnt hätte, dass sich ihr Vater kurz danach ebenfalls verdrücken würde? Die Frage hat sich Jule neulich gestellt. Oder wäre sie geblieben, aus Mitleid womöglich? Keine schöne Vorstellung. Sie ist jedes Mal erleichtert, wenn sie nach einem Besuch bei ihrer Mutter wieder nach Hause gehen kann. Selbst die geräumigste Villa ist zu klein für die beiden. Cordula Wedekin, Pianistin von lokaler Berühmtheit, steigert sich nun in die Rolle der verlassenen Ehefrau hinein und zieht mithilfe eines gewieften Anwalts ihrem Noch-Ehemann möglichst viel Geld aus der Tasche. ›Schließlich habe ich ihm meine Karriere geopfert‹, lautet ihr Credo. Allerdings bezweifelt Jule, dass Cordula Wedekin ohne Familie ein Weltstar geworden wäre. ›Dafür hat sie einfach zu wenig Biss‹, hat Jules verstorbene Großmutter irgendwann über ihre Tochter gesagt.

Doch auch wenn Jule immer ein Papakind war, nimmt sie ihm dennoch übel, dass er seine Frau verlassen hat. Deshalb hat sie auch keine Lust, seine Neue zu treffen. Eine Einunddreißigjährige, die sich an zwanzig Jahre ältere, verheiratete Männer heranmacht – was soll sie mit so einer bitte schön zu reden haben? Diese Frau ist immerhin mit schuld daran, dass sie sich nun bei jedem Besuch ihrer Mutter deren Tiraden über die Ungerechtigkeit der Welt anhören muss. Verdammt, warum können sie mich nicht einfach mal eine Weile in Ruhe lassen, alle miteinander, denkt Jule trotzig. Sie geht ins Bad und gönnt sich eine ausgiebige Dusche.

Aber der Gedanke an ihren Vater lässt Jule nicht los. Ich sollte ihn anrufen, mich entschuldigen, die Situation klären. Er wird enttäuscht sein, wieder einmal. Jule, die Polizistin, enttäuscht ihn ständig. Ganz anders als Alexa Julia Wedekin, die Musterschülerin, die zwei Klassen übersprungen hat. Beide Male waren die gerade mühsam geknüpften Freundschaften wieder zerstört worden und Alexa, deutlich jünger als die anderen, war noch ein Stückchen einsamer als vorher. Aber wen interessierte das? Die wissenschaftliche Karriere der Professorentochter Alexa Julia Wedekin war praktisch kaum noch aufzuhalten. Doch nach vier Semestern warf sie das Medizinstudium hin und bewarb sich bei der Polizei. »Du hast wohl als Kind zu viel Fernsehkrimis angeschaut«, konstatierte ihr Vater damals entsetzt und meinte: »Nimm dir meinetwegen ein Semester frei, aber gib um Himmels willen diesen Unfug auf!«

War die Entscheidung, zur Polizei zu gehen, wirklich ihr Herzenswunsch gewesen, oder nur ein Akt der Auflehnung gegen die elterliche Autorität, die Verplanung ihres Lebens? Manchmal, während der drei Jahre Dienst im Revier Hannover-Mitte, dem schlimmsten und gefährlichsten der Stadt, kamen ihr Zweifel an der Richtigkeit ihrer Entscheidung. Aber die sind weg, seit sie dort ist, wo sie immer hinwollte: ins Dezernat für Tötungsdelikte.

Fred is back. Jule schwankt zwischen Müdigkeit und Neugierde. Der Tag war zwar nicht übermäßig anstrengend, aber sehr lang. Sie gähnt. Sie wird sich ein Stündchen aufs Ohr legen und dann einen Stock höher, zu Freds Party, gehen. Zeit, dass sie mal wieder unter Leute kommt!

»Brauchst du noch lange?«, ruft Völxen nach oben. Durch die Mauern des alten Bauernhofs, der sich seit fünfzehn Jahren im Zustand der Dauerrenovierung befindet, hört er immer wieder kurz die Wasserleitung rauschen.

»Geh halt schon vor, wenn du es so eilig hast«, tönt Sabines Stimme aus dem Bad.

Bodo Völxen kann es durchaus erwarten, sich diesen höllisch gefährlichen Obstwein einzuverleiben, aber um sein Gehör zu schonen, möchte er gerne einen Sitzplatz weit weg von der Band ergattern. Außerdem muss er unbedingt noch ein paar Worte mit dem Ortsbürgermeister reden, solange dieser noch halbwegs nüchtern ist. Es geht um die Pacht der kleinen Weide hinter der Kirche, die dem Bürgermeister, der im Hauptberuf Landwirt ist, gehört. Dort könnte er Amadeus während der Paarungszeit, die ja unmittelbar bevorsteht, getrennt von der Herde unterbringen. Vielleicht würde diese Maßnahme Amadeus die Männlichkeit retten. Und deshalb wäre er gerne pünktlich da. Aber seit zwanzig Minuten hantiert Sabine im Bad herum. Was treibt sie denn da so lange? Normalerweise ist sie unkompliziert, braucht höchstens zehn Minuten zum Duschen, Umziehen und was Frauen halt sonst noch so machen. Hinter ihm poltert etwas. Na toll, jetzt hat er Sabines Handtasche vom Stuhl geworfen, der ganze Kladderadatsch liegt auf dem Dielenfußboden der Küche. Ächzend bückt sich Völxen, um den Inhalt wieder einzusammeln. Was Frauen so alles mit sich herumschleppen! Ein kleiner Kalender liegt aufgeschlagen unter dem Küchentisch. Neben dem Datum 22. August steht *M*. Nur ein M und ein Punkt. Das war der Abend, an dem sie so spät nach Hause gekommen ist. Ohne über sein Tun nachzudenken, blättert Völxen den Kalender durch. Da, schon wieder! Eine Woche vorher: *M*.! Und noch einmal, in der Woche davor. Das Auffällige daran ist: Außer diesem mysteriösen *M.* sind alle, wirklich ausnahmslos alle Termine in Sabines präziser, klarer Schrift deutlich und ohne Abkürzungen vermerkt: *Friseur 11:15 Uhr (Mona). Konzert Waldorfschüler 20:00, Probe Erstsemester 16:00, Silke Wallstein 14:30* – eine ihrer Klarinettenschülerinnen. Sogar bei ihrem Zahnarzt, zu dem sie seit zehn Jahren geht, steht *9:45 Dr. Wolkenstein.* Was in aller Welt bedeutet dieses *M.* in nahezu wöchentlichen Abständen?

Oben knallt eine Tür. Völxen steckt den Kalender in die Tasche zurück und richtet sich hastig auf, wobei ihn ein Schwindelgefühl befällt. Gleichzeitig schämt er sich zutiefst. Wie konnte er das tun? Was gibt ihm das Recht, im Terminkalender seiner Ehefrau herumzuschnüffeln, einer Ehefrau, die ihm seit zwanzig Jahren nicht den geringsten Anlass geboten hat, an ihrer Integrität zu zweifeln? Aber ist sie nicht in letzter Zeit auffällig oft spät nach Hause gekommen?

»Ich bin fertig.« Sabine steht in der Tür.

»Du siehst toll aus«, sagt Völxen. Es stimmt. Das türkisfarbene T-Shirt passt zu Sabines blondem Haar und betont ihre blauen Augen. Sie ist dezent geschminkt und die Jeans bringt die schlanke Figur vorteilhaft zur Geltung. Kann es sein, dass sie in letzter Zeit abgenommen hat? Und seit wann trägt Sabine Jeans mit Glitzersteinchen auf den Gesäßtaschen?

»Du bist so rot im Gesicht.« Sabine sieht ihn besorgt an. »Ist dir nicht gut?«

»Mir geht's prächtig«, behauptet Völxen.

Applaus brandet auf, Oda fährt in die Höhe. Im nächsten Moment spürt sie, wie sie knallrot anläuft. Nicht nur dass sie eingeschlafen sein muss – an der Geste, wie ihr Nebenmann sein Schultergelenk lockert, erkennt sie, dass sie mit dem Kopf auf seiner Schulter gelegen hat. Er wendet ihr sein Gesicht zu und fragt: »Na, waren wenigstens Ihre Träume spannend?«

Oda schüttelt den Kopf. Ihr Nacken schmerzt von der unbequemen Schlafhaltung. »Ich weiß nicht. Ich erinnere mich nie an Träume.«

Grelle Lichter gehen an, es ist Pause. Sie stehen auf und verlassen in einem Pulk von Besuchern den Raum, der mit seinen zahllosen Scheinwerfern mehr an eine Raumstation als an ein Theater erinnert.

»Wollen Sie die zweite Hälfte auch noch verschlafen, oder gehen wir was trinken?«, fragt er.

»Was trinken«, entscheidet Oda erleichtert.

Er holt ihre Jacken von der Garderobe. Die kühle Nachtluft macht Oda wieder munter. »Es tut mir leid«, sagt sie im Gehen. »Ich schlafe im Theater fast immer ein, und in der Oper sowieso.«

»Wenigstens haben Sie nicht geschnarcht. Warum gehen Sie zum Schlafen ins Theater, haben Sie kein Bett?«

Gegen ihre Gewohnheit entschließt sich Oda, die Karten auf den Tisch zu legen. »Ich war sozusagen dienstlich dort. Hauptkommissarin Oda Kristensen, ich untersuche den Mord an Marla Toss, der Regisseurin dieses *Faust reloaded*. Wer um alles in der Welt denkt sich so saublöde Titel aus?«, setzt Oda hinzu.

Die Frage bleibt unbeantwortet, stattdessen stellt ihr Begleiter sich vor: »Daniel Schellenberg. Ich bin ein Kollege von Marla. Ich inszeniere am Schauspielhaus und am Jungen Theater. Nachdem die Toss so viele Vorschusslorbeeren kassiert hat, wollte ich mir ihre Arbeit mal ansehen.«

Oda ist stehen geblieben, gibt sich reumütig: »Und jetzt versäumen Sie meinetwegen den zweiten Teil.«

»Das macht nichts. Was ich gesehen habe, reicht mir.«

»So gut oder so schlecht?«

»Noch schlimmer: mittelmäßig. Im Grunde kann sie froh sein, dass sie am Montag die Kritiken nicht lesen muss. Okay, das war jetzt pietätlos«, bekennt er. Sie überqueren den Platz vor der Marktkirche. Das Wetter hat sich gebessert, der Mond steht über den Dächern der Altstadt.

»Nur zu. Ich mag Leute mit schwarzem Humor.«

»Den braucht man vermutlich bei der Kripo.«

Wie recht er hat, denkt Oda und fragt: »Kannten Sie Marla Toss gut?«

»Nein, nicht sehr. Sie war ja noch nicht lange hier.«

»Sie soll ja nicht bei allen beliebt gewesen sein ...«

»Wird das ein Verhör?« Er wirft ihr einen amüsierten Seitenblick zu.

»Verzeihen Sie. Berufskrankheit.«

»Wie gesagt, ich bin auch nur auf Gerüchte angewiesen. Angeblich hat sie den Menken behandelt wie Dreck.«

Alexander Menken, den Regieassistenten? Sieh an. Der Einzige, der sich positiv über sie geäußert hat. Plötzlich erscheint Oda seine Loyalität in einem ganz anderen Licht. Tarnung eines Mörders? »Interessant«, meint Oda. »Haben Sie auch vom Verhältnis der Frau Toss mit Konstantin Althoff gehört?«

»Nein, aber das wundert mich nicht. Der Althoff vögelt alles, was einen Puls hat.«

Oda grinst.

»Ist doch wahr. Davor war es die Wolbert. Das Gretchen – falls Sie die noch gesehen haben«, fügt er mit leisem Spott hinzu.

»Doch, doch, das Gretchen habe ich noch erlebt«, murmelt Oda. Eifersucht der alten Geliebten auf die neue? Sie wechselt das Thema. »Junges Theater«, wiederholt sie. »Inszenieren Sie dieses Stück ... Freundschaft zwei Punkt null – oder so ähnlich?«

»*Beziehung 2.0.* Ein neues Stück. Freundschaft und Liebe in Zeiten des Internet. Ja, das mache ich – unter anderem.«

»Meine Tochter spielt da mit. Veronika Kristensen.«

»Ah, Vero. Ja, die ist mit viel Freude dabei. Fast schon übereifrig.«

»Das Theater tut ihr richtig gut«, bekennt Oda. »Seit sie dort mitmacht, ist ein richtig gesittetes Wesen aus ihr geworden, es ist unglaublich.«

Er lacht. »So was höre ich oft von gestressten Teenager-Eltern. Das Theaterspielen ist gut fürs Selbstbewusstsein. Außerdem lernen die jungen Leute dort, ihre Wehwehchen und Launen einer gemeinsamen Sache unterzuordnen und Autoritäten zu akzeptieren.«

»Das Projekt ist recht neu, nicht wahr?«

»Am Staatstheater Hannover, ja, dort gibt es das erst seit dieser Spielsaison. Aber ich habe so etwas schon in Hamburg gemacht.«

»Ist es nicht schwierig, einen Haufen pubertierender Teenies zu disziplinieren?«

»Nein, gar nicht. Sie sind sehr konzentriert, sehr begeisterungsfähig und haben noch keine Allüren. Wenigstens die meisten.«

»Haben Sie Kinder?«

»Einen Sohn, er ist vierzehn. Er lebt bei meiner geschiedenen Frau in Hamburg.«

Somit wäre auch das geklärt. »Wo gehen wir eigentlich hin?«, fragt Oda.

»Ins *Alexander*. Wenn's Ihnen recht ist.«

»Klar.« Oda mag es, wenn Männer entscheidungsfreudig sind. Das Lokal liegt hinter dem neuen Schauspielhaus und ist vermutlich seine Stammkneipe. Es hat sehr lange geöffnet und man bekommt auch spät noch etwas zu essen.

Ihre Blicke treffen sich, und Oda hakt sich bei ihm unter. Sie ist auf einmal putzmunter und so gut gelaunt wie schon lange nicht mehr.

Fred ist nett. Sogar mehr als nett. Charmant, witzig, klug, und er sieht recht gut aus: braun gebrannt, groß, gut gebaut, dunkles Haar, schelmischer Blick aus strahlend blauen Augen. Sie stehen in der Küche, er raucht eine Selbstgedrehte und flirtet ganz unverhohlen mit Jule. Und das schon den ganzen Abend, er hat Ausdauer.

Sie lässt sich Rotwein nachgießen und trinkt das halbe Glas in einem Zug. Und sie hört ihm gerne zu, lauscht seinen Anekdoten, lacht. Vorhin haben sie sogar getanzt, das tat gut, wieder mal zu tanzen. Schon wieder streift seine Hand ganz zufällig die ihre. Aber da springt kein Funke über. Funke? Blödsinn, Jule, das Leben ist keine Telenovela! Fernando hat recht, du wirst langsam eigenbrötlerisch. Es muss doch nicht immer gleich das ganz große Gefühl sein, an das du ohnehin nicht glaubst. Warum lässt du nicht zu, dass er etwas Farbe in deine monochromen Nächte bringt? Wenigstens in diese eine, heute?

»Gibbs hier noch Rotwein?« Thomas kommt in die Küche, er hat schon einen leichten Zungenschlag. Ein zerzaustes Mädchen hängt an seinem Hals, ihre Augen erinnern an Glasmurmeln. Wie bei einer Leiche, denkt Jule.

Fred fängt an, ihren Nacken zu massieren. Es fühlt sich gut an, seine Hände sind warm und trocken, der Griff fest, aber nicht grob. In den nächsten Minuten wird man entscheiden müssen, wie der Rest der Nacht verläuft. Aber was gibt es da zu entscheiden? Schließlich hat sie Prinzipien. Die eine eiserne Regel lautet: keine Verheirateten. Ebenso ist in Stein gemeißelt: keine Geschichten mit Kollegen. Und die dritte, noch recht neue Regel: keine Liebschaften im Haus. Das erschwert nur den Alltag, wenn alles wieder vorüber ist.

Die meisten Gäste sind schon gegangen, muss Jule feststellen, als sie einen Blick ins Wohnzimmer wirft. Wer jetzt noch da ist, hat es nötig. Wie hat Fernando das neulich so griffig formuliert? Restefick, ja genau. Nein, danke. Sie stellt ihr Glas ab und flieht ohne ein Wort der Erklärung die Treppe hinunter in ihr stilles, aufgeräumtes Leben.

Montag, 25. August

»Sag mal, Mama ... du kennst dich doch mit Typen aus.«
Oda stellt ihre Kaffeetasse ab. Wie sich das anhört! Als würden sich hier »Typen« die Klinke in die Hand geben. Davon kann wahrhaftig keine Rede sein, im Gegenteil. Odas immer seltener werdende Affären halten nie länger als zwei Wochen und spielen sich stets außerhalb dieser Wohnung ab, und ehe sich irgendwas einschleifen kann, macht Oda stets einen Rückzieher.

»Wie kommst du denn darauf?«
»Immerhin bist du am Samstag sehr spät – oder eigentlich schon eher sehr früh nach Hause gekommen.«
»Stimmt«, muss Oda zugeben.
»Ist ja auch egal, ich möchte dir keine Moralpredigt halten.« Veronika will ihr Haar zurückwerfen und greift ins Leere. Notgedrungen und unter Tränen hat sie sich vor zwei Wochen einen Kurzhaarschnitt verpassen lassen, nachdem sie von einem Tag auf den anderen ihrer schwarz gefärbten Mähne überdrüssig geworden war, und das Entfärben ihr Haar in einen spröden Strohhaufen verwandelt hatte.

»Zu gütig von dir«, stellt Oda halb amüsiert, halb erleichtert fest.
»Ich brauche deinen Rat«, verkündet Veronika feierlich.
Oda traut ihren Ohren nicht. Nicht nur, dass das Kind so früh am Morgen überhaupt spricht, nein, ihre abwechselnd muffelige bis aufmüpfige und prinzipiell alles besser wissende Tochter sucht ihren mütterlichen Rat. Könnte das etwa der Anfang vom Ende der pubertären Rebellionsphase sein? Der Beginn einer Mutter-Tochter-Beziehung, wie man sie nur vom Hörensagen oder aus seichten Filmen kennt? Nur kein voreiliger

Optimismus, ermahnt sich Oda und vergewissert sich: »Du suchst meinen Rat? In Sachen Kerle?«

Veronika schiebt ihr Müsli zur Seite: »Was mache ich, wenn ich einen Typen gut finde und der mich gar nicht beachtet? Ich meine, er redet schon mit mir, aber halt nur so allgemein.«

»Er nimmt dich als befreundete Person wahr, aber du hättest gern, dass er dich als Frau wahrnimmt«, bringt es Oda auf den Punkt.

»Genau.« Zwei erwartungsvolle blaue Augen sind auf Oda gerichtet, ihre getuschten Wimpern flattern.

Jetzt nur nichts falsch machen. Kein Psychologenjargon und vor allem keine neugierigen Fragen nach dem Objekt der jugendlichen Begierde, sonst ist es gleich vorbei. »Und wie hast denn du dich bis jetzt ihm gegenüber verhalten?«

»Äh … ganz normal. Ich war halt freundlich und nett und habe es öfter so eingerichtet, dass ich ihm allein über den Weg laufe. Aber der reagiert irgendwie nicht.«

Freundlich und nett. Das hätte Oda gerne gesehen. »Dann hör auf, freundlich zu sein.«

»Im Ernst?«

»Die Mädchen, mit denen man Pferde stehlen kann, wie es so schön heißt, werden von Jungs als asexuelle Wesen wahrgenommen. Die sind – nett – ja. Und nützlich. Aber begehrenswert sind sie nicht. Männer sind Jäger und Eroberer. Sie suchen die Herausforderung.«

»Ich soll also eine Zicke sein? Das liegt mir doch gar nicht.«

Oda unterdrückt ein Auflachen und sagt: »Man darf es nur nicht übertreiben. Sei unberechenbar und ein bisschen geheimnisvoll, widersprich ihm auch mal, ignoriere ihn so gut wie möglich. Das alles muss aber noch natürlich wirken, er darf das Spiel nicht durchschauen. Ein kleiner Flirt mit der Konkurrenz kann nie schaden. Lass ihn bloß nicht merken, dass du an ihm interessiert bist.«

»Klingt schwierig«, seufzt Veronika.

»Du schaffst das. Schließlich bist du meine Tochter und Viertelfranzösin.«

»Muss ich ihm dann mein Leben lang die Zicke vorspielen?«
Mein Leben lang. Erneut muss sich Oda anstrengen, um nicht abgeklärt zu lächeln. »Du hast mich gefragt, wie man einen Mann erobert. Fürs Festhalten bin ich nicht zuständig.«

Ein zuversichtliches Lächeln erhellt nach und nach Veronikas Gesicht, Oda kann förmlich sehen, wie es in ihrem Kopf arbeitet. Der arme Junge! Ahnt sicher noch gar nicht, welche Venusfalle da auf ihn wartet.

Veronika steht auf, schnappt sich ihre Schultasche und sagt im Hinausgehen: »Ciao. Und danke!«

Danke? Oda versucht vergeblich, sich zu erinnern, wann sie zum letzten Mal dieses Wort aus dem Mund ihrer Tochter gehört hat. Es muss Jahre her sein. Die Tür klappt zu, ein Sonnenstrahl fällt auf den Frühstückstisch. Was für ein wunderbarer Morgen, denkt Oda, während ihre Gedanken abschweifen. Zu Daniel. Er hat etwas Besonderes. Was es ist, kann Oda nicht genau sagen, aber irgendetwas fühlt sich anders an als sonst.

Völxens Büro ist dicht bevölkert. Fernando, Jule und Oda haben sich auf das Ledersofa gequetscht, die zwei Sessel werden von Richard Nowotny, einem älteren Mitarbeiter des Dezernats 1.1.K, der bevorzugt im Innendienst tätig ist, und von Staatsanwältin Eva Holzwarth eingenommen. Rolf Fiedler lehnt am Fensterbrett, Völxen selbst thront hinter seinem Schreibtisch. Auf einem der Besucherstühle, die vor Völxens Schreibtisch stehen, sitzt ein Beamter, den Völxen mit »Hauptkommissar Leonard Uhde« vorgestellt hat. Dessen Ellbogen liegt lässig auf der Schreibtischplatte, seine Hand streicht zärtlich über Völxens DS-Modell, was dieser mit zunehmendem Missfallen beobachtet. Der Vizepräsident hat im Mai versprochen, dass man bis zum Herbst einen Besprechungsraum für das Dezernat 1.1.K einrichten wird. Aber Völxen kennt den Laden nicht erst seit gestern und hat begründete Zweifel, ob das noch vor Ablauf seiner Dienstzeit klappen wird. Notwendig wäre es allerdings schon, grollt der Dezernatsleiter innerlich und platziert sein Automodell außerhalb der Reichweite des verspielten Uhde.

Im Augenblick hat Rolf Fiedler das Wort. »Der Regen wäre ja nicht das Schlimmste, aber die tausend Leute, die da oben rumgetrampelt sind – wo soll man da mit Spuren anfangen?«, klagt der Leiter der Spurensicherung. »Fest steht, dass der Mord auf einer der vorderen Bänke geschah.« Rolf Fiedler hebt ein Foto des Tatortes in die Höhe, auf dem die entsprechende Bank markiert ist. »Auf dem Holzrost konnten wir Haare der Toten sichern. Zudem wurden fremde Textilfasern auf der Haut des Opfers sichergestellt. Nach der Tat wurde die Leiche über das Geländer gehoben und auf die untere Ebene geworfen, wo sie offenbar nicht mehr bewegt wurde – oder sagt die Rechtsmedizin was anderes?«, wendet er sich fragend an Völxen.

»Nein. Es war so, wie Sie sagen«, antwortet Völxen. »Todesursächlich war das Erdrosseln, die Kopfverletzung rührt vom Sturz her, der unmittelbar danach erfolgt sein muss. Es gibt bislang keinen Hinweis auf ein Sexualdelikt, aber die Obduktion steht noch aus. Die Tat muss gegen Mitternacht passiert sein. Um 23.45 Uhr hat Frau Toss das Theater laut mehreren Zeugen verlassen. Ihre Handtasche mit dem Mobiltelefon ist verschwunden.«

Nun wieder Fiedler: »In der Wohnung gab es mehrere Fingerabdrücke, unter anderem die des Herrn Althoff, aber auch noch die von fünf weiteren Personen, die wir noch nicht zuordnen konnten. In der Datei ist keiner davon. Außerdem gab es Abdrücke von einem Kind.«

»Das war vermutlich ihr Neffe«, bemerkt Fernando. »Yannick Hermes, der Sohn ihrer Schwester.«

Mehr hat Rolf Fiedler im Moment nicht zu berichten. Völxen bedankt sich und bittet »Hauptkommissarin Kristensen« fortzufahren. Die jedoch starrt an die Decke, und erst Fernandos Ellbogen, der ihr unsanft zwischen die Rippen fährt, holt sie ins Hier und Jetzt zurück. – »Die Befragung der Mitwirkenden an der aktuellen Theaterproduktion hat ergeben, dass Frau Toss von wenigen Ausnahmen abgesehen beim Ensemble nicht sonderlich beliebt war. Von diesen Personen haben zwölf entweder kein Alibi, oder eines, das nur vom jeweiligen Lebenspartner bestätigt wird. Marla Toss hatte ein Verhältnis mit Konstantin Althoff, dem Dramaturgen. Althoff ist an dem fraglichen Abend der Generalprobe ferngeblieben, weil er erkältet war, wovon wir uns überzeugen konnten. Seine Frau, die Opernsängerin, war zur Tatzeit mit ihm zusammen in der Wohnung, aber sie hielten sich in getrennten Räumen auf. Frau Althoff gibt an, sie habe über Kopfhörer Musik gehört und würde es nicht unbedingt bemerkt haben, falls ihr Mann zur Tatzeit die Wohnung verlassen hätte. Ihr Mann wiederum sagt, er sei vor dem Fernseher eingeschlafen und irgendwann aufgewacht und zu Bett gegangen. Also hat auch Frau Althoff kein Alibi. Das wäre dann der alte Klassiker: Ehefrau ermordet Geliebte. Meinem persönlichen Eindruck nach ist Frau Althoff aber nur rachsüchtig und will ihren Hallodri von einem Ehemann ein bisschen ins Schwitzen bringen. Es ist Gerüchten zufolge nicht das erste Mal, dass er fremdgegangen ist. Vor Marla Toss soll er was mit Janne Wolbert, der Darstellerin des Gretchens, gehabt haben. Und die lebt ja auch noch«, fügt Oda hinzu.

»Frau Wolbert wiederum hat ein Alibi, allerdings nur von ihrem Freund«, fügt Völxen hinzu und wendet sich nun an Jule: »Kommissarin Wedekin, Sie haben das Wort.«

Jule, eingequetscht zwischen Fernando und der Armlehne des Sofas, rutscht an die vordere Sitzkante und nimmt, so gut es geht, eine aufrechte Haltung an: »Nach unseren Erkenntnissen muss Marla Toss einen wohlhabenden Freund und Gönner gehabt haben. Althoff kommt dafür aber wohl nicht infrage.« Jule beschreibt den Schrank voller Schuhe, die teuren Kleider, das außergewöhnliche Parfum. Während sie redet, merkt sie, dass dieser Uhde sie aufmerksam betrachtet. Vielmehr fixiert. Anstarrt, geradezu unverschämt. Was interessiert ihn so, etwa der winzige Kaffeefleck auf ihrem T-Shirt, den sie erst vorhin selbst bemerkt hat? Jule weicht dem Blick aus und spricht weiter: »Es sieht außerdem so aus, als hätte jemand nach der Tat die Wohnung durchsucht. Mit einem Schlüssel. Also … ich meine … der Täter … oder der, der die Wohnung durchsucht hat … aber das wusste ja nur der Täter … denn der hat vorher die Handtasche ...« Jule verstummt, sie hat sich im Satz verheddert. Was wollte sie eigentlich sagen? Zu allem Überfluss spürt sie, wie sie rot anläuft.

»Wahrscheinlich hat der Täter die Handtasche mitgenommen und sich mit dem darin befindlichen Schlüssel Zugang zur Wohnung verschafft. Was er dort gesucht oder entwendet hat, wissen wir nicht«, bringt Fernando Jules Gestammel auf den Punkt.

»Ja, genau«, bestätigt Jule. »Es gab keine Einbruchsspuren, und die T-Shirts ... die gebügelten T-Shirts, die waren ganz durcheinander, und ein paar Blusen hingen krumm auf dem Bügel. Deshalb dachte ich, dass jemand da herumgewühlt hat.«

O, Gott, was faselt sie denn da? Wenn sie nicht alles täuscht, dann hat dieser arrogante Uhde-Arsch da drüben eben süffisant gegrinst, und die Holzwarth auch. Eine peinliche Vorstellung, die sie hier abliefert. Jule fühlt, wie ihr der Schweiß ausbricht.

»Danke, Frau Wedekin«, sagt Völxen und fährt fort: »Ich habe Hauptkommissar Uhde vom Dezernat 2.1.K, Raub und Erpressung, zu uns gebeten, weil er uns etwas aus der Vergangenheit von Frau Toss erzählen kann. Bitte.«

Leonard Uhde steht auf. Er ist etwa eins fünfundachtzig groß und hat die Figur eines Ausdauersportlers. Netter Hintern, befindet Jule.

»Wie Sie bereits wissen, heißt Marla Toss mit bürgerlichem Namen Marion Hermes. Frau Hermes wurde vor zehn Jahren von uns als Zeugin befragt. Es ging um den Überfall auf das Juweliergeschäft Brätsch in der Georgstraße am 14. April 1997. Der damalige Freund von Marion Hermes, Felix Landau, und dessen Freund und Komplize Roland Friesen, die beiden waren damals 22 und 20 Jahre alt, verübten unmittelbar nach Ladenöffnung einen Raubüberfall auf das Juweliergeschäft.«

Er hat eine warme Stimme mit einem rauen Timbre. Dazu passt auch das kantige Gesicht mit den tief liegenden Augen. Sie sind so blau wie seine Jeans. O, Mist, Mist, Mist! Hat er gemerkt, dass ich ihn anstarre? Ja, natürlich, war ja wohl nicht zu übersehen. Aber einen Redner darf man doch ansehen, oder? Ansehen ja, nicht verschlingen, Jule! Aber er hat mich eben auch angestiert. Trotzdem lenkt Jule ihren Blick nun lieber zum Fenster hinaus.

»… waren Klaus Brätsch, der Inhaber, sowie eine Angestellte. Als die Angestellte einen versteckten Alarm auslösen wollte, gingen einem der Räuber die Nerven durch, er erschoss die Frau. Die beiden maskierten Täter entkamen mit der Beute, die hauptsächlich aus wertvollen Uhren und einigen Perlenketten bestand. Einige Tage später erhielt unsere Dienststelle einen anonymen Tipp. Wir konnten die Täter noch am selben Tag festnehmen, allerdings ohne die Beute. Jeder behauptete vom anderen, der habe sie versteckt, ebenso wie jeder von ihnen behauptete, der andere hätte auf die Angestellte geschossen. Marion Hermes war damals mit Felix Landau liiert, deshalb wurde sie von Leuten unseres Dezernats vernommen. Sie sagte aus, ihr Freund Landau hätte ihr nach dem Unfall erzählt, dass ausgemacht war, nur Attrappen von Waffen zu benutzen. Erst während des Überfalls will Landau dann bemerkt haben, dass Roland Friesen eine scharfe, echte Waffe dabeihatte. Über den Verbleib der Beute wusste Frau Hermes angeblich nichts. Bei dieser Aussage ist sie geblieben, auch später, vor Gericht. Das Ganze hat Roland Friesen zehn Jahre eingebracht, und Felix Landau acht. Landau wurde vor vier Jahren vorzeitig entlassen, weil er sehr krank war, Friesen dank guter Führung und positiver Sozialprognose im März dieses Jahres. Das war es, was ich Ihnen mitteilen wollte.« Der Kollege vom Dezernat Raub und Erpressung setzt sich wieder.

Sekundenlang sagt niemand etwas, dann bricht Richard Nowotny, der die Akten nicht nur führt, sondern auch deren Inhalt im Gedächtnis speichert, das Schweigen: »Felix Landau ist tot.«

»Genau«, bestätigt Fernando. »Den haben wir letzten Mittwoch in seiner Wohnung vom Fußboden gekratzt.«

Völxen räuspert sich missbilligend, und Fernando meint: »Entschuldigung. Aber der lag schon ein paar Tage – wenn ihr wisst, was ich meine.« Fernando erinnert sich mit Grausen an die Gase, die plötzlich austraten, als er den Leichnam bewegt hat. Er hat sich kurz danach auf der Toilette übergeben müssen.

»Wir können es uns vorstellen«, versichert Staatsanwältin Eva Holzwarth und fragt: »Woran starb dieser Landau?«

»Der Obduktionsbericht steht noch aus«, sagt Jule, die der klaren Sprache inzwischen wieder mächtig ist. »Aber laut den Unterlagen aus seiner Wohnung hatte er Krebs.«

»Tja, also ich finde, das eben von Hauptkommissar Uhde Vorgetragene gibt dem Fall eine ganz interessante Richtung«, meint Staatsanwältin Holzwarth. »Man sollte sich diesen Roland Friesen mal ansehen. Meine Herrschaften – man sieht sich.« Sie steht auf und stöckelt auf ihren gefährlich hohen Absätzen aus Völxens Büro. Auch Nowotny, Fiedler und Uhde verlassen den Raum, wobei Völxen Uhde hinterherruft: »Können wir die Akte von damals haben?«

Leonard Uhde bleibt kurz stehen. »Hab ich schon aus dem Archiv angefordert. Ich bringe sie dann vorbei.« Die Tür fällt hinter ihm zu.

Völxen kratzt sich mit dem Bleistift am Kinn, das von ein paar übersehenen Bartstoppeln und einem frischen Schnitt verunziert wird. »Die Holzwarth hat recht. Wir müssen die Vergangenheit des Opfers beleuchten. Möglicherweise hat sie damals die beiden Täter verraten und die Beute behalten, und nun wollte dieser Friesen seinen Anteil. Oder seine Rache.« Er schaut auf seine Uhr. »Ich habe um zehn ein Meeting mit dem Polizeipräsidenten und dem Vize, danach fahren Oda und ich zu diesem Friesen und schaffen ihn hierher. Oda, du kannst inzwischen dem Bächle ein wenig Dampf machen. Wenn ich ihn drängle, juckt den das gar nicht. Fernando, du findest raus, wo dieser Roland Friesen wohnt und arbeitet. Frau Wedekin, Sie sichten inzwischen zusammen mit Nowotny das Material aus der Wohnung und stürzen sich auf die alte Akte, sobald Uhde sie vorbeibringt.«

»Zu Befehl«, antwortet Oda. Im Gänsemarsch verlassen die drei Völxens Büro.

Völxen öffnet das Fenster und schaut missmutig hinauf zum blassblauen Himmel. Immer dasselbe. Das Wochenende war regnerisch – auf dem Weinfest war es recht kühl gewesen – und heute, am Montag, ist herrliches Wetter.

Das Weinfest. Geschlagene zwei Stunden hat sich Sabine mit dem neuen Pfarrer unterhalten. Was haben die zwei so lange zu bereden? Lustig ist es dabei zugegangen, immer wieder hat er Sabine herzlich lachen sehen. »Dies und das«, hat seine Gattin auf seine beiläufige Nachfrage hin geantwortet. Als sei er ein kleines Kind, dem man gewisse Dinge nicht erklären kann oder will. – M. – Der neue Pfarrer ist Ende dreißig, sieht einigermaßen passabel aus und heißt Matthias Jäckel. Völxen seufzt schwer. Es wäre nicht die erste Polizistenehe, die zerbricht. Andererseits hat sich Sabine von Anfang an und bis zum heutigen Tag nie beklagt, wenn er Überstunden macht oder zu den unmöglichsten Zeiten einen Anruf bekommt und zu einem Tatort muss. Sie nimmt ihren Beruf ernst und er den seinen, das war nie ein Problem zwischen ihnen. Es muss etwas anderes dahinterstecken. Vielleicht ist er ihr einfach nicht mehr attraktiv genug. Er hat ein paar Kilo Übergewicht und sein Haar wird mit erschreckender Geschwindigkeit grau und dünn, während Sabine mit fünfundvierzig Jahren nach wie vor eine attraktive Frau ist, die in Kleidergröße 38 passt und noch kein graues Haar hat. Sie war es, die ihn im Frühjahr zu der Diät angestachelt hat und ihm eingeredet hat, er müsse zum Nordic Walking, angeblich seiner Gesundheit wegen. Oder ist er ihr in Wahrheit zu dick geworden? Vielleicht sollte er auch mehr auf seine Kleidung achten. Er war nie sehr modebewusst, um es mal euphemistisch zu formulieren. Oder ist es, weil er seine Socken herumliegen lässt, Handtücher nicht aufhängt und regelmäßig hinter den Holzschuppen pinkelt? Über solche Dinge kann sich Sabine ja über Gebühr aufregen. Und er? Er hat das nie ernst genommen, für ihn sind das Kleinigkeiten, so wie ihre Haare in der Dusche, die Bücher und Zeitschriften, die sie im ganzen Haus verteilt, oder diese halb ausgetrunkenen Kaffeetassen, die man im ganzen Haus findet. Kleine Marotten, nicht der Rede wert. Aber

Frauen ticken ja bekanntlich anders. Die sehen in solchen Nachlässigkeiten gleich ein Zeichen für mangelnden Respekt, mangelnde Liebe, die nehmen eine alte Socke in der Sofaritze gleich persönlich.

Was, wenn Sabine nun allmählich die Nase voll hat vom Eheleben oder von ihm und seinem Benehmen? Seinem Schweigen vor dem Fernseher, seinen nicht ausgesprochenen Nettigkeiten. Bestimmt überschüttet dieser *M.* sie mit Aufmerksamkeiten, macht ihr originelle Komplimente, liebt und bewundert ihre Musik … Mein Gott, ja! Das ist es! Beschämt lässt Völxen seine Stirn in seine aufgestützte Hand sinken und schließt die Augen vor der Erkenntnis. Sabine hat an seiner Arbeit stets Interesse gezeigt. Fast jeden Tag erkundigt sie sich nach seinen Fällen, stellt mit ihm zusammen Überlegungen an und entwickelt Hypothesen. Und er? Wie oft hat er sich rasch eine Beschäftigung im Freien gesucht, wenn sie Klarinette zu üben begonnen hat? Wie oft hat er mit gequältem Gesicht und scharrenden Füßen die Konzerte ihrer Schüler durchgestanden oder von vornherein fadenscheinige Gründe vorgeschoben, um erst gar nicht mitkommen zu müssen? So viele kleine Kränkungen über all die Jahre – und jetzt bekommt er die Quittung in Form dieses ominösen *M.*! Und nicht nur das. Stellvertretend rächt sie sich auch noch an seinem Schafbock! Das Geschäft mit der Wiese hinter der Kirche hat leider auch nicht geklappt, dort sollen demnächst Galloway-Rinder stehen. Heute Mittag wird der Tierarzt vorbeikommen und Amadeus kastrieren, das hat Sabine am Samstag mit dem Veterinär bei einem Glas Erdbeerwein besprochen – nachdem sie sich endlich vom Pfarrer losgeeist hatte. Ihm, Völxen, wurde die geplante Kastration eher beiläufig und mit dem Hinweis mitgeteilt, es sei allerhöchste Zeit dafür. Der arme Amadeus ist der sprichwörtliche Sündenbock, das Opfer einer grausamen Aggressionsverschiebung. »Kurz und schmerzlos, in drei Tagen ist es vergessen«, hat Sabine heute Morgen beim Frühstück gemeint und dabei *ihm* die Hand getätschelt.

Völxen zuckt zusammen, als es an die Tür klopft und gleich darauf Frau Cebulla auf ihren Gesundheitsschuhen hereinquietscht. »Herr Hauptkommissar, vergessen Sie Ihr Meeting mit dem Präsidenten und dem Vize nicht, es ist gleich zehn.«

Völxen brummt etwas und steht auf, langsam und steif, wie ein alter Mann. Genauso fühlt er sich dieser Tage auch: um Jahre gealtert.

Fernando zupft Jule am Ärmel, als sie Völxens Büro verlassen. »Vor unserem Büro wartet Pia Hermes.«

»Schön. Die werde ich gleich vernehmen.« Hoffentlich will Fernando nicht dabei sein. Jule hält ihn, was die Familie Hermes angeht, noch immer für befangen. Aber leider hat das Dezernat nicht nur keinen vernünftigen Besprechungsraum, sondern auch keinen eigenen Vernehmungsraum. Fast ein Wunder, hat sich Jule schon manchmal gedacht, dass Völxens Abteilung unter solchen Arbeitsbedingungen eine nahezu hundertprozentige Aufklärungsquote bei Tötungsdelikten vorweisen kann.

»Ich muss dir noch was sagen...«, Fernandos Zähne graben sich verlegen in seine Unterlippe.

»Was denn?«

»Mir ist da noch was eingefallen. Als ich letzten Mittwoch in den Kiosk gekommen bin, haben sich Pia und Marla gestritten.«

»Worüber?«

»Das konnte ich nicht hören. Ich habe nur gemerkt, dass dicke Luft herrschte. Ich glaube, es ging um Yannick, denn nachdem Marla weg war, hat mich Pia gefragt, ob ich finde, dass Yannick schlecht erzogen sei, oder so ähnlich.«

»Meine Rede«, murmelt Jule und sagt: »Das kann gut sein. Mütter werden gern zu Furien, wenn man an ihrer Brut herummeckert.«

Oda steckt sich einen Zigarillo an und wählt dann die Nummer der Rechtsmedizin. »*Bonjour*, Dr. Bächle!«

»*Bonjour*, werte Frau Krischtensen. Was verschafft einem einsamen Mann in seinem Keller voller Leichen die Ehre Ihres Anrufs?«

»Der Fall Felix Landau. Diese nicht mehr sehr appetitliche Leiche von letzter Woche – Sie erinnern sich?«

»Frau Krischtensen, des war jetzt Gedankenübertragung! Grad im Moment hab ich den zug'macht und verräumt!«

»Dann können Sie mir also sagen, woran er gestorben ist.«

»An Krebs, der arme Siach!«

»Der arme *was*?«

»Der arme Kerl«, übersetzt Bächle und erklärt: »'s war kein schöner Tod, aber definitiv ein natürlicher.«

»Vielen Dank, Dr. Bächle.«

»Gern g'schähe!«

»Ach, sagen Sie, wann wird denn die junge Frau vom Flohmarkt obduziert?«

»Frau Krischtensen«, stöhnt Dr. Bächle. »Sie ham ja keine Ahnung, was hier los isch: Wir haben einen Leichenschtau!«

Oda muss grinsen, als sie sich den kleinen zotteligen Forensiker zwischen aufgestapelten Leichen vorstellt.

»Der Weschtenberg hat Urlaub, die Schtudenten Semeschterferien, und die Pathologin isch schwanger. Mutterseelenallein ham se mi' hocke' losse'!«

»Mit kommen gleich die Tränen.« Oda nimmt einen tiefen Zug und fragt: »Also wann?«

»Morgen früh, gleich als erschtes. Sehen wir uns bei der Obduktion, Frau Krischtensen? Ich hätt' schpeziell für Sie eine eingelegte Raucherlunge.«

»Ich werde vielleicht auf Ihre nette Einladung zurückkommen«, antwortet Oda. »Aber dass die Frau erdrosselt wurde, das steht doch schon fest, oder?«

Das kann Bächle bestätigen. Oda bedankt sich bei dem gestressten Mediziner und legt auf. *Hocke' losse'* ... zu drollig, dieses Schwäbisch. Vielleicht wäre es einfacher, sich in ihrer Vatersprache mit Bächle zu unterhalten, allerdings schwäbelt der Rechtsmediziner auch auf Französisch.

Ihr Handy piepst. Eine SMS. *Wann sehen wir uns wieder? D.*

Daniel Schellenberg. Oda registriert mit Befremden, dass ihr Puls ein klein wenig beschleunigt.

Pia Hermes trägt ein schwarzes Kostüm, das zu Zeiten der Regierung Kohl bestimmt topmodern war. Um Fernando auszuweichen, schlägt Jule der Frau vor, in die Cafeteria zu gehen. Sie holen sich Milchkaffee. Jule wirft einen sehnsüchtigen Blick auf die Croissants. Aber während der Befragung ein Hörnchen in den Milchschaum zu tauchen gehört sich nicht, also wird sie das Frühstück eben später nachholen.

Jule erfährt im Verlauf des Gesprächs, dass die Schwestern Hermes in der Nordstadt aufgewachsen sind. Der Vater war Lokführer. Als er starb, war Marion zehn und Pia zwölf. Nach dem Tod des Vaters wurde es finanziell wohl richtig eng. Um die Hinterbliebenenrente aufzubessern, arbeitete die Mutter in einer Krankenhausküche und ging, wenn nötig, auch putzen.

»Ein Studium war für uns eigentlich nicht drin«, meint Pia. »Marion hat es auch nur geschafft, weil sie an der staatlichen Schauspielschule aufgenommen wurde.«

»Das schaffen ja nicht viele«, bemerkt Jule.

»Wenn Marion sich was in den Kopf gesetzt hat, dann hat sie das auch bekommen. Das war schon immer so.«

»Mag sein, aber man braucht doch auch Talent«, wirft Jule ein.

»Offenbar konnte sie die entscheidenden Leute glauben machen, sie hätte welches.«

»Das klingt nicht sehr schmeichelhaft«, meint Jule. »Wovon hat Marla während des Studiums gelebt?«

»BAföG, nehme ich mal an. Ich habe sie in dieser Zeit nicht oft gesehen. Auch danach nicht. Bis sie vor vier Monaten das Engagement hier angenommen hat.« Pias Miene verrät, dass sie auch auf diesen Kontakt lieber verzichtet hätte. Diese offen gezeigte Ablehnung der eigenen Schwester macht die Frau in Jules Augen zwar nicht sympathisch, spricht aber gegen sie als Verdächtige.

»Waren Sie mal in ihrer Wohnung?«, will Jule wissen.

»Nur kurz.«

»Und Ihr Sohn?«

Pias Hände suchen nach einer Beschäftigung. Wenn es in der

Cafeteria nicht verboten wäre, würde sie jetzt bestimmt gerne rauchen, erkennt Jule.

»Yannick war ab und zu bei ihr. Klar, so eine neue Tante, die quasi aus dem Nichts auftaucht, das war für den Jungen natürlich interessant. Sie waren zusammen im Kino und im Zoo – lauter Sachen, die wir uns nicht so oft leisten können.« Es klingt nicht so, als ob Pia Hermes begeistert über das Engagement der Tante gewesen ist.

»Sie mochten Ihre Schwester wohl nicht sonderlich?«, stellt Jule fest.

»Wir haben uns mit der Zeit voneinander entfremdet. Sie führte ein komplett anderes Leben als ich, lebte in einer ganz anderen Welt. Theater, Künstler ...«

»Frau Hermes, wir haben Grund zu der Annahme, dass Ihre Schwester einen großzügigen Liebhaber hatte. Haben Sie eine Ahnung, wer das gewesen sein könnte?«

»Nein. Über solche Dinge hat sie nicht mit mir gesprochen.«

»Gibt es jemanden, dem sie so etwas erzählt haben könnte? Vielleicht Ihrem Mann?«

»Stefan? Wie kommen Sie denn darauf?« Pia sieht Jule aus zusammengekniffenen Augen verwirrt und misstrauisch an.

»Er ist immerhin ihr Schwager.«

»Stefan hatte nie was mit der am Hut, Schwager hin oder her«, sagt Pia voller Überzeugung.

»Hatten Sie in den Tagen vor ihrem Tod Streit mit Ihrer Schwester?«

»Nein.«

»Auch nicht am vergangenen Mittwochmorgen, im Kiosk?«

»Nein, wir hatten keinen Streit. Lediglich eine kleine Diskussion.«

»Worüber?«

»Über Kindererziehung.«

Jule belässt es dabei. Sie gewinnt immer mehr den Eindruck, dass Pia Hermes etwas verbirgt. »Sagt Ihnen der Name Felix Landau etwas?«

Pia rührt wild in ihrem Milchkaffee, dann leckt sie den Löffel ab und erlaubt sich ein müdes Lächeln. »Ach, diese Geschichte haben Sie jetzt ausgegraben.«

»Welche Geschichte?«

»Den Überfall auf den Juwelier. Marion war damals Zeugin, sie musste vor Gericht aussagen, weil sie damals mit Landau zusammen war.«

»Halten Sie es für möglich, dass Ihre Schwester in die Sache verwickelt war?«, fragt Jule rundheraus.

Pia zuckt die Achseln. »Wenn Sie mich so fragen: Zugetraut hätte ich es ihr schon. Die Zulassung für die staatliche Schule kam erst ein paar Wochen nach dem Überfall, sie ist irgendwie nachgerückt. Ein Studium an einer Privatschule hätte einen Haufen Geld gekostet, woher hätte sie das nehmen sollen? Aber das hätte die Polizei doch sicher mitbekommen, wenn sie den geklauten Schmuck verkauft hätte. Wurde sie denn nicht beobachtet?«

Genau diese Frage wird Kommissarin Wedekin dem Kollegen Uhde heute noch stellen. »Vermutlich«, antwortet sie ausweichend. Die Akte. Wenn er nun die Akte bringt, und ich bin gar nicht im Zimmer? Ja, und? Dann gibt er sie eben Fernando oder Frau Cebulla. Hast du keine anderen Sorgen, Frau Kommissarin? Jule konzentriert sich wieder auf ihr Gegenüber: »Kannten Sie Felix Landau?«

»Ja. Er kam ab und zu vorbei, um Marion abzuholen. Der Felix war ein gutmütiger Trottel.«

»Kannten Sie auch Roland Friesen, Landaus damaligen Komplizen?«

»Den habe ich nur bei der Gerichtsverhandlung gesehen.«

»Nach seiner Entlassung haben Sie ihn nicht getroffen?«

»Wen?«

»Roland Friesen.«

»Nein. Ich würde den gar nicht mehr erkennen.«

»Und Felix Landau?«

»Den auch nicht.«

»Felix Landau lebte seit einiger Zeit wieder in der Nordstadt, wussten Sie das?«

»Nein.«

»Hat Ihre Schwester in den letzten Wochen mal einen der beiden erwähnt?«

»Nein.«

»Felix Landau ist letzte Woche gestorben.« Pia sieht sie ungläubig an. »Woran?«

»Vermutlich an Krebs.«

»Das ... das tut mir leid. Der arme Kerl.«

Dafür, dass Pia den Exfreund ihrer Schwester nur flüchtig gekannt haben will, wirkt sie auf Jule ziemlich betroffen. War sie seinerzeit selbst in ihn verliebt? Und Landau hat natürlich die hübschere Marion bevorzugt. Ob so etwas häufiger vorgekommen ist? Nach dem wievielten Mal fängt man an, seine Schwester zu hassen?

»Hat Ihre Schwester mal erwähnt, dass sie bedroht wird?«

Pia schüttelt den Kopf.

Jule trinkt von ihrem Kaffee. Ein sehr zähes, unergiebiges Gespräch, findet sie. Sie kann nicht sagen, was es ist, aber irgendetwas ist an Pia Hermes, das sie abstößt.

»Ist Marion denn schon obduziert worden?«, will Pia nun wissen.

»Nein, warum fragen Sie?«

»Wegen der Bestattung.«

»Es ist Urlaubszeit, da gibt es personelle Engpässe in der Rechtsmedizin. Wir sagen Ihnen Bescheid, wenn der Leichnam freigegeben worden ist.«

Jule bringt Pia Hermes zum Ausgang, dann holt sie sich ein Croissant und einen weiteren Milchkaffee, den sie mit in ihr Büro nimmt. Man darf es zwar nicht laut sagen, aber der Milchkaffee aus der Cafeteria schmeckt Jule um Längen besser als Frau Cebullas Maschinengebräu.

»Das mit Friesen klingt ja endlich mal nach einer heißen Spur«, sagt Oda, die neben dem schweigsamen Völxen im Dienstwagen sitzt. »Rache für den damaligen Verrat – das ist doch ein Motiv wie aus dem Lehrbuch. Aber warum erst jetzt? Er ist doch schon über ein Jahr draußen. Allerdings wohnte die Toss erst seit vier Monaten hier«, überlegt Oda laut vor sich hin. »Vielleicht wollte er Geld von ihr, hat es erst eine Weile im Guten versucht. Oder Friesen hat erst durch den Artikel vom letzten Mittwoch erfahren, dass die Toss jetzt wieder in Hannover wohnt. Möglicherweise kannte er ihren Künstlernamen gar nicht, hat sie aber auf dem Foto erkannt und dann die kalte Wut gekriegt. Andererseits dürfen wir die Walküre und ihren untreuen Gatten auch noch nicht abhaken«, resümiert Oda und wirft einen prüfenden Seitenblick auf ihren Vorgesetzten. »Sag mal, hörst du mir überhaupt zu?«

»Klar hör ich dir zu. Die Walküre ist verdächtig.«

»Was stimmt nicht mit dir?«

»Mit mir stimmt alles.«

»Das ist nicht wahr. Du hast schon während des Meetings so belämmert aus der Wäsche geguckt.«

Völxen lässt ein verärgertes Schnauben hören. »Ehrlich, ich kann diese ewigen Schafswitze langsam nicht mehr ertragen! Schon gar nicht heute.«

»Also ist heute doch was mit dir«, triumphiert Oda.

»Wenn du es unbedingt wissen willst: Amadeus soll heute Mittag kastriert werden.«

»Ach, der Ärmste«, entschlüpft es Oda.

»Wieso denn jetzt plötzlich *der Ärmste*?«, fragt Völxen alarmiert. »Vor zwei Tagen hast du noch behauptet, das wäre für ihn der Schlüssel zur Glückseligkeit.«

»Du musst dir keine Sorgen machen«, beschwichtigt Oda. »Er wird ja betäubt. Es ist eine völlig unblutige Sache.«

Aber Völxens Misstrauen ist geweckt. »Woher weißt du das? Warst du schon mal dabei?«

»Allerdings. Letzten Sommer hat der Nachbar meines Vaters in Frankreich seinen Bock kastrieren lassen. Der Tierarzt kam, hat erst mal ein Glas Rotwein getrunken, und dann hat er seine Zange ausgepackt.«

»Seine Zange?«

»Genau. Damit werden die Samenstränge gequetscht, die

Hodenarterie wird dabei beschädigt, und die Hoden werden nach und nach kleiner. So nach zwei, drei Wochen ist der Kerl dann unfruchtbar.«

Aus Völxens Kehle dringt ein Würgelaut, während Oda munter weitererzählt: »Man nennt das Ding Burdizzo-Zange, jetzt fällt es mir wieder ein. Der Bock ist danach drei Tage lang ganz breitbeinig … He! Was, zum Teufel …«

Der Audi hat abrupt angehalten, Odas Haarknoten knallt gegen die Kopfstütze.

»Steig aus!«

»Wieso, ich wollte doch nur …«

»Steig aus, ruf Fernando an, schnappt euch diesen Friesen allein. Ich muss nach Hause.«

»Findest du nicht, dass du ein bisschen überreagierst?«

»Ich hab jetzt keine Zeit für Psychologengequatsche, scher dich raus!«, ruft Völxen.

Sekunden später steht Oda Kristensen neben der Straße und kann nur noch kopfschüttelnd beobachten, wie der Wagen sirenenheulend und reifenquietschend davonrast. Sie greift zum Telefon.

Frau Söbbeke, eine achtzigjährige Dame, die das Wochenende bei ihrer Tochter in Hamburg verbracht hat, war die Letzte auf Fernandos Liste. Und nach wie vor hat niemand in der Nacht von Freitag auf Samstag etwas Auffälliges bemerkt. Frau Söbbeke ist noch dazu schwerhörig, was die Befragung nicht eben erleichtert hat. Fernando will eben auf seine Drag Star steigen, als sein Blick auf einen Mann fällt, der sich von einer der Sitzbänke, die an der Wand des Ballhof zwei stehen, erhebt und sich mit langsamen Schritten über den Platz bewegt. Die linke Hand trägt eine ramponierte Plastiktüte, die rechte hält eine Bierflasche. Ab und zu legt der Mann ein Päuschen ein und nimmt dabei einen Schluck aus der Flasche, ehe er seinen Weg gemächlich fortsetzt.

»Tschuldigung! Darf ich Sie was fragen?«

Der Mann bleibt stehen. Wässrige Augen unter dichten Brauen

sehen Fernando misstrauisch an. Das Gesicht ist rot aufgedunsen, das Alter des Mannes schwer zu schätzen. »Was gibt's?«

»Sind Sie öfter hier?«

»Bist 'n Bulle, was?« Der Mann mustert Fernando mit einer Mischung aus Misstrauen und Mitgefühl.

Fernando, der stets von sich behauptet, dass man ihm, anders als seinen Kollegen, den Polizisten nicht so ohne Weiteres ansieht, versucht erst gar nicht, sich rauszureden. »Erraten. Oberkommissar Rodriguez von der Kripo Hannover.«

»Ich kann einen Bullen auf tausend Meter riechen«, sagt der Mann, der wiederum selbst einen sehr intensiven Geruch nach Alkohol und Ungewaschensein verströmt.

»Eine nützliche Gabe«, meint Fernando und wiederholt seine Frage.

»Kann schon sein.« Der Obdachlose hält seine Bierflasche anklagend in die Höhe. Ein Fünfeuroschein wechselt den Besitzer, der Mann grinst. Im fehlen zwei Vorderzähne, der Rest ist gelb. Graue Bartstoppeln verteilen sich in einem tief gebräunten, faltigen Gesicht.

»Sind Sie auch manchmal nachts hier?«, will Fernando wissen.

»Kommt drauf an. Aufs Wetter.«

»Es geht um die Nacht von Freitag auf Samstag.«

»Hm. Kann schon sein.«

»Kann sein oder ist so?«

»Kann sein.«

Noch ein Fünfer ist nicht drin, beschließt Fernando und deutet auf den Bühnenausgang des Ballhofs. »Eine junge Frau ist in der Nacht von Freitag auf Samstag ermordet worden, sie hat das Theater gegen Mitternacht verlassen.«

»Die, die heute in der Zeitung steht?«

»Genau die. Wir suchen nach Zeugen, die etwas beobachtet haben.«

Der Obdachlose fährt sich über die Stoppeln. »So 'ne Hübsche, ja?«

»Ja, so 'ne Hübsche«, wiederholt Fernando betrübt.

»Ewig schade drum. Habt ihr den Kerl schon?«

»Welchen Kerl?«

»Der hier rumstand. Vielleicht war's der. Der guckte so finster.«

Fernando muss sich Mühe geben, um auf sein Gegenüber nach wie vor gelassen zu wirken. »Hier stand ein Kerl rum? Wo?«

»Da drüben.« Der Mann zeigt mit der Flasche in Richtung Teestübchen. »Ist immer zwischen den Blumenkübeln vor der Kneipe da rum. Die ganze Zeit. Hat mich ganz nervös gemacht, der Kerl.«

»Und wo waren Sie?«

»Na, da. Auf meiner Bank hinterm Brunnen.«

»Um welche Uhrzeit war das?«

»Was weiß denn ich?« Er packt die leere Bierflasche in seine Tüte und will weitergehen.

Fernando stellt sich ihm in den Weg. Nun muss doch noch ein weiterer Schein dran glauben. Was tut man nicht alles für die Karriere.

»Und dann? Wie ging es weiter?«

»Die kam da raus, gleich neben meiner Bank. Ich kannte die schon, ich sitz ja fast immer da. Die ist über den Platz, und der Kerl hinter den Kübeln raus und auf sie zu. Dann haben sie kurz dagestanden und geredet und dann sind sie da rüber.« Er weist über die Burgstraße in Richtung Leine. »Aber dann kam der Kerl gleich wieder zurück.«

»Wie lange ist ›gleich wieder‹?«

»O Mann, ich hab nicht auf die Uhr geschaut. Ich hab ja gar keine.« Zum Beweis hält er sein uhrloses, behaartes Handgelenk unter Fernandos Nase.

»Aber so nach Gefühl …«, beharrt Fernando.

»Zwei, drei Minuten.«

Bisschen kurz, um in der Zeit jemanden zu erdrosseln, aber nicht unmöglich. Und es ist ja nur eine vage Schätzung eines Zeugen, der vermutlich alles andere als nüchtern war. »Wie alt war der Mann, wie sah er aus?«

»He, Mann, es war dunkel!«

»War er jünger oder älter? So was sieht man doch.«

Der Obdachlose grinst. »Jünger als ich war der schon. So wie du, etwa.«

»Herr ... wie ist Ihr Name?«

»Eugen. Eugen Spieker ist mein Name. Willste meinen Perso sehen?«

»Nein, jetzt nicht. Ich möchte Sie bitten, mit mir aufs Präsidium zu kommen.«

»Scheiße, nee! Nee, nee. Das ist doch da, wo dieser Uralt-Knast ist? Da war ich nämlich schon drin. Völlig zu Unrecht.«

Fernando, der in diesem Bauwerk als Jugendlicher ebenfalls schon Nachtasyl erhalten hat, wehrt ab: »Niemand will Sie einsperren. Sie sollen mit einem Zeichner vom LKA versuchen, das Gesicht des Mannes zu rekonstruieren.«

»Das wird doch nix. Es war dunkel, Mann, wie oft soll ich es noch sagen?«

»Herr Spieker, Sie sind ein wichtiger Zeuge, unser wichtigster überhaupt.«

Spieker grinst und schüttelt den Kopf mit den drahtigen, grauen Haaren. »Jetzt kommt die Schmeichel-Tour. Aber die nützt dir auch nichts. Ich geh nicht freiwillig zu euch Bullen. Ich kenn das. Nachher komm ich da nicht mehr raus.«

»Wir haben eine nette Cafeteria dort«, lockt Fernando. »Und ich verspreche Ihnen, dass Sie unbehelligt wieder da rauskommen, mein Ehrenwort.«

Spieker unterzieht den Kommissar einer eingehenden Musterung, als wolle er einschätzen, was dessen Ehrenwort wohl wert ist.

Fernandos Handy klingelt. Es ist Oda.

»Fernando? Ich stehe einsam und verlassen vor dem Ricklinger Kreisel. Kannst du mich abholen?«

»Hast du eine Autopanne?«

»Nein, das Auto hat Völxen. Frag jetzt nicht, wieso. Wir sollen nach Bornum und uns diesen Roland Friesen schnappen.«

»Das ist jetzt blöd. Ich bin am Ballhofplatz. Ich habe hier vielleicht einen Zeugen aufgetan.«

»Bestell ihn doch später ins Präsidium.«
»Das ist schwierig. Frag jetzt nicht, wieso. Ich bin außerdem mit meiner Maschine unterwegs.«
»Männer! Wenn man sie einmal braucht ...«
»Ruf doch eine Streife! Du solltest da nicht allein hingehen, als Frau.«
»Vielen Dank auch!«, tönt es aus dem Apparat, ehe aufgelegt wird.
»Und was hab ich davon?«, fragt der Obdachlose.
»Ein gutes Gewissen«, schlägt Fernando vor. »Und ein Mittagessen auf Staatskosten.«
»Ah, Scheiß drauf.« Der Mann wendet sich unwillig ab, wobei sein Blick auf Fernandos Yamaha fällt. »Ist der japanische Hobel da deiner?«
»Ja.«
In die trüben Augen tritt frischer Glanz. »Ich hatte mal 'ne Guzzi.«
»Ja, 'ne Guzzi werd ich mir im Frühjahr zulegen, wenn ich die da gut verkauft kriege«, verrät Fernando seine Zukunftspläne in Sachen Motorräder.
»Ist aber auch nicht schlecht, deine Maschine. Kann ich da drauf mitfahren?«
»Eigentlich wollte ich eine Streife ...«
»Keine Chance! Ich setz mich nicht zu den Bullen ins Auto. Ich fahr auf deinem Hobel mit!«
Der Gedanke, diesen streng riechenden Menschen hinter sich auf dem Motorrad zu befördern, quasi auf Tuchfühlung, lässt Fernando erschauern. »Nein, tut mir leid, das geht nicht. Wir können ein normales Taxi nehmen oder zu Fuß gehen. Ich habe auch gar keinen zweiten Helm dabei.«
»Scheiß auf den Helm. Wir drehen 'ne Runde auf deiner Maschine oder ich komme nicht mit!«
Fernando ballt die Fäuste hinter seinem Rücken und schluckt. »Also gut. Aber wir drehen keine Stadtrunde. Wir nehmen den kürzesten Weg.«

Als sich Hauptkommissar Völxen seinem Wohnort nähert, schaltet er Blaulicht und Sirene aus, fährt aber dennoch ungewohnt zügig an den Backsteinhäusern und sorgfältig gepflegten Gärten vorbei. Eine rote Katze, die mitten auf der Straße ihren Mittagsschlaf gehalten hat, kann sich gerade noch in Sicherheit bringen. Vor seinem Haus angekommen steigt Völxen in die Eisen, dass der Staub nur so aufspritzt. Der Volvo des Tierarztes ist nirgends zu sehen, auch Sabines Polo ist weg. Demnach ist das grausige Werk also schon vollbracht. Völxen steigt aus dem Wagen, geht zögernd um das Anwesen herum und hält auf seine Schafweide zu. Auf einmal hat er es gar nicht mehr so eilig. Er kann kein Tier leiden sehen, so was geht ihm an die Nieren. Oder schlägt ihm auf den Magen, so wie jetzt. Salomé, Doris, Mathilde und Angelina stehen mit wedelnden Stummelschwänzen da und grasen. Das hintere Stück Weide, das Völxen vorsichtshalber – die Paarungszeit ist ja praktisch schon angelaufen – für den Bock abgeteilt hat, ist leer. Was hat das zu bedeuten? Völxen schwant nichts Gutes. Gab es Komplikationen? Musste Amadeus in die tierärztliche Hochschule geschafft werden? Oder gleich zum Abdecker? Was hat dieser Pfuscher von einem Tierarzt seinem armen Amadeus angetan? Völxen hängt an dem Tier, wenngleich sich der Schafbock seinem Besitzer gegenüber bisher stets von seiner ruppigen Seite gezeigt hat, sodass Völxens Gesäß schon öfter mit blauen Flecken verunziert war und er tagelang nur in unbequemen Positionen sitzen konnte.

Auf dem Nachbargrundstück tut sich etwas. Jens Köpcke kommt gerade mit zwei leeren Futtereimern aus dem Hühnerstall und trottet gemächlich auf sein Haus zu. Völxen ruft nach ihm, aber der Nachbar scheint ihn nicht zu hören. Dabei hört er doch sonst das Gras wachsen. Völxen geht hinüber und läutet an der Tür.

»Der Herr Kommissar. Was willst du denn hier, um diese Zeit?«

»Jens, hast du eine Ahnung, was mit dem Schafbock passiert ist?«

»Komm doch erst mal rein. Ein kleiner Korn geht doch, oder?«

Völxen ist nicht nach Schnaps. Aber vielleicht ist das, was Köpcke ihm sagen will, so schrecklich, dass Völxen besser doch einen zur Brust nehmen sollte. Wie dem auch sei, er wird nichts erfahren, wenn er sich stur stellt. »Meinetwegen. Aber wirklich nur ein kleiner.«

Die Männer betreten die Küche. Im Radio läuft NDR 1, auf dem Herd röchelt ein Topf, aus dem fette Würste ragen, leise vor sich hin. Von der Hausfrau ist nichts zu sehen. Eine Schar Fliegen umschwirrt ihre Köpfe.

»Drecksviecher! Seit gestern ist es wieder furchtbar, die spüren den Herbst und drücken ins Haus«, erklärt Köpcke und schlägt mit einem Tuch um sich.

»Ich dachte, die kommen, weil der Bürgermeister hinterm Bach Schweinemist gestreut hat«, brummt Völxen. Die Würste verbreiten einen penetranten Geruch, den Völxen im Moment kaum ertragen kann.

»Oder lieber 'n Herri?«

Vor die Wahl zwischen kaltem Korn und lauwarmem Herrenhäuser Pils gestellt, wählt Völxen den Schnaps.

»Prost, Völxen!«

»Prost, Jens!« Scharf frisst sich das Gebräu die Speiseröhre hinab und die Magenwände entlang. »Und, was ist jetzt mit dem Bock?«

»Sie haben ihn weggebracht, im Hänger«, weiß Köpcke.

»Wer?«

»Deine Tochter und ihr Kerl.«

»Wanda?« Was hat die denn mit Amadeus zu tun? Und erst recht dieser – wie hieß er noch gleich – dieser *Sören*? Herrgott, macht seine Familie eigentlich nur noch, was sie will, ohne ihm ein Sterbenswörtchen zu sagen? »Wo haben sie ihn hin?«

»Das weiß ich doch nicht, ich habe sie nur den Bock einfangen und wegfahren sehen. Deine Frau ist hinterher.«

Das wird ja immer rätselhafter. »War mit dem Bock alles in Ordnung?«, erkundigt sich Völxen.

»Ich denke schon. Der junge Kerl hatte alle Mühe, ihn in den Hänger zu kriegen.«

Das klingt sehr nach dem gesunden Amadeus. Völxen schöpft Hoffnung. »Der Tierarzt war heute noch nicht da?«

»Nö.«

Völxen ergreift nun doch das Herri, das Köpcke ihm unaufgefordert hinhält. Er schüttet das laxe Bier, so rasch es geht, die Kehle hinunter und mault dann: »Mensch, stell doch mal ein paar Flaschen in den Kühlschrank.«

»So kaltes Gesöff ist schlecht für'n Magen«, behauptet Köpcke und klopft sich auf seine wohlgerundete blaue Latzhose.

»Aber den Schnaps stellst du doch auch rein.«

»Der wärmt sich auf dem Weg nach unten selbst.«

Überwältigt von dieser Logik tritt Völxen wieder ins Freie und telefoniert. Bei Sabine meldet sich die Mailbox, bei Wanda geht niemand ran. Mal wieder typisch, ärgert sich Völxen. Da gibt es nur eins: Er muss auf diesen verdammten Bio-Bauernhof zwei Dörfer weiter fahren und sich den Freund seiner Tochter persönlich greifen.

Und deine blauen Augen machen mich so sentimental,
So blaue Augen,
Wenn du mich so anschaust, wird mir alles andre egal,
Total egal,
Deine blauen Augen sind phänomenal,
Kaum zu glauben,
Was ich dann so fühle, ist nicht mehr normal ...

Das lief heute Morgen im Autoradio. Neue deutsche Welle, damals war Jule noch im Kindergartenalter. Trotzdem ein gutes Lied. Ein Zeichen? Quatsch, Zeichen!

Jule Wedekin ist zurück in ihrem Büro und konzentriert sich auf ihre Aufgabe, zumindest versucht sie es.

Sie ist allein. Angeblich wollte Fernando noch mal zum Ballhofplatz, um die Anwohner zu befragen, die am Wochenende nicht da waren. Wahrscheinlich macht er wieder eine ausgiebige Pause bei seiner Mama im Laden, vermutet Jule.

In einer der Kisten aus der Wohnung des Opfers befindet sich ein Schuhkarton voller Fotos. Jule schaut sie sich an. Ein kleines Einsteckalbum aus Plastik enthält Bilder von Yannick, Marions Neffen, ein, zwei Bilder aus jedem Entwicklungsstadium. Ein paar Fotos zeigen eine ältere Frau, vermutlich ihre Mutter. Ja, das muss die Mutter sein, sie sieht Pia ähnlich. Vielleicht sollte man die alte Dame doch einmal besuchen, auch wenn sie, laut Pia, nicht mehr ganz bei sich ist. Man weiß ja nie. Mist, sie hätte Pia Hermes fragen sollen, in welchem Altenheim die Frau lebt. Aber Frau Cebulla wird das auch so herausfinden, hofft Jule und macht sich eine Notiz. Es folgen zahllose Fotografien von Theateraufführungen und etliche Aufnahmen von Marla selbst, ähnlich denen, die an den Wänden der Wohnung hängen.

So viele Bilder von Marla Toss. Aber es gibt kein einziges von Marion Hermes. Als hätte ihr altes Leben gar nicht existiert. Sie scheint überhaupt wenig private Dinge aufgehoben zu haben, ein paar uralte Briefe verliebter Männer hat Jule bis jetzt gefunden, ein paar Ansichts- und Geburtstagskarten. Im Papierkorb war ein zerknüllter Zettel, der jetzt in einer Klarsichthülle liegt. Das LKA wird ihn nach Fingerabdrücken absuchen. Der Text darauf ist mit blauer Tinte geschrieben und kurz: *Liebste Marion – entschuldige, ich kann mich nicht an deinen neuen Namen gewöhnen –, wir müssen uns sehen, tu nichts Unüberlegtes, bitte!*

Kein Datum, keine Unterschrift. Der Sugar-Daddy, dessen Existenz ja noch immer fragwürdig ist? Von Althoff kann die Notiz nicht sein, der hätte kein Problem mit dem Namen Marla. Also ist es jemand aus ihrer Vergangenheit.

Es klopft. Noch ehe die Tür geöffnet wird, weiß sie, dass *er* draußen steht.

Sie fährt sich durchs Haar. »Ja, bitte!«

»Ah, da sind Sie ja. Ich war vorhin schon mal da. Störe ich?«

»Keineswegs«, versichert Jule.

»Ich bringe die Akten, wie versprochen.« Es ist ein ganzer Stapel, den Hauptkommissar Uhde mit viel Karacho auf dem Tisch platziert.

»Danke. Ich … ich hätte gleich eine Frage«, sagt Jule und fügt entschuldigend hinzu. »Ich war bis jetzt bei der Befragung von Pia Hermes, der Schwester der Toten.«

»Und? Ist sie verdächtig?«

»Ich weiß nicht. Sie ist irgendwie komisch. Hat keine Frage nach den Ermittlungsergebnissen gestellt, wollte nur wissen, wann ihre Schwester unter die Erde kommt. Es muss ein sehr kühles Verhältnis gewesen sein. Setzen Sie sich doch.« Sie deutet einladend auf Fernandos leeren Platz. Ihn auf einen der Besucherstühle zu verweisen findet Jule nicht angebracht, immerhin ist Uhde ein Kollege, ein ranghöherer noch dazu. Er setzt sich hin und Jule versucht, so gut es geht, dem Bannstrahl seiner Augen auszuweichen.

»Was wollten Sie mich fragen?«

Verdammt, was war es noch gleich? »Äh ... ja ... Wurde Marion Hermes nach dem Überfall beobachtet?«

»Eine Weile, ja. Es hat sich nichts ergeben.«

»Was ist Ihre Meinung? Hat sie möglicherweise ihren Freund verraten und die Beute aus dem Raub unterschlagen?«

Er wiegt den Kopf hin und her. »Sagen wir mal so: Damals hat sie auf uns den Eindruck einer jungen Frau gemacht, die ein paar Flausen im Kopf und sich mit dem falschen Kerl eingelassen hat. Wenn ich mir heute ansehe, was aus ihr geworden ist – in beruflicher Hinsicht –, dann muss ich allerdings einräumen, dass man diesen Punkt in Betracht ziehen muss.

»Sie meinen, es wäre möglich, dass sie mit der Beute ihr Studium finanziert hat.«

»Na ja, ganz so einfach ist das nicht.«

Leonard Uhde greift nach einer der Akten und blättert darin. Dann steht er auf, tritt an Jules Seite und hält ihr die aufgeschlagene Seite hin. Sie kann sein Rasierwasser riechen.

»Neben einigen Perlenketten sind diese drei Uhren gestohlen worden«, erklärt er.

Jule betrachtet die Bilder, die aus Prospekten stammen. *A. Lange & Söhne, Rotgold mit 52 Brillanten ... Rolex aus Platin mit zwölf Brillanten, limitierte Auflage ... Cartier ...*

»Allein diese drei Uhren waren zusammen über eine Viertelmillion Mark wert«, erklärt Uhde. »Das sind ausgesprochen auffällige Stücke, die kann man nicht einfach ins Leihhaus bringen. Da muss man schon über gute Kanäle verfügen. Bilder und Beschreibung der Uhren gingen an alle Juweliere, Händler, Pfandhäuser. Heute gibt es entsprechende Dateien im Internet, da kann sich keiner, der so ein Stück ankauft, mehr rausreden.«

»Und wenn man lange genug wartet und die Dinger im Ausland anbietet?«

»Ich sage ja nicht, dass es unmöglich ist, sie zu verkaufen, es ist nur riskant. Und Marion brauchte das Geld ja ziemlich bald. Wir haben natürlich auch Klaus Brätsch – den Juwelier – eingehend unter die Lupe genommen. Übrigens nicht nur wir, auch ein Agent von der Versicherung hat das getan, aber ohne Ergebnis. Er führt den Laden schon in zweiter Generation, es war immer alles sauber.« Leonard Uhde setzt sich wieder ihr gegenüber hin, stützt die Ellbogen auf und reibt langsam seine Handflächen aneinander.

Kein Ring. Das sagt gar nichts, viele Männer und noch mehr Polizisten tragen keinen Ehering. Jule schlägt willkürlich eine der Akten auf. Es zeigt das Foto einer etwa vierzigjährigen Frau.

»Die Angestellte, Monika Germroth, zweiundvierzig Jahre alt. Der Schuss traf sie genau ins Herz. Sie hinterließ einen Ehemann, keine Kinder, soweit ich weiß«, gibt ihr Gegenüber Auskunft. »Ihr Tod war ein tragischer Zufall. Der Überfall geschah an einem Montag. Da hatte die Frau normalerweise frei. Vermutlich wussten das auch die Täter. Die Frau ist am Tag des Überfalls ausnahmsweise doch zur Arbeit gekommen, weil sie an einem ihrer anderen Arbeitstage einen Arzttermin hatte. Sie war hinten im Büro und kam erst während des Geschehens in den Laden. Das muss Friesen so erschreckt haben, dass er die Nerven verloren hat.«

»Ist man sich sicher, dass Friesen geschossen hat?«

»Ziemlich. Das Gutachten der Ballistik und die Aussage von Brätsch deuten darauf hin, obgleich Friesen die Tat nie gestanden hat. Aber das können Sie alles in den Akten nachlesen.«

»Ich finde es praktischer, wenn Sie mir das Wichtigste erzählen«, platzt Jule heraus und fügt hastig hinzu: »Natürlich werde ich die Akte trotzdem sorgfältig studieren.«

»Fragen Sie nur. Ich werde alles beantworten, soweit ich mich erinnere. Ist ja schon ein paar Jahre her, das Ganze. Damals war ich noch ein ganz grüner Hering, und Sie ...« – er taxiert sie mit abschätzendem Blick – »... Sie saßen wahrscheinlich noch im Sandkasten.«

Eigentlich müsste sich Jule längst daran gewöhnt haben, überall die Jüngste zu sein – in der Schule, während des Studiums, immer war sie das Küken, dennoch wurmt sie seine Bemerkung. Sie hebt die Augenbrauen zu einem warnenden Blick.

Aber Uhde ist schon beim nächsten Thema: »Wie sieht es denn mit den Verbindungsnachweisen aus – Festnetz, Handy?«

»Die übliche Prozedur. Es dauert. Auch die Obduktion wird erst morgen stattfinden, es ist zum Verrücktwerden.«

»Ach ja, diese jugendliche Ungeduld«, meint Uhde mit abgeklärtem Lächeln, und Jule würde ihm dafür am liebsten eine reinhauen.

Völlig unvermittelt fragt er: »Und warum sind Sie bei der Polizei gelandet?«

»Kindheitstraum«, antwortet Jule. »Und Sie?«

»Ebenfalls. Zu viel ferngesehen«, gesteht er.

»Bereuen Sie es denn?«, will Jule wissen.

»Manchmal. Und Sie?«

»Ganz selten.«

»Das kommt noch.« Er steht auf, noch immer lächelnd. »Dann geh ich mal wieder an meine Arbeit.« Er legt seine Visitenkarte auf den Tisch mit den Worten. »Sicher werden Sie noch Fragen haben.«

»Ganz bestimmt«, sagt Jule. Dann ist er draußen. Fernandos 96-Fahne winkt ihm sanft hinterher.

Satellitenschüsseln zieren die Balkone des Hochhauses und auf dem Weg zum Eingang muss Oda ein paar zerbrochenen Bierflaschen und einer Anhäufung von Nahrungsmitteln, die jemand nicht vertragen hat, ausweichen.

Der Name R. Friesen nimmt sich zwischen den anderen Namen neben den Klingelknöpfen geradezu exotisch aus. Oda drückt den Unterarm quer über das Klingelbrett und wirft sich gegen die Tür, als der Summer schnarrt. Die Wände des Hausflurs weisen Schrammen auf und obszönes Vokabular in mehreren Sprachen. Die blechernen Briefkästen haben verbogene Türen. In dem von Roland Friesen steckt ein kostenloses Anzeigenblatt und ein Werbeprospekt vom Einkaufsmarkt *familia*. An der Aufzugtür hängt ein Schild: *defekt*. Oda macht sich an den Aufstieg. Von Stockwerk zu Stockwerk ändert sich die Geruchswelt: kalter Rauch im ersten, Knoblauch im zweiten, eine Bier-Pisse-Mischung im dritten Stock. Vor den Türen lagern Gegenstände, die in den Wohnungen keinen Platz haben oder dort nicht erwünscht sind: ein Kinderwagen, ein Bobby-Car, ein Regal mit Gummistiefeln, eine vertrocknete Yuccapalme im Plastiktopf, etliche gelbe Müllsäcke. Oda hört im Geist Fernando, der bei Einsätzen an vergleichbaren Orten zu lästern pflegt: ›Das ist halt nicht Isernhagen …‹

Als sich Veronika im Alter von acht oder neun Jahren intensiv zu Pferden hingezogen fühlte, hat Oda eine Wohnung auf einem renovierten ehemaligen Gutshof angeboten bekommen und sie ihrer Tochter zuliebe gemietet, obwohl das edel-ländliche Ambiente eigentlich gar nicht zu ihr passt. Inzwischen ist Veronikas Pferdefimmel Vergangenheit und sie meckert fast täglich über die lange Straßenbahnfahrt in die Innenstadt. Auch Oda hat sich längst satt gesehen an riesigen Geländewagen vor putzig renoviertem Fachwerk und denkt ab und zu tatsächlich darüber nach, wieder in die Stadt zu ziehen, nach Linden oder in die List. Aber ein Umzug bedeutet Stress und kostet Geld, und außerdem sitzt Oda trotz allem gerne in ihrem verwilderten Garten und raucht einen Zigarillo, dessen Rauch zusammen mit dem Odeur des Pferdemistes vom nahen Gestüt eine unübertreffliche Duftmischung ergibt.

Als es nun im vierten Stock nach alten Windeln riecht, wird Oda ein wenig übel und sie verflucht mit jeder Treppenstufe jeden Zigarillo, den sie jemals geraucht hat. Die Packung mit dem

Warnhinweis *Rauchen lässt die Haut frühzeitig altern* ruht längst im Müll, inzwischen ist *Rauchen kann tödlich sein* dran. Eine beruhigende, weil letztendlich nichtssagende Botschaft, denn noch sterben auch die Nichtraucher. Aber dieses *Rauchen lässt die Haut frühzeitig altern* hat sich irgendwie in Odas Kopf festgesetzt und tritt nun immer wieder hervor, gepaart mit einem anderen Gedanken: Daniel Schellenberg ist vier Jahre jünger als ich und sieht noch jünger aus. Herrgott, Oda, was ist los mit dir, du hattest schon deutlich jüngere Liebhaber, seit wann ist so was denn ein Problem?

Im fünften Stock, einer relativ geruchsneutralen Etage, muss sich Oda kurz gegen die Wand lehnen, um wieder zu Atem zu kommen. Durch eine der Wohnungstüren hört man Kindergeschrei, Gepolter und eine schimpfende Frauenstimme. Wenn sie die Anordnung der Klingeln richtig interpretiert hat, wohnt Friesen im sechsten Stock. Los, Oda, gleich hast du es geschafft!

Tatsächlich, *R. Friesen* steht dort artig neben der Klingel. Oda drückt auf den Kopf, es schrillt in der Wohnung. Nichts rührt sich. Sie versucht es noch einige Male, aber vergeblich. Irgendwo im Haus schlägt eine Tür zu und Stimmen johlen durch das Treppenhaus. Eine Männerstimme flucht über den kaputten Aufzug. Schritte nähern sich auf der Treppe, jemand atmet rasselnd aus, vermutlich auch ein Raucher. Oda will nach oben ausweichen, aber der Mann, der nun überraschend schnell die letzten Stufen heraufkommt, hat sie schon gesehen. Offenbar hat Roland Friesen im Lauf seines krummen Lebensweges einen Blick für Polizisten entwickelt, denn er dreht sich sofort um und rennt die Treppen hinunter. Beim Laufen wirft er seine Plastiktragetüte hin, es klirrt, und Oda, die die Verfolgung aufgenommen hat, schlittert auf dem nächsten Treppenabsatz durch braune Glasscherben und Bier. Dumpf hallen die Schritte des flüchtenden Friesen durch das Gebäude, Odas Pumps klappern hinterher. Im vierten Stock stürzt Oda beinahe über einen Kinderwagen, den ihr Friesen in den Weg geschoben hat, im dritten muss sie Müllsäcken und einer Frau ausweichen, die gerade mit einem schwarzen Hund ihre Wohnung verlässt. Die Zähne des

Köters verfehlen nur um Haaresbreite Odas Hosenbein. »Immer langsam, junge Frau«, mahnt die Hausbewohnerin, und der Hund kläfft dazu. Unten angekommen reißt Oda die Haustür auf und sieht Friesen durch die braunfleckigen Grünanlagen auf eine Böschung zu spurten. Fluchend nimmt sie die Verfolgung auf, doch mitten im Sprint trifft ihre rechte Sohle auf glitschigen Untergrund, Oda macht eine Grätsche und findet sich bäuchlings auf dem mageren Grün wieder. Ein paar Jugendliche, die qualmend auf dem Unterstand für die Mülltonnen sitzen, machen keinen Hehl aus ihrer Erheiterung. Noch während sich Oda aufrappelt und vergewissert, dass noch alle Knochen heil sind, breitet sich um sie herum ein penetranter Geruch nach Hundescheiße aus. Sie rennt weiter, die weiche Masse klebt zäh an ihrem Schuh. Jetzt ist es nur noch die Wut, die sie antreibt, ihr Verstand hat längst begriffen, dass die Sache aussichtslos ist. Sie kämpft sich dennoch durch die Sträucher und sieht Friesen die Böschung hinab in Richtung Straße laufen. Die Aufforderung »Stehen bleiben, Polizei!«, kommt nur als Krächzen aus ihrer Kehle. Selbst ein Warnschuss wäre vergeblich, erkennt Oda, aber die Frage stellt sich ohnehin nicht, denn ihre Waffe befindet sich im Spind auf der Dienststelle. Friesen überquert die Hamelner Chaussee vor einem Pulk anfahrender Autos. Die Hände auf die Oberschenkel gestützt sieht Oda ihm nach, ringt nach Luft und keucht: »*Merde!*«

Als sie wieder sprechen kann, greift sie zum Telefon und Minuten später rücken zwei Streifenwagen der Ricklinger Wache aus. Vielleicht können die noch was retten, denkt Oda. Aber viel Hoffnung hat sie nicht.

Die drei Tatverdächtigen stehen am Tor einer großzügigen Weide und beobachten Amadeus. Der wiederum beäugt ein gutes Dutzend Schafe, das sich in der hintersten Ecke der Weide zusammengerottet hat und den Neuankömmling anstarrt.

»Los, komm, Alter, zeig denen, wer hier der Boss ist«, feuert Jungbauer Sören den Zögernden gerade an.

Völxen räuspert sich. »Darf ich fragen, was hier vorgeht?«

Alle drei drehen sich nach ihm um. »Was machst du denn hier?«, fragt Wanda.

Völxen gibt darüber keine Auskunft, sondern wiederholt seine Frage in strengem Tonfall und mit säuerlicher Miene.

Sören kommt mit breitem Grinsen auf ihn zu und drückt ihm kräftig die Hand: »Tach, Herr Völxen. Wir dachten, es wäre doch schade, wenn sie eurem Bock die Eier abschneiden. Unserer ist nämlich im Frühjahr an einer Kolik eingegangen, wir wollten schon einen neuen kaufen ...«

»... und da ist es doch geradezu ideal, wenn wir Amadeus nicht kastrieren und ihn stattdessen hierher ausleihen«, ergänzt Wanda.

»Das ist doch sicher in deinem Sinn?«, fragt Sabine mit einem hintersinnigen Lächeln. »Hier darf er sich nach Herzenslust austoben, und im Winter kommt er wieder zurück.«

»Und das ist euch heute Morgen erst eingefallen?«, fragt Völxen misstrauisch. Er hegt den Verdacht, dass Amadeus' Umzug hierher eine schon seit Längerem abgekartete Sache ist, dass Sabines Ankündigung der Kastration für den heutigen Tag nur ein ganz, ganz übler Scherz war.

Alle drei nicken eine Spur zu heftig.

Na, egal, denkt Völxen, im Herzen grenzenlos erleichtert, denn gerade schreitet Amadeus an seiner neuen Herde vorbei, stolz und aufrecht wie ein Imperator, der seine Truppen sichtet. Eigentlich gar kein so schlechter Kerl, dieser Sören.

»Ihr kriegt natürlich auch was vom Nachwuchs in eure Gefriertruhe«, verkündet Sören mit jovialem Grinsen, und Bodo Völxen revidiert sein mildes Urteil über den jungen Mann auf der Stelle.

Oda sitzt in reuiger Pose an ihrem Schreibtisch, vor dem sich Völxen wie ein Mahnmal aufgebaut hat. »Das kann ja wohl nicht wahr sein! Oda, wie lange bist du schon bei der Polizei?«

»Fünfzehn Jahre«, seufzt Oda, was Völxen aber übergeht. »Acht Jahre waren wir zusammen beim Dauerdienst! Hast du denn dort nichts gelernt? Dass dir so ein Fehler passiert ... Dir!

Ich fasse es nicht!« Völxen schlägt sich gegen seine Geheimratsecken. »Du hast dich dümmer angestellt als jeder blutige Anfänger. Wo hattest du nur deinen Kopf?«

Das fragt sich Oda im Nachhinein auch. Wie gerne würde sie jetzt einen Rillo rauchen, aber in Völxens Gegenwart wagt sie nicht, sich einen anzuzünden.

»Ich weiß auch nicht! Es tut mir leid, ich habe nun mal diesen Bock geschossen ...«

»Das ist jetzt wirklich nicht der Moment für diese saublöden Witze!«, brüllt Völxen, als es klopft und Frau Cebulla den blond gesträhnten Kopf zur Tür hereinstreckt. »Ach, hier sind Sie, Herr Hauptkommissar«, sagt sie mit unbewegter Miene.

»Was ist denn, Frau Cebulla?«, fragt Völxen etwas leiser, aber immer noch sehr gereizt.

»Dr. Bächle hat angerufen, die Obduktion der Leiche vom Hohen Ufer findet morgen früh um acht Uhr statt. Möchten Sie vielleicht einen Baldriantee? Der wirkt beruhigend.« Die rundliche Mittfünfzigerin zwinkert Oda hinter Völxens Rücken aufmunternd zu.

»Nein, danke! Ich will mich nicht beruhigen. Sagen Sie Frau Wedekin Bescheid, wegen der Obduktion. Die sieht sich so was gerne an. Ist die Fahndung nach diesem Friesen raus?«

Frau Cebulla bejaht dies und schließt sachte die Tür. Auf dem Flur begegnet ihr Oberkommissar Rodriguez, und auch er, der sonst immer ein Lächeln für sie übrig hat, sieht heute irgendwie missmutig aus. Der Mann, den er im Schlepptau hat, riecht überdies ziemlich streng. Mit angehaltenem Atem flüchtet sich die Sekretärin in ihr Büro, wo es, wie immer, nach frisch gebrühtem Kaffee duftet. Wenig später hört sie Völxens schwere Schritte auf dem Flur und seine Tür, die hinter ihm zukracht. Ausgesprochen dicke Luft heute da draußen, stellt Frau Cebulla fest. Nach Möglichkeit wird sie ihr Refugium bis zum Feierabend nicht mehr verlassen. »Bis morgen haben sich die Gemüter hoffentlich beruhigt«, vertraut sie gerade dem Ficus an, als die Tür aufgeht.

»Herein«, sagt die Sekretärin mit hochgezogenen Augenbrauen

zu Kommissarin Wedekin, die die Tür hinter sich zudrückt und dabei laut ausatmet.

»Werden Sie verfolgt?«

»Ich ... brauche einen Kaffee.«

Frau Cebulla stellt das Gießkännchen hin und reicht Jule das gewünschte Getränk. Jule steckt die Nase in den Becher. »Ah, köstlich.«

»So? Dabei hätte ich geschworen, mein Kaffee schmeckt Ihnen gar nicht. Sie trinken doch sonst immer den aus der Cafeteria.«

»Ich will ihn auch gar nicht trinken, nur daran riechen.«

Frau Cebullas Augenbrauen rutschen noch ein Stückchen höher, während Jule erklärt: »Fernando hat gerade einen Mann in unser Büro gebracht, der fürchterlich stinkt.«

»Dem bin ich auch begegnet«, erklärt die Sekretärin und nimmt Jule den Becher wieder aus der Hand. »Geben Sie her. Mein Kaffee ist zum Trinken da, nicht zum Riechen.«

Hauptkommissar Völxen und Oberkommissar Rodriguez stehen vor dem neuen Multifunktionsgerät in Frau Cebullas Büro, das gerade einen Bogen Papier ausspuckt. Die Sekretärin ist nicht mehr da, sie hat mit dem Hinweis, sie müsse mal ihre Überstunden abbummeln, das Büro nach der Kaffeepause verlassen. Völxen ergreift das Blatt und zu zweit betrachten sie das Porträt, das der Phantombild-Zeichner vom LKA gerade gefaxt hat.

»Könnte das Friesen sein?«, fragt Völxen Fernando.

»Ich hol mal die Akte.«

»Bring sie zu mir rüber«, ordnet Völxen an, schnappt sich ein paar Kekse aus Frau Cebullas Vorrat und verschwindet mit der Beute in seinem Allerheiligsten. Kurz darauf legt Fernando das Foto von Roland Friesen auf Völxens Schreibtisch. Es wurde vor dessen Haftantritt aufgenommen und hat wenig Ähnlichkeit mit der Zeichnung.

»Hm«, meint Fernando. »Wir sollten Oda fragen, die hat ja gesehen, wie er heute aussieht – wenn auch nur kurz.«

Völxen greift zum Telefon, aber in Odas Büro geht niemand an den Apparat. Er schmettert den Hörer auf die Gabel. »Wo treibt sie sich wieder herum? Bestimmt beim Rauchen! Langsam reicht es mir hier, jeder macht, was er will ...« Sein Blick fällt auf Fernando. »Und du? Wieso bist du eigentlich nicht mit ihr zu Friesen gegangen?«

Toll, ärgert sich Fernando. Da opfert man sich auf, um diesen Zeugen nicht entwischen zu lassen, und bekommt noch einen Anschiss dafür. Mit Schaudern erinnert sich Fernando an den Transport des motorradbegeisterten Eugen Spieker zur PD; an den nach Alkohol und faulen Zähnen stinkenden Atem, die feuchten Begeisterungsrufe gegen seinen Nacken und den schweren, muffig riechenden Körper an seinem Rücken. »Ich konnte nicht!«, verteidigt sich Fernando. »Ich hatte gerade am Ballhofplatz diesen Penner aufgetan, der wäre mir sonst womöglich abgehauen. Ich habe ihr aber gesagt, sie soll eine Streife rufen.«

»Frauen«, murmelt Völxen. »Irgendwie sind sie doch alle miteinander völlig unberechenbar.«

Fernando sieht seinen Boss verwundert an. Dass sich Völxen despektierlich über das zarte Geschlecht äußert, ist bis jetzt noch nie vorgekommen, im Gegenteil, meistens muss Fernando in Völxens Gegenwart aufpassen, dass ihm kein allzu lockerer Spruch über die Lippen kommt. Was hat Völxen wohl zu dieser späten Einsicht veranlasst? Odas Schnitzer? Ärger zu Hause? »Übrigens musste ich ihm zehn Euro geben, damit er überhaupt den Mund aufmacht, kann ich die auf die Spesenrechnung setzen?«

»Selbstverständlich, wenn du eine Quittung hast«, erwidert der Hauptkommissar.

Fernando zieht einen Flunsch. Nein, Völxen ist heute wirklich nicht gut drauf, den Eindruck hatte er schon am Morgen. Unter seinem Kinn ist ein frischer Schnitt zu sehen. Großvaters Rasiermesser hat also mal wieder zugeschlagen. Warum benutzt er nicht endlich mal ein modernes Gerät, wenn er das Messer schon nicht beherrscht?

Fernando vertieft sich noch einmal in die Betrachtung der Phantomzeichnung. Die Nase ähnelt der von Friesen, und vielleicht auch der Haaransatz, aber Friesen besitzt ein schmaleres Gesicht und tief liegende Augen. Die Zeichnung ähnelt eher … nein, das kann nicht sein. Fernando wehrt sich gegen die Erkenntnis, dass das Phantombild Stefan Hermes ähnelt. Aber dieser Eugen Spieker hat ja selbst ausgesagt, dass es dunkel war. Wahrscheinlich sieht der schlecht und bestimmt war er betrunken. Die Ähnlichkeit ist ziemlich vage, und Stefan ist doch irgendwie ein Allerweltstyp mit einem Dutzendgesicht. Was sollte der so spät am Abend mit seiner Schwägerin zu besprechen haben? Ob die beiden vielleicht … Vergiss es! Marla Toss war ein echtes Luxusweib, die würde sich nicht mit einem Schreiner und Kioskbesitzer einlassen, der noch dazu der Mann ihrer Schwester ist. Aber vielleicht aus Rache an der Schwester für irgendeine alte Geschichte? Und wenn es nur um Sex ging? Stefan Hermes ist nicht hässlich – aber auch nicht sonderlich attraktiv, findet Fernando. Stefan und Marla als heimliches Liebespaar … nein, niemals, was für eine absurde Vorstellung. Dabei fällt Fernando ein, dass sie immer noch keinen Hinweis auf den spendablen Liebhaber haben, den Marla Toss Jules Theorie zufolge gehabt haben müsste. Für diese Rolle kommt sein alter Schulkamerad nun wirklich nicht in Frage. Aber möglicherweise ist dieser Liebhaber ja nur ein Hirngespinst von Jule.

Fernando kämpft mit sich. Wenn er Völxen gegenüber die Ähnlichkeit der Zeichnung mit Stefan Hermes erwähnt, dann wird Völxen diesen gleich vorladen. Nein, er wird selbst mit Stefan Hermes reden, beschließt Fernando. Erst mal sollte man sich auf diesen Friesen konzentrieren, bestimmt war er es, der Freitagnacht vor dem Teestübchen auf Marla gewartet hat.

»Sag mal, Fernando, was ist eigentlich mit der Mutter?«, dringt Völxens Stimme in Fernandos Überlegungen.

»Der geht es blendend«, knirscht Fernando. »Sie hat seit ein paar Monaten so einen windigen Argentinier am Haken, der schleppt sie zu Tangokursen und nistet sich allmählich bei uns ein.«

Völxen sieht Fernando sekundenlang verständnislos an, dann sagt er unwirsch. »Ich rede nicht von deiner Mutter, sondern von der Mutter der Ermordeten. Irgendwo im Protokoll habe ich etwas von einer Mutter gelesen, meine ich. Hat jemand mit der Frau gesprochen?«

»Ach, die«, sagt Fernando peinlich berührt. »Nein. Das wird auch nicht viel bringen, sie lebt in einem Altenheim und hat Alzheimer oder so was.«

»Sagt wer?«

»Pia Hermes.« Noch während er den Namen ausspricht, läuft Fernando rot an, aber es ist zu spät, schon fragt sein Chef: »Habt ihr das überprüft?« Ein Blick auf Fernando genügt Völxen, schon wird es laut im Büro: »Ja, Himmel Arsch und Zwirn! Habe ich es denn nur noch mit Dilettanten zu tun? Was ist denn los mit euch?«

»Ich mach das gleich.«

»Lass. Ich kümmere mich selbst darum.« Völxen deutet auf das Fax. »Zeig das Oda! Falls Madame heute noch mal in ihrem Büro aufkreuzen sollte«, fügt er giftig hinzu. Dann bläht er die Nasenflügel und schnüffelt. »Sag mal, Fernando – ich will dir ja nicht zu nahe treten, aber kann es sein, dass du die letzten Tage vergessen hast, dich zu waschen?«

Seit zehn Minuten steht Jule Wedekin vor dem Schaufenster des Juweliers und gibt vor, sich für Trauringe zu interessieren. Die spiegelnde Glasscheibe macht es nicht einfach, in das Ladeninnere zu spähen. Zwei Kunden sind im Geschäft, ein Herr lässt sich Uhren zeigen, er wird von einem Mann in den Fünfzigern, vermutlich Klaus Brätsch, bedient. Eine etwa gleichaltrige Dame mit schroffen Gesichtszügen und einem forschen grauen Kurzhaarschnitt verkauft gerade einem jungen Mädchen eine Silberkette. Irgendetwas am Umgang der beiden Personen hinter dem Tresen miteinander sagt Jule, dass sie nicht Chef und Angestellte, sondern ein Ehepaar sind.

Jule hat pünktlich Feierabend gemacht, ist eigentlich gar nicht mehr im Dienst. Umso mehr fragt sie sich jetzt, was sie hier eigentlich macht. Sie wollte doch ursprünglich zu P&C, ein paar neue Hosen kaufen. Ihre Lieblingsjeans sitzt nicht mehr besonders gut, seit sie alleine wohnt, hat sie abgenommen.

Klaus Brätsch ordnet die Uhren wieder in die Vitrine. Er ist ein attraktiver Mann, besonders im Profil, stellt Jule fest. Groß, breitschultrig, kein Bauchansatz, noch dichtes Haar, wenn auch ergraut. Vielleicht, grübelt Jule, existiert eine Verbindung zwischen Brätsch und Marla Toss. Oder zwischen Brätsch und Marion Hermes? Dieser Zettel – *Liebste Marion – entschuldige, ich kann mich nicht an deinen neuen Namen gewöhnen* ... Hat man das seinerzeit überprüft? Natürlich bekommt sie keine Antwort auf diese Frage, indem sie durch das Schaufenster starrt. Man muss die Auswertung der Telefondaten abwarten. Vielleicht ...

»Platin oder Gold? Ich würde sagen: Gold. Passt besser zu Ihren Augen.« Jule fährt herum. Leonard Uhde grinst wie ein kleiner Junge, dem ein Streich gelungen ist.

»Was machen Sie denn hier?«

»Einen Stadtbummel. Und Sie?«

»Dasselbe«, sagt Jule.

»Sie schwindeln.«

»Sie auch. Sind Sie mir etwa gefolgt?«

»Aber nein. Ich bin meiner Intuition gefolgt.«

Es ärgert Jule, dass sie so leicht zu durchschauen ist. Aber dass er da ist, ärgert sie nicht.

»Ist das seine Frau?«, fragt sie.

»Ja.«

»Dachte ich mir.«

»Warum?«

»Nur so. Alte Eheleute werden einander ähnlich, sie bewegen sich ähnlich. Wenn man die beiden hinter dem Tresen beobachtet, wirken sie wie ein gut eingespieltes Ballett.«

Der Herr, der sich für die Uhren interessiert hat, verlässt den Laden, Jule hat nicht mitbekommen, ob er eine gekauft hat oder nicht.

Plötzlich legt sich Leonard Uhdes Arm um ihre Schulter.

»Los, kommen Sie.«

»Was soll denn das?«, zischt Jule und versucht den Arm abzuschütteln.

»Jetzt oder nie«, flüstert er, verstärkt seinen Griff und schiebt sie durch die Ladentür.

»Guten Tag, womit kann ich Ihnen helfen?« Die wasserblauen Augen des Juweliers richten sich mit unaufdringlicher Freundlichkeit auf die neue Kundschaft. Er trägt ein weißes Hemd mit Krawatte.

Leonard Uhde grüßt zurück. »Wir würden uns gerne Trauringe ansehen – nicht wahr, Schatz?« Noch immer liegt seine Hand schwer auf Jules Schulter, und obendrein küsst er nun ihren Haaransatz an der Schläfe.

»Äh, ja«, stottert Jule. Die Stelle, die er geküsst hat, fühlt sich an wie verbrannt, und am liebsten würde Jule diesem unverschämten Menschen gegen das Schienbein oder höher treten.

»Gerne. Wenn Sie mir bitte folgen möchten.«

»Ganz unverbindlich«, setzt Jule hinzu und lächelt den Juwelier katzenfreundlich an, während sie denkt: Na warte, Herr Kollege!

Was für ein beschissener Tag! Oda steht im Hof und qualmt ihren dritten Frust-Zigarillo. Im Büro zu rauchen wagt sie heute nicht – es gibt Tage, da darf man Völxen nicht noch unnötig reizen. Ihr Handy klingelt.

»Mama, es hat geklappt!«

»Was hat geklappt?«

»Wovon wir heute morgen geredet haben. Du weißt schon ...«

»Ach das.« Es kommt Oda vor, als lägen nicht Stunden, sondern Wochen zwischen diesem Gespräch und dem Chaos jetzt.

»Stell dir vor, er hat mich heute nach der Probe zu einem Eis eingeladen.«

Demnach handelt es sich, wie sie schon vermutet hat, um einen der aufstrebenden Jungmimen, schlussfolgert Oda, während Veronika weiterplappert: »Es war zwar nur ein Becher mit zwei Kugeln Mango und Pistazie auf dem Weg zum Bahnhof, aber immerhin. Wir haben uns total gut unterhalten.«

»Schön«, sagt Oda, der das alles im Moment herzlich egal ist. Aber dann rafft sie sich doch auf und heuchelt mütterliches Interesse: »Worüber habt ihr denn gesprochen?«

»Über alles Mögliche. Auch über dich.«

»Über mich? Wieso denn das? Was habt ihr denn über mich gesprochen?«

»Ich habe ein bisschen angegeben mit meiner Mutter bei der Mordkommission. An was für Fällen du schon beteiligt warst, und wie gefährlich das ist. Das mache ich immer, das kommt echt gut.«

Oda seufzt. »Übertreibe es nicht, ja?«

»Bist du heute Abend zu Hause?«, fragt Veronika.

Oda bekommt prompt ein schlechtes Gewissen. Vorhin hat sie sich mit Daniel nach Dienstschluss verabredet. »Ich weiß es noch nicht, hier ist viel los, du weißt schon, dieser neue Fall ...«, schwindelt Oda.

»Darf ich dann bei Katrin essen und danach noch ein bisschen mit ihr weggehen?«

»Heute ist Montag«, antwortet Oda, insgeheim erleichtert.

»Das weiß ich selbst.«

Ob ihre Tochter wirklich mit ihrer Freundin Katrin weggeht? Oder mit dem Eisspendierer? Oda hat heute weder Lust noch die Energie, um mit Veronika zu streiten. »Meinetwegen, aber nicht länger als bis elf Uhr, morgen ist Schule.«

Fröhliches Quieken am anderen Ende der Leitung. Oda legt auf und nimmt einen tiefen Zug. Eben ist die Sonne zum Vorschein gekommen, sie hält ihr Gesicht in den Strahl, schließt die Augen, und während bunte Muster hinter ihren Lidern entstehen und verschwimmen, denkt sie an das bevorstehende Treffen mit Daniel. Vielleicht nimmt dieser Tag ja doch noch ein angenehmes Ende.

»Fernando!«

Sein voller Name, von seiner Mutter in diesem ganz bestimmten Tonfall ausgesprochen, setzt einen Automatismus in Gang: Sofort beginnt Fernando darüber nachzudenken, was er angestellt haben könnte, sein Puls beschleunigt sich und er bekommt ein schlechtes Gewissen, unabhängig davon, ob er etwas auf dem Kerbholz hat oder nicht. Irgendwas ist ja immer. Und tatsächlich: Wie ein Monument der Anklage steht Pedra Rodriguez im Türrahmen und blickt finster auf Fernando hinab, der auf seinem Sofa lümmelt und in einer Motorradzeitschrift blättert.

»Was ist denn?«

»Hast du Alfonso verdächtigt, Wein aus dem Laden zu stehlen?«

»Mit keinem Wort«, versichert Fernando entrüstet, was, genau genommen, ja auch stimmt. Gleichzeitig kocht Ärger in ihm hoch. Dieser kleine, miese argentinische Bastard! Konnte nicht seine Schnauze halten, musste ihn gleich bei Pedra anschwärzen.

»Fernando, so geht das nicht weiter. Du benimmst dich komplett ... *loco*!«

»Wieso ich? Wie kommst du dazu, ihm zu vertrauen? Was weißt du schon von ihm? Nur weil er dich einwickelt, mit seiner Tangonummer ...«

»Warum denkst du so schlecht von ihm, was hat er dir getan?«, ereifert sich Pedra.

»Vielleicht hat es etwas mit meinem Beruf zu tun«, versucht es Fernando, aber seine Mutter durchschaut die lahme Ausrede, sie stemmt die Hände in die Hüften und faucht nur: »*Es absurdo!* Du benimmst dich wie ein eifersüchtiger kleiner Junge. Wenn das nicht aufhört, möchte ich, dass du auszieht.«

Fernando starrt seine Mutter an. »Das ist nicht dein Ernst!«

»Doch.«

»Du wirfst mich raus? Damit dieser windige Gelbzahn hier einziehen kann?«, vergewissert sich Fernando fassungslos.

Man sieht Pedra an, dass sie sich nur mühsam beherrscht. Leise sagt sie: »Ich werfe dich nicht raus, ich sage nur, dass du dich wie ein normaler Mensch benehmen sollst. Aber abgesehen davon bist du mit vierunddreißig langsam wirklich alt genug, dir eine eigene Wohnung zu nehmen und es vielleicht mal mit einer vernünftigen Frau zu versuchen.«

»Aber ... aber ich dachte immer, ich wäre dir hier eine Hilfe ...« Fernando ist wie vor den Kopf geschlagen.

»Wobei? Beim Kochen deiner Mahlzeiten? Beim Saubermachen? Beim Aufräumen deiner Unordnung? Beim Waschen und Bügeln deiner Sachen?«

Fernando wird knallrot. Gut, die aufgezählten Tätigkeiten sind nicht gerade die Betätigungsfelder, auf denen er sich besonderes hervortut. »Ich kaufe unsere Getränke ein und trage sie hoch, ich schleppe die Weinkisten im Lager herum, ich bringe die Kartons und Paletten weg – aber wenn das in Zukunft dein Alfonso erledigen will, dann bin ich ja überflüssig!«

Fernando ist aufgestanden. Er nimmt seine Jacke, drängelt sich an seiner Mutter vorbei und vergisst nicht, die Wohnungstür ordentlich zuzuknallen.

Jule zieht fröstelnd die Schulterblätter zusammen. Es ist nicht nur der feuchtkühle Hauch des nahen Flusses, der sie erschaudern lässt, es ist der Nachhall seiner Worte – »Ich bin verheiratet, Jule. Aber es ist inzwischen nur noch so eine Art Wohngemeinschaft, wegen unseres Sohnes.«

Ich sollte aufstehen und gehen. Ich sollte – nein, ich hätte ihm schon längst sagen sollen: ›Lade mich wieder zum Essen ein, wenn du deine kleine Wohngemeinschaft aufgelöst hast.‹ Warum schweigt sie? Wo sind ihre Prinzipien? Keine verheirateten Männer, keine Kollegen? Und er ist beides. Was soll das, wo soll das hinführen? Solche Dinge enden in Chaos und Tränen, immer, ohne Ausnahme! Und für so etwas, Jule, hast du weder Zeit noch Energie, du musst dir das Leben nicht mit Absicht verkomplizieren, es gibt auch akzeptable, unverheiratete Männer – irgendwo. Wenn es um Sex geht, dann schlaf mit Fred oder mit Thomas, aber *er* ist es nicht, er darf es nicht sein, er wird dir nur wehtun!

»Es wird kühl«, sagt er. »Wir sollten das Lokal wechseln.«

Tatsächlich sind die meisten Tische des kurdischen Lokals an der Ihme schon leer. Das Windlicht auf ihrem Tisch flackert, die Flamme tanzt vor ihren Augen. Leonard Uhde sitzt dicht neben ihr. Los Jule, streif diesen Arm ab, nimm sofort den Kopf von seiner Schulter und hör gefälligst auf, seinen Duft in dich hineinzusaugen!

Sein Finger fährt über die halbmondförmige Narbe auf ihrer Wange. »Woher hast du die?«

»Ein schwarzafrikanischer Drogendealer hat sich der Festnahme widersetzt«, sagt Jule zu dem Windlicht.

»Kenn ich. Scheint bei denen eine Art Sport zu sein. Sie wissen genau, dass wir sie kriegen, aber erst muss noch weggerannt, geschlagen, getreten und mit dem Messer gefuchtelt werden.«

»Warst du immer schon beim Raub?«

»Nein, zwischendrin war ich Zielfahnder.«

Jule wird ihre krumme Stellung nun doch zu unbequem, sie richtet sich auf. Sein Gesicht nähert sich dem ihren.

Jule, wenn du noch einen Funken Verstand im Kopf hast, dann steh jetzt auf, sofort, geh meinetwegen aufs Klo, aber lass es nicht zu, dass er dich küsst! Doch er will sie gar nicht küssen, er legt ihre Wange, die mit der Narbe, an seine, die Bartstoppeln verursachen ein angenehmes Kratzen. Seine Hand streift durch ihr Haar und bleibt warm auf ihrem Rücken liegen. Um sie herum klappern die Kellner mit Geschirr. Es kümmert sie nicht. Sie möchte noch Stunden so dasitzen wie jetzt, genau so.

Bodo Völxen kann nicht schlafen. Mal ist ihm zu warm, mal zu kalt, aber seine Schlaflosigkeit hat nichts mit der Temperatur zu tun, das ist ihm klar, sondern mit Sabine. Sabine, die neben ihm ruhig und tief schläft, so wie immer, und die offenbar keine Ahnung hat, welche Qualen er seit Tagen leidet. Es entspricht Völxens Natur, den Dingen auf den Grund zu gehen, schließlich ist das ja auch sein Beruf. Allerdings hat er bisher Beruf und Privatleben eisern getrennt. Nicht einmal als Wanda ein quirliger Teenager war, hat er überprüft, ob ihre Angaben zu Zeit, Ort und Umgang stets der Wahrheit entsprachen. Vertrauen ist die Basis einer jeden Beziehung, das weiß er genau.

Dieser rätselhafte *M.* in Sabines Kalender lässt ihm jedoch keine Ruhe. Dummerweise hat er sich letztes Mal, als ihm das Ding vor die Füße gefallen ist, nicht gemerkt, ob und wann wieder ein Termin mit *M.* ansteht. Ob er vielleicht jetzt mal ... Völxen! Denk nicht mal dran! Schäm dich in Grund und Boden! Du kannst doch nicht mitten in der Nacht aufstehen und im Terminkalender deiner Frau herumschnüffeln. Hast du denn keinen Funken Würde und Anstand mehr im Leib?

Aber wenn doch ein begründeter Verdacht besteht ...

Begründeter Verdacht! Du bist zu Hause, Bulle, nicht im Dienst. Das da ist deine Frau, kein Tatverdächtiger!

Aber es könnte doch auch zu ihrer Entlastung dienen. Wenn es sich herausstellt, dass es sich um etwas ganz Harmloses handelt, dann könntest du wieder ruhig schlafen und dich tagsüber auf deine Arbeit konzentrieren – wenn schon alle anderen bei diesem neuen Fall hoffnungslos versagen.

Und wie willst du das herausfinden? Willst du etwa Sabine beschatten?

Völxen dreht sich auf die andere Seite, wendet das Kopfkissen, aber keine Stellung verschafft ihm die erhoffte Entspannung. Und muss er nicht auch auf die Toilette? Leise richtet er sich auf, wobei die Matratze ein erleichtertes Knacken von sich gibt. Seine Füße fahren in die Schlappen, er tapst durch das dunkle Schlafzimmer und geht ins Bad. Dort schaufelt er sich eine Ladung kaltes Wasser ins Gesicht.

Völxen, was schleichst du die Treppen hinunter?

Nur was trinken, einen Schluck Wasser.

Gab es eben kein Wasser im Bad?

Dann eben einen Schluck Bier.

Sabines Handtasche steht auf dem Schränkchen im Flur. Offen. Er braucht nur die Hand auszustrecken und kann die Lederhülle des Kalenders fühlen.

Nur ein kurzer Blick ...

Völxen, du erbärmliche Kreatur!

Heldenhaft geht er an der Tasche vorbei und direkt zum Kühlschrank. Ja, da steht noch ein Herri, schön kalt, nicht diese lauwarme Plörre wie bei Köpcke. Er nimmt einen tiefen Schluck. Und noch einen. Wo du schon so tief gesunken bist, dass du nachts aufstehst und Bier säufst, kannst du auch gleich dein ursprüngliches Vorhaben ausführen, sagt sich Völxen voller Selbstekel, der ihn jedoch nicht davon abhält, in den Flur zu schleichen und mit spitzen Fingern, als laure eine Mausefalle in Sabines Handtasche, den Terminkalender herauszuziehen.

Sein Geburtstag am 27. September ist mit einem dicken roten Filzstiftherz eingerahmt, was ihm Tränen der Scham und der Rührung in die Augen treibt. Schon will er den Kalender wieder zuschlagen, da blättert der Teufel in ihm doch ein paar Seiten zurück. Aha. Morgen also – oder vielmehr heute, am Dienstag, ist es wieder so weit. *M. 19.30* steht da in Sabines exakter Handschrift. Und am Freitag um 15.00 Uhr und nächsten Dienstag um 19.30 Uhr ... Danach kommt kein Termin mit *M.* mehr. Anscheinend mag sich Herr *M.* nicht längerfristig festlegen.

Ein Geräusch lässt ihn zusammenzucken. Die Haustür. Ein Schlüssel klimpert, Schritte auf dem Flur.

»Papa! Was machst du denn hier?«

»Ich sitze hier.«

Wanda nähert sich neugierig ihrem Vater, der den Küchentisch festhält.

»Du trinkst Bier, mitten in der Nacht?!«

»Ja und? Ist das etwa verboten?«

»Nein aber ...« Wanda zieht die Brauen zusammen, eine Geste, die Völxen auch schon an sich selbst beobachtet hat, immer dann, wenn sein Misstrauen geweckt wird. »Warum sitzt du so krumm da?«, will Wanda wissen.

»Ich habe Rückenschmerzen und konnte nicht schlafen. Deshalb trinke ich jetzt ein Bier, vielleicht klappt es dann«, antwortet Völxen, dem der Kalender durch die Schlafanzughose ein Rechteck in den Hintern stempelt.

»Du solltest lieber mal zum Orthopäden gehen«, meint Wanda fürsorglich und verschwindet endlich die Treppe hinauf. Völxen trinkt sein Bier aus und wartet, bis oben Ruhe eingekehrt ist. Dann nimmt er den Kalender, den er inzwischen warm gesessen hat, steckt ihn zurück in die Handtasche und legt sich wieder ins Bett. Aber besonders gut schläft er nicht.

Oda schaut auf ihre Armbanduhr, das Einzige, was sie noch am Leib trägt. Schon halb eins, sie muss kurz eingeschlafen sein. Hinter ihr liegt ein wunderschöner Abend. Anstatt sie in ein Lokal auszuführen, hat Daniel Schellenberg in seiner Wohnung für sie gekocht: irgendetwas Exotisches mit Shrimps, Gemüse, Zitronengras und Reis. Mit leichter Hand und nebenbei Weißwein schlürfend hat er das Mahl gezaubert, während Oda ihm zugesehen und die Gelegenheit genutzt hat, um ganz beiläufig ein paar harmlose Fragen zu stellen.

»Sag mal, kennst du eigentlich Janne Wolbert?«

»Das Gretchen, ja klar. Ich habe schon mit ihr gearbeitet. Sie ist nett, wenn man sie zu nehmen weiß.«

»Ich kenne sie nicht, aber mein Chef hat sie vernommen.«

»Zu was?«

»Zu was wohl? Zum Tod von Marla Toss. Das hat ihr wohl nicht allzu leid getan.«

»Hier, probier mal den Reis.«

»Bisschen scharf, aber gut. Der Althoff, der Dramaturg, hat die Wolbert angeblich wegen der Toss sitzen lassen.«

»Kann sein. Am Theater geht es drunter und drüber, wie überall.«

»Ach, ja?«

»Bei euch Polizisten vermutlich nicht.«

»O doch, und wie«, hat Oda behauptet, nur um es ihm heimzuzahlen. Zumindest bei ihnen im Dezernat geht es moralisch gesittet zu, findet Oda. Was andere Dienststellen betrifft – nun ja.

»Ja, doch jetzt erinnere ich mich! Janne muss ziemlich verletzt und wütend gewesen sein, es gab da wohl mal eine unschöne Szene während einer Probe. Als sie hörte, dass sie unter der Regie von der Toss spielen soll, wollte sie angeblich ihren Vertrag vorzeitig auflösen und an ein anderes Theater wechseln. Der Intendant musste ihr zureden wie einem lahmen Gaul, damit sie bleibt. Möchtest du noch ein Glas Wein?«

»Immer her damit.«

»Na ja, offenbar hat ihr das geschmeichelt und sie hat sich wieder beruhigt. Verdächtigt ihr Janne etwa?«

»Nein, nicht direkt. Wir ermitteln momentan in alle Richtungen.«

»Heißt das nicht: Die Polizei tappt im Dunkeln?«

»Sehr witzig!«

»Die Wolbert war das nicht. Sie ist impulsiv, aber nicht gewalttätig.«

»So was höre ich öfter.«

»*A votre santé*, Frau Kommissarin. Könnten wir das Verhör nun beenden, das Essen ist nämlich fertig.«

Es schmeckte köstlich, nur zum versprochenen Nachtisch kamen sie dann nicht mehr. Oda überlegt, wann sie sich zuletzt in Gesellschaft eines Mannes so gut gefühlt hat, aber viele Gelegenheiten fallen ihr da nicht ein. Es ist eine Mischung aus Geborgenheit und Erregung, die sie in seiner Gegenwart empfindet, und sie ertappt sich bei dem Wunsch, ihn mal mit nach Frankreich zu nehmen. Ihr Vater würde sich bestimmt gut mit ihm verstehen. Erschrocken über ihre eigenen Gedanken ermahnt sich Oda: Immer langsam, ja? Du kennst ihn erst ein paar Tage und er wäre der Erste, der keine Leichen im Keller hat. Oda räkelt und streckt sich wie eine Katze und streicht noch einmal über den nackten Rücken neben ihr, was dort ein wohliges Seufzen hervorruft. Dann steht sie auf. Im Dunkeln tastet sie nach ihren Kleidern. Es ist warm in der kleinen Dachwohnung in der Südstadt, trotz des geöffneten Fensters.

Sein Arm streckt sich nach ihr aus. »Komm her«, flüstert er, »*viens!*«, und Oda spürt ein Kribbeln am ganzen Körper. Aber sie sammelt weiterhin ihre Sachen vom Boden auf.

»Was machst du da?«

»Mich anziehen. Ich muss nach Hause.«

Ein bedauerndes Grunzen ist die Antwort. Auch Oda würde gerne bleiben, sie fühlt sich wohl in diesen Armen, und außerdem küsst er so gut wie selten einer, aber es gibt Gründe, die gegen eine gemeinsame Nacht sprechen. Daniel richtet sich auf und knipst eine kleine Leselampe an. Oda fährt gerade in ihre schwarze Hose.

»Bleib doch noch ein bisschen.« Er räkelt sich gähnend auf

dem Bett. Ein Streifen Mondlicht fällt herein und beleuchtet seinen Körper.

Ein schöner Anblick, denkt Oda und bedauert ihren Entschluss. Aber für eine Weile soll er noch ihr Geheimnis bleiben.

»Es ist schon sehr spät. Veronika macht sich sonst Sorgen und denkt schlecht von ihrer Mutter.«

»Das können wir natürlich unmöglich riskieren«, seufzt er und lässt sich in die Kissen fallen. »Hat das Kind eigentlich auch einen Vater?«

»Der ist vor Kurzem gestorben.«

Er richtet sich auf. »Entschuldige. Das tut mir leid, das wusste ich nicht. Trägst du deshalb immer schwarze Sachen?«

Oda lacht. »Nein, nicht deswegen. Und es muss dir auch nicht leid tun. Ich hatte kaum Kontakt zu ihm, und er auch nicht zu Veronika. Wir haben uns getrennt, als sie noch keine zwei war.«

»Warum?«, will er wissen.

»Er hat gesoffen und ist eines Tages handgreiflich geworden, daraufhin bin ich gegangen, hab mein Psychologiestudium vorerst sausen lassen und mich bei der Polizei beworben.«

»Wie bist du denn auf diese Idee gekommen?«

»Weiß ich nicht mehr. Damals fand ich es wohl reizvoll. Später habe ich meinen Psychologie-Abschluss per Fernstudium nachgeholt, aber nur so, zur Selbstbestätigung.«

»Aber du bist gern Polizistin«, sagt Daniel, und es ist nicht ganz klar, ob das eine Frage oder eine Feststellung ist.

»Ja. Mir gefällt der Job«, antwortet Oda. »Natürlich nicht jeden Tag, aber das kann man ja auch nicht verlangen. Und übrigens – ich mag Schwarz. Bei Farben müsste ich mich ständig entscheiden, nach welchen Farben mir gerade zumute ist und ob sie zusammenpassen«, erklärt Oda und schlüpft in ihr schwarzes T-Shirt.

»Veronika denkt bestimmt nicht schlecht von dir«, versichert Daniel. »Die ist sehr stolz auf dich.«

»Woher willst du das wissen?«

»Ich habe sie heute zum Eis eingeladen und ein wenig nach dir ausgefragt.«

Oda, die gerade ihr Haar zu einem Knoten schlingt, hält mitten in der Bewegung inne, lässt die Arme sinken und dreht sich zu ihm um. »Was hast du?«

»Ich habe deiner Tochter ein Eis spendiert und mich mit ihr unterhalten.«

»O mein Gott!« Oda wird plötzlich von Panik überwältigt. Sie reißt ihre Jacke vom Stuhl, hebt die Handtasche vom Boden auf und flieht aus dem Zimmer, wobei sie ihm zuruft: »Wir können uns nicht mehr sehen, es geht nicht.«

»Spinnst du?«, entfährt es ihm. Er ist aufgestanden und nimmt, nackt wie er ist, die Verfolgung auf. »Es war nur ein Pistazieneis auf dem Weg zum Bahnhof. Ich habe auch eines gegessen. Was ist daran so furchtbar?«

»Nein«, sagt Oda mit erstickter Stimme. Sie ist schon an der Wohnungstür. »Nein es geht nicht mit uns. *Ça ne va pas!* Sie würde mich hassen, verstehst du?« Ehe er antworten kann, hat Oda schon die Tür geöffnet und rennt die Treppen hinunter.

Das Taxi fährt davon. Im spärlichen Licht der Straßenlaterne kramt Jule ihren Haustürschlüssel hervor. Sie sperrt die schwere Tür auf und ihr Begleiter stemmt sich dagegen.

Jule hat sich entschlossen, für diesen Abend alle Bedenken beiseitezuschieben. Überhaupt mal das Denken bleiben zu lassen. Man kann schließlich nicht immer nur auf seinen Kopf hören. Beflügelt von den zwei Gläsern Rotwein, die sie intus hat, fasst sie ihn an der Hand, und sie steigen die knarrenden Holztreppen des Altbaus hinauf, wobei sie auf dem Treppenabsatz im ersten Stock eine Pause einlegen, um sich zu küssen. Er küsst gut. Sanft aber nicht zögernd, bestimmt aber nicht gierig. Sie mag, wie er riecht, wie er schmeckt. Das Licht geht aus. Im Dunkeln nehmen sie die letzten Stufen. Im zweiten Stock angekommen bemerkt Jule einen zusammengekauerten Schatten auf der Treppe, der sich jetzt zu voller Länge aufrichtet. Das Licht geht an. Drei erstaunte Augenpaare mustern einander.

»Hallo, Rodriguez«, grüßt Uhde, der als Erster die Sprache wiederfindet.

»'n Abend« murmelt Fernando, halb erstaunt, halb verlegen. Er hält seinen Motorradhelm vor der Brust fest und wendet sich an Jule, die die Hand ihres Begleiters inzwischen losgelassen hat. »Entschuldige, ich … ich wollte nur … meine Mutter … ich dachte, ich könnte vielleicht bei dir … aber ich sehe schon, ich störe. Ich geh dann mal wieder.« Ehe Jule etwas sagen kann, ist Fernando die Treppen hinunter gepoltert.

»Fernando, jetzt warte doch«, ruft sie ihm nach, aber er reagiert nicht.

»Scheiße!« Jules Faust schlägt gegen die Wand, doch es ist nicht Fernandos Abgang, der ihr Kummer bereitet.

»Ist was zwischen euch?«, fragt Leonard Uhde.

»Nein«, antwortet Jule wütend. »Anscheinend hat er keine Kumpels für solche Fälle.« Sie stehen vor ihrer Tür. Jule schluckt ihren Ärger hinunter, zumindest versucht sie das. Sie sieht ihn an, ihr Lächeln entgleist, und etwas in seinem Blick sagt ihr, dass der magische Augenblick vorüber ist.

»Ich geh dann auch lieber mal. Ist vielleicht besser so.«

Jule will ihm widersprechen, aber es kommt kein Ton über ihre Lippen. Zu allem Überfluss haucht er ihr einen brüderlichen Kuss auf die Wange, ehe er denselben Weg nimmt wie Fernando. Jule lauscht seinen Schritten nach, hört die Haustür zuschlagen. »Scheiße«, flüstert sie noch einmal.

Ein Stockwerk höher geht eine Tür auf und eine hohe Stimme keift: »Was ist das für ein Krawall da, mitten in der Nacht, muss das sein?«

»Ach, halt die Klappe«, murmelt Jule. Müde und resigniert schließt sie die Tür auf. Dunkel und totenstill wird sie von ihrer Wohnung empfangen.

Dienstag, 26. August

»Gibt's was Neues?«, fragt Pia und sieht Fernando an.
»Nicht seit gestern.«
Pia schweigt.
Schwer abzuschätzen, was sie empfindet. »Wo arbeitet eigentlich Stefan zurzeit?«
»Wieso?«, kommt es misstrauisch zurück.
»Ich wollte ihn mal wegen neuer Weinregale für den Laden sprechen.«
»Ich gebe dir am besten seine Handynummer.« Pia schreibt die Nummer auf Fernandos Zeitung.
»Wie geht's Yannick?«
»Gut. Er treibt sich neuerdings viel mit diesem Marco herum, ich fürchte, die beiden machen jede Menge Unsinn«, sagt Pia Hermes, und ihre Munterkeit kommt Fernando ein wenig aufgesetzt vor.

Das Gespräch wird unterbrochen, zwei pummelige Schülerinnen betreten den Kiosk und verlangen nach Gummimäusen und Schaumwaffeln. Fernando klemmt sich seine gewohnte Zeitungslektüre unter den Arm und verabschiedet sich. Nach wenigen Metern begegnet er Yannick, der lustlos die Straße entlangschlurft.

»Nicht trödeln, die Schule fängt bald an«, mahnt Fernando und wappnet sich schon für einen frechen Spruch, aber Yannick sieht ihn unter seiner Baseballmütze hervor ernst, fast anklagend an und fragt: »Habt ihr den Mörder?«

»Nein, noch nicht. Aber wir arbeiten daran.«

Schwer zu sagen, ob diese Antwort den Jungen zufriedenstellt.

»Weißt du, in der Wirklichkeit geht das nicht so schnell wie im Fernsehen. Es dauert Tage, bis Spuren ausgewertet sind, bis Zeugen sich melden ... aber das wird schon«, verspricht Fernando.

Yannick senkt den Blick und nickt bedächtig, wie ein alter Mann.

»Mochtest du deine Tante denn sehr?«

»Ja, die war cool.«

»Warst du oft bei ihr?«

»Paarmal.«

»Was habt ihr da so Cooles gemacht?«

Yannick zuckt die Schultern. »Weiß nicht. Filme geschaut. Sie wollte mir 'nen iPod kaufen, zum Geburtstag.«

»Hast du mal Freunde deiner Tante kennengelernt?«

»Nö.«

»Einen Mann vielleicht? Oder hat sie mal einen Namen genannt?«

»Nö.«

»Fand dein Vater deine Tante auch cool?«, fragt Fernando und kommt sich wie ein Schwein dabei vor.

»Nö. Ich muss jetzt los, Scheißschule«, antwortet Yannick und legt einen Zahn zu.

Fernando geht in Richtung Limmerstraße und steigt wenig später in die Linie zehn. Zum Motorradfahren hat er heute Morgen keine Lust, außerdem sieht es nach Regen aus. Seine Laune ist auf dem Tiefpunkt. Der gestrige Abend kommt ihm im Nachhinein vor, als hätte sich die Welt gegen ihn verschworen. Nach dem Streit mit seiner Mutter hat Fernando die Wohnung demonstrativ und mit viel Getöse verlassen. Erste Anlaufstelle war sein Freund und Poker-Partner Antonio von der Autowerkstatt gegenüber, der normalerweise immer für einen Zug durch die Gemeinde zu haben ist. Aber Antonio war unterwegs und auch per Handy nicht erreichbar. Danach ist Fernando mit dem Motorrad in die List gefahren. Fast zwei Stunden hat er vor Jule Wedekins Wohnungstür gesessen – mehrmals misstrauisch beäugt vom Hausdrachen Pühringer, die ein Stockwerk weiter oben wohnt, neben Thomas, diesem Kiffer. Nicht mal der war zu

Hause – dabei wäre ein kräftiger Joint genau das Richtige gewesen. Verdammt, was treiben die Leute nur an einem gewöhnlichen Montagabend? Und dann ist – zum zweiten Mal an diesem Abend – Fernandos Glaube an den weiblichen Teil der Menschheit schwer erschüttert worden. Ausgerechnet Jule, Moral und Korrektheit in Person, steigt nächtens angetrunken mit einem verheirateten Mann, der obendrein noch ein Kollege ist, aus einem Taxi und kichert sich die Treppe hinauf! Ungeheuerlich. Was blieb ihm da anderes als die Flucht aus dieser hoch peinlichen Situation? Einen Augenblick lang dachte Fernando daran, bei Oda unterzukriechen, aber auf deren zynische Kommentare hat er dann doch lieber verzichtet. Grausam sind die Frauen, alle miteinander. Niedergeschlagen und tief gedemütigt musste er sich also wieder in sein Heim zurückschleichen und heute Morgen die spöttische Miene seiner Frau Mama ertragen.

Quietschend legt sich die Stadtbahn in eine Kurve. Fernando lässt die Zeitung sinken, er hat nicht ein Wort gelesen und auch das tägliche Tittenfoto interessiert ihn heute nicht. Gestern hat er sich über Marksteins Artikel mit der Überschrift *Tod einer Diva* aufgeregt. Vor allem über das Bild der Toten. Gestern – das kommt ihm vor wie vor einem Jahr. Ob das was Ernstes ist mit Jule und diesem Uhde? Erst kürzlich hat sie sich doch noch über ihren Vater und dessen neue Freundin echauffiert, und was macht sie nun selbst? Hat nicht Oda mal angedeutet, Jule hätte zu ihr gesagt, sie würde aus Prinzip niemals was mit einem Kollegen anfangen? Wo sind sie denn nun, ihre Prinzipien? So was von scheinheilig, denkt Fernando voller Empörung. Nicht, dass er selbst irgendein Interesse an Alexa Julia Wedekin, diesem verwöhnten Professorentöchterchen aus Bothfeld, hätte, das es vermutlich schick findet, bei der Polizei zu sein. Okay, bis jetzt macht sie einen guten Job, und sie ist durchaus nicht hässlich. Wenn sie sich mal ein bisschen herrichten würde, könnte sie sogar einigermaßen hübsch aussehen. Aber sie ist überhaupt nicht sein Typ. Viel zu unromantisch, viel zu *straight*. Er mag geheimnisvolle Schönheiten mit sanften Mandelaugen und langem, dunklem Haar. Frauen, wie sie in den von ihm heimlich konsumierten Bollywoodfilmen vorkommen. Okay, Jules Augen sind auch ganz hübsch, diese Bernsteinfarbe hat ja was, und ihr Profil mit der feinen Nase ist ganz apart. Ihre Figur ist ebenfalls in Ordnung, wenn auch für seinen Geschmack ein bisschen zu durchtrainiert für eine Frau, und wenn sie lächelt ... *mierda!* Fernando ist aufgesprungen, aber es ist schon zu spät. Die Bahn fährt an, er hat die Haltestelle verpasst.

»Ah, Kommissarin Wedekin, des isch mir aber eine Freude, dass Sie mich hier beehren!«

Lügner, denkt Jule. Oda wäre ihm sicher lieber. Es ist ein mehr oder weniger offenes Geheimnis, dass Dr. Bächle ein Faible für Oda hat. »Ganz meinerseits«, antwortet Jule und nickt der Pathologin und einer jungen Dame mit Haube und Mundschutz zu, die Bächle als Lara Clement, seine neue Assistentin, vorstellt. Der Leichnam von Marla Toss liegt bereits auf dem mittleren der drei Sektionstische. Die Haut ist wächsern, ihre Lippen sind bleich. Das dunkle Haar sieht aus, als wäre es feucht. Der Geruch, der im Sektionssaal herrscht, weckt bei Jule alte Erinnerungen an ihr Praktikum in der Rechtsmedizin in Göttingen. Sie fand Sektionen immer recht interessant, und daran hat sich nichts geändert.

»Auf geht's«, ruft Dr. Bächle und reicht Frau Clement mit gönnerhafter Geste sein Diktiergerät. »Heute dürfen Sie mal zeigen, was Sie können. Ich habe heute nämlich kein so ruhiges Händle wie sonscht«, lässt er Jule wissen.

»Waren Sie einen trinken?«, entschlüpft es Jule, die selber trotz zwei Aspirintabletten noch ein dumpfes Pochen unterhalb der Schädeldecke spürt.

Dr. Bächle schüttelt sein weißes Haupt. »Nein, ich war mit ein paar Staatsanwälten beim Kegeln«, verkündet er. »Oder vielmehr: Bowling. Und jetzt hab ich einen Muschkelkater und mir zittert noch immer die rechte Hand von diesen schweren Kugeln.«

Jule unterdrückt ein Grinsen, als sie sich den kleinen Schwaben beim Bowling vorstellt, während sich Bächle weiter in Small Talk übt: »Und Sie wollten also keine Medizinerin werden, wie mir zu Ohren gekommen ist?«

»Nein, ich habe den Polizeidienst vorgezogen.«

»Hm«, macht Dr. Bächle, und meint nach ein paar Sekunden des Nachdenkens: »Hajo, jeder wie er's braucht, gell?«

Jule nickt und konzentriert sich nun auf die Assistentin. Nach ein paar allgemeinen Angaben über Größe, Alter und Ernährungszustand benennt diese die petechialen Blutungen, die Jule schon am Leichenfundort aufgefallen sind. Dann schaltet sie das Diktiergerät ab und sagt: »Herr Dr. Bächle, hier am Hals sind Abdrücke, die von einer Kette stammen könnten.«

Dr. Bächle schiebt die Brille, die auf seiner Nase balanciert, dichter an die Augen. Er und Jule beugen sich über den Hals der Toten, wobei Jule eine dezente Alkoholfahne wahrnimmt. Die Abdrücke, die Frau Clement meint, treten als kleine Rötungen in Erscheinung.

»Schaut ganz so aus«, meint Bächle. »Frau Kommissarin, hatte die Tote denn eine Kette um?«

»Nein. Bis Sie eingetroffen sind, ist an der Leiche nichts verändert worden. Jedenfalls nicht von uns«, bekräftigt Jule und fragt sich im selben Augenblick, woher sie diese Sicherheit nimmt. Fernando war der Erste an der Leiche, er hat sie immerhin zugedeckt und ihr die Augen zugedrückt, wie er ihr gestanden hat. Aber hätte er ihr eine Kette abgenommen, als Andenken? Nein, niemals. So weit würde nicht einmal Fernando in seiner südländischen Sentimentalität gehen.

»Als sie gewürgt wurde, hatte sie aber eine Kette um«, verkündet nun Dr. Bächle. »Die Glieder haben sich in die Haut eingedrückt. Die Größe der Glieder beträgt drei Millimeter im Durchmesser.«

Die Handtasche, die Kette ... vielleicht doch ein Raubmord, überlegt Jule. Aber ihre Uhr hatte die Tote noch am Arm, allerdings war die zwar modisch, aber nicht sonderlich wertvoll. Würde ein Raumörder nicht erst einmal alles an sich nehmen, was glänzt? Vielleicht war es sogar dieser streng riechende angebliche Zeuge, Eugen Spieker, den Fernando gestern angeschleppt hat? Warum hat er den Mann so ohne Weiteres wieder gehen lassen? Oder hat noch vor den beiden Flohmarktbesuchern jemand anderer die Leiche gefunden und sie beraubt? Ein Obdachloser, ein Junkie? Das Pärchen, das die Leiche entdeckt hat?

»Sie muss mal eine Gesichtsoperation gehabt haben«, verkündet die Assistentin nun.

»Ein Facelifting?«, fragt Jule interessiert.

»Mehr so ein Face-Design«, meint Frau Clement. »Sie hat sich die Stirn heben und die Wangen aufpolstern lassen. Und an der Nase ist wohl auch mal was gemacht worden.«

»Ein Designergesicht«, staunt Jule und kann sich das Bonmot »zu schön, um echt zu sein« beim besten Willen nicht verkneifen.

»So könnte man es nennen«, bestätigt die Obduzentin, und im nächsten Augenblick ist von der Schönheit der Toten nichts mehr zu erkennen, denn deren Gesicht wird gerade heruntergeklappt. Dr. Bächle greift nach der Säge.

Auch ihre Mutter hat schon an sich herumschneiden lassen, fällt Jule ein. Aber Cordula Wedekin hat erst jenseits der vierzig damit begonnen, und die Eingriffe dienten hauptsächlich dem Zweck, die Verwüstungen des Alters abzumildern – eine vergebliche Qual, von den Kosten ganz zu schweigen, und auch den Gatten hat es nicht beeindruckt, denkt Jule mit einem Anflug von Zynismus. Andererseits lassen sich ja heutzutage schon Teenager nach ihren Vorbildern zurechtoperieren … Sie schüttelt sich bei dem Gedanken. »Verrückt, so was«, murmelt sie halblaut in das Sirren der oszillierenden Säge hinein.

»Ach, des isch noch gar nix! Was wir hier alles zu sähen kriegen«, winkt Dr. Bächle ab und legt die Säge beiseite. »Vergrößerte Brüschte, verlängerte Penisse, aufgepolsterte Ärsche … ich bitte um Verzeihung, die Damen. Neulich hatten wir sogar einen Mann mit einem Bruschtimplantat, gell, Frau Clement!« Die Assistentin bestätigt dies und kommt nun ausnahmsweise einmal zu einem kriminalistisch relevanten Ergebnis: »Sie wurde erdrosselt, eindeutig, das Zungenbein ist gebrochen.«

Während sich Dr. Bächle und seine Adjutantin an das Öffnen des Brustraumes machen, versucht Jule, Oda anzurufen. Im Büro nimmt niemand ab. Vermutlich ist sie mal wieder eine rauchen. Obwohl Nichtraucherin hätte Jule im Augenblick auch nichts gegen eine Zigarette, denn das Öffnen der Körperhöhle hat die Luft im Sektionssaal nicht gerade verbessert. Sie verspürt einen Anflug von Übelkeit. Aus Frust und Kummer hat sie gestern Nacht noch eine Flasche Montepulciano leer getrunken, und als sie heute Morgen brummschädelig erwachte, brach die ganze Absurdität und Peinlichkeit der gestrigen Situation über sie herein. Was wollte Fernando eigentlich vor ihrer Tür? Hoffentlich hält er wenigstens seine große Klappe. Davon abgesehen weiß Jule nicht so recht, wie sie den gestrigen Abend einordnen soll. Ein Teil in ihr ist froh, dass er ein abruptes Ende fand, ein anderer bedauert gerade dies. Wie es wohl gewesen wäre, neben ihm aufzuwachen, vielleicht durch eine zärtliche Berührung, und dann in diese blauen Augen zu schauen? Wie bitte? Aufwachen? Vergiss es, Jule! Der hätte sich nach einer schnellen Nummer verabschiedet, heim zu Mutti! Was bildest du dir nur ein, du dummes Schaf? Jule verbietet sich, länger über Leonard Uhde nachzudenken und probiert es erneut bei Odas Anschluss im Büro.

»Kristensen.«

Odas Stimme hört sich an wie eine Krähe im Nebel. Hat wohl gestern auch geraucht oder gesoffen, vermutlich beides.

»Jule hier. Hat einer der Zeugen, die Frau Toss am letzten Abend gesehen haben, etwas von einer Halskette gesagt?«, fragt sie und berichtet von den Abdrücken am Hals der Toten.

»Nein. Ich habe auch nicht danach gefragt. Aber das werde ich gleich nachholen«, verspricht Oda.

»Gab es was Neues in der Besprechung?«

»Nichts, außer dass Völxen eine Scheißlaune hatte, und Fernando ebenfalls. Von mir selbst ganz zu schweigen. Sei froh, dass du bei Bächle sein darfst. Wie weit seid ihr?«

»Dr. Bächle entfernt gerade den Darm und legt ihn in eine Schüssel, und die Pathologin schneidet die Leber in Scheibchen.«

»So genau wollte ich es gar nicht wissen.« Jule hört, wie Oda an einem ihrer Rillos zieht. »Grüß mir den schwäbischen Leichenfledderer.«

»Mach ich.« Sie legt auf. Die Assistentin spricht ins Diktiergerät und Jule horcht auf, als das Wort *Sectio* fällt.

»Habe ich da eben *Sectio* gehört?«, vergewissert sie sich, als Frau Clement ihren Sermon beendet hat.

»Ja, haben Sie.« Die junge Ärztin deutet auf eine dünne, helle Narbe, die im Ansatz der Schambehaarung fast verschwindet.

»Wie lange ist das her, kann man das sagen?«

»Nein. Es ist keine frische Narbe, so viel ist sicher«, meint die Obduzentin. »Aber ob das drei, fünf oder zehn Jahre sind ...«

Wieder greift Jule zum Telefon, dieses Mal ruft sie Richard Nowotny an, der mit der Aktenführung dieser Ermittlung betraut wurde. »Sagen Sie, steht da irgendetwas von einem Kind in den Akten?«

»Augenblick«, nuschelt Nowotny, der offenbar den Mund voll hat. Er liebt Mettbrötchen mit Zwiebeln zum Frühstück. Nach zwei Minuten kommt die Auskunft, dieses Mal mit klarer Stimme:

»Ja, im Spurenordner. Es wurden Fingerabdrücke eines Kindes in ihrer Wohnung gefunden.«

»Ich meine, ob sie ein Kind geboren hat«, präzisiert Jule.

»Nein, davon steht hier nirgends etwas.«

»Sie hat eine Kaiserschnittnarbe.«

»Ist ja ein Ding«, meint Nowotny. »Das sag ich gleich Völxen.«

Hauptkommissar Völxen durchquert das Foyer in Richtung Aufzug, als es hinter ihm pfeift. Es sind die Pfeiftöne, mit dem einschlägige Herren normalerweise die Reize junger Frauen quittieren. Aber hier gibt es weder Bauarbeiter noch junge Frauen, sondern im Augenblick nur ihn und vier weißhaarige Damen in sehr fortgeschrittenem Alter, die an einem runden Tisch sitzen und Karten spielen. Eine davon bleckt süffisant grinsend ihre künstliche Zahnreihe und winkt Völxen zu, als der sich erstaunt umdreht. Die anderen drei kichern backfischhaft hinter ihren Spielkartenfächern. Der Kommissar, halb amüsiert, halb entrüstet, beschleunigt seine Schritte. Auf so unverhohlenen Sexismus an diesem Ort ist er nicht vorbereitet. Im zweiten Stock steigt er aus dem Lift und geht mit angehaltenem Atem den Gang entlang. Er überholt zwei ältere Damen mit Gehwagen, die ihn neugierig anstarren, aber dieses Mal wird ihm nicht nachgepfiffen. Gibt es hier eigentlich auch alte Männer, fragt sich Völxen, und: Warum müssen Krankenhäuser und Altenheime immer so fürchterlich riechen? Er klopft an eine Tür, an der ein Namensschild mit der Aufschrift Irmgard Hermes angebracht ist. Ein dünnes Piepsen interpretiert Völxen als »herein« und betritt das Zimmer. Möbel aus den Fünfzigern drängeln sich um eine Art Krankenhausbett. Frau Hermes sitzt in einem Sessel aus Goldsamt, ihre Beine liegen auf einem Schemel, darüber ist die Tageszeitung ausgebreitet. Sie trägt einen Trainingsanzug von Adidas, ihre fedrig dünnen Haare stehen bis auf eine platte Stelle am Hinterkopf in alle Richtungen ab. Sie lässt die Zeitung sinken und mustert ihn erstaunt und ein bisschen ängstlich. Plötzlich kommt Völxen der Gedanke, dass sie möglicherweise noch gar nichts vom Tod ihrer jüngsten Tochter weiß. Aber dem ist nicht so. Nachdem sich Völxen vorgestellt hat, nickt sie und sagt: »Sie sind wegen Marion hier.«

»Ja, genau«, bestätigt der Kommissar erleichtert und spricht der alten Dame sein Beileid aus. Da kein zweiter Stuhl im Zimmer ist, setzt er sich auf die Bettkante und fragt vorsichtig: »Sie wissen, wie Ihre Tochter gestorben ist?«

Sie nickt. »Ich lese ja Zeitung.«

»Sie wissen es aus der Zeitung?«, fragt Völxen entsetzt.

»Nein, ich weiß es von Pia. Aber die Einzelheiten habe ich aus der Zeitung. Dieses schreckliche Foto. Ich möchte nur wissen, wann endlich die Beerdigung stattfinden kann.«

»Ich denke, bald.« Völxen lässt die zur Stunde laufende Obduktion lieber unerwähnt. Der Blick der Frau schweift zum Fenster hinaus über den Garten der Anlage.

»Haben Sie eine Idee, wer Ihre Tochter umgebracht haben

könnte?« Sowie er sie ausgesprochen hat, kommt Völxen seine Frage absurd vor. Noch mehr, als sie den Kopf wendet und ihn ihr spöttisch-anklagender Blick trifft. Sie schweigt für eine halbe Minute, was Völxen Zeit gibt, die Fotos zu betrachten, die auf einer Kommode aufgereiht sind: in der Mitte das Bild eines älteren Mannes, daneben ein Hochzeitsfoto von Irmgard Hermes mit demselben Mann, nur jünger. Die Braut war eine hübsche Frau, wenn auch nicht so schön wie ihre jüngere Tochter. Drei Fotos zeigen den Enkel Yannick – als Baby, mit Schultüte, im Zoo – und es gibt je ein Bild von ihren Töchtern, der Kleidung und dem Alter nach entstanden die Aufnahmen anlässlich der Konfirmation. Obwohl Marion eindeutig die Hübschere, Zartgliedrigere ist, sehen sich die Schwestern recht ähnlich, allerdings hätte Völxen auf diesem Foto Marla Toss nicht erkannt. Sie musste sich nach der Pubertät sehr zu ihrem Vorteil entwickelt haben.

»Sie war nicht oft hier«, mischt sich Frau Hermes' altersspröde Stimme nun in seine Betrachtungen.

»Sie meinen Marion?«, vergewissert sich Völxen.

»Ja, Marion.«

»Auch nicht, seit sie wieder in Hannover wohnte?«

»Wir haben uns nie gut verstanden. Sie hing mehr an meinem Mann.«

»Wie oft hat sie Sie in letzter Zeit besucht?«

Frau Hermes übergeht die Frage und sagt: »Das fing schon an, als sie noch ein Kind war. Wollte immer hoch hinaus. Und jetzt liegt sie da ...« Sie deutet auf das Nachtschränkchen, auf dem die *Bild* von gestern liegt. Boris Markstein hat mal wieder ganze Arbeit geleistet. Eine Großaufnahme der Leiche mit Dr. Bächle, der neben ihr kniet.

Tod einer Diva. Brutaler Mord am Hohen Ufer! Der schöne Nachwuchs-Regie-Star Marla Toss liegt im Morgengrauen tot auf der Uferpromenade. Flohmarkt muss geräumt werden ...

Völxen nickt betrübt und hakt nach: »Was meinen Sie mit ›wollte hoch hinaus‹?«

»War nie zufrieden, wollte immer was Besseres sein. Die

Kunst ... Sie wissen schon. Ich habe keine Ahnung, von wem sie das hat. In unserer Familie gab es keine Künstler, und bei meinem Mann erst recht nicht.«

»Sie waren also nicht einverstanden mit der Berufswahl Ihrer Tochter?«

»Ich dachte halt, sie schafft das nicht. Und ich konnte ihr kein Geld für ein Studium geben. Wir hatten nichts, nur die kleine Witwenrente von meinem Mann und das bisschen, was ich verdient habe. Ich muss zugeben, ich habe sie unterschätzt.«

»Was glauben Sie, woher Marion das Geld für ihr Studium hatte?«

Die alte Dame zuckt die Achseln. »Sie hat gearbeitet, nebenher. Gekellnert und so.«

Völxen nickt ihr zu und lächelt. Bis jetzt macht Frau Hermes einen sehr normalen Eindruck auf ihn. Warum nur hat Pia behauptet, sie sei dement? Um sie vor Verhören zu schützen? Weiß die Mutter etwas, was Pia Hermes lieber verbergen möchte?

»Kannten Sie Felix Landau?«

»Wen?«

»Marions Freund, vor zehn Jahren. Der wegen des Überfalls auf den Juwelier verurteilt wurde.«

»Ach der. Das habe ich nie verstanden, warum sie sich mit dem abgegeben hat. Der hat Rauschgift genommen, wissen Sie. Ich hatte immer Angst, dass Marion das auch tut.«

»Was für Rauschgift?«

»Hasch und so was. Und der andere auch, sein Kumpel, ich komme jetzt nicht auf den Namen ...«

»Roland Friesen.«

»Ja, der. Der war genauso.«

»Hat Ihre Tochter damals mal etwas über den Raubüberfall erzählt?«

»Nein.«

»Immerhin musste sie vor Gericht aussagen.«

»Ja, das stimmt. Mir hat sie nichts erzählt. Die hat mir nie was erzählt. Dass sie schwanger war, habe ich auch erst erfahren, als man den dicken Bauch schon gesehen hat.«

»Schwanger?« Völxen beugt sich vor und sieht die alte Frau forschend an. »Wann war Ihre Tochter schwanger?«

Die weist auf ihre Fotogalerie: »Das ist Yannick. Der wird im Dezember zehn.«

»Aber Yannick ist doch der Sohn Ihrer Tochter Pia.« Nun scheint die alte Dame also doch ein paar Dinge durcheinanderzubringen.

»Nein«, sagt Frau Hermes mit fester Stimme. »Yannicks Mutter ist Marion.«

»Sind Sie da sicher?«, fragt Völxen und erntet dafür einen tadelnden Blick und den Hinweis: »Herr Kommissar, ich bin zwar alt, meine Beine wollen nicht mehr so recht, und manchmal weiß ich nicht mehr, was es am Tag vorher zum Mittagessen gegeben hat. Aber ich bin noch nicht so verblödet, dass ich meine Töchter verwechsle!«

»Verzeihen Sie«, sagt Völxen.

»Sie war im achten Monat, als sie die Zulassung für die Hochschule in Kassel bekommen hat. Aber mit dem Kind hätte sie nicht studieren können. Sie wollte ihn zur Adoption geben, aber das habe ich ihr ausgeredet. Erst sollte ich ihn aufziehen, aber dann haben Pia und ihr Stefan ihn zu sich genommen.«

»Haben die beiden ihn adoptiert?«

»Nein, das wollte Marion dann doch nicht, obwohl Pia sie immer wieder darum gebeten hat.« Frau Hermes seufzt. »Sie war schon ein Biest, die Marion. Aber so war sie eben.«

Was für ein Nachruf, denkt Völxen. »Weiß Yannick, dass Pia seine Tante und Marion seine Mutter ist?«

Sie schüttelt langsam mit dem Kopf und sagt nachdenklich: »Klar, dass so ein kleiner Wurm Mama zu der Frau sagt, die ihn aufzieht. Ich habe immer zu Pia gesagt, du musst es ihm sagen, habe ich gesagt. In letzter Zeit hat sie ihn kaum noch mitgebracht. Hat wohl Angst gekriegt, dass ich es ihm verraten könnte. Aber neulich hat er mich ganz alleine besucht, auf eigene Faust. Ist ein pfiffiges Kerlchen.« Sie lächelt stolz.

»Hat Marion jetzt, nachdem sie wieder in Hannover gearbeitet hat, Anspruch auf Yannick erhoben?«

»Das weiß ich nicht. Mir sagt ja keiner was!«

»Wer ist der Vater von Yannick?«

»Keine Ahnung. Sie hat es nie gesagt. Ich befürchte aber, es war dieser ... wie hieß er noch?«

»Landau? Felix Landau?«

»Ja. Mit dem war sie zu der Zeit jedenfalls zusammen. Aber bei Marion kann man das nicht so genau sagen, sie war schon immer ein lockerer Vogel. Sagen Sie, Herr Kommissar, der Kleine wird Pia doch jetzt nicht weggenommen, oder? Er hat doch sonst niemanden, und sie war wirklich immer gut zu ihm, und ihr Mann auch.« Ihre Augen sind nun weit aufgerissen, ihr schmaler Brustkorb hebt und senkt sich vor Aufregung.

»Das habe nicht ich zu entscheiden, sondern das Jugendamt. Aber ich denke nicht. Wie Sie schon sagen, er hat sein Leben bei Pia verbracht, und er hat ja sonst niemanden«, versucht Völxen die Frau zu beruhigen.

Er verabschiedet sich von der alten Dame und fährt wieder nach unten. Die Kartenrunde ist im Aufbruch begriffen, die Kokette von vorhin winkt ihm erneut zu und blinzelt.

Sein Handy dudelt, es ist Nowotny: »Völxen, es gibt Neuigkeiten ...«

Als Nowotny zu Ende geredet hat, brummt Völxen nur: »Weiß ich doch schon«, und legt auf.

»Hi, Fernando.«

»Hallo«, antwortet Fernando, ohne von dem Schriftstück, in das er vertieft zu sein scheint, aufzusehen. Vermutlich ist auch er verlegen wegen der Sache von gestern Abend. Vielleicht könnte man stillschweigend übereinkommen, den Vorfall einfach zu vergessen, hofft Jule und lässt zwei Gegenstände auf Fernandos Schreibtisch fallen.

»Was ist das?«

»Das ist die makellose, göttinnengleiche Schönheit von deiner Marla Toss. Zumindest Teile davon.« Fernando schaut erst Jule und dann ihr Mitbringsel verständnislos an. Es handelt sich um zwei flache, ovale, an einer Stelle eingekerbte milchweiße

Kunststoffkissen, die etwas kleiner sind als ein Streichholzbriefchen.

»Das sind Wangenimplantate aus porösem Polyethylen. Sie werden über kleine Schnitte in der Mundhöhle mit winzigen Titanschrauben am Knochen angeschraubt.«

»Ih!« Fernando ist aufgesprungen, als hätte man ihm eine Natter auf den Schreibtisch geworfen. »Tu das weg!«

»Die tun nichts«, versichert Jule, während sie die zwei Kissen wegnimmt. »Und die Stirn war – wie sagte Bächle – angehoben, ja, und die Nase wurde verschmälert und an den Lippen ...«

»Hör schon auf! Dass ihr Frauen einem aber auch jede Illusion zerstören müsst.«

»Das Gesicht deiner Angebeteten war ein Vorzeigebeispiel für die Leistungsfähigkeit der modernen kraniofazialen Chirurgie«, erklärt Jule nicht ohne eine gewisse Genugtuung, deren Ursprung sie sich selbst nicht erklären kann. »Ich wollte dir erst die beiden größeren mitbringen ...« Jule hält sich zur Verdeutlichung kurz die Hände unter die Brüste.

»Was, die waren auch ...«

»... aber die passten nicht in meine Handtasche«, grinst Jule.

Fernando hat sich wieder hingesetzt. »Wie kann man nur so gehässig sein?«

»Und da ist noch eine Sache ...«

»Es reicht!«, fleht Fernando.

»Sie hat eine Kaiserschnittnarbe. Ich habe eben mit Völxen telefoniert, er kam gerade von der Mutter der Schwestern, die im Altenheim lebt – und im Übrigen keine Spur dement ist. Aber wir wissen nun, weshalb Pia nicht wollte, dass wir mit ihr sprechen: Yannick ist nämlich nicht Pias Kind, sondern Marions.«

Fernando traut seinen Ohren nicht. »Und wer ist der Vater?«, fragt er.

»Weiß man nicht so genau. Vermutlich Landau.«

Fernando presst die Lippen aufeinander und schaut an Jule vorbei aus dem Fenster. »Jule, ich muss dir was sagen ...«

Jule hebt abwehrend die Hand. »Wegen der Sache gestern Abend ... Wir müssen das jetzt nicht breittreten.«

»Was? Wie? Ach, das!« Fernando schüttelt den Kopf. »Ja ja, schon gut. Vergessen wir's. Aber ich wollte dir was anderes sagen. Ich fürchte, das Phantombild von diesem Penner, diesem Eugen Spieker, hat eventuell eine winzige Ähnlichkeit mit Stefan Hermes.«

»Du fürchtest?«

»Ich bin nicht sicher. Ich kann mich auch irren. Ich wollte erst mal mit ihm reden, ehe ich es an die große Glocke hänge.«

»Und wann wolltest du mit ihm reden? Nächste Woche?«

»Nein, heute nach Feierabend.«

»Wie bitte?«, schnaubt Jule verärgert. »Also Fernando, das finde ich nicht korrekt. Wenn du dich befangen fühlst, weil du die Leute gut kennst, dann solltest du dich von dem Fall abziehen lassen.«

»Ich bin nicht befangen. Und halte *du* mir keine Moralpredigten!«, erwidert Fernando unerwartet heftig.

»Was willst du damit sagen?«, fragte Jule lauernd.

»Dass du auch keine Heilige bist.«

»Ich glaube, du bringst da ein paar Dinge durcheinander, nämlich Privatleben und Dienst!«, antwortet Jule scharf.

»Das musst du gerade sagen!«, höhnt Fernando zurück.

»Ich wüsste nicht, was dich das angeht!« Jule beugt sich angriffslustig über ihren Schreibtisch und sieht Fernando in die Augen. Der sitzt ihr in gleicher Haltung gegenüber und hält ihrem eisigen Blick tapfer stand, während er erwidert: »Stimmt, es geht mich nichts an, wenn du mit verheirateten Kollegen rummachst. Aber es ist auch nicht hilfreich, mir Befangenheit vorzuwerfen!«

»Ich habe dir gar nichts vorgeworfen.«

»Doch, hast du!«

»Du bist derjenige, der sich in mein Privatleben mischt!«

»Hätte ich geahnt, dass *das* dein Privatleben ist, wäre ich natürlich nie auf die Idee gekommen ...« Fernando bricht den Satz und ebenso das Duell der Blicke ab.

»Was wolltest du überhaupt bei mir?«

»Vergiss es!« Fernando wirft einen Radiergummi über Jules

Kopf hinweg gegen die Wand, von wo er abprallt und neben Jules Kaffeetasse landet.

»Sag, spinnst du?« Jule nimmt den Radiergummi und schleudert ihn wütend gegen die Hannover-96-Fahne, die hinter Fernandos Platz hängt.

»Was ist das hier? Welpenspielstunde?« Beide haben nicht bemerkt, wie Oda Kristensen die Tür geöffnet hat. Nun steht sie grinsend mit verschränkten Armen im Türrahmen. »Was ist los?«

»Nichts«, sagt Fernando.

»Gar nichts«, versichert Jule.

»Wie schön. Also, die Sache mit der Halskette ... Frau Röse, die Maskenbildnerin, hat ausgesagt, Frau Toss habe an dem Abend ihren Anhänger getragen, der an einer schwergliedrigen Silberkette hing. Es war ein recht auffälliges Stück, sie trug es häufig. Frau Röse wird versuchen, uns das Ding aufzuzeichnen.

Jule steht auf. »Fernando, ich fände es gut, wenn du das Ehepaar Hermes für heute Nachmittag hierher bestellst. Oder soll ich es tun?«

»Nein, ich mach das.«

»Ich geh jetzt was essen.«

»Ich komme mit«, sagt Oda.

»Frauengespräche ... das kennt man ja«, brummt Fernando, der mit bockigem Gesichtsausdruck sitzen geblieben ist.

»Was hat er denn?«, will Oda wissen, als sie in der Cafeteria sitzen.

»Keine Ahnung.«

»Ich glaube, er ist in dich verliebt.«

»Das Thema hatten wir doch schon«, winkt Jule müde ab. »Erstens glaube ich das nicht, und zweitens würde es ihm nichts nützen. Er ist einfach nicht erwachsen.« Sie nimmt einen Löffel von ihrem Linseneintopf. Er ist versalzen.

»Stehst du denn mehr auf ältere Männer?«, forscht Oda.

Jule schüttelt den Kopf. »Nein. Aber man muss auch keinen Vaterkomplex haben, um nicht auf Fernando abzufahren.«

»Schön formuliert.« Oda malträtiert ein Stück Käsekuchen mit ihrer Gabel, ohne davon zu essen. Sie seufzt. »Probleme, nichts als Probleme, wohin man schaut.«

»Wieso? Hast du auch welche?«, fragt Jule.

Oda nickt betrübt. »Das kann man wohl sagen. Meine Tochter und ich haben uns in denselben Mann verliebt.«

Jule bleibt vor Staunen der Mund offen stehen. Weniger wegen der Botschaft an sich, sondern weil Oda ohne Umschweife zugibt, sich verliebt zu haben. Oda!

Oda wedelt mit der Kuchengabel vor ihrem Gesicht herum, das heute noch blasser ist als sonst. »Dabei hätte ich es ahnen müssen, ich, die große Psychologin! Mädchen verlieben sich nun mal fast zwangsläufig in ihren Skilehrer, den Reitlehrer und natürlich erst recht in einen gut aussehenden, charismatischen Regisseur. Zumal wenn sie, wie Veronika, vaterlos aufgewachsen sind.«

»Und nun?«, fragt Jule, die bei diesen Worten an ihren früheren Karatetrainer und an einen ihrer Ausbilder an der Polizeischule, einen Mann Mitte vierzig, denken muss. Gleichzeitig schmeichelt es ihr, dass Oda sich ausgerechnet ihr gegenüber ausspricht.

»Ich werde ihn natürlich nie mehr wiedersehen.«

»Aber wieso? Das sind doch bei Veronika nur die üblichen Schwärmereien, nichts Ernstes, das sagst du doch selbst.«

Oda schüttelt den Kopf. »Für sie ist es todernst. Die erste Liebe ist immer todernst. Man vergisst nur mit den Jahren, wie sehr es schmerzt, wenn sie nicht in Erfüllung geht. Aber wenn die eigene Mutter der Grund dafür ist – nein, das wäre fatal. Sie würde mich ein Leben lang dafür hassen.«

»Weiß er das?«

»Ich habe versucht, es ihm zu erklären.«

»Hat er's verstanden?«

»Ich glaube nicht.«

»Schöner Mist. Das tut mir leid für dich, ehrlich.«

»Mir auch«, seufzt Oda.

Jule schiebt den Eintopf von sich und auch Oda legt die Gabel hin. »Ich geh raus, rauchen.«

»Krieg ich auch einen?«

»Einen Zigarillo? Bist du sicher, dass du dir davon nicht in die Hosen machst?«

»Ich riskier's«, antwortet Jule und weiß es zu schätzen, dass Oda nicht weiterfragt.

»Es hat keinen Zweck zu leugnen, Herr Hermes. Sie wurden gesehen, wie Sie in der Nacht von Freitag auf Samstag am Ballhofplatz auf Ihre Schwägerin gewartet haben und mit ihr weggegangen sind.« Hauptkommissar Bodo Völxen fixiert den Mann, der ihm gegenübersitzt und seine Hände knetet. Auf dem Tisch liegt ein Aufnahmegerät. Stefan Hermes wirft einen Hilfe suchenden Seitenblick auf Fernando Rodriguez, der mit unbewegter Miene etwas abseits von Völxen auf einem Stuhl sitzt, bis jetzt stummer Zeuge des Verhörs. Fernando nickt nur, kaum merklich.

»Gut, ich war dort. Aber ich habe ihr nichts getan, das schwöre ich!«

»Ganz langsam«, meint Völxen eine Spur freundlicher. »Sie geben also zu, dass Sie am Ballhofplatz auf Ihre Schwägerin gewartet haben.«

»Ja.«

»Warum?«

»Ich wollte mit ihr reden.«

»Worüber?«

Stefan Hermes versucht, Völxens Blick auszuweichen. Er reibt sich die Augen. Seine Hände sind rissig, die Nägel schmutzig. Eine Streife hat ihn direkt von seiner Arbeitsstelle abgeholt und zu Polizeidirektion gebracht.

»Sie hatte Streit gehabt mit Pia. Ich wollte, dass sie sich bei ihr entschuldigt.«

»Worüber haben die beiden gestritten?«

»Wegen ihrer Mutter. Weil sich Marion überhaupt nicht um sie kümmert.«

»Und deswegen warten Sie mitten in der Nacht auf sie?« Völxens Faust fährt auf die Schreibtischplatte nieder, das DS-

Modell macht einen Hüpfer. »Erzählen Sie mir doch keine Märchen, Herr Hermes. Es ging doch um etwas ganz anderes.«

Stefan Hermes kneift stur die Lippen zusammen.

»Es ging um Marions Sohn Yannick, nicht wahr?«

Man sieht förmlich, wie Stefan Hermes in sich zusammensinkt. Völxen, eben noch polternd, sagt mit sanfter Stimme: »Wenn Sie Ihre Schwägerin nicht umgebracht haben, dann sind Sie ein wichtiger Zeuge. Also bitte ich Sie, mir zu sagen, was an dem Abend vorgefallen ist.«

Es dauert, ehe Stefan Hermes antwortet. Auf seiner Stirn glänzen Schweißperlen. »Also gut. Ich habe auf sie gewartet. Ich wollte mit ihr reden, wegen Yannick. Nachdem sie sich all die Jahre so gut wie gar nicht um ihn gekümmert hat, wollte sie ihn nun wieder zu sich nehmen. Plötzlich waren Pia und ich nicht mehr gut genug für ihn. Sie hat an allem herumgemeckert. An seinen Manieren, an unserer Wohnung, an seiner Schule ... Das hat Pia fix und fertig gemacht. Für Pia ist Yannick ihr Sohn. Sie hat für ihn gesorgt, seit er ein Baby war.«

»Und Yannick weiß, dass seine Tante eigentlich seine Mutter war?«, wirft Völxen ein.

»Nein. Das war dumm von uns. Aber wann hätten wir es ihm sagen sollen?«, ruft Stefan Hermes und ballt die Hände zu Fäusten. »Er hat zu Pia Mama gesagt, hätte sie es ihm verbieten sollen? Ein Kleinkind hätte das nicht verstanden. Und dann, als er älter wurde ... es wurde immer schwieriger. Wann ist der richtige Zeitpunkt, um einem Kind so etwas zu sagen? Und wir dachten ja nicht, dass Marion noch einmal Interesse an ihm zeigt.«

»Wusste Pia, dass Sie an dem Abend mit Marion reden wollten?«

»Ja. Sie sagte mir aber gleich, das würde nichts bringen. Hätte ich nur auf sie gehört.«

»Gut, Sie wollten also mit ihr reden. Warum aber mitten in der Nacht?«

»Pia und Marion hatten sich gestritten, zwei Tage vorher. Sie ging seither nicht mehr ans Telefon, wenn Pia es versucht hat. Oder sie legte gleich auf. Sie hatte uns eine Art Ultimatum gestellt. Nach der Premiere wollte sie es Yannick sagen, wenn wir es bis dahin nicht selbst getan hätten. Aber Pia konnte das nicht, das war mir klar. Außerdem war Pia ...« Er unterbricht sich, schüttelt den Kopf.

»Ja, was war Pia?«

»Sie war eben noch nicht dazu bereit. Das Ganze hat sie fix und fertig gemacht, das können Sie sich ja wohl vorstellen.«

Das kann sich Völxen in der Tat sehr gut vorstellen. Allerdings macht dieses Vorstellungsvermögen sein Gegenüber zu einem akut Verdächtigen.

»Ich wollte Marion wenigstens um etwas mehr Zeit bitten«, erklärt der junge Mann. Die hellgrauen Augen sehen den Kommissar um Verständnis flehend an.

»Sie kam also aus dem Theater. Wie spät war es da?«, setzt dieser die Befragung scheinbar ungerührt fort.

»So kurz vor zwölf. Glaube ich.«

»Wie lange haben Sie auf sie gewartet?«

»Etwa eine Stunde. Ich wollte sie zur Straßenbahn begleiten und mich unterwegs mit ihr unterhalten. Ich wollte sie bitten, dass sie nichts überstürzt, Yannick zuliebe. Aber sie wollte nicht mit mir reden. Sie sagte, sie sei hundemüde und nicht in der Stimmung dazu.« Er lacht bitter und wiederholt: »Nicht in der Stimmung! Es hat Madame überhaupt nicht interessiert, in welcher Stimmung Pia war, seit sie wieder aufgetaucht war.«

»Immerhin war sie Yannicks leibliche Mutter. Ihr musstet doch mal mit so was rechnen«, meldet sich Fernando aus dem Hintergrund zu Wort.

»Mussten wir?«, fragt Stefan Hermes aufgebracht zurück. »All die Jahre hat sie nur ein bisschen Geld und Geburtstagskarten geschickt und sich ab und zu mal an Weihnachten sehen lassen – und selbst das nicht immer, je nachdem, ob der Spielplan das zugelassen hat. Und plötzlich taucht sie auf, meckert an allem herum und will ab sofort die liebende Mama spielen. Jetzt, wo er aus dem Gröbsten raus ist. Wer weiß, wie lange ihr diese Rolle Spaß gemacht hätte.« Die Wut auf seine Schwägerin ist Stefan Hermes auch jetzt noch deutlich anzumerken. »Jahrelang waren wir gut genug für Yannick, er war ihr scheißegal, sie hatte nur ihre Karriere im Kopf, und auf einmal ...« Er hat sich so aufgeregt, dass er husten muss.

»Möchten Sie ein Glas Wasser?«, fragt Völxen.

»Nein, geht schon.«

»Sie wollten also mit ihr sprechen und sie wollte nicht. Was passierte dann?«, kommt Völxen wieder auf den Tatabend zu sprechen.

»Nichts. Ich habe ihr ein paar unfreundliche Dinge gesagt, und dann bin ich gegangen.«

»Wo war das, wo haben Sie sich getrennt?«

»Ziemlich genau vor dem Marstall-Tor. Sie ist dann weiter, am Ufer entlang, und ich bin umgekehrt.«

»Warum? Nach Hause hätten Sie doch dieselbe Richtung gehabt.«

Stefan Hermes schnaubt. »Ich war wütend auf sie. Sie hat gesagt, ich solle verschwinden. Das habe ich getan.«

»Einfach so?«

»Ja.«

»Herr Hermes, Sie verlassen am späten Abend das Haus, warten fast eine Stunde auf die Frau, eine Stunde, während der Sie wahrscheinlich immer wieder von Neuem durchgehen, was Sie ihr sagen wollen, eine Stunde stehen Sie da, es ist kühl, es nieselt, sie kommt und kommt nicht aus dem Theater, und Sie sammeln so richtig Wut an. Und dann ist sie endlich da, und Sie lassen sich mit zwei, drei Sätzen abwimmeln?«

»Ich habe eingesehen, dass es der falsche Zeitpunkt war.«

»Herr Hermes, wir haben an der Kleidung der Toten Faserspuren gefunden. Ich werde einen Hausdurchsuchungsbeschluss erwirken und Ihre Kleidung sicherstellen. Sollten sich Fasern Ihrer Kleidung an der Toten nachweisen lassen, wäre es besser für Sie, wenn Sie jetzt reden«, mahnt Völxen, der dem Mann kein Wort glaubt.

»Es ist so, wie ich es sage. Sie meinte, sie sei hundemüde und hätte in diesem Moment andere Sachen im Kopf und wir könnten am Sonntag miteinander reden. Also bin ich gegangen.«

157

»In welche Richtung?«
»Durchs Steintorviertel.«
»Sind Sie jemandem begegnet, der das bezeugen könnte?«
»Nein. Was weiß denn ich? Vielleicht hat mich wer gesehen, kann sein. Ich habe nicht darauf geachtet. Woher sollte ich wissen, dass das wichtig sein könnte?«
»Wohin sind Sie gegangen?«
»Nach Hause natürlich, in die Dieckbornstraße in Linden-Mitte.«
»Wann waren Sie zu Hause?«
»Kurz nach zwölf.«
»Wo war da Ihre Frau?«
»Die war schon im Bett.«
»Hat sie geschlafen?«
»Ja.«
»In ihrem Bett?«
»Ja.«

Völxen denkt sich seinen Teil, dann sagt er: »Herr Hermes, ich muss Sie vorläufig festnehmen, Sie stehen unter Mordverdacht.«

Stefan Hermes nickt nur und lässt sich von Fernando widerstandslos vor die Tür bringen, wo schon zwei Uniformierte auf ihn warten.

»Der lügt«, sagt Völxen, nachdem der Verdächtige abgeführt worden ist.

»Aber Stefan Hermes ist kein Mörder«, beharrt Fernando trotzig.

»Das mag sein«, räumt Völxen ein. »Der Mann rennt mitten in der Nacht weg, um ein wichtiges Gespräch mit der Schwester seiner Frau führen, und sie wartet nicht fiebernd auf das Ergebnis des Gesprächs, sondern schläft angeblich seelenruhig?«

»Pia arbeitet den ganzen Tag schwer, wahrscheinlich ist sie beim Warten eingeschlafen«, meint Fernando.

»Er hat gesagt, sie lag im Bett, hörst du nicht zu?«, raunzt Völxen gereizt.

Mann, hat der seit Tagen eine Scheißlaune, findet Fernando

und schlägt vor: »Hören wir doch erst mal, was Oda und Jule aus Pia rausgekriegt haben.«

»Nichts«, sagt Oda. »Sie verweigert die Aussage. Wenn ihr mich fragt, die zwei haben ordentlich Dreck am Stecken.«

Oda, Jule und Fernando haben sich in Völxens Büro zusammengerottet. Frau Cebulla trägt ein Tablett mit Kaffee und Keksen herein. Für Sekunden ist das Kreischen ihrer Birkenstocks das einzige Geräusch im Zimmer.

Schließlich fasst Völxen zusammen: »Fakt ist: Die beiden haben ein starkes Motiv, das stärkste von allen. Er lügt, sie schweigt. Ich werde mich um einen Durchsuchungsbeschluss bemühen. Vielleicht wird Pia dann doch noch gesprächig. Außerdem müssen die Nachbarn befragt werden, vielleicht hat jemand in der Nacht Stefan Hermes kommen oder gehen sehen – oder seine Frau«, fügt Völxen hinzu. »Das können Oda und Jule übernehmen.«

Jule bemerkt, dass Völxen sie zum ersten Mal beim Vornamen genannt hat, wenn auch indirekt. Das freut sie, es gibt ihr das Gefühl, dazuzugehören.

»Fernando, du versuchst diesen Obdachlosen nochmals aufzutreiben, wie hieß er noch gleich?«

»Eugen Spieker«, sagt Fernando und murmelt: »Eugen Stinker wäre passender.«

»Schaff ihn hierher für eine Gegenüberstellung.«

»Aber Stefan Hermes hat doch schon zugegeben, dass er sie abgeholt hat.«

»Wenn der erst mit einem Anwalt geredet hat, dann kann er sich plötzlich an nichts mehr erinnern und widerruft seine Aussage. Wäre nicht das erste Mal, oder?«

Es klopft. Für einen irren Moment denkt Jule: *Er* kommt herein. Aber es ist das kahle Haupt von Richard Nowotny, das sich durch den Türspalt schiebt. »Ich habe die Telefondaten vom Festnetzanschluss des Opfers.«

»Und? Was Interessantes?«

»Die letzten Anrufe stammen von diesem Althoff und vom

Anschluss der Familie Hermes, drei Anrufe diesen Monat vom Anschluss von Roland Friesen und zwei von einem Handy, das Pia Hermes gehört.«

»Und? Noch was?«, fragt Völxen.

»Allerdings. Eben wurde Roland Friesen gefasst. Im Regionalexpress nach Bremen. Die Kollegen karren ihn her und bringen ihn rüber.« Nowotny zeigt auf den Gefängnisbau gegenüber.

»Glück gehabt«, knurrt Völxen in Odas Richtung.

Oda kneift die Augen zusammen, reibt sich die Hände und sagt: »Völxen, lass ihn mir! Wegen dem Arschloch musste ich Hundescheiße von meinen nagelneuen Pumps kratzen!«

Vor Odas Büro wartet bereits Frau Röse, die Maskenbildnerin.

»Frau Röse, das ist Kommissarin Wedekin, sie arbeitet auch an diesem Fall.« Oda macht Jule ein Zeichen, dass auch sie mitkommen soll.

»Ich habe die Zeichnung von dem Anhänger gemacht, um die sie mich gebeten haben.« Gudrun Röse streckt Oda ein Blatt Papier in einer Plastikhülle hin.

Auch Jule betrachtet über Odas Schulter die Bleistiftzeichnung. »Ist das Silber?«

»Silber oder Platin, da bin ich kein Experte.«

Das Edelmetall des Schmuckstücks ist zu einer Schnecke gebogen, deren Durchmesser etwa vier Zentimeter beträgt. In den Zwischenräumen sitzen vier kleine Steine, die Frau Röse mit rotem Buntstift eingezeichnet hat.

»Ist das in etwa die Originalgröße?«, fragt Jule.

»Ja, das dürfte hinkommen. Und die Steine waren leuchtend rot. Ich weiß nicht, ob sie echt waren, und es können auch fünf gewesen sein.«

»Sehr schön«, sagt Oda. »Ich danke Ihnen.«

»Das war kein großes Kunstwerk«, wehrt Frau Röse verlegen ab.

»Woran hing der Anhänger?«, fragt Oda.

»An einer silbernen Kette mit recht groben Gliedern. Was Dünnes hätte da ja nicht gepasst.«

»Hat Frau Toss mal gesagt, woher sie dieses Schmuckstück hat?«

»Mir jedenfalls nicht. Aber sie hat ja nie was von sich erzählt.«

Oda begleitet die Frau bis zur Tür und Jule meint: »Ich zieh mir mal rasch eine Kopie von der Zeichnung. Mir ist da was eingefallen.«

Mit weit ausgreifenden Schritten eilt Jule in Richtung City. Die Idee zu ihrem Vorhaben ist ihr schon gestern gekommen, als sie mit Leonard Uhde Trauringe betrachtet hat – eine in ihren Augen völlig überflüssige Aktion, die Uhde wohl nur dazu benutzt hat, mit ihr in körperlichen Kontakt zu treten. Offensichtlich hat der Mann Spaß an Komödien. Er hätte wenigstens mal anrufen können. Aber wahrscheinlich hat er glasklar erkannt, dass die Chance auf ein schnelles Abenteuer unwiederbringlich verloren ist, und nun jegliches Interesse an ihr verloren. Typisch! Eigentlich müsste ich Fernando dankbar sein, dem Bewahrer meiner Tugend, überlegt Jule, während sie den Juwelierladen betritt. Sie hat Glück, Klaus Brätsch ist allein im Laden. Auch heute trägt er Anzug und Krawatte. »Ah, Sie haben sich entschieden?«, fragt er und strahlt sie freundlich an.

»Nun, noch nicht ganz«, dämpft Jule seinen Optimismus. »Mein Verlobter schwankt zwischen Weißgold und Platin, und ich bin noch unentschlossen, ob ich ihn heirate oder doch lieber seinen Vater.«

Der Mann hinter dem Tresen stutzt, dann zieht er lächelnd die Augenbrauen nach oben. »Sie machen Scherze, junge Dame. Über ein so ernstes Thema …« Er schüttelt milde tadelnd den Kopf.

»Stimmt«, räumt Jule, ebenfalls charmant lächelnd, ein. »Ich habe ein anderes Anliegen: Ich würde dieses Schmuckstück hier gerne verkaufen.« Jule reicht dem Juwelier eine Brosche mit einem Bernstein, der von silbernen Schnörkeln umrahmt ist. »Es ist ein Erbstück, aber es ist mir zu altmodisch.« Der erste wahre Satz, den sie hier erzählt!

Brätsch nimmt eine Lupe aus einer Schublade und betrachtet das Stück. »Es ist schön, aber ich fürchte, ich habe keine Verwendung dafür. Ich kaufe prinzipiell keinen Schmuck an, man bekommt nur Ärger damit.«

»Ärger? Wieso?«, fragt Jule naiv.

»Man weiß nie, woher er kommt. Stichwort: Hehlerware.«

»Verdächtigen Sie etwa mich ...«, entrüstet sich Jule.

»Nein, nein, um Himmels willen. Sie doch nicht«, sagt Brätsch und lächelt ihr zu. »Warum gehen Sie damit nicht ins Leihhaus?«

»Ins Leihhaus?«, fragt Jule und reißt ihre Augen weit auf.

»Ja, gleich um die Ecke, in der Schmiedestraße.«

»Ich weiß nicht ... Leihhaus, das klingt so anrüchig«, ziert sich Jule.

»Nein, daran ist wirklich nichts Anrüchiges, das kann ich Ihnen versichern. Wenn Sie möchten, kann ich Ihnen aber auch ein paar Kollegen nennen, die für einen Ankauf eventuell in Frage kämen.«

Jule strahlt. »Das wäre sehr freundlich, vielen Dank. Wären Sie so nett, mir die Namen und Adressen aufzuschreiben?«

Gerne kommt Klaus Brätsch dieser Bitte nach, nicht ahnend, dass seine Notizen beim LKA landen werden, zum Schriftvergleich mit der Mitteilung: *Liebste Marion – entschuldige, ich kann mich nicht an deinen neuen Namen gewöhnen –, wir müssen uns sehen, tu nichts Unüberlegtes, bitte!*, die Jule gestern zwischen Marlas Sachen gefunden hat.

»Darf ich mich noch ein wenig umsehen?«, fragt Jule und betrachtet eingehend die Glasvitrinen im Laden, aber keines der ausgestellten Schmuckstücke ähnelt der Zeichnung von Frau Röse. Wäre ja auch zu schön gewesen, denkt Jule und verabschiedet sich bald danach von Klaus Brätsch, der ihr höflich die Ladentüre aufhält.

Bodo Völxen kettet sein Fahrrad los, während sich die S-Bahn sirrend in Bewegung setzt. Langsamer als sonst tritt der Kommissar das letzte Stück seines Heimwegs an, den schnurgeraden, holprigen Radweg neben der Landstraße, der zu seinem Dorf führt. Es ist niemand zu Hause. Das Treffen mit dem geheimnisvollen *M.* scheint also planmäßig stattzufinden, just in diesem Augenblick. Grässliche Bilder drängen sich ihm auf. Entgegen seiner Gewohnheit versucht Völxen, diese mit einem Schnaps zu vertreiben, was gründlich misslingt. Wenn wenigsten Wanda hier wäre. Aber auch die entgleitet ihm immer mehr, seit sie in diesem Bio-Bauernlümmel den Mann fürs Leben gefunden zu haben glaubt. Man kann nur hoffen, dass das rasch zu Ende geht, ehe sie sich wegen dieses Kerls noch ihre Zukunft verbaut.

Er setzt sich an den Küchentisch und starrt die Möbel an. An manchen Tagen ist Völxen ganz froh darüber, wenn er nach Hause kommt und dort noch niemanden antrifft. Dann kann er ungestört die Zeitung lesen, die Schafe mit Zwieback füttern oder sich einfach nur ein Bier eingießen und auf der Veranda die ländliche Ruhe genießen – vorausgesetzt, dass in der Nachbarschaft gerade mal keine Rasentraktoren oder Motorsägen laufen. Aber heute fühlt sich die Stille im Haus ganz anders an. Leer, kalt. Ein Gefühl des Verlassenseins überkommt ihn, gegen das er vergeblich ankämpft. Er schlendert durch den Garten bis zum Zaun der Schafweide. Aber selbst die Tiere nehmen heute kaum Notiz von ihm. Träge liegen sie unter dem Apfelbaum und heben kaum den Kopf, als er sich nähert. Ob ihnen langweilig ist, ohne Amadeus?

Um sich abzulenken, denkt Völxen bei einem Fläschchen Herri auf der Veranda sitzend über den Fall Toss nach. Immerhin sind sie heute schon ein gutes Stück weitergekommen. Doch so richtig kann er sich darüber nicht freuen. Es gibt Täter, die Völxen mit grimmiger Genugtuung aus dem Verkehr zieht, und es gibt Täter, auf deren Überführung er gerne verzichten würde. Stefan Hermes gehört eindeutig zu Letzteren. Es würde Völxen in der Seele wehtun, die kleine Familie Hermes zerstört zu wissen. Aber Stefan Hermes ist leider höchst verdächtig, auch wenn Völxen ihn nicht für einen kaltblütigen Mörder hält. Doch ein Totschlag im Affekt käme durchaus infrage. Allerdings ist der Fall noch nicht abgeschlossen, ermahnt sich der Kommissar. Das

LKA ist mit der Auswertung der Spuren am Tatort und in der Wohnung des Opfers erst am Anfang, es kann noch Überraschungen geben. Und es gibt weitere Verdächtige: Frau Althoff, die Gattin des Dramaturgen, ist nach wie vor im Rennen und das Alibi der Schauspielerin Janne Wolbert ist recht dünn. Und da gibt es Roland Friesen, der sich der Befragung auf so spektakuläre Weise entzogen hat. Was nichts mit dem Mord zu tun haben muss, sagt sich Völxen. Leute wie Friesen haben meist viele Gründe, der Polizei aus dem Weg zu gehen. Friesen ist gegen siebzehn Uhr in der Direktion abgeliefert worden, und zwar sternhagelvoll.

»Den führen wir erst mal dem Polizeiarzt vor«, hat Völxen entschieden. Dieser meinte, es bestünde keine Gefahr, man müsse einfach nur abwarten, bis der Herr seinen Rausch ausgeschlafen habe, was bei einem Blutalkohol von 2,9 Promille allerdings ein Weilchen dauern könne. Also werden Roland Friesen und Stefan Hermes die kommende Nacht im selben Gebäude verbringen.

Die Uhr am Kirchturm schlägt zur vollen Stunde. Acht Uhr. Seit einer halben Stunde ... Völxen hält es nicht länger aus. Er knallt die Bierflasche auf den Tisch und springt auf. Er hat einen konkreten Verdacht und er wird keine Ruhe finden, ehe sich dieser nicht bestätigen oder – was er doch inständig hofft – als Irrtum herausstellen sollte. Er schwingt sich erneut auf sein Fahrrad und fährt in Richtung Dorfkern. Pfarrer Jäckel wohnt, wie es sich gehört, in dem putzigen kleinen Pfarrhaus hinter der Kirche. Es gibt keine Parkplätze für Kirchenbesucher, man stellt die Autos entlang der Dorfstraße ab. Aber Sabines Auto steht nicht dort. Bodo Völxen, was hat dein krankes Kriminalistenhirn da nur für einen lächerlichen Blödsinn ausgebrütet? Es sei denn ... Er steigt ab und schiebt das Rad den gepflasterten Weg um die Kirche herum. Es trifft ihn wie ein Messerstich mitten ins Herz. Fast verdeckt von einem überhängenden Holunderstrauch, steht da Sabines roter Polo, mit der Beifahrerseite eng an die Kirchenmauer geschmiegt. Schon die Art, wie der Wagen geparkt ist, lässt darauf schließen, dass hier etwas Heimliches im Gange ist. Völxen fühlt sich, als würde ihm der Boden unter den

Füßen weggezogen. Alles, woran er bisher geglaubt hat, wird mit einem Schlag infrage gestellt. Es ist das Ende seines ruhigen, im Großen und Ganzen zufriedenen Lebens. Und es kommt noch schlimmer: Die Fenster dieses lächerlich schnuckeligen Backsteinhäuschens mit den grünen Fensterläden sind gekippt, aus dem Haus tönt Musik. Ein Stück, das er nur zu gut kennt, das Stück, bei dem Sabine und er zum ersten Mal ... Völxen merkt auf einmal, dass er aufgehört hat zu atmen. Er ringt nach Luft, sein Puls rast. Als könnte er der Wahrheit entfliehen, reißt er das Fahrrad herum, steigt auf und tritt wild in die Pedale. Wie zum Hohn klingt es hinter ihm her:

> *Nights in white satin never reaching the end*
> *letters I've written never meaning to send*
> *beauty I'd always missed with these eyes before*
> *just what the truth is I can't say anymore*
> *'cause I love you yes I love you oh how I love you ...*

»Wo ist Papa?«

Pia, die den Blick starr auf den Fernseher gerichtet hat, ohne dass auch nur eine Szene von der romantischen Komödie zu ihr durchdringen würde, zuckt zusammen. »Yannick, du sollst doch schlafen, es ist schon gleich zehn. Morgen ist Schule.«

»Ja, aber wo ist Papa?«, beharrt der Junge.

»Der Papa muss heute länger arbeiten«, schwindelt Pia.

»Ich hab Durst.«

Pia geht mit ihm in die Küche und gießt ihm ein Glas Wasser ein.

»Ich will 'ne Cola.«

»Gibt's nicht. Dann kannst du nicht schlafen, und außerdem ist das schlecht für die Zähne. Du hast sie doch geputzt, oder?«

Yannick nickt, trinkt einen Schluck Wasser, schneidet eine Grimasse.

»Nimm das Glas mit.« Pia begleitet Yannick in sein Zimmer. Die Luft ist stickig, sie macht das Fenster weit auf. Es ist eine warme Sommernacht. Von draußen dringt das leise Brausen und Surren der nächtlichen Stadt herein. Irgendwo lachen Menschen, ein Hund bellt, etwas scheppert.

»Nicht auf die Burg treten!«, mahnt Yannick. Es herrscht ein Durcheinander von Spiel- und Schulsachen, doch Pia hatte heute nicht die Energie, auf der abendlichen Aufräumaktion zu bestehen. Sie wird morgen früh seinen Schulranzen kontrollieren, damit er auch nichts vergisst. Dabei muss sie an ihre Schwester denken. Keine Ahnung hatte die, was Yannick braucht, was er mag, was er isst, womit er gerne spielt, wovor er Angst hat. Wie einfach sie sich das vorgestellt hat, mal eben die Mutter auszutauschen. Nein, sie hätte es nie zugelassen, dass Marion ihr Yannick wegnimmt. Aber jetzt ist ja alles gut. Nein, nicht alles. Aber doch das Wichtigste: *Sie ist tot.* Sie ist tot, weg für immer. Die Endgültigkeit des Todes ist für Pia eine große Beruhigung. Nie mehr wird ihre Schwester sie quälen können. Nie mehr. Während der vergangenen Tage musste sie sich beherrschen, damit sie nicht allzu gut gelaunt wirkte. In manchen Augenblicken überkam sie die Furcht, dies alles könnte sich als schöner Traum erweisen. Aber es ist kein Traum, diese Gewissheit sickert langsam durch sie hindurch und erfüllt sie mit Kraft. Sie ist tot, sagt sie sich immer wieder, und am liebsten würde sie den Satz vor Freude hinausschreien. Sie ist tot, sie kann mir Yannick nicht mehr nehmen! Pia und Yannick, Yannick und Pia, Mutter und Sohn. Das ist eine Einheit, die niemand mehr zerstören wird.

Sie schüttelt das Kissen auf und Yannick schlüpft unter die Decke. Sie setzt den kleinen Affen neben das Kopfkissen und zieht die Vorhänge zu. »Krieg ich noch ein Küsschen?«

»Wenn's sein muss …«, stöhnt Yannick, und seine dünnen Arme legen sich um ihre Schultern, als er ihr einen saftigen Kuss auf die Wange drückt. Seine Körpersprache straft sein burschikoses Verhalten Lügen, für ein paar Sekunden presst er seinen kleinen, warmen Körper an den ihren, ehe er auf sein Kissen zurückplumpst. »Nacht, Mama.«

»Gute Nacht, mein Schatz«, sagt Pia und strebt im Halbdunkel zur Tür. Ihr Bein verfängt sich, sie hebt das Hindernis auf. »Was ist denn das?«

»Eine Stirnlampe! Hast du sie jetzt kaputt gemacht?«

Pia drückt den kleinen Schalter oberhalb der Leuchte. Sie funktioniert noch. »Woher hast du die?«

»Von Tante Marion.«

»Und wozu braucht man so was?«

»Das ist wie eine Taschenlampe, nur dass man die auf den Kopf setzt.«

Das beantwortet zwar nicht Pias Frage, aber sie lässt es dabei bewenden. Wahrscheinlich weiß er selbst nicht genau, wozu er das Ding braucht. Kleine Jungs haben nun mal was übrig für solche Sachen. Wer weiß, in welchen Löchern und Ecken er mit dieser Lampe auf dem Kopf herumkriecht. Sie muss sich wieder mehr darum kümmern, was Yannick so treibt, wenn er stundenlang mit diesem Marco unterwegs ist. Nicht, dass dieser Bengel ihren Yannick noch in Gefahr bringt oder in schlechte Gesellschaft. Sie ist schon an der Tür, als Yannick sagt: »Du hast gelogen. Sie haben Papa im Polizeiwagen mitgenommen, ich hab's gesehen. Haben die ihn eingesperrt?«

»Aber nein«, ruft Pia erschrocken. »Die wollten ihn bloß was fragen. Und damit er nicht zu Fuß hingehen muss, haben sie ihn halt abgeholt.«

»Was wollen die ihn fragen?«

»Das weiß ich nicht. Aber er wird es dir sicher erzählen.«

»Wegen Tante Marion?«

»Ja, wahrscheinlich wegen Tante Marion.«

»Ich find's scheiße, dass die tot ist.«

»Ja, ich auch. Aber es ist leider nicht zu ändern. Und Scheiße sagt man nicht. Jetzt schlaf gut.«

»Meinst du, Fernando kriegt den Mörder?«

»Vielleicht.«

Oda sitzt mit einer Decke um die Schultern, einem Weinglas in der einen Hand und einem Zigarillo in der andern im Garten und lauscht dem Konzert der Grillen. Es ist ruhig auf dem ehemaligen Gutshof, der in vier Maisonette-Wohnungen aufgeteilt worden ist. Ihre Nachbarn sind in Urlaub und das Paar von ganz vorne ist offenbar nicht zu Hause. Auch Veronika ist nicht da, sie wollte mit ihrer Freundin ins Kino. Das friedliche Ende eines beschissenen Tages, denkt Oda und gönnt sich eine Prise Selbstmitleid. Die Krönung war am Ende noch dieser Friesen, der völlig zugedröhnt angeliefert wurde. Hoffentlich ist er bis morgen wieder vernehmungsfähig. Oda leert ihr Glas und füllt es wieder auf. Sie verachtet sich selbst dafür, dass neben den Rillos und dem Sangiovese das Mobilteil des Telefons und ihr Handy auf dem Tisch liegen. Aber dennoch schmerzt es sie ein bisschen, dass Daniel nach dem Gespräch von heute Morgen so kampflos aufgegeben hat. Zumindest mit einem Versuch seinerseits, sie umzustimmen, hätte sie schon gerechnet. Aber wahrscheinlich war sie für ihn nur eine unter vielen. Nur weil sie dachte, er sei etwas Besonderes, muss er ja umgekehrt nicht genauso empfunden haben. Er ist attraktiv und an Gelegenheiten besteht in seinem Beruf gewiss kein Mangel. Wozu einer alten Hippe hinterherlaufen, bei der es zu unerwarteten Verwicklungen und Komplikationen gekommen ist? Da versucht man es doch lieber gleich bei der Nächsten. Ein leiser Schrecken ergreift Oda, als sie sich vergegenwärtigt, dass das durchaus ihre Tochter sein könnte. Ob Vero heute wirklich mit ihrer Freundin im Kino ist? Am Ende wird es heißen, ich hätte ihn erst auf den Gedanken gebracht, denn soviel Oda aus dem Gespräch von heute Morgen heraushören konnte, war Daniel bis dahin nicht bewusst, dass Veronika in ihn verliebt sein könnte.

»Alle Mädchen schwärmen für mich, das bringt der Beruf so mit sich«, hat er lachend geantwortet und behauptet, da stünde er nun wirklich drüber.

»Es ist mehr als eine Schwärmerei, sie hat praktisch ihr Leben geändert«, hat Oda geantwortet und auf einmal ist Oda gar nicht mehr so überzeugt davon, dass Daniel wirklich »drübersteht«. Seit Veronika die Sicherheitsnadeln aus Ohren und Brauen entfernt hat und auch sonst nicht mehr herumläuft wie der Tod auf Stelzen ist aus dem mürrisch-muffigen Grufti nicht nur ein umgängliches, sondern auch ein verdammt hübsches Mädchen geworden. Ein Mädchen, das es darauf anlegt, einen älteren

Mann zu verführen und dafür auch noch Ratschläge von ihrer Mutter bekommen hat. Bravo Oda, das hast du ja wieder mal toll hingekriegt!

Ein Schwarm Glühwürmchen tanzt in der Luft. Oda greift zur Weinflasche und schenkt sich noch mal ein. Mist, die ist ja schon fast leer. Ein selbstironisches Grinsen stiehlt sich auf ihr Gesicht. Contenance, Oda! Dass du zur Säuferin wirst, das ist er nicht wert. Das ist keiner wert. Es wäre ja ohnehin nichts geworden, mit jüngeren Männern hat das doch noch nie geklappt. Mit älteren oder gleichaltrigen aber auch nicht. Ach, es klappt überhaupt nicht mit den Männern, realisiert Oda, und hätte sie Interesse an Frauen, würde es auch mit denen nicht funktionieren. Ich bin nicht geschaffen für Zweierbeziehungen, ich werde hier, zwischen Fachwerk und Rosen, vor mich hin welken und einsam sterben. Und je eher ich mich damit abfinde, desto besser.

Vor zwei Wochen ist Oda vierzig geworden, und obwohl sie stets vor aller Welt das Gegenteil behauptet, hat es ihr doch mehr zugesetzt, als sie gedacht hat. Sie hat nicht gefeiert, sie ist mit Veronika zu ihrem Vater in das Dorf bei Montélimar gefahren und hat den Tag und das anschließende Wochenende mit ihm und den Nachbarn verbracht. Das Handy hatte sie abgeschaltet, sie hatte genug von tröstenden Worten der Art: ›Vierzig ist doch kein Alter, sieh dir Madonna an, die ist fünfzig und hüpft in Strapsen auf der Bühne rum. Oder erst Tina Turner ...‹ Wer hatte diesen Vergleich gleich noch mal gebracht – Jule? Nein, Jule Wedekin würde so etwas nicht sagen, ihr hat man im großbürgerlichen Elternhaus Taktgefühl beigebracht. Es war natürlich Fernando, wer sonst? Völxen war der Einzige, der dazu geschwiegen hat, vermutlich weil er weiß, wie ihr zumute ist, er wird ja bald fünfzig. Fünfzig ist für Männer wie vierzig für Frauen, findet Oda.

Ein Schlüssel dreht sich im Schloss der Haustüre, die kurz darauf zuknallt, dass die Wände nur so zittern. Schritte trampeln die Stufen zur Galerie hinauf, eine Zimmertür schlägt zu. Da ist irgendetwas nicht so gelaufen, wie erhofft, kombiniert Oda und ertappt sich bei einem kleinen, gemeinen Lächeln.

Jule hat sich bis Ladenschluss in der Stadt herumgetrieben, ohne etwas zu kaufen. Sie könnte im Nachhinein nicht einmal mehr sagen, was sie sich angesehen hat. Als die Geruchswolke eines Döners an ihr vorbeizog, hat sie plötzlich rasenden Heißhunger verspürt und kurz darauf einen Döner mit Salat verschlungen. Die erste vernünftige Mahlzeit seit Tagen, soweit man dabei von vernünftigem Essen sprechen möchte. Nun ist ihr ein klein wenig übel, und der Weg nach Hause in die List erscheint ihr viel zu kurz. Langsam, als hätte sie kein Ziel, schlendert sie durch den Hauptbahnhof zum Raschplatz. Vor dem Eingang einer Disko stehen Jugendliche Schlange. Wahrscheinlich wird dort wieder eine schlecht getarnte Variante des Flatrate-Saufens angeboten, vermutet Jule. Während ihrer Zeit als Streifenpolizistin im Revier Mitte hat sie aus diesem Laden jede Menge sturzbetrunkener Jugendlicher herausgezogen. Vier Mädchen stehen abseits der Schlange und lassen eine Fantaflasche herumgehen, in der garantiert nur wenig Fanta ist. Vorglühen nennen sie das, fällt Jule ein. Zu meiner Zeit haben wir das nicht gemacht. ›Zu meiner Zeit‹, lieber Himmel, wie sich das anhört, ich werde alt! Über das Komasaufen speziell an diesem Ort der Stadt wurde in letzter Zeit öfter in der Zeitung berichtet, angeblich zeigen ihre Ex-Kollegen seither verstärkt Präsenz. Aber im Augenblick ist keiner von ihnen zu sehen.

Ich könnte ja gegenüber in die Osho-Disko gehen, in die Baggi, wie sie noch immer genannt wird, überlegt Jule. Dort ist mittwochs Ü-30-Party, ein Alter, dem sich Jule ja nun langsam, aber sicher nähert. Ein Glück, denn allmählich hat sie genug davon, immer und überall das Küken zu sein. Aber heute ist Dienstag, und wenn Mittwoch wäre, dann würde sie dort womöglich auf Fernando treffen, bei dem Versuch, bei einer Krankenschwester zu landen. Nein, danke, sagt sich Jule und geht lieber weiter. Am liebsten würde sie die halbe Nacht durch die Stadt laufen, so sehr fürchtet sie heute die Rückkehr in ihre Wohnung. Seit sie im Frühjahr von zu Hause ausgezogen ist, hat sie es stets genossen, alleine zu wohnen. Aber heute graut ihr vor der Leere, die sie erwartet. Sie kann nicht genau sagen, weshalb.

Schließlich lauern in den quasi jungfräulichen Räumen ja keinerlei Erinnerungen an heiße Liebesnächte, und schon gar nicht mit Leonard Uhde, der sie wohl schon längst im Stapel *Verpasste Gelegenheiten* ad acta gelegt hat. Nachdem sie den ganzen Tag auf einen Anruf oder wenigstens eine E-Mail von ihm gewartet hatte, hat sie nach Dienstschluss in einem Akt der Selbstbefreiung ihr Handy ausgeschaltet. Zum ersten Mal, seit sie bei der Kripo arbeitet. Sollte an diesem Abend noch ein spektakuläres Verbrechen in der Stadt oder im Umland geschehen – dann eben ohne sie.

Auf der Lister Meile, gerade als Jule in die Seitenstraße, in der ihr Haus liegt, einbiegen will, wird sie von einer fischköpfigen Dame in Begleitung eines kleineren, grauhaarigen Herrn mit den Worten begrüßt: »Da sind Sie ja endlich, Frau Wedekin. Vor Ihrer Tür sitzt schon wieder ein Mann!«

»Danke, Frau Pühringer, ich weiß«, behauptet Jule und lässt den Hausdrachen, der offenbar gerade zu einem Vortrag zum Thema »Männer in Hausfluren« anheben will, »einen schönen Abend noch zusammen« wünschend stehen. Frau Pühringers Begleiter – Jule kennt seinen Namen nicht, aber hätte ihn neulich einmal beinahe »Herr Hirsch« genannt – hat nichts gesagt. Er sagt selten etwas, von seiner gelegentlichen Anwesenheit in Frau Pühringers Schlafzimmer zeugen jedoch regelmäßig Geräusche, die das ganze Haus erzittern lassen, weshalb man ihn in der Nachbarschaft nur »den Hirsch« nennt. Das kann ja heute wieder ein romantischer Abend werden, befürchtet Jule, während die beiden um die Ecke biegen. Und was will wohl Fernando schon wieder? Wenn es so weitergeht mit dem, dann kann sie ihm gleich einen Schlüssel geben, damit sie wenigstens nicht ins Gerede kommt. Immerhin kommt sie heute alleine nach Hause, da kann er sich nicht wieder über ihre lockere Moral beschweren.

Aber der Mann, der auf den Treppenstufen vor Jules Tür sitzt, ist nicht Fernando, sondern Leonard Uhde, der sich langsam erhebt und sie mit den Worten begrüßt: »Wo treibst du dich so lange herum?«

Was geht ihn das an, denkt Jule und fragt: »Warum sitzt du vor meiner Tür?«

»Ich habe keinen Schlüssel.«

Das verschlägt Jule für den Moment die Sprache. Sie schließt die Wohnungstür auf. Sie sollte ihn fragen, warum er sie nicht angerufen hat, wieso er davon ausgeht, dass er hier heute Abend willkommen ist, aber sie will sich nicht anhören wie eine keifende Ehefrau. Und überhaupt – ist das nicht im Grunde völlig egal? Er ist da, er hat auf sie gewartet, den halben Abend, sie hat auf ihn gewartet, den ganzen Tag ... Jule geht in die Küche, macht Licht, öffnet den Kühlschrank und greift nach einer Flasche Chardonnay, die seit Wochen im Türfach steht. Er ist ihr gefolgt und nimmt die Flasche und den Korkenzieher entgegen. Jule nimmt zwei Gläser aus dem Schrank, er gießt ein, sie trinken. Dann stellt Jule ihr Glas weg, verschränkt die Arme vor dem Körper, als wolle sie sich vor seinen Blicken schützen. »Warum bist du gekommen?«

»Weil ich dich sehen will.«

»Hältst du das für eine gute Idee?«

Er stellt sein Glas ebenfalls hin, sieht sie an mit seinen Saphiraugen und sagt: »Wenn ich gehen soll, dann sag es. Jetzt.«

Aber Jule bringt kein Wort über die Lippen. Ihre Arme fallen herab, sie schließt die Augen und spürt die Nähe seines Körpers, noch ehe er sie berührt hat.

Mittwoch, 27. August

Mühsam befreit sich Bodo Völxen aus einem wirren Traumgeflecht. Als er endlich wach ist, empfindet er zunächst Erleichterung darüber, dann überkommt ihn ein Gefühl der Leere, ehe ihn Sekunden später das ganze Elend seiner Existenz erfasst, eine Schockwelle, die vom Kopf bis zu den Zehen durch seinen Körper fährt. Sabine. Sabine und *M.*! Dieser scheinheilige Pfaffe! Da liegt sie nun und schläft, als wäre nichts geschehen. Er erkennt im Halbdunkel die perfekte Rundung ihrer Schulter, den zarten Hals, das flachsfarbene Haar. Völxen erträgt den Anblick der Schlafenden nicht länger, außerdem tut ihm das Kreuz weh. Er steht auf. Ohne darüber nachzudenken, führt ihn, angetan mit Gummistiefeln und Bademantel, sein Weg hinaus zu seinen Schafen. Auf dem Weg dorthin verzichtet er darauf, an den Holzschuppen zu pinkeln, irgendwie ist ihm nicht danach. Der Morgen ist feucht und frisch. Im Osten, hinter dem Kirchturm, beginnt der Himmel zu glühen, Nebel schwebt über dem Gras, er kann den nahenden Herbst riechen – zumindest in seiner Einbildung. Die vier Schafe sind helle Gespenster im Dämmerlicht. Völxen legt die Unterarme auf die rauen Bretter des Zauns und beobachtet, wie sich der Tag heranschleicht. Er ist gestern früh zu Bett gegangen, um ihr nicht zu begegnen, denn er hätte sich sonst bestimmt durch seine Miene verraten. Er fürchtet sich vor einer Aussprache. Man weiß nie, was bei solchen Unterredungen am Ende herauskommt, manche Dinge bleiben besser ungesagt. Vielleicht, wenn ich mich in nächster Zeit etwas besser benehme, vielleicht nimmt es dann von selbst ein Ende. Es kann ja wohl nur ein Strohfeuer sein. Immerhin ist der Mann gut zehn Jahre jünger als Sabine! Ja, im Moment hilft nur eines: Einen kühlen Kopf bewahren, nichts überstürzen. Das sagt er sich immer wieder, aber es ist nicht einfach, wenn Zorn und Zweifel an einem nagen. Nein, von Coolness kann keine Rede sein, seine Gedanken gleichen eher einem Stacheldrahtverhau.

Mit dem ersten Sonnenstrahl, der über den Süllberg kriecht, geht er ins Haus zurück. Er kocht Kaffee und stellt neben die Tasse eine Rose aus dem Garten in einem Wasserglas. Eine Vase kann er auf die Schnelle nicht finden, wann braucht er schon mal eine Vase? Jetzt muss er sich aber wirklich beeilen, es ist schon nach sieben und er ist noch nicht einmal gewaschen und rasiert.

Sabine, noch schlaftrunken, schaut zuerst ihn und dann das Tablett auf ihrem Nachttisch erstaunt an, dann aber lächelt sie so freudig überrascht, dass Völxen hin und her gerissen ist zwischen Rührung und Zorn. Wie, zum Teufel, kann sie nur so unschuldig lächeln?

Sabine setzt sich hin, legt die Hände um die Kaffeetasse, schnüffelt an der Rose. Dann sieht sie ihren Gatten prüfend an und fragt: »Was ist los, Bodo? Hast du irgendwas angestellt?«

Das erste Licht des Tages mogelt sich durch die Ritzen der Jalousien, als Jule von einem Geräusch erwacht. Ein Rauschen, ein Platschen. Ihre Dusche. Sie streckt die Hand aus, das Laken ist noch warm, das Kissen trägt seinen Geruch. Ein Lächeln verklärt ihr Gesicht, aber schon stürzen Gedanken so schwer wie Felsbrocken auf sie ein: Wie soll das weitergehen? Was hast du da nur angerichtet, Jule Wedekin?

Das Rauschen verebbt, die Badezimmertür geht auf, rasch schließt Jule die Augen. Sie möchte seine kühle, saubere Haut berühren, aber er kommt gar nicht ins Schlafzimmer, sie hört ihn in der Küche rumoren. Das Display des Radioweckers zeigt Viertel nach sechs. Ein Frühaufsteher, auch das noch. Kaffeeduft zieht kurze Zeit später durch den Türspalt, sie ist mit einem Mal hellwach. Mit einem Becher Kaffee in der Hand und einer Tüte Milch in der anderen kommt er zurück. Er hat nur ein Handtuch um die Hüften, sein Haar hängt ihm in feuchten Strähnen über die Ohren. Sie richtet sich lächelnd auf und zieht dabei die

Bettdecke hoch bis zum Kinn. Kleidungsstücke liegen im ganzen Zimmer verteilt herum und bilden obszöne Häufchen.

»Kaffee, die Dame?«

»Gerne! Ich kann mich nicht erinnern, dass mir jemand je den Kaffee ans Bett gebracht hätte.«

»Warst du nur mit Büffeln zusammen? Das gehört schließlich zum Service«, grinst er.

Jules letzte Affäre liegt schon ein halbes Jahr zurück. Kurz bevor sie vom Revier Mitte zum Dezernat für Tötungsdelikte wechselte, war sie mit einem Kollegen aus Lüneburg liiert, mit dem sie die Ausbildung absolviert hatte. Nach seinem Willen sollte sie zu ihm ziehen und um Versetzung nach Lüneburg bitten. Er wollte sie in seiner Nähe wissen, plante Ehe, Kinder, das volle Programm. Aber Jule bewarb sich stattdessen um den Posten als Kommissarin beim 1.1.K der Polizeidirektion Hannover, was ihn sehr kränkte. Immerhin versuchte er, es zu akzeptieren, doch am Ende war es Jule, die Schluss machte. Denn obwohl sie sich nicht täglich gesehen hatten, hatte sich schon nach vier Monaten Beziehung eine lähmende, beängstigende Routine eingeschlichen.

»Milch?«

»Ein bisschen.«

»Zucker?«

»Nein.«

Leonard Uhde setzt sich auf die Bettkante, sieht sie an. Der Kaffee ist heiß, stark und bitter, Jule stellt ihn zur Seite. Ob er seiner Frau auch den Kaffee ans Bett bringt? *Wir dürfen uns nicht wiedersehen. Los, sag es, Jule. Das hast du dir doch vorgenommen: Diese eine Nacht, mehr nicht. Das war der Deal. Los, komm schon, mach den Mund auf!*

»Gehst du jetzt nach Hause?«

»Nein, zum Dienst.«

»So früh?«

Er lächelt. »Wenn du mich so fragst: Eigentlich ist es egal, wann ich heute anfange«, sagt er, während seine Hand durch ihr Haar streicht und die andere unter die Bettdecke wandert.

Edda Schinkel aus dem Erdgeschoss ist sehr vorsichtig. Genauestens studiert die ältere Dame mit der gusseisernen Dauerwelle die Dienstausweise von Oda und Jule, ehe sie die schwere Kette an der Wohnungstür öffnet. Als sie schließlich ihr Misstrauen abgelegt hat, führt sie die beiden in ein von Zimmerpflanzen und schweren Möbeln verdüstertes Wohnzimmer mit abgestandener Luft. Der Geruch der Einsamkeit, denkt Oda. Sie hat schon viele solcher Zimmer gesehen.

»Wunderschöne Pflanzen haben Sie da«, zirpt sie, die Grünzeug in Räumen nicht ausstehen kann.

Edda Schinkel strahlt sie mit rosigen Wangen an.»Möchten Sie vielleicht einen Kaffee?« Sie scheint nach dem ersten Schrecken, offenbar recht erfreut zu sein über den unerwarteten Besuch am frühen Vormittag.

»Nein, danke«, sagt Oda, und auch Jule lehnt das Angebot ab. Sie ist müde und aufgedreht zugleich. Bei jedem Gedanken an die vorangegangene Nacht läuft ihr ein wohliger Schauder den Rücken hinunter. Sie setzt sich neben Oda auf die Kante des Sofas. Frau Schinkel wuchtet ihre ausladenden Hüften in einen monströsen Fernsehsessel und Oda beginnt mit der Befragung: »Wohnen Sie schon lange hier?«

»Neunzehn Jahre. Wie die Zeit vergeht … vor zwölf Jahren habe ich meinen Mann beerdigt.« Sie zieht den geblümten Rock über die runden Knie, ihre fleischwurstfarbenen Stützstrümpfe münden in ausgelatschte rosa Seidenpantoffeln.

»Dann kennen Sie sicher die Familie Hermes aus dem ersten Stock.«

»Aber natürlich, die wohnen schon seit zehn Jahren da. Sind mit dem Baby damals eingezogen. Sehr anständige Leute. Sie führt den Kiosk gleich hier um die Ecke, und er ist Handwerker. Schreiner oder Maler. Nein, Schreiner! Er hat mir mal meine Tür repariert, die hatte sich verzogen. Und der Junge ist ein reizender Bengel. Gut, manchmal ein bisschen frech, aber das sind sie ja heutzutage alle. Ich glaube, die Mutter verwöhnt ihn zu sehr. Die haben ja nicht so viel Geld, zumindest läuft sie meistens in denselben Sachen herum, aber der Junge – immer propper, der kriegt auch alles, was er will. Wenn Sie mich fragen: Die Frau Hermes müsste ab und zu energischer durchgreifen, sonst tanzt ihnen der Bengel eines Tages auf der Nase herum. Aber sagen Sie, Frau, äh …«

»Kristensen.«

»… Frau Kristensen, warum wollen Sie das wissen? Hat der Kleine was angestellt? Ach, ich sag ja immer, Linden ist keine ideale Gegend, um ein Kind großzuziehen. Zu viele Ausländer, zu viel Kriminalität. Da gerät so ein Bengel rasch in schlechte Kreise, und dagegen ist man machtlos als Mutter.«

»Ich weiß«, stimmt Oda ihr zu. »Aber Yannick hat nichts angestellt. Es geht um die Nacht von Freitag auf Samstag. Waren Sie da zu Hause?«

»Ich? Natürlich, wo soll ich denn sonst gewesen sein? In der Disko?«, versetzt Frau Schinkel und belächelt ihren eigenen Scherz spitzbübisch.

»Haben Sie Mitglieder der Familie Hermes in der Nacht kommen oder gehen sehen?«, fragt Oda.

Die alte Dame überlegt, dann fragt sie: »Worum geht es denn?«

»Um ein Tötungsdelikt«, sagt Oda nun und mustert Frau Schinkel mit mäßiger Strenge. »Wenn Sie etwas beobachtet haben, dann sollten Sie es uns jetzt sagen.«

»Wissen Sie, die Wände hier im Altbau sind nicht sehr dick. Man kriegt so manches mit. Am Freitag sagen Sie … ja, das war der Abend, an dem es da oben etwas lauter gewesen ist.«

»Lauter?«, wiederholt Jule fragend.

»Sie hatten Streit. Ich habe laute Stimmen gehört. Er und sie. Und dazwischen Türenknallen. Wenn da oben eine Tür zuknallt, wissen Sie, dann bebt hier immer der Wohnzimmerschrank.« Gemeint ist ein Monstrum mit Butzenscheiben, hinter denen sich Nippes und Bleikristall drängeln.

»Knallt denn da oben oft eine Tür?«, will Oda wissen.

»Nein, das wollte ich damit nicht sagen«, wehrt Frau Schinkel halbherzig ab.

»Haben Sie etwas von dem Streitgespräch verstehen können?«, forscht Jule weiter.
»Nein. Nur, dass es eben eine Auseinandersetzung gab.«
»Wann war das?«
»Das fing so um neun rum an und ging eine ganze Weile. Irgendwann, da lag ich schon im Bett, hörte ich, wie die Wohnungstür zuschlug, und dann Schritte im Hausflur. Er hat wohl die Nase voll gehabt.«
»Wieso er?«, fragt Oda, die sich auf der Kante eines Sofas aus senffarbenem Brokat niedergelassen hat. Sie würde liebend gern rauchen, schon wegen des Miefs hier drin, aber sie ist überzeugt, dass Frau Schinkel das nicht dulden würde.
»Ich kenne doch seinen Schritt. Wissen Sie, jeder der Hausbewohner hat so seine spezielle Art. Das kennt man mit der Zeit, ich wohne ja nun schon neunzehn Jahre hier. Der Herr Hermes zum Beispiel, der nimmt immer zwei Stufen auf einmal, und der Kleine springt immer von der dritten Stufe auf den Treppenabsatz, dass man an ein Erdbeben denkt.«
»Wie spät war es, als Herr Hermes das Haus verließ?«
»Kurz nach zehn etwa. Um zehn bin ich ins Bett, weil im Fernsehen nur Mist war – Freitags ist es immer ganz fürchterlich, und ich hatte gerade drei Seiten in meinem Roman gelesen, als ich ihn herunterpoltern hörte. Sie hat ihm noch nachgerufen, durchs ganze Treppenhaus.«
»Was hat sie gerufen?«, will Oda wissen.
»*Bleib hier, du machst alles nur schlimmer* – oder so was Ähnliches. Ich dachte noch, na, die werden sich doch nicht verkrachen. Wäre doch furchtbar für den Jungen, noch so ein Scheidungskind ... In letzter Zeit hat es nämlich zwischen denen öfter mal gekriselt.«
»Es war also nicht der erste Streit?«
»Nein, wie gesagt ... seit ein paar Monaten ist da der Wurm drin.«
»Haben Sie Herrn Hermes denn auch nach Hause kommen hören?«, fragt Jule.
»Nein. Irgendwann muss ich ja auch mal schlafen. Ich hab

nur noch mitgekriegt, wie sie weg ist, die Frau Hermes. Die geht immer so ganz schnell, so tapp-tapp-tapp, und ihre Sohlen klappern dabei auf den Stufen. Dachte noch ...«

»Wann, um welche Uhrzeit haben Sie Frau Hermes auf der Treppe gehört, Frau Schinkel?«, fragt Oda, die Frau Schinkels nächtliche Gedankengänge nicht interessieren.

»Das kann ich nicht genau sagen. War aber mindestens eine halbe Stunde nach ihm. So gegen elf fallen mir beim Lesen immer die Augen zu, und ich war schon ganz schön müde, ich hatte gerade das Buch zugeklappt und die Lampe gelöscht, da habe ich ihre Schritte noch gehört und mir gedacht: Na, spioniert sie ihm jetzt nach? Der Hermes ist aber eigentlich gar nicht der Typ, der fremdgeht, da gibt es hier im Haus ganz andere, das kann ich Ihnen sagen, ganz andere! Der Sulzer aus dem Dritten ...«

»Und wann Frau Hermes wieder zurückgekommen ist, haben Sie vermutlich auch nicht gehört, oder?«, unterbricht Oda.

»Nein, da habe ich dann wohl schon geschlafen.«

»Dann danke ich Ihnen, Frau Schinkel«, sagt Oda und steht auf.

»Und jetzt?«, fragt Jule leise, als sie wieder im Hausflur stehen. »Fahren wir zum Kiosk und nehmen Pia Hermes in die Mangel?«

»Abwarten«, meint Oda. »Sehr viel haben wir ja nicht in der Hand. Schritte auf der Treppe, interpretiert von einer hellhörigen Rentnerin. Vielleicht war sie ja nur Zigaretten holen.«

»Glaube ich nicht«, sagt Jule.

»Ich auch nicht. Wir fragen auf jeden Fall noch die anderen Nachbarn, vielleicht hat noch jemand was mitgekriegt«, meint Oda. »Aber zuerst brauche ich mal einen Kaffee. Da vorne gibt es so einen neuen Schickimicki-Laden.«

»Guter Vorschlag«, findet Jule, und während sie die Straße entlanggehen, spricht Oda in ihr Mobiltelefon: »Frau Cebulla? – Ja, ich weiß, dass er in einer Vernehmung ist. Holen Sie ihn doch kurz an den Apparat – Nein, nicht durchstellen, holen Sie ihn in Ihr Büro. Er wird Ihnen nichts tun, ich verspreche es.«

»Herr Friesen, wovon leben Sie im Moment?«

»Hartz IV.«

»Ihre Wohnung – bewohnen Sie die allein?«

»Nein, mein Butler bewohnt den Westflügel«, versetzt Friesen. »Klar wohne ich allein in dem Loch, was soll denn die Frage?«

»Kennen Sie diese Frau?« Fernando Rodriguez legt ein Bild von Marla Toss auf den Tisch. Roland Friesen wirft einen kurzen Blick auf das Foto. »Nee – kenn ich nicht.«

»Sie heißt Marla Toss.«

»Wer soll denn das sein?«

»Marion Hermes.«

»Hm.«

»Kennen Sie die auch nicht?«

»Doch, die Marion kenne ich von früher. Die war mal mit 'nem Kumpel zusammen. Das soll die sein?«

»Mit welchem Kumpel?«, fragt Fernando geduldig.

»'nem Kumpel eben.«

»Es war Felix Landau, Ihr Komplize bei dem Überfall auf den Juwelier Brätsch vor zehn Jahren«, hilft ihm Fernando auf die Sprünge.

»Wenn Sie schon alles wissen, Herr Kommissar, warum fragen Sie mich dann?« Friesen streckt die Beine aus und fläzt sich in vorgeblich entspannter Haltung auf den Stuhl, soweit das bei diesem Möbel überhaupt möglich ist. Er ist blass, seine Lider sind rot und geschwollen, seine Hände immer in Bewegung, auch jetzt trommeln sie auf die Oberschenkel. Fernando hat den Verdächtigen nach seiner Ausnüchterung extra hierherbringen lassen, in die ungemütliche Atmosphäre des Vernehmungsraums des Gefängnisbaus.

»Im Speicher Ihres Telefons taucht einige Male die Nummer von Marla Toss auf. Was sagen Sie dazu?«

»Nichts, keine Ahnung, wie die da hinkommt.«

»Nachdem Sie ja allein dort wohnen und den Anschluss wohl auch nur Sie benutzen, würde ich schon gerne wissen, was Sie mit der Frau zu besprechen hatten.«

Friesen verdreht die Augen. »Herrgott, ja, ich habe mal mit der telefoniert, ist das verboten?«

»Nein. Nur verdächtig. Also: Was gab es zu reden?«

»Ach, nur so. Über alte Zeiten«, grinst Friesen.

Fernando lässt sich nicht provozieren, noch nicht. »Und was war in der Nacht von Freitag auf Samstag? Haben Sie da auch über alte Zeiten geplaudert?«

»Freitag? Nichts war da, verdammt.« Roland Friesen hat sich aufgerichtet, seine Faust knallt auf den Tisch.

Fernando wirft ihm einen warnenden Blick zu und präzisiert die Frage fürs Protokoll. »Herr Friesen, wo waren Sie am vergangenen Freitag zwischen elf Uhr und Mitternacht?«

»In meiner Bude. Allein.«

Fernando bewegt langsam den Kopf hin und her. »Das ist schlecht. Ganz schlecht ist das.«

»He, ich weiß schon, woher der Wind weht. Ich habe die nicht umgebracht. Warum sollte ich die umbringen, warum denn? Bringt mir das was? Bringt mich das irgendwie weiter, häh?« Friesens Gesicht ist rot angelaufen, die Hände zittern. »Haste mal 'ne Zigarette?«

»Rauchverbot.«

»Fick dich!«

Fernando schaltet das Aufnahmegerät, das neben ihm auf dem Tisch liegt, aus. »Wie war das?« Er sieht Friesen aus schmalen Augen an und lässt dabei seine Fingergelenke knacken.

»Schon gut, reg dich nicht auf, Mann!«

Fernando schaltet das Aufnahmegerät wieder an und sagt, als wäre nichts gewesen: »Wussten Sie seinerzeit von der Schwangerschaft von Marion Hermes?«

»Nein, aber in der Verhandlung, vor Gericht, da war es bereits nicht mehr zu übersehen. In der U-Haft hatten Felix und ich keinen Kontakt. Später, im Knast, hat er dann mal erzählt, dass er der Vater sei, aber sie hat wohl behauptet, sie würde den Vater nicht kennen. Viel Unterhalt wäre bei Felix aber auch nicht zu holen gewesen, und vielleicht wollte sie nicht, dass der Kleine einen Knacki als Vater hat.«

»Hatten Sie nach der Haft Kontakt zu Felix Landau?«
»Nur flüchtig. Der ist 'ne arme Sau, der hat Krebs.«
»Hatte.«
»Wieso hatte?«, fragt Friesen und verknotet nervös seine Finger.
»Felix Landau wurde letzten Mittwoch tot in seiner Wohnung aufgefunden.«

Friesen scheint ehrlich überrascht zu sein. Er blinzelt gegen die Decke, dann seufzt er und nickt betrübt. »War sicher besser so für ihn. Hat kein schönes Leben gehabt.«

»Warum sind Sie geflohen, als Hauptkommissarin Kristensen am Montag bei Ihnen zu Hause gewesen ist?«, erkundigt sich Fernando, obwohl er sich das bereits denken kann.

»Hauptkommissarin? Woher sollte ich das wissen? Ich habe mich bedroht gefühlt und bin abgehauen, das ist alles.«

»Hey – verarschen kann ich mich selber«, antwortet Fernando.

»Kannst du das Ding da mal ausschalten?«

Fernando tut ihm den Gefallen. Er kann riechen, wie bei seinem Gegenüber der Schweiß ausbricht. »Ich höre.«

Friesen senkt verschwörerisch die Stimme: »Mann, ich hatte was dabei. Ein bisschen Shit und Pillen, nicht mehr. Keine harten Sachen. Ich muss doch von irgendwas leben.«

Fernandos Miene bleibt unbewegt. Typen wie Friesen kennt er zur Genüge aus seiner Zeit beim Rauschgiftdezernat. Kleine Dealer, die damit die eigene Sucht finanzieren, arme Schweine, die nie auf die Füße kommen. Friesen redet hektisch weiter: »Ich hab das ganze Wochenende auf meiner Bude rumgegangen, und Montag hab ich dann den Affen gekriegt und musste mal raus. Da seh ich in der Zeitung das Bild von der, wie sie halb nackt am Hohen Ufer liegt. Mann, bin ich vielleicht erschrocken. Und dann steht da eure Tusse vor der Tür, und ich hab das ganze Zeug dabei und das Bild von der Leiche noch im Kopf – und da war mir schon klar, dass ich bis zum Hals in der Scheiße stecke, so oder so. Was hätte ich denn tun sollen?«

Fernando verweigert eine Antwort darauf.

»Aber ihr seid die Mordkommission, das mit dem Stoff kratzt euch doch nicht, oder? Das musst du doch nicht an die große Glocke hängen?«, fleht Friesen.

»Kommt darauf an«, sagt Fernando und drückt die Taste des Aufnahmegeräts. »Herr Friesen, Frau Toss oder, wenn Sie wollen, Frau Hermes hatte eine Geheimnummer. Wie sind Sie an ihre Telefonnummer gekommen?«

»Ihre Schwester hat sie mir gegeben.«

»Wann?«

»Wann, wann«, wiederholt Friesen genervt. »Vor ein paar Wochen. Als mal ein Artikel über sie in der Zeitung stand. Lag in der Stadtbahn rum, sonst les ich ja keinen Kulturteil. Da war ein Bild von ihr drin. Ich habe sie erst gar nicht erkannt, weil sie so anders aussah, dachte nur, ey, geile Alte. Dann schau ich genauer hin und denk mir, Mensch, so um die Augen rum, das passt doch irgendwie, das ist doch die Marion. Und zum Theater hat die doch damals schon gewollt. Mann, die hat sich vielleicht rausgemacht, die sah früher längst nicht so gut aus. Durch die Zeitung wusste ich doch überhaupt erst, dass sie wieder hier wohnt. Ich hatte die doch völlig aus den Augen verloren.«

»Und warum haben Sie sie angerufen?«

»Nur so. Um der alten Zeiten willen.«

»Hören Sie, Friesen, treiben Sie keine dummen Spielchen mit mir, dazu bin ich heute absolut nicht in der Stimmung«, knurrt Fernando und fährt sich über seine Wangen, auf denen ein dunkler Bartschatten liegt. Am liebsten würde er nach Hause gehen oder eine Runde mit dem Motorrad drehen. Der Arbeitstag hat noch nicht viele Erfolgserlebnisse gebracht. Beim Morgenmeeting hat ihn ein übelst gelaunter Völxen, dem Klopapier am Hals klebte, angeschnauzt, weil er diesen Penner Spieker noch nicht aufgetrieben hat.

»Was soll ich denn machen, ich war die halbe Nacht in der Stadt unterwegs, hab jeden Penner nach dem gefragt – nichts. Der hat sich vom Acker gemacht«, hat Fernando verzweifelt erklärt.

Das ist die Wahrheit, jedenfalls so ziemlich. Fernando hat wirklich nach dem Obdachlosen gesucht, aber irgendwann hat er es aufgegeben und ist in die Bierbörse gegangen und prompt heute früh in einem fremden Bett neben einem fremden Mädchen erwacht. Nadine – zumindest an den Namen kann er sich noch erinnern. Oder war es Natalie? Arzthelferin, vierundzwanzig, angeblich. Genau weiß er nur, dass sie ein Zungenpiercing trägt und eher zur Bügelbrett-Fraktion gehört, was sich jedoch erst im Verlauf der Nacht offenbart hat. Diese Push-ups gehören verboten! Überhaupt hat Nadine am Abend nach fünf Pils vom Fass wesentlich besser ausgesehen als heute Morgen, im fahlen Licht des frühen Tages, und das mit den vierundzwanzig Lenzen stimmt wohl auch nicht so ganz. Aber Fernando hat ihr ja auch erzählt, dass er eins achtzig groß sei und bei der TUI arbeite. Er hat sich leise angezogen und ist davongeschlichen, wobei er im Nachhinein ziemlich sicher ist, dass Nadine oder Natalie nur so getan hat, als würde sie noch schlafen.

»Ich wollte Marion nur anpumpen, weil's mir dreckig ging«, behauptet Friesen nun.

»Und?«, fragt Fernando müde. »Hat sie sich anpumpen lassen?«

»Nein, hat sie nicht, die blöde Sau«, geifert Friesen. Seine Hände flattern.

Entzug, erkennt Fernando. In dieser Phase kriegt man sie immer weich. Es darf nur kein Anwalt Wind davon bekommen, sonst hat man gleich jede Menge Ärger am Hals. »Friesen, das stinkt doch!«, sagt Fernando mit Wut in der Stimme. »Warum sollte Pia Hermes ausgerechnet Ihnen die Telefonnummer ihrer Schwester geben?«

»Das musst du die schon selber fragen«, antwortet Friesen patzig und fügt nach einem warnenden Blick von Fernando hinzu: »Marion hat sich zwar nicht anpumpen lassen, aber sie hat mir ein paar Tage später ein bisschen was abgekauft.«

»Was hat sie Ihnen abgekauft?«

»Stoff, Mann.«

Das Kokain in Marlas Schreibtisch fällt Fernando ein. »Was genau?«

»Bisschen Koks. Drei, vier Gramm«, gesteht Friesen.

»Und am Freitag wollten Sie ihr wieder was liefern ...«

»Nein, verdammt, wie oft soll ich das noch sagen?«, brüllt Friesen. »Ich war zu Hause.«

»Dumm, dass es dafür keinen Zeugen gibt«, meint Fernando lapidar.

Friesen ändert die Strategie und sagt mit weinerlicher Stimme: »Herr Kommissar, so glauben Sie mir doch bitte endlich, dass ich meine Kundschaft nicht umbringe.«

»Das mag sein«, räumt Fernando ein und fragt: »In den Prozessakten steht, dass Sie im Prozess behauptet haben, der Plan zum Überfall auf den Juwelier Brätsch stamme von Marion Hermes.«

»Das behaupte ich immer noch. Wer, bitte schön, hätte uns denn sonst an die Bullen verraten sollen, wenn nicht sie?«

»Dafür gab es aber keinen einzigen Beweis.«

»Weil die raffiniert war, Mann! Weil die alle eingewickelt hat, die Bullen, die Richter, diesen Trottel Felix, alle!«

Selbst wenn es so gewesen ist, denkt Fernando, einen Plan zu entwerfen ist kein Verbrechen, ihn durchzuführen schon. Er unterdrückt ein Gähnen und spinnt den Faden weiter: »Und jetzt wollten Sie sich für den vermeintlichen Verrat also rächen ...«

»Rächen? So'n Scheiß!«, explodiert Friesen. Er schlägt sich vor die Stirn. »Ich bin doch nicht blöd! Ich tu der doch nichts. Weiß doch, dass die Bullen dann gleich bei mir antanzen. Rache – Scheiße! Wer bin ich denn, der Graf von Monte Christo? Das ist doch kein dämlicher Film, Mann! Ich hab andere Sorgen als Rache, das kannst du mir glauben.«

Fernando atmet tief durch. Es würde ihm keinerlei Probleme bereiten, diesen Schleimscheißer da fertigzumachen, wirklich nicht. Aber instinktiv spürt Fernando, dass der Kerl unschuldig ist. Kein Unschuldslamm natürlich, immerhin hat er vor Jahren eine Frau erschossen und er dealt, aber dass er Marla Toss auf dem Gewissen hat, hält Fernando für unwahrscheinlich. Es passt nicht zu ihm. Okay, so zu denken ist gegen die Regel, nicht sein Instinkt ist gefragt, sondern Beweise, Alibis, Zeugenaussagen, Geständnisse – was Greifbares fürs Protokoll. Aber verdammt, er ist jetzt auch schon ein paar Jährchen dabei und glaubt zu wissen, wann einer die Wahrheit sagt oder lügt. Außerdem: Hätte Friesen nach dem Mord an Marla deren Wohnung durchsucht, hätte man wohl kaum die dreihundert Euro noch im Schreibtisch gefunden. Fernando steht auf, geht zur Tür.

»Was ist jetzt mit mir?«, fragt Friesen kleinlaut.

»Du unterschreibst gleich noch das Protokoll und dann kannst du nach Hause. Aber nicht abhauen, ich warne dich!«

»Und, wer ist der Glückliche?«, fragt Oda.

Jules erschrockener Blick über die Tasse hinweg trifft direkt auf Odas bohrende blaugrüne Augen. »Wieso? Was?«, nuschelt sie in den Milchschaum.

»Mit wem hattest du gestern Sex?«, präzisiert Oda in ihrer typisch direkten Art und nicht gerade leise. Ein älterer Glatzkopf am Nebentisch lässt seine Zeitung sinken und sieht Jule und Oda durch seine randlose Brille prüfend an.

»Herrgott, muss es gleich die ganze Stadt wissen?«, zischt Jule und fügt hinzu: »Ich weiß gar nicht, wie du darauf kommst ...«

»Ich rieche es«, behauptet Oda, und Jule schnuppert reflexartig an ihrer Achselhöhle, ehe sie sagt: »Kann nicht sein. Ich habe geduscht.«

»Es ist die Aura. Dieses innere Leuchten«, behauptet Oda. »Du strahlst wie ein Glühwürmchen.«

»Quatsch.« Jule legt ihren Handrücken an die Wange. Sie fühlt sich tatsächlich heiß an. »Fernando war's jedenfalls nicht«, flüstert sie und hofft, dass das Thema für ihre Kollegin damit abgeschlossen ist. Was natürlich nicht der Fall ist.

»Das war mir klar«, erklärt Oda. »Es war doch nicht etwa dieser schnuckelige Kollege?«

»Wen meinst du?« Jules Versuch, die Unbedarfte zu spielen, könnte nicht kläglicher scheitern.

»Der, dem du neulich während der Besprechung mit den Augen Löcher in den Hintern gebrannt hast.«

Jule läuft tomatenrot an.

»Und? – War er gut?«

»Ich möchte nicht darüber sprechen.« Es sollte ärgerlich klingen, aber sie bekommt dieses dämliche Lächeln einfach nicht aus dem Gesicht.

»Ah, *il est un amant distingué!* Meinen Glückwunsch!« Oda hebt die Tasse, als sei es ein Champagnerglas, und prostet Jule zu.

»Es war eine einmalige Sache«, wehrt Jule ab.

»Warum denn das? Die Guten sind selten. Und du hast es doch auch mal wieder nötig.«

Jule überhört den letzten Satz und erklärt. »Er ist verheiratet.«

»Dann genieße es, solange es dauert.«

»Du bist unmoralisch«, stellt Jule fest.

»Ja«, stimmt ihr Oda zu. »Und?«

»Was ist denn mit deinem Typen, dem vom Theater?«, lenkt Jule ab.

»Hat sich nicht mehr gemeldet«, antwortet Oda knapp und presst die Lippen aufeinander. Jule seufzt und stellt fest: »Das Leben ist kompliziert.«

Die Nacht in der Zelle ist Stefan Hermes nicht gut bekommen. Sein Gesicht ist zerknittert und unrasiert, er hat dunkle Schatten unter den Augen. Aber immerhin scheint er ein gutes Gedächtnis zu haben. Auf die Fragen, die Völxen bereits gestern gestellt hat, gibt er auch heute dieselben Antworten: Ja, er hat auf Marla Toss gewartet, aber sie hätten sich kurz danach, hinter dem Marstall-Tor und noch vor Erreichen des späteren Tatortes voneinander getrennt, weil seine Schwägerin zu keinem Gespräch bereit gewesen sei.

Vielleicht sagt er ja die Wahrheit, hofft Hauptkommissar Völxen insgeheim. Die Wahrheit ... Wird Sabine ihm die Wahrheit sagen, wenn er sie zur Rede stellt? Kann er das? Will er das überhaupt? Verdammt, hier spielt die Musik! Die Musik ... *Nights in white satin* ... Er ballt die Fäuste unter der Schreibtischplatte und schleudert einen finsteren Blick auf sein Gegenüber.

Frau Cebulla streckt nach dezentem Klopfen den Kopf zur Tür herein: »Hauptkommissarin Kristensen ist am Telefon, bei mir drüben.« Die Sekretärin macht sich auf Widerstand gefasst, denn sie weiß, wie wenig Völxen es schätzt, bei Vernehmungen gestört zu werden. Aber erstaunlicherweise springt der Dezernatsleiter wie ein Schachtelteufel hinter seinem Schreibtisch hervor und trottet lammfromm hinter ihr her.

Im Büro angekommen deutet sie dezent auf zwei Stellen an ihrem Hals und Völxen wischt sich die zwei blutigen Klopapierfetzen weg. Man sollte kein Rasiermesser benutzen, wenn man in Eile ist und keine ruhige Hand hat, resümiert Völxen, nicht zum ersten Mal.

Während er Odas Stimme lauscht, wandern seine Augenbrauen immer weiter nach oben in Richtung seiner Geheimratsecken. »Soso, das ist ja interessant«, bemerkt er schließlich. »Dann will ich mal hören, was der Ehemann dazu zu sagen hat. – Nein, lasst sie hierherbringen. Am besten mit einer Streife, das macht immer Eindruck. Vielleicht ist die Dame ja heute gesprächiger«, hofft Völxen und genehmigt sich zwischen Frau Cebullas Zimmerpflanzen noch eine schnelle Tasse Kaffee, ehe er die Befragung in seinem Büro fortsetzt.

»Herr Hermes, was hat Ihre Frau denn gesagt, nachdem Sie Freitagnacht wieder nach Hause gekommen sind?«

»Nichts. Die lag schon im Bett und hat geschlafen«, beteuert Stefan Hermes wie schon tags zuvor.

»Aber es war doch ein wichtiges Gespräch. Es ging um das Schicksal von Yannick. Wie kann sie da einfach ins Bett gehen und schlafen?«

»Sie war eben müde. Sie arbeitet schließlich den ganzen Tag.« Stefan Hermes hat seine Körperfunktionen nicht im Griff. Er schwitzt und der Fuß seines rechten Beines, das auf dem linken Knie liegt, flattert im Takt seiner Nerven.

Eine fette Spätsommerfliege surrt an der Fensterscheibe und stößt immer wieder dagegen, bis Völxen, ebenfalls genervt, aufsteht und das Insekt hinausjagt. Dann fragt er: »Wollten Sie eigentlich nie eigene Kinder?«

»Wollen schon«, antwortet Stefan Hermes, sein Kopf sinkt hinab und er murmelt zu seinen Schuhen: »Aber es hat nicht geklappt.«

»An wem lag es?«

»Also, das geht jetzt wirklich zu weit!«, protestiert Hermes mit schamrotem Kopf.

Der Kommissar seufzt, beugt sich über den Schreibtisch, wobei er sein Gegenüber unablässig fixiert, und fasst zusammen: »Herr Hermes, für mich stellt sich die Sache folgendermaßen dar: Ihre Schwägerin überlässt vor zehn Jahren ihrer Schwester ihr Kind, welches ihr bei der Verwirklichung ihrer Zukunftspläne lästig zu sein scheint. Sie kümmert sich jahrelang nicht oder kaum darum. Sie und Ihre Frau haben sich inzwischen an den Jungen gewöhnt, lieben ihn und betrachten ihn als Ihr eigenes Kind. Sie tun alles, damit es ihm gut geht. Und dann kommt eines Tages Marla Toss als strahlende, erfolgreiche Künstlerin zurück und krittelt an Ihrem Lebensstil herum. Nichts ist plötzlich mehr gut genug für ihren Sohn, und als ob das nicht schon demütigend genug wäre, besinnt sie sich plötzlich auf ihre Mutterschaft und möchte Yannick einfach wieder abholen, wie ein Haustier, das man in Pflege gegeben hat. Da muss doch ein unglaublicher Hass in Ihnen aufgekommen sein.«

»Ja, das stimmt. Ich mochte sie nicht, ich habe sie gehasst für das, was sie Pia antun wollte. Aber ich habe ihr nichts getan! Beweisen Sie mir doch das Gegenteil!«, ruft der Befragte nun trotzig.

»Vielleicht muss ich es gar nicht *Ihnen* beweisen«, meint der Kommissar kryptisch. »Ich glaube Ihnen sogar, dass Sie die Wahrheit sagen. Es gibt lediglich eine Person, die ein noch stärkeres Motiv hat als Sie: Ihre Frau. Ihre Frau, deren Leben sich fast nur um Yannick dreht und die sich als die rechtmäßige Mutter von Yannick betrachtet. Die überdies alle Welt belogen hat, indem sie immer so getan hat, als sei sie Yannicks Mutter – sogar vor Yannick selbst.«

»Aber Pia war zu Hause ...«

»Nein, das war sie nicht«, donnert Völxen und schmettert seine Faust auf die Tischplatte. »Sie wurde beobachtet, wie sie am fraglichen Abend nach Ihnen das Haus verlassen hat.«

Es bereitet dem Kommissar eine gewisse Genugtuung, zu sehen, wie Stefan Hermes zuerst erschrocken den Mund öffnet und dann in sich zusammensinkt wie ein Soufflé, das man zu früh aus dem Ofen gerissen hat. Leise, fast flüsternd lenkt er ein: »Okay, okay, ich werde Ihnen sagen, was passiert ist.«

»Ich bitte darum.«

»Ich habe mich nicht abwimmeln lassen, dazu war ich viel zu wütend auf sie. Wir sind bis zu diesen Bänken gegangen, um dort zu reden. Sie war so unverschämt! Sie hat gesagt, ihre Schwester habe es zu nichts Besserem gebracht, als jeden Tag in einem Kiosk in Linden zu sitzen, und mir hat sie vorgehalten, ich sei ein Versager, und ihr Sohn hätte nur eine Chance im Leben, wenn er schleunigst aus diesem Milieu herauskäme. Sie hat wirklich Milieu gesagt. Hat uns hingestellt als wären wir Asoziale.«

»Ich verstehe Sie, Herr Hermes.« Hauptkommissar Völxen ist nun scheinbar wieder ganz milde gestimmt.

»Ich habe sie nur gestoßen«, gesteht Stefan Hermes und klingt verzweifelt. »Gar nicht mal fest. Sie ist gestolpert und rückwärts gegen die Bank gefallen, und dann ist sie einfach liegen geblieben. Ich habe sie geschüttelt, aber sie hat sich einfach nicht mehr bewegt. Da habe ich Panik gekriegt und bin weggerannt.«

»Und die Handtasche?«

»Was für eine Handtasche?«

»Haben Sie die Handtasche Ihrer Schwägerin mitgenommen?«

»Nein! Was soll ich denn mit ihrer Handtasche?«, fragt Stefan Hermes verwirrt. »Ich war in Panik, ich wollte nur noch weg, ehe mich noch jemand sieht.«

»Wohin sind Sie gerannt?«

»Wie ich schon sagte: nach Hause.«

»Und wo war Ihre Frau?«

»Sie war zu Hause«, beharrt Hermes und betont dabei jedes Wort. »Wer was anderes sagt, der lügt. Und jetzt sage ich nichts mehr ohne einen Anwalt.«

Reichlich spät, findet Völxen und antwortet ruhig: »Den brauchen Sie nicht. Unterzeichnen Sie das Protokoll, und dann können Sie gehen.«

»Wieso? Nehmen Sie mich nicht fest? Ich habe meine Schwägerin umgebracht.«

»Das, was Sie da schildern, ist allenfalls Totschlag.«

»Ja, aber ...« Stefan Hermes scheint sich über seine Entlassung nur wenig zu freuen, so entsetzt wie er Völxen ansieht.

»Ich darf Sie nur vierundzwanzig Stunden festhalten, ohne Sie dem Haftrichter vorzuführen. Und ich sehe keine Fluchtgefahr bei Ihnen. Jemand muss sich ja um Yannick kümmern.«

»Aber Pia ...«

»Ihre Frau ist bereits auf dem Weg zu uns«, sagt Völxen knapp.

Pia Hermes ist aus härterem Holz geschnitzt als ihr Gatte. Zwar hat sie wütend losgezetert, als eine Streife sie in ihrem Kiosk abgeholt und zur Polizeidirektion gefahren hat, doch wie schon am Tag zuvor weigert sie sich nun, auch nur ein Wort zu sagen ohne den Beistand eines Anwalts. Dieses Mal lässt es Völxen darauf ankommen. Er reicht ihr ein Telefonbuch und lässt sie mit einem Rechtsbeistand telefonieren. Bis zu dessen Eintreffen wird sie in eine Arrestzelle gebracht.

»Möglicherweise stimmt es ja, was Stefan Hermes gestanden hat«, überlegt Völxen. »Vielleicht hat er sie gestoßen und sie war danach bewusstlos. Nur ist Marla Toss nicht an einer Kopfverletzung gestorben, sondern durch Erdrosseln. Oder, Frau Wedekin? Sie waren doch bei der Obduktion dabei.«

Jule nickt etwas abwesend. Ihr Handy hat gerade das Eintreffen einer SMS signalisiert und Jule kann es kaum erwarten, sie zu öffnen – allein. Außerdem spricht es sich mit einem Mundvoll Lasagne zu undeutlich. Es ist Mittagszeit, und der harte Kern des Dezernats für Tötungsdelikte hat sich zum Essen und zum informellen Informationsaustausch in der Cafeteria zusammengesetzt.

»Stand über die genaue Todesursache etwas in der Presse?«, fragt Oda.

»Nein, ich habe diese Information bewusst zurückhalten lassen«, antwortet Völxen. »Nicht mal unser lieber Freund Markstein hat was von Erdrosseln geschrieben – oder, Fernando?«

»Was fragst du mich das?«, erwidert Fernando, der lustlos in seinem Vanillepudding herumpanscht.

»Du bist doch hier der *Bild*-Leser.«

»Nein, ich lese die nicht, ich seh mir nur die Titten an«, faucht Fernando beleidigt.

»Ich muss doch sehr bitten«, knurrt Völxen drohend, woraufhin der Dezernatsleiter und Oberkommissar Rodriguez einander für Sekunden feindselig mustern. Schon vorhin hat Völxen seinen Oberkommissar gerüffelt, weil dieser Roland Friesen hat gehen lassen.

»Jungs, spart euch die Hähnchenkämpfe«, mahnt Oda und fasst zusammen: »Offensichtlich möchte Stefan Hermes seine Frau schützen. Die Frage ist nur: Weiß er, dass sie es war, oder denkt er nur, dass sie es gewesen sein könnte?«

»Leider hat niemand im Haus Pia Hermes zurückkommen sehen«, sagt Jule, die als Einzige mit großem Appetit gegessen hat. »Und schon die Aussage, sie habe das Haus verlassen, ist kritisch zu bewerten – die Zeugin Schinkel hat sie ja nicht einmal gesehen, sondern nur an ihren Schritten erkannt.«

»Aber sie hat Ohren wie ein Luchs«, bemerkt Oda und stochert in ihrem Apfelkuchen herum, der einfach nicht kleiner werden will.

»Schritte auf der Treppe – das wird uns die Holzwarth um die Ohren hauen, und ein Haftrichter erst recht, damit brauchen wir denen nicht zu kommen«, prophezeit Völxen, auf dessen Hühnereintopf sich eine dünne Haut gebildet hat.

»Man muss es ihr bei der Vernehmung ja nicht gleich auf die Nase binden«, meint Fernando. Er merkt, wie Jule seine unrasierten Wangen taxiert. Ob sie ihm sein nächtliches Abenteuer ansieht? Sicher hat sie längst registriert, dass er das T-Shirt von gestern anhat. Und wenn schon! Es kann ihm doch herzlich egal sein, was Jule über sein Privatleben denkt, zumal das Fräulein Superkorrekt ja seit Neuestem mit verheirateten Kollegen herummacht.

Völxen legt sein Besteck hin, winkt ab und seufzt resigniert: »Vergiss es. Frauen sind ja so durchtrieben.«

Es war wunderschön mit dir. Jule kauert auf dem geschlossenen Klodeckel in der Toilette neben der Cafeteria. Eine übertriebene Maßnahme, das muss sie zugeben, aber sie hat es nicht übers Herz gebracht, die SMS woanders zu lesen. Als könnte ein beiläufiger Blick über ihre Schulter auf das Display ihres Mobiltelefons unmittelbar in die Katastrophe münden. *Es war wunderschön mit dir* ... O ja, das kann man so sagen! Jule muss immer wieder daran denken, wie er ihren Namen geflüstert und sie eine wunderschöne Frau genannt hat. Doch gleichzeitig ist da dieses Bauchgefühl, und das sagt ihr recht deutlich, dass sie gerade schnurstracks in ihr Unglück rennt. – Du musst aufhören damit, Jule. Du musst es beenden, jetzt, sofort. Aber doch nicht per SMS!

Warum nicht? Das ist der Zeitgeist.

Das Handy klingelt, Jule lässt es vor Schreck beinahe fallen. Leonard?

Fernando. »Rolf Fiedler von der Spusi bittet um Rückruf. Wo treibst du dich eigentlich rum?«

»Dort, wo *Damen* an der Tür steht.«

»Entschuldige.«

»Macht nichts. Man ist ja immer im Dienst«, seufzt Jule, verlässt die enge Kabine und klatscht sich eine Ladung kaltes Wasser ins Gesicht, als könnte sie damit ihre Gedanken klären.

»Kommissarin Wedekin, Sie baten mich, den Zettel mit der Botschaft *Liebste Marion* ... und so weiter auf Fingerabdrücke zu untersuchen und mit dem Notizzettel des Juweliers zu vergleichen«, beginnt der Leiter der Spurensicherung etwas förmlich.

»Ja, und?«

»Auf dem zerknüllten Zettel sind leider keine verwertbaren Abdrücke zu finden, nur ein paar Fragmente, die stammen allerdings vom Opfer.«

»Schade.«

»Aber der Schriftvergleich hat immerhin etwas gebracht«, fährt Fiedler fort. »Die Schrift des Briefes und die Schrift auf dem Zettel sind zu achtzig Prozent identisch.«

»Achtzig Prozent? Was ist denn das für eine komische Zahl?«

»Das ist keine komische Zahl, Frau Wedekin«, antwortet Rolf Fiedler mit leicht beleidigtem Unterton. »Die Notizen auf dem Zettel sind ja nicht gerade umfangreich und wurden wohl eher eilig hingeworfen, mit Kugelschreiber, während der kurze Brief mit Sorgfalt und in Ruhe geschrieben worden ist, mit einem Füller. Die Tinte ist Pelikan Königsblau, falls Sie das interessiert. Der Experte von der Grafometrie meint zwar schon, dass die Schrift auf Brief und Notizzettel von ein und derselben Person stammen könnten – einem älteren Mann im Übrigen –, nur hundertprozentig festlegen kann er sich nicht.«

Schreiben ältere Männer anders als jüngere, wundert sich Jule. Sie bedankt sich, legt auf und murmelt: »Mist!«

»Was ist Mist?«, erkundigt sich Fernando.

»Die Handschriften. Der Juwelier Brätsch hat höchstwahrscheinlich diesen Brief geschrieben, aber der Typ vom LKA will sich nicht hundertprozentig festlegen.«

»Du bist immer noch Marlas Sugar-Daddy auf der Spur?«

»Natürlich. Auch wenn einige Leute nicht glauben, dass es den gibt.«

»Ich habe nie gesagt, dass ich dir nicht glaube«, widerspricht Fernando. »Im Gegenteil, ich bewundere deine Zähigkeit. Manchmal erinnerst du mich an einen Terrier. Wenn du dich in was verbissen hast ...«.

»Ich habe mich nicht verbissen, ich verfolge lediglich eine Spur mit der gebotenen Sorgfalt«, stellt Jule klar und fügt gereizt hinzu: »Was krittelst du eigentlich an mir herum? Bist du schlecht drauf, hast du im fremden Bett schlecht geschlafen?«

»Wie kommst du denn darauf?« Fernando fühlt sich ertappt.

»Deine Frau Mama hätte dich niemals so zerknittert und unrasiert zum Dienst gehen lassen.«

»Blödsinn! Ich möchte einfach mal ausprobieren, wie mir so ein Dreitagebart steht.«

»Aber muss es auch ein Dreitagehemd sein?«, meint Jule naserümpfend.

»Und du, hä? Treibst du's jetzt mit diesem Typen vom Raub?«

»Quatsch«, murmelt Jule und wird rot.

»Das darf doch nicht wahr sein!«, braust Fernando auf. »Ausgerechnet du!«

»Ich finde wirklich, dass dich mein Privatleben nichts angeht«, sagt Jule mit Nachdruck, aber Fernando stellt sich taub.

»Das ist nichts für dich«, behauptet er. »Das hältst du nicht lange durch, dafür bist du nicht der Typ, nicht du.«

»Was soll das denn nun wieder heißen?«

»Du bist eine Prinzessin ...«

»Nicht schon wieder diese Leier«, unterbricht Jule wütend. »Nur weil ich wohlhabende Eltern habe, bin ich noch lange keine Prinzessin. Ich bekomme keine monatliche Apanage, ich lebe genauso von meinem mickrigen Beamtengehalt wie du!«

Fernando fuchtelt abwehrend mit den Händen. »Das meine ich doch gar nicht. Du bist nicht der Typ für die Rolle der Geliebten eines verheirateten Mannes. Denn glaube mir, das ist ein jämmerliches Dasein. Du verbringst dein Leben nur noch mit Warten. Wann ruft er an, wann hat er mal wieder Zeit – zurückrufen darfst du ihn natürlich nicht oder nur zu bestimmten Zeiten. Wenn er dann mal da ist, dann muss er dich mitten in der Nacht verlassen, und am Wochenende hörst und siehst du nichts von ihm, weil er da natürlich seiner Familie gehört. Ganz zu schweigen vom Urlaub, davon kannst du nur träumen, in deinen vielen einsamen Nächten, in denen er neben seiner Frau schläft – oder mit ihr. Allenfalls gibt es mal ein gestohlenes Wochenende in irgendeinem Nobelhotel ...«

»Du kennst dich mit dem Thema ja wirklich verdammt gut aus!«, fährt Jule dazwischen. Sie weiß, dass er recht hat, aber sie will das nicht hören, und schon gar nicht von Fernando.

»Ich habe so eine Scheiße mal ein Jahr lang mitgemacht, das hat mich total geschafft, glaub mir.«

»Das wusste ich nicht. Tut mir leid«, sagt Jule, überrascht von so viel Ehrlichkeit.

»Woher auch? Es ist ja nichts, womit man gern hausieren geht.« Er ist am Fensterbrett stehen geblieben, seine dunklen Augen verschleiern sich. »Das Dumme war, dass ich ausgerechnet in diese Frau wahnsinnig verliebt war. Glaub mir, es wäre mir sogar scheißegal gewesen, was meine Mutter dazu sagt, wenn die es je erfahren hätte. Für diese Frau hätte ich mich jederzeit mit Freuden ruiniert. Aber sie hat es nicht so weit kommen lassen.« Fernando seufzt und Jule, obwohl vom Geständnis ihres Kollegen etwas peinlich berührt, überkommt Mitgefühl. Ja, sie kann im Augenblick ganz gut nachfühlen, wie das für Fernando gewesen sein muss. Und nein – so weit wird sie es nicht kommen lassen, niemals!

»So weit ist es ja bei mir noch lange nicht«, behauptet Jule.

»Das hast du doch gar nicht im Griff«, entgegnet Fernando und sieht sie finster an. Das Telefon klingelt, beide zucken bei dem Geräusch zusammen.

»Ist für dich«, behauptet Jule.

»Oder für dich. Vielleicht dein Lover!« Die Aura der Verletzlichkeit, die Fernando eben noch umgeben hat, ist von einer Sekunde zur anderen von ihm abgefallen, und Jule fragt sich, wie sie sich überhaupt mit ihm über ein solches Thema austauschen konnte. Mit Oda, ja, aber doch nicht mit Fernando!

»Sehr witzig!«, zischt Jule angriffslustig, und während der Apparat vor sich hin scheppert, duellieren sich Jule und Fernando mit bösen Blicken. »Mann, wie kann man frisch gevögelt nur so zickig sein!«, stöhnt Fernando, nun wieder ganz der Alte, und hebt endlich ab. »Rodriguez!«

»Tag, Uwe hier. Ich sollte für dich diesen Alfonso Ortega überprüfen.«

»Ja. Und?« Fernando lehnt sich zurück und legt die Beine auf den Schreibtisch, was, wie er weiß, Jule auf die Palme bringt. Aber die tut, als würde sie es nicht bemerken.

»Hat er Dreck am Stecken?«, fragt Fernando den Kollegen.

»Nein, nichts gefunden. Keine Vorstrafen. Er ist gelernter Automechaniker, lebt seit acht Jahren in Deutschland, war hier zuerst bei der Conti und betreibt seit vier Jahren als Selbstständiger einen Handel für Autoersatzteile in der Nordstadt. Scheint alles sauber zu sein, keine Hehlerei, keine krummen Deals. Jedenfalls ist noch nie was aktenkundig geworden. Sogar die letzte Betriebsprüfung ergab nur Kleinkram. Der ist sauber wie ein Kinderarsch, der hat noch nicht mal Punkte in Flensburg.«

Fernando grunzt unwillig. Das alles hat er bereits selbst recherchiert, und es ist nicht die Antwort, auf die er insgeheim gehofft hat. Er muss sich eingestehen, dass es ihn auf eine perverse Art zufriedengestellt hätte, hätte sich der neue Freund seiner Mutter als Betrüger, Gewalttäter, Drogendealer oder alles zusammen entpuppt. Oder als Heiratsschwindler. Dass einer noch nicht mal ein Verkehrsdelikt auf dem Kerbholz hat – ist das nicht geradezu hochverdächtig? Wer schafft denn das? So viel geballte Harmlosigkeit, nein, das ist nicht normal, ganz und gar nicht. »Und in Argentinien?«, will Fernando wissen.

»Es liegt jedenfalls kein internationaler Haftbefehl gegen ihn vor, er steht auf keiner Fahndungsliste und ist allem Anschein nach auch dort nicht vorbestraft. Alles deutet darauf hin, dass er ein braver Familienvater ist, der ...«

»Ein was?«, unterbricht Fernando elektrisiert.

»Ein braver Familienvater«, wiederholt der Kollege. »Er hat eine Ehefrau und eine Tochter, die Tochter ist 1978 geboren ...«

»Eine Ehefrau? Wo hat er die?«

»In Argentinien. Zumindest ist sie hier nicht gemeldet. Sie leben wohl getrennt – er hier, sie in Buenos Aires.«

»Danke, Kumpel.«

»Gern geschehen.«

Ein sattes, grimmiges Grinsen breitet sich auf Fernandos Gesicht aus, als er den Hörer auflegt.

»Was war das?«, erkundigt sich Jule ahnungsvoll.

»Was Privates«, antwortet Fernando abweisend.

Aber Jule hat genug gehört. »Du lässt den Freund deiner Mutter überprüfen?«

197

»Na und? Schließlich ist sie meine Mutter. Ich muss doch wissen, mit wem sie sich da einlässt.«

»Denkst du nicht, dass sie genug Erfahrung und Lebensklugheit besitzt, um das selbst entscheiden zu können?«

»Natürlich kann sie es entscheiden. Aber ich will eben wissen, mit wem sie es zu tun hat. Der Kerl könnte ja ein Verbrecher sein, oder ein Heiratsschwindler. Bei Frauen setzt doch in gewissen Situationen der Verstand aus – wie man deutlich sehen kann«, fügt Fernando mit süffisantem Lächeln hinzu.

»Reiß dich zusammen, Fernando!«, droht Jule.

»Ist doch wahr!«, brummt Fernando, ehe er triumphierend mit der Faust auf die Tischplatte schlägt. »Und ich hatte den richtigen Riecher! Dieser Alfonso Ortega ist verheiratet, in Argentinien. Das hat er ihr heimtückisch verschwiegen.«

»Bist du da sicher?«, fragt Jule.

»Der Kollege hat mit der Ausländerbehörde …«

»Das habe ich gehört. Ich meine, bist du sicher, dass Ortega es deiner Mutter verschwiegen hat? Vielleicht weiß sie es längst, und es macht ihr nichts aus?« Jule weiß selbst nicht, warum sie sich in Fernandos Familienangelegenheiten einmischt. Vielleicht, weil sie Pedra Rodriguez, die Tochter eines angeblich berühmten Stierkämpfers, von Anfang an gut leiden mochte. Ja, Jule schätzt diese resolute, temperamentvolle Frau, die so ganz anders ist als ihre eigene Mutter.

»Meine Mutter ist katholisch!«, entrüstet sich Fernando.

»Und jetzt willst du ihr das mit Ortegas Ehefrau brühwarm erzählen und hoffst, dass sie dann mit ihm Schluss macht und du deine Mama wieder ganz für dich alleine hast? Das glaub ich nicht! Das glaub ich einfach nicht!«, ereifert sich Jule.

»Sie hat schließlich ein Recht darauf, zu wissen, dass er ein Lügner ist.«

Jule hat genug, sie steht auf. »Ich bin mal bei Völxen. Und Fernando – komm nicht auf die Idee, bei mir unterschlüpfen zu wollen, falls du heute noch zu Hause rausfliegst, ja?«

»Nein, bestimmt nicht«, geifert Fernando. »Drei sind ja wohl auch einer zu viel!«

»Ich bin der Meinung, dass wir diesen Klaus Brätsch vorladen sollten. Die Indizien deuten doch sehr darauf hin, dass er der Freund und Gönner von Marla Toss gewesen ist«, schließt Jule ihren Bericht und sieht Hauptkommissar Völxen erwartungsvoll an. Der starrt Löcher in die Luft und schiebt sein DS-Modell zwischen der Schreibtischlampe und dem riesigen schwarzen Locher hin und her. Aus einem silbernen Fotorahmen heraus betrachten Ehefrau und Tochter lächelnd das Treiben. Ein paar zähe Sekunden verstreichen. Irgendwas stimmt nicht mit Völxen, findet Jule. Er ist selten ein Ausbund an Charme, aber in den letzten Tagen ist seine Laune ganz tief im Keller. Vielleicht hat es etwas mit seiner Tochter zu tun? Neulich hat er angedeutet, wie sehr es ihn belastet, dass die sich in einen Biobauern verguckt hat und deswegen nicht studieren möchte. Hat er ihr überhaupt zugehört? Jetzt steht er auf, geht zum Fenster, wirft einen langen Blick nach draußen. Der Himmel hat sich inzwischen zugezogen, im Westen hängen tiefschwarze Wolken.

»Sieht nach Gewitter aus, nicht wahr?«

Jule bestätigt diese Beobachtung, leicht irritiert.

»Dabei war es gar nicht so heiß. Heute Morgen waren es sogar nur zwölf Grad.«

»Mmh«, murmelt Jule und fragt sich besorgt, ob ihr Vorgesetzter vielleicht am Burn-out-Syndrom leidet.

»Achtzig Prozent sagen Sie?«, vergewissert sich Völxen.

»Sagt Fiedler.«

»Was ist mit Schmuck?«

»Mit Schmuck?«, fragt Jule verdutzt zurück.

»Ja, mit Schmuck«, wiederholt Völxen ungehalten. »Juwelier – Schmuck, das ist doch nicht so schwer zu begreifen!«

»Sicher«, antwortet Jule eingeschüchtert. »Frau Toss trug zweifelsfrei eine Kette, als sie gewürgt wurde. Eine Gliederkette mit einem auffälligen roten Anhänger, die Maskenbildnerin hat uns das Schmuckstück beschrieben, ihre Zeichnung liegt im Spurenordner.«

»Das weiß ich«, raunzt Völxen.

Jule schluckt und fährt fort: »Ich habe mich unauffällig im

Laden von Brätsch umgesehen, aber kein solches Schmuckstück entdecken können. Das muss allerdings nichts heißen, es kann ja aus einer älteren Kollektion stammen. Wer weiß, wie lange Frau Toss es schon hatte.«

»Wurde in der Wohnung des Opfers Schmuck gefunden?«, will Völxen wissen.

Jule überlegt. »Jetzt, wo Sie es sagen ... es war sogar auffallend wenig Schmuck in der Wohnung. Nur ein paar billige Silbersachen.«

»Soso«, knurrt Völxen und denkt laut nach: »Seltsam, nicht? Wenn eine junge, schöne Frau mit einem Juwelier liiert ist, dann fällt da doch sicher das eine oder andere schöne Stück für die Mätresse ab.«

»Brätsch muss die Wohnung durchsucht haben, damit man keine Sachen findet, die zweifelsfrei aus seinem Laden stammen«, sprudelt Jule hervor.

Hauptkommissar Völxen räumt ein: »Möglich, dass es so war.«

»Aber das bedeutet doch ...«, beginnt Jule, wird aber von Völxen unterbrochen. »Deshalb muss er noch nicht zwangsläufig auch der Mörder von Frau Toss sein.«

»Woher hätte er denn sonst von ihrem Tod wissen sollen?«

»Es waren sehr viele Leute am Hohen Ufer, sein Laden liegt nicht allzu weit vom Tatort entfernt – so eine Sache spricht sich doch ziemlich rasch herum. Um welche Uhrzeit waren Sie und Rodriguez in der Wohnung des Opfers?«

»Erst gegen Mittag«, räumt Jule ein. »Wir haben vorher die Zeugen am Tatort befragt und dann die Schwester der Toten in ihrem Kiosk in Linden aufgesucht.«

»Genug Zeit«, meint Völxen.

»Er muss einen Schlüssel gehabt haben ... vielleicht aus der verschwundenen Handtasche.«

»Wenn er ihr Liebhaber war, hatte er vielleicht ohnehin einen Schlüssel.«

»Aber warum sollte er seine Sachen da wegholen, wenn er nicht der Mörder ist?«, zweifelt Jule.

»Um nicht in Verdacht zu geraten, natürlich. Und schließlich ist der Mann verheiratet. Er wollte vielleicht genau das verhindern, was jetzt passieren wird: Dass die Polizei bei ihm auftaucht und sich nach seinem Verhältnis zu Marla Toss erkundigt.«

Täuscht sich Jule, oder hat Völxen sie bei diesen Worten gerade grimmig angesehen. Unsinn – nur keine Paranoia entwickeln! Wen soll er denn sonst ansehen, wenn nur sie im Zimmer ist?

»Was ich damit sagen will ...«, meint Völxen in freundlicherem Ton, »... Ihre Theorie ist durchaus interessant und sogar realistisch, aber wir müssen es ihm beweisen können. Wir können der Staatsanwaltschaft nicht mit nicht vorhandenem Schmuck kommen. Was ist denn mit den Verbindungsnachweisen vom Mobiltelefon der Frau Toss?

»Leider noch nicht da, ich habe heute schon zweimal nachgefragt«, antwortet Jule bekümmert. »Der Mobilfunkbetreiber hat auf dem richterlichen Beschluss bestanden, und der ist ihnen angeblich erst heute zugegangen.«

»Immer dasselbe! Und da soll man vernünftig ermitteln. Scheißbürokratie, verdammter Datenschutz!« Völxen beendet seinen Ausbruch mit einem saftigen Fluch, steht auf, läuft ein paar Schritte auf und ab wie ein Tier im Käfig, wobei er sein verbliebenes Haupthaar rauft. »Wenn die beiden tatsächlich eine Beziehung hatten, dann müssen sie ja irgendwie kommuniziert haben. Falls es da Anrufe gibt, können wir ihn damit konfrontieren – das wäre was Handfestes. Außerdem müssen wir seine Fingerabdrücke nehmen. Aber zuerst möchte ich die Handydaten.«

Das sieht auch Jule ein, der diese Strategie des Abwartens jedoch sichtlich schwerfällt.

»Keine Sorge, der läuft uns nicht weg«, meint Völxen.

»Was ist mit Pia Hermes?«, fragt Jule.

»Wenn ihr Anwalt eintrifft – was hoffentlich bald der Fall sein wird, denn ich möchte heute pünktlich Feierabend machen –, wird sie die Aussage verweigern«, prophezeit Völxen mit finsterer Miene, und dann fragt er aus heiterem Himmel: »Wie war es denn mit dem Kollegen Uhde?«

Ein Stromstoß fährt durch Jules Körper. Hat Oda etwa eine Bemerkung fallen gelassen, vielleicht in Gegenwart von Frau Cebulla? Lieber Himmel, dann weiß es also schon das ganze Dezernat! Jule merkt, wie ihr das Blut in die Wangen schießt, während sie stottert: »Äh, was ... wie meinen Sie das?«

»Hat er Ihnen das versprochene Material vollständig ausgehändigt und erklärt, was Sie zu dem alten Fall wissen müssen? Manchmal legen die Herren ja gegenüber einer jungen Kollegin ein etwas überhebliches Verhalten an den Tag.«

»Nein, nein«, versichert Jule. »Er hat mir alles zur Verfügung gestellt und war für alle Fragen offen. Da gibt es keine Probleme, wirklich nicht.«

»Uhde.«

»Wedekin.«

»Frau Kollegin, was kann ich für Sie tun?«

Ach, diese Stimme! Im Hintergrund hört man Stimmen und Tastaturgeklapper. Auch Jule bemüht sich um einen dienstlichen Tonfall. »Ich habe noch eine Frage zum Fall Marion Hermes.«

»Schießen Sie los.«

»Wurde seinerzeit überprüft, ob es eine Verbindung zwischen Klaus Brätsch, dem überfallenen Juwelier, und Marion Hermes gegeben hat? Aus den Akten geht das nicht hervor.«

Ein, zwei Sekunden vergehen, ehe er sagt: »Nein.«

»Nein?«

»Dazu bestand überhaupt kein Anlass. Frau Hermes war lediglich eine Freundin von einem der Täter. Und die haben ja die Tat in vollem Umfang gestanden.«

»Ich verstehe. Aber aus den Prozessakten geht hervor, dass Roland Friesen während der Verhandlung behauptet hat, der Plan für den Überfall stamme von Marion Hermes. In den beiden Vernehmungsprotokollen mit Frau Hermes wurde dies jedoch nicht angesprochen und in den Protokollen von Friesens Vernehmungen finde ich auch nichts darüber. Wenn Friesen einen solchen Verdacht hatte, dann müsste er ihn doch der Polizei als Erstes mitgeteilt haben, oder?«

Ein tiefer Seufzer dringt an Jules Ohr. Sie hat das Gefühl, dass ihm ihre Fragen nicht behagen. Denkt er, dass ich seine Kompetenz oder die seiner Kollegen anzweifle?

»Augenblick bitte.« Sie hört durch den Hörer, wie sich eine Tür schließt und dazu ein gedämpftes »Servus« von Leonard Uhde. Dann ist er wieder bei ihr. »Jule? Hör zu: Die beiden waren von April bis Oktober in U-Haft. Wenn Tatverdächtige nur lange genug einsitzen, dann denken die sich allerhand aus, verstehst du? Und wenn sie es nicht tun, dann tut es ihr Rechtsanwalt.«

»Ja, kann sein«, sagt Jule, nicht ganz überzeugt.

»Jule?«

»Ja?«

»Ich muss die ganze Zeit an dich denken!«

Ein Glücksgefühl durchflutet sie, sie ist außerstande, etwas zu antworten.

»Geht's dir gut, Jule?« Sein Ton ist samtweich, seine Stimme geht ihr durch und durch.

»Ja. Sehr gut«, presst sie hervor.

»Es war schön mit dir.«

»Ja, war es.« Wieder vergehen ein paar Sekunden, ehe Jule fragt: »Du bereust es nicht?«

»Nie im Leben. Weißt du was? Wenn ich die Augen schließe, dann kann ich deine Haut fühlen und deinen Duft riechen. Versuch es mal.«

Jule schließt ebenfalls ihre Augen, sie kann zwar nichts riechen, aber sie sieht Bilder, die auf einer Dienststelle der PD eindeutig nichts verloren haben. »Und jetzt?«, fragt sie.

Ein tiefer Seufzer. »Ich weiß es nicht.«

Ein scharfer Schnitt, die Bilder sind weg, ihr Magen krampft sich zusammen. Das ist nicht die Antwort, die sie hören wollte.

»Ich weiß nur, dass ich dich gern wiedersehen möchte. Und nicht nur sehen …«

Schon stellt sich dieses schwebende Gefühl wieder ein. Was

für eine Achterbahn, denkt Jule und sagt: »Ich dich auch. Wann?«

»Ich kann's noch nicht sagen. Vielleicht Freitag.«

»Ja, gut.« Nein, es ist überhaupt nicht gut! Sie will eine verbindliche Verabredung, etwas, woran sie sich festhalten, worauf sie sich freuen kann. Außerdem will sie ihn am liebsten sofort sehen, gleich nach Dienstschluss, und wenn es nur für eine halbe Stunde ist. Selbst eine Umarmung in der Tiefgarage würde ihr schon reichen.

»Ich wünsch dir noch einen schönen Tag, Jule.«

»Ich dir auch«, sagt Jule, und schon dringt nur noch ein hämisches, grausames Tuten aus dem Hörer.

Yannick schlottert am ganzen Körper. Er hätte doch seine Jacke mitnehmen sollen. Aber er hatte ja eigentlich gar nicht vorgehabt, heute zum Schatzversteck zu gehen. Zum Glück hatte er die Stirnlampe im Schulranzen, sonst wäre der Weg hierher nicht zu machen gewesen. Denn hier unten herrscht die absolute Dunkelheit, eine schier unvorstellbare Schwärze. Ohne Lampe hat man keine Chance. Hoffentlich halten die Batterien noch eine Weile. Yannick verlässt den betonierten Versorgungsgang, der zum alten Hanomag-Gebäude gehört, durch eine kleine, rostige Eisentür. Nun muss er abwärts durch einen Schacht steigen. Verbogene, in die Wand eingelassene Eisenbügel dienen als Steighilfe. Der Schacht mündet in den »Räubergang«. Er und Marco haben den Gang so genannt. Es ist ein niedriger, enger Gang aus grob behauenen Steinen, über die sich zahllose uralte Spinnweben ziehen. Yannick weiß, dass dieser Gang aus dem Mittelalter stammen muss, einer Zeit, in der es keine Autos gab, keinen Strom, keine Computer, dafür bewachte Stadttore, Ritter, Pferdekutschen und Hexen. Und dann gibt es da noch die Geschichte von diesem Räuber und Mörder – den Namen hat Yannick vergessen –, der die Gänge unter der Stadt dazu benutzte, um sich und seine Beute aus der Stadt zu schmuggeln. Und nun sucht auch Yannick Schutz vor der Polizei in dieser unterirdischen Welt, genau wie der Räuber – Hanebuth! Ja, so hieß er, es ist ihm wieder eingefallen. Ob dem auch so kalt war? Ob der sich auch ein bisschen gefürchtet hat? Bisher ist Yannick immer mit Marco zusammen in den Tunneln gewesen – bis auf das eine Mal, als er den Schatz hier versteckt hat. Hier unten riecht es immer feuchtmodrig und an manchen Stellen läuft Wasser die Wände hinab. Irgendetwas quiekt. Ratten sind ihnen hier schon oft begegnet, es muss viele geben, hier unten. Und Krokodile? Im Fernsehen hat Yannick einen Bericht über die New Yorker Kanalisation gesehen, in der es vor Krokodilen nur so wimmeln soll. Menschen, die ihrer exotischen Haustiere überdrüssig geworden sind, werfen diese einfach in die Kanäle, wo diese sich munter vermehren. Zwar hat man in Hannover noch nichts von Krokodilen im Abwassersystem gehört, aber das bedeutet nicht, dass es die dort nicht gibt. Vielleicht hat nur noch niemand nachgesehen.

Sie haben seinen Vater verhaftet, schon gestern, das hat er mitbekommen, auch wenn seine Mutter es nicht zugegeben hat, und nun auch seine Mutter. Er hat es mit eigenen Augen gesehen. Zwei Polizisten in Uniform haben seine Mutter abgeführt wie eine Verbrecherin. Das alles hat irgendwie mit Tante Marla zu tun, aber was genau, das ist Yannick schleierhaft. Seine Eltern sind doch keine Mörder, da ist Yannick ganz sicher. Warum sollten sie Tante Marla umbringen? Aber weiß das auch die Polizei? Eines jedenfalls weiß Yannick ganz genau: Was mit Kindern geschieht, deren Eltern im Gefängnis sind. Die kommen in ein Heim. So ist es einem Klassenkameraden gegangen. Aber ihm wird das nicht passieren. Nein, ihn kriegen sie nicht!

Oda verdrückt sich heute zeitig aus der PD. Vorhin hat Veronika angerufen und sie an ihr Versprechen erinnert, diese Woche mit ihr eine neue Jeans kaufen zu gehen. Die Freude Odas über dieses Ansinnen könnte kaum größer sein, auch wenn »eine neue Jeans« wahrscheinlich einen ganzen Schwung neuer Klamotten bedeuten wird. Frustkäufe auf Odas Kosten. Andererseits herrscht im Kleiderschrank ihrer Tochter tatsächlich Notstand, seit sie ihren Grufti-Look abgelegt hat. Immerhin scheint Veronikas schlechte Laune nichts mit ihrer Mutter zu tun zu haben, sonst hätte sie nicht auf dem gemeinsamen Raubzug durch die City bestanden.

Der Kauf der neuen Hose geht überraschend schnell vonstatten. Gleich im vierten Laden schlägt Veronika zu und entscheidet sich für ein ausgewaschenes, löchriges Exemplar, das kaum den Slip bedeckt. Oda kann beim besten Willen nicht sagen, was gerade diese Hose von ihren achtzehn ebenso unvorteilhaft sitzenden Vorgängerinnen unterscheidet, aber sie verkneift sich Fragen und Kommentare und zückt nur die Geldbörse. Wundersamerweise werden danach keine Wünsche in Sachen Kleidung mehr geäußert, dafür gesteht ihre Tochter: »Ich habe einen Sauhunger. Können wir nicht mal wieder ins Steakhaus gehen?«

Oda ist sofort einverstanden. »Ein gutes Essen«, so hat ihre Mutter immer gesagt, »hilft gegen mancherlei Kummer.« Vielleicht, so hofft Oda, trifft das ja auch auf Veronika zu. Was sie selbst angeht, so bezweifelt Oda, dass ein halbes Pfund gebratenes argentinisches Rind diese seltsame innere Leere auf Dauer ausfüllen kann. Ach, Daniel – er hat nichts mehr von sich hören lassen, was sie einerseits erleichtert, andererseits enttäuscht.

»Der Plan hat übrigens nicht funktioniert«, verkündet Veronika vorwurfsvoll, nachdem sie sich ein riesiges Rib-Eye-Steak mit Salat und Folienkartoffel einverleibt hat.

»Welcher Plan?«

»Na, *dein* Plan. Ihn nicht zu beachten – du weißt schon ...«

»Ach, *der* Plan. Das tut mir sehr leid.«

»Erst dachte ich, es funktioniert. Da hat er mir ein Eis spendiert, und wir haben uns echt gut unterhalten ...«

»Von welchem Er sprechen wir denn eigentlich?«, unterbricht Oda.

»Von Daniel, meinem Regisseur«, antwortet Veronika in einem Ton, als wollte sie sagen: *Oder gibt es etwa noch andere Männer auf der Welt?*

»Ah«, piepst Oda scheinbar überrascht und kann sich nicht verkneifen zu fragen: »Ist der nicht ein bisschen zu alt für dich?« Tatsächlich hat sie sich dieser Tage schon gefragt, ob ihre Tochter an einem Vaterkomplex leidet und sich künftig regelmäßig

Männern an den Hals werfen wird, die doppelt so alt sind wie sie selbst.

Aber Veronika geht nicht auf die Frage ein. Ihre Stimme zittert und in ihren Augen glänzt es, als sie nun sagt: »Ich könnte platzen vor Wut!«

Oda schweigt und begnügt sich mit einem fragenden Blick.

»Gestern, nach der Probe, habe ich absichtlich ein bisschen getrödelt. Dachte, er geht wieder in dieselbe Richtung wie ich, und wir unterhalten uns, und so ...« Ein unterdrückter Schluchzer schüttelt ihren Körper. »Dann höre ich Geräusche im Requisitenraum und gehe hin und sehe, wie er mit dieser dämlichen alten Ziege, dieser Janne Wolbert, rummacht.«

»Wie – rummacht?«, wiederholt Oda mit belegter Stimme.

Die Augen des Mädchens werden schmal wie Messerrücken. »Wenn du es genau wissen willst: Sie waren total ineinander verknotet, er hatte die Hände unter ihrem Kleid und die Zunge in ihrem Hals.« Veronika steht auf und verschwindet in Richtung Toilette.

Auch Oda merkt, wie sich ihr Puls beschleunigt. Janne Wolbert? Das Gretchen! War als Zeugin geladen, erinnert sich Oda. Da Völxen die Schauspielerin verhört hat, kennt Oda sie nur von der Bühne. Dort sah sie nicht schlecht aus, und alt schon gar nicht. Was sich aus Veronikas Sicht natürlich völlig anders darstellt, das ist klar. Oda braucht jetzt dringend einen Zigarillo, sofort. Verdammt, das geht ja nicht, Rauchverbot! Oda schließt die Augen und atmet tief durch. Und wegen so einem Typen hätte ich dummes Huhn beinahe den Familienfrieden aufs Spiel gesetzt. Gerade noch einmal die Kurve gekriegt, denkt Oda, und: Man sollte ihm bis zum Fußknöchel in seinen Knackarsch treten, diesem ... diesem Scheißkerl!

Ein Donnerschlag rumpelt über die Dächer, als Jule die Haustür aufschließt. Sie leert den Briefkasten – nur Werbung –, steigt müde die Treppen hinauf und öffnet die Tür zu ihrer Wohnung. Stille umfängt sie wie ein feuchtes Tuch. Im April dieses Jahres ist sie aus der elterlichen Villa in Bothfeld in die Dreizimmerwohnung in der List gezogen und normalerweise genießt sie den Augenblick des Nachhausekommens nach einem langen Arbeitstag: die Ruhe, die Aussicht auf ein Glas Wein auf dem Balkon, die Gewissheit, tun und lassen zu können, wozu sie Lust hat. Meistens nutzt sie diese Freiheit, um sich Fernsehserien anzusehen oder zu lesen. Einsam hat sie sich bis jetzt nie gefühlt, obwohl die Freundschaften, die sie während ihrer Zeit im Revier Hannover-Mitte mit ein paar Kolleginnen geschlossen hatte, nach ihrem Wechsel zur Kripo ziemlich rasch eingeschlafen sind. Aber nun fühlt sich die Stille ganz anders an, und ausgerechnet heute, wo sie für ein paar Überstunden dankbar gewesen wäre, gab es auf der Dienststelle nichts mehr zu tun. Pia Hermes hat, wie von Völxen vorausgesagt, die Aussage verweigert und musste auf Drängen ihres Anwalts entlassen werden.

Jule räumt die Wohnung auf, stopft die Bettwäsche in die Maschine und stellt sich unter die Dusche. Zuletzt ist der Strahl eiskalt, was sie ein wenig munterer macht. Sie verzichtet darauf, sich die Haare zu fönen, wickelt sich ein Handtuch um, gießt sich in der Küche ein Glas Dolcetto ein und hat auf einmal das Gefühl, keine Luft mehr zu bekommen. Hastig stößt sie die Tür zum Balkon auf. Aber auch draußen ist die Luft feucht und klebrig. Zwischen den Balkonkästen mit den Küchenkräutern tanzt ein Schwarm Mücken, schwarzviolette Wolken drücken schwer auf die Dächer.

Jule muss an Marla Toss denken. Ist es möglich, dass eine Frau wie Marla Toss diesen Klaus Brätsch liebte? Hatte sie ihm gar ein Ultimatum gestellt, ihm vielleicht gedroht, seiner Frau von ihnen zu erzählen? Seine Frau ... Jule erinnert sich nur noch vage an die hagere, streng wirkende Frau, die sie im Juwelierladen gesehen hat. Hat womöglich Frau Brätsch ihre Rivalin beseitigt? Immer langsam, Jule, ein Schritt nach dem anderen, noch haben wir nichts Konkretes in der Hand. Marlas Gönner kann auch ein ganz anderer Mann gewesen sein. Doch ein Gefühl sagt Jule, dass sie richtig liegt. Es würde passen. Marla Toss war eitel und berechnend. Brätsch ist vermutlich gut situiert und für sein Alter nicht unattraktiv. Er hätte Yannick bestimmt eine gesicherte Zukunft bieten können in dem Rahmen, den sich Marla Toss dafür vorstellte.

Zukunft ... ein viel zu großes Wort, was hat schon Zukunft? Die Menschen entwickeln sich, sie ändern ihre Meinung, sie verlassen ihre Partner. Eheversprechen – bis dass der Tod euch scheidet – werden per Anwalt rückgängig gemacht, ihre eigenen Eltern sind das beste Beispiel dafür. Scheiß auf die Zukunft, denkt Jule trotzig, warum nicht, wie Oda ihr geraten hat, einfach die Gegenwart genießen? Für den Moment würde Jule eine Zukunft genügen, die bis zum nächsten Treffen mit Leonard dauert. *Vielleicht am Freitag ...* Er muss nicht mal begründen, was ihn zum Beispiel heute, in diesen Minuten, von einem Zusammensein mit ihr abhält. Das versteht sich einfach von selbst, oder? Jule leert das Glas in einem Zug und füllt es wieder auf. Sie überlegt, wen sie anrufen könnte, um sich ihren Kummer von der Seele zu reden, aber ihr fällt niemand ein. Oda? Deren Meinung zu der Sache kennt sie ja. Ihren Vater? Keinesfalls! Ihre Mutter? Die war ihr noch nie eine Hilfe, und schon gar nicht bei einem solchen Problem. Die hat genug mit sich selbst zu tun. Cordula Wedekin hat die Märtyrerrolle der in einer Vierhundert-Quadratmeter-Villa sitzen gelassenen Ehefrau, die ihre Weltkarriere als Pianistin einem Schuft von Ehemann und einer undankbaren Tochter geopfert hat, etwa drei Monate lang in allen Facetten durchgespielt, hauptsächlich wohl, um den Unterhalt nach oben zu schrauben. Inzwischen ist dieser Part jedoch ausgereizt und abgelöst worden von dem der lebenshungrigen, jung gebliebenen Endvierzigerin, die einiges nachzuholen hat. Wenn man den Andeutungen ihres Vaters glauben darf, dann tut sie dies nun abwechselnd mit ihrem Golflehrer und einem zwanzigjährigen Musikstudenten.

Nein, ich brauche niemanden zum Ausheulen, ich komme damit schon alleine klar. Ich komme wirklich damit klar – nur nicht heute Abend. Heute ertrage ich das Alleinsein einfach nicht. Noch einmal geht sie ins Bad, schüttelt sich die Haare auf, knetet ein wenig Gel hinein, trägt Wimperntusche und Lippenstift auf und sprüht sich einen Spritzer Parfum in den Nacken.

Sie schlüpft in das weit ausgeschnittene schwarze Kleid und zerrt ihre roten Stilettos aus dem hintersten Winkel des Schuhregals hervor. Sie hat die Schuhe noch keine dreimal getragen, weil sie sich darin wie aufgebockt vorkommt und nicht sehr elegant darin gehen kann. Aber sie hat es ja nicht weit. Sie greift nach ihrem Schlüsselbund. Im Spiegel vor der Garderobe bleibt sie kurz stehen. Gar nicht mal so übel! Wenn *er* mich jetzt sehen könnte ... Entschlossen, nicht mehr an ihn zu denken, wirft sie die Tür ins Schloss, stakst eine Treppe höher und klingelt.

Es dauert ein bisschen, dann öffnet Fred die Tür. Er trägt Shorts und sein Hemd steht offen. Er sieht verdammt gut aus mit seinem etwas verwuschelten Haar. Genau das richtige Gegengift.

»Hey, Jule!« Er scannt sie von oben bis unten ab und stößt einen leisen Pfiff aus. »Wow! Gehst du auf 'ne Party?«

»Guten Abend, Fred«, gurrt Jule.

»Thomas ist nicht da.«

»Ich wollte auch nicht zu Thomas.« Jule registriert zufrieden, wie er unter ihrem eindringlichen Blick errötet. Na also, altes Mädchen, du hast es doch noch drauf!

Fred fährt sich verlegen durchs Haar.

Warum bittet er mich nicht endlich herein? In Jule regt sich ein Verdacht, der bestätigt wird, als sie über seine Schulter einen Blick ins Wohnzimmer erhascht. Über der Lehne des roten Sofas erkennt sie einen Hinterkopf mit rötlichem Haar, das von einer bunt schillernden Spange zusammengehalten wird.

»Verzeihung, ich wollte nicht stören, ich ...«

»Jetzt komm doch erst mal rein.«

»Nein, schon okay. Ein andermal. War nicht so wichtig.« Am liebsten würde sie im Boden versinken. Stattdessen macht sie kehrt und klappert auf ihren hohen Hacken die Stufen hinunter, verfolgt von der keifenden Stimme der Pühringer. »Geht es vielleicht noch ein bisschen lauter durchs Treppenhaus?«

Zurück in ihrer Wohnung schleudert Jule das alberne Schuhwerk von den Füßen und wirft sich auf das Sofa. Ihr ist zum Heulen. Jetzt hat sie sich auch noch vor ihrem Nachbarn blamiert. Und am meisten ärgert sie an der ganzen Sache, dass Fernando, ausgerechnet Fernando recht behalten hat. Wäre es Oda gewesen – kein Problem, aber von Fernando durchschaut zu werden, das ist geradezu demütigend.

Das Telefon klingelt.

Leonard?

»Hallo?«, haucht Jule.

»Fernando hier.«

Jule starrt ungläubig den Hörer an. Besitzt ihr Kollege neuerdings telepathische Fähigkeiten? Wird er morgen über den Maschsee gehen?

»Was ... was ist?«

»Ich wollte nur sagen – wegen heute Nachmittag – du weißt schon, unsere Diskussion ...«

»Diskussion?«

»Wegen meiner Mutter und ihrem Freund. Also, ich wollte dir nur sagen, dass du recht hast.«

Jule hat noch immer nicht verstanden, wovon er redet.

Ein Schweigen entsteht, dann fragt Fernando: »Jule? Geht's dir gut?«

»Ja.«

»Nein, dir geht's nicht gut, das höre ich doch. Was ist los?«

Was los ist? Mein inneres Gleichgewicht und mein Seelenfrieden sind dahin, ich ziehe nuttige Schuhe an und wollte gerade meinen Nachbarn verführen. Jule holt tief Atem und antwortet: »Man kann ja nicht immer gut drauf sein, oder?«

»Hast du was getrunken?«

»Einen Schluck Rotwein, wenn's recht ist.«

»Das hört sich nach einem großen Schluck an.«

»Wer bist du, mein Suchtberater?«

»Hör zu, ein Vorschlag: Setz dich in ein Taxi und komm hierher, dann gehen wir zusammen eine Pizza essen, ich lade dich ein.«

»Warum?«

»Weil ich nicht will, dass du zu Hause sitzt und dich beschissen fühlst. Wenn du nicht kommst, komm ich.«

»Nein. Nein, ich will ... ich muss hier raus«, gesteht Jule.
»Essen gehen ist eine gute Idee.«

Veronika macht gerade die DVD *Besser geht's nicht*, die sie unterwegs aus dem Videoverleih mitgenommen haben, startklar, als Odas Handy klingelt.
»Ich bin's, Daniel.«
Ärgerlich bemerkt Oda, wie ihr Herzschlag entgegen aller Vorsätze ein wenig außer Takt gerät. Sie geht mit dem Telefon in die Küche und schließt die Tür.
»Was willst du?«
»Ich wollte mal vorsichtig nachfragen, ob es funktioniert hat.«
»Wovon redest du?«
»Die kleine Szene, die Janne und ich aufgeführt haben.«
»Szene?«
»Hat Vero dir nicht davon erzählt?«
»Sie hat erwähnt, dass du deiner Kollegin Wolbert in der Requisitenkammer an die Wäsche gegangen bist.«
»Das war inszeniert!«, erklärt Daniel, und sie kann hören, wie er dabei triumphierend lächelt. »Irgendwie musste ich doch Veronika dazu kriegen, nicht mehr für mich zu schwärmen. Sonst haben wir beide doch gar keine Chance.«
Oda braucht ein paar Sekunden, um das Gehörte zu begreifen, dann sagt sie eisig: »Offenbar wart ihr sehr überzeugend. Eure kleine Scharade hat sie sehr verletzt!«
»Mag sein«, meint Daniel leichthin. »Aber das wird bald vergehen, und dann ...«
Oda platzt der Kragen. »Wofür hältst du dich eigentlich?«, zischt sie. »Wer, glaubst du, bist du, dass du mit den Gefühlen meiner Tochter spielen kannst, je nachdem, wie es dir gerade in den Kram passt?«
»Aber ich wollte doch nur ...«
»Du bist so ein gottverdammtes arrogantes Arschloch!« Oda legt auf. Ihr Herz rast, aber nun vor Wut. Sie trinkt einen Schluck Wasser aus dem Hahn und wartet, bis sie sich einigermaßen be-

ruhigt hat, ehe sie das Wohnzimmer betritt, wo Veronika mit der Fernbedienung in der einen und einer Tüte fettreduzierter Chips in der anderen Hand auf dem Sofa sitzt und sie bekümmert ansieht. »Musst du weg?«

»Nein«, sagt Oda und bemüht sich um ein Lächeln. »Es kann losgehen.«

Völxens Stimmung ist so bleischwer wie der Himmel, der auf die abgeernteten Getreidefelder drückt. Die dunklen Wolken über den goldenen Stoppeln bilden einen kontrastreichen, eindrucksvollen Anblick, der den Kommissar an einem anderen Tag vielleicht dazu animiert hätte, zur Kamera zu greifen und das fünfhundertste Foto von seiner Schafweide mit den Feldern und dem Mittelgebirgszug des Deisters im Hintergrund zu schießen. »Gewitterstimmung mit Schafen« hätte er es nennen können, aber heute hat er keine Lust dazu. Auch die vier Tiere scheinen seine trübe Laune zu spüren, sie halten sich von ihm fern, stehen alle vier nah an die Wand des Schuppens gepresst, was aber auch an dem anhaltenden Donnergrollen liegen kann, das vom Deister her droht. Bodo Völxen dagegen sehnt sich förmlich nach einem Unwetter. Seinetwegen könnten in den nächsten Minuten schwefelgelbe Blitze Himmel und Erde und insbesondere den Kirchturm spalten, begleitet von Donnerschlägen, so scharf wie Peitschenhiebe. Orkanböen sollten alles hinwegfegen und dazu müsste es sintflutartig regnen, Bäche und Flüsse würden rasch anschwellen, den ganzen Unrat mit sich reißen und ein bestimmter Pastor würde in den gurgelnden Fluten versinken … Kurz, der Weltuntergang könnte von ihm aus genau jetzt eintreten, das wäre wenigstens eine Ablenkung. Ungehemmt gibt er sich seinen apokalyptischen Fantasien hin, und dabei muss er sogar lächeln, wenn auch grimmig, denn er kommt sich ein wenig vor wie Robert de Niro in *Taxi Driver*: *Ich hoffe, dass eines Tages ein Regen den ganzen Abschaum von den Straßen spült!* Klasse Film, den sollte er sich mal wieder ausleihen. Aber noch grummelt das aufziehende Gewitter lediglich mürrisch vor sich hin und kein Windhauch regt sich. Vom Haus tönen schräge Klarinettentöne herüber. Sabine unterrichtet gerade eine Schülerin.

Die hintere Tür geht auf und Wanda schlappt in ihren Flipflops über die Wiese auf ihn zu. »Papa. Ich wollte mit dir reden. Was machst du denn hier draußen?«

»Ich denke nach«, antwortet Völxen.

»Über deinen neuen Fall? Die Sache mit der Regisseurin?«

»Ja«, lügt Völxen, der ausnahmsweise seit Dienstschluss so gut wie keinen Gedanken an den Fall Toss verschwendet hat. Einem abgeklärten alten Hasen – ja, an diesen Terminus gewöhnt er sich am besten so langsam – fällt es leichter als der zappeligen Kommissarin Wedekin, erst einmal abzuwarten, bis genug technische Beweise vorliegen, die eine Vernehmung oder gar die Festnahme eines Tatverdächtigen rechtfertigen. Je ausgefeilter und verfeinerter die Methoden des LKA im Lauf der Jahre geworden sind, desto mehr Zeit nehmen diese in Anspruch. Hektik ist unnötig und kontraproduktiv und allenfalls angebracht, wenn man einen im Zwölf-Stunden-Takt agierenden Serienkiller verfolgt. Ein solcher Fall ist Völxen allerdings während seiner Laufbahn als Polizeibeamter noch nie untergekommen. Bei allen anderen Verbrechen erreicht man sein Ziel besser durch systematisches Vorgehen und Gelassenheit.

»Was gibt es?«

»Es geht um mein Studium.«

»Ich denke, du willst Landfrau werden? Biobäuerin«, korrigiert sich Völxen, den dieses Thema zwar von seinen düsteren Betrachtungen ablenkt, aber ebenfalls nicht erheitert.

»Ich möchte Landwirtschaft studieren.«

Völxen holt tief Atem und schaut den Schwalben zu, die ruhelos durch die Luft flitzen.

»Nun sag schon was dazu«, fordert Wanda.

»Gut«, sagt Völxen und denkt: Hauptsache irgendein Studium. Die Leute landen hinterher ja oft ganz woanders.

»Gut? Ist das alles?«

»Was soll ich denn sonst sagen? Ich finde es in Ordnung.«

»Ich dachte, du hast eine Meinung dazu. Oder freust dich vielleicht ein bisschen.«

»Ich freu mich riesig«, brummt Völxen.

»Mann, du bist in letzter Zeit ganz schön schräg drauf, Papa.«

»Ich? Wieso?«

»Ist es, weil du bald fünfzig wirst, kriegst du jetzt die Midlife-Crisis?«

»Vorsicht, ja!«

»Also findest du's okay, wenn ich Landwirtschaft studiere.«

»Ja, durchaus«, bestätigt Völxen noch einmal und fragt: »Weiß Sabine das schon?«

»Nein, ich wollte erst mit dir reden. Sozusagen mit dem Familienoberhaupt.«

»Wusste gar nicht, dass du dieses Wort kennst.«

Wanda grinst und boxt ihren Vater in die Seite. »Jetzt tu nicht so. Du hast großes Glück mit deinen Frauen.«

»Findest du?«

»Ja, glaub mir.«

Völxen ergreift die Gelegenheit und fragt betont beiläufig. »Ist dir in letzter Zeit an deiner Mutter irgendwas aufgefallen?«

»Nö. Was denn?«

»Ach, nichts.« Was hätte Wanda auch auffallen sollen, sie ist ja kaum noch zu Hause. »Wie geht's Amadeus?«, wechselt Völxen rasch das Thema.

»Prächtig. Der fickt sich so durch.«

»Also bitte!«

»Besuch ihn doch mal. Am Samstag ist auf dem Hof Tag der offenen Tür, es gibt Lammwürste und Holunderlikör.«

Völxen brummt etwas Unverständliches.

»Ach, und wegen Mama ... Da gibt es doch etwas, was du vielleicht wissen solltest«, beginnt Wanda zögernd.

Völxen sieht seine Tochter mit großen, erschrockenen Augen an, was diese nicht bemerkt, weil sie mit den Fingern die Holzmaserung des Zaunes nachfährt, als müsste sie Blindenschrift entziffern. Offenbar geht ihr das, was sie ihm sagen möchte, nicht leicht über die Lippen, denn sie seufzt schwer, ehe sie weiterspricht: »Mama wird mich zwar lynchen, wenn sie erfährt, dass ich es gesagt habe, aber ich finde, du solltest es wissen, damit du gewappnet bist. Aber du musst dann unbedingt so tun, als ob du keine Ahnung gehabt hättest, ja?«

Völxen kann nur stumm nicken. Sein Magen rotiert einmal um die eigene Achse.

»Mama stellt sich das nämlich so einfach vor ...«

»Einfach?«, krächzt Völxen, dem seine eigene Stimme fremd vorkommt.

»Ja. Also Mama und der neue Pfarrer ...«, fährt Wanda fort, und am liebsten würde Völxen laut *Nein!* schreien, *Nein, ich will es nicht wissen!*, aber seine Kehle ist trocken, und etwas schnürt ihm die Luft ab.

»... die zwei haben da dieses Ding am Laufen ...« Wanda schlägt die Hände vor ihr Gesicht, kichert und meint: »Das ist so was von peinlich!«

»Peinlich?«, wiederholt Völxen flüsternd. Peinlich? Sein Leben geht gerade den Bach hinunter, und seine Tochter findet das peinlich und zum Kichern? Was für ein Ungeheuer hat er da nur großgezogen? Völxens Handy klingelt just in dem Moment, als sich Wanda umsieht, als müsse man mit Lauschern hinter den Holunderbüschen rechnen, und flüsternd fortfährt: »Also, pass auf ...«

»Moment – das Telefon!«, ruft Völxen, erleichtert über die Galgenfrist, die ihm der lärmende Apparat gewährt.

Wanda verdreht die Augen und murmelt etwas von Terror und dass es doch immer dasselbe mit ihm sei, während Völxen dem Anrufer zuhört.

»Wanda, ich muss leider weg, es ist ...« Aber Wanda stapft bereits mit langen Schritten durch den Garten auf das Haus zu, sie scheint ziemlich sauer zu sein.

Als Jule aus dem Auto steigt, fallen die ersten schweren Regentropfen.

»Du bist ja doch gefahren!«, begrüßt Fernando sie vorwurfsvoll. Offenbar hat er am Fenster gestanden und sie beim Einparken beobachtet.

»Ich bin nicht betrunken.« Das Fahren war kein Problem gewesen, nur das Einparken hatte sich unerwartet schwierig gestaltet, so ein Mini kann ganz schön sperrig sein.

»Komm rein, ich wollte gerade Kaffee kochen.«

Jule betritt zum ersten Mal die Wohnung, in der Fernando und seine Mutter wohnen. Das Wohnzimmer, das Jule nur im Vorbeigehen betrachten kann, ist mit dunklen, schweren Möbeln ausgestattet. Fernando führt sie in die Küche, die dagegen hell und freundlich wirkt.

»Kaffee, das ist eine gute Idee.«

Im Flur schnarrt ein Telefon. Fernando schüttet Kaffeepulver in eine Filterkanne. »Stark oder mild?«

»Das Telefon klingelt«, sagt Jule.

»Das ist bestimmt wieder für Mama«, antwortet Fernando und lässt es läuten.

»Wo ist sie denn?«

»Was weiß ich? Brauchen wir sie?«

Wir? Von was für einem »wir« redet er da? Jule schüttelt den Kopf, aber im Stillen bedauert sie die Abwesenheit von Pedra. In ihrer resoluten, mütterlichen Art hätte sie vielleicht irgendetwas Tröstendes, unendlich Weises von sich gegeben, an dem Jule sich hätte festhalten können. Aber auch ihr Sohn gibt sein Bestes. Er hat sich inzwischen rasiert, trägt ein frisches Hemd und hat zum Glück auf den sonst üblichen Batzen Haargel und sein Eau de Toilette verzichtet, über dessen aufdringlich süßlichen Duft Jule in der PD jedes Mal die Nase rümpft.

»Setz dich doch.«

»Danke«, sagt Jule und bleibt stehen.

»Ich hab's mir überlegt, du hattest recht. Ich werde ihr nichts sagen, von Alfonsos Ehe«, verkündet Fernando und nimmt eine Tüte Milch aus einem monströsen Kühlschrank. Es ist ein älteres Modell, das dezent vor sich hin brummt und gluckert. »Wenn sie erfährt, dass ich über Alfonso Erkundigungen eingezogen habe, dann wird sie nur auf mich wütend sein.«

»Zu recht«, bekräftigt Jule.

»Aber ich werde mit ihm reden«, sagt Fernando. »Er muss ihr selbst die Wahrheit sagen, ich werde ihm eine Frist setzen. Was hältst du von der Idee?«

»Ich weiß nicht«, antwortet Jule, die im Augenblick nichts auf der Welt weniger interessiert als die Querelen der Familie Rodriguez.

»Aber irgendwas muss ich doch tun!«

»Wenn du ihn zur Rede stellst, dann erfährt Pedra es eben von ihm, dass du recherchiert hast«, meint Jule. »Ob das dann besser ist ...?«

»Ich werde mit ihm verhandeln: Mein Schweigen gegen seines. Der kommt mir jedenfalls nicht ungeschoren davon, dieser schleimige Tangofritze.«

»Wie du meinst«, sagt Jule matt.

»Apropos Tango: Es gibt da einen netten kleinen Salsa-Laden im Steintorviertel. Hättest du nicht Lust, mal mit mir hinzugehen? Salsa macht gute Laune.«

»Ich kann nicht Salsa tanzen.«

»Ich kann's dir zeigen.« Fernando vollführt ein paar Tanzschritte auf dem Küchenboden, wobei er wirklich sehr elegant wirkt. Um nicht zu sagen: sexy. Reiß dich am Riemen, ermahnt sich Jule und sagt: »Ich weiß nicht, ob ich das können will.«

»Man kann dort auch nur ein Bier trinken ... Voilà.« Mit galanter Geste reicht Fernando Jule, die noch immer am Fenster steht, einen Becher Kaffee.

»Danke!« Der Duft des Getränks steigt Jule in die Nase, und schon trifft sie mit voller Wucht die Erinnerung an heute Morgen, als Leonard mit dem Kaffee aus der Küche kam ... Das ist zu viel! Jule, angefüllt mit Selbstmitleid und Dolcetto, kann nicht verhindern, dass ihr plötzlich, noch während sie den ersten Schluck zu sich nimmt, die Tränen aus den Augen stürzen. Und das vor Fernando!

»Ist der Kaffee so schlecht?«, erkundigt sich dieser mit einem schiefen Lächeln.

»Nein!«, schluchzt Jule. Nein, wenn sie ehrlich ist, ist Fernandos Kaffee köstlich: stark, aber nicht bitter und auch nicht zu heiß. »Entschuldige. Es geht gleich wieder.« Aber da hat er ihr schon den Becher aus der Hand genommen, und Jule findet sich gegen sein modisch zerknittertes weißes Hemd gelehnt wieder. Seine Hände streichen über ihren Rücken und über ihr Haar, und Jule fragt sich: Was, zum Teufel, mache ich da? Bin ich jetzt völlig verrückt geworden? Das ist FERNANDO! Gut, im Augenblick haben seine Gesten etwas Harmloses, beinahe Väterliches. Ein Mann, der eine gute Freundin tröstet, die Liebeskummer hat. Aber sie weiß selbst, wie dünn und brüchig dieser Firnis der Kameradschaft ist. Andererseits ist es tatsächlich tröstlich und irgendwie erholsam, sich an ihn zu lehnen. Nur noch ein paar Sekunden ...

Ein schrilles Klingeln lässt beide zusammenzucken. Jemand hämmert gegen die Eingangstür.

»*Cojonudo*«, flucht Fernando, löst seine Hände aus Jules Haar und eilt zur Tür, wobei er wütend murmelt. »Hat man denn hier nie seine Ruhe?« Er reißt die Tür auf. Draußen steht Pia Hermes und brüllt: »Ist Yannick bei dir?«

Fernando starrt die Besucherin verdattert an. »Bei mir?«, wiederholt er verblüfft. »Nein, warum sollte er? Er war noch nie hier, nur im Laden.«

»Yannick ist weg und ich weiß nicht, was ich machen soll!« Pia sieht Fernando verzweifelt und wütend an, geradeso als wäre er dafür verantwortlich. »Warum gehst du denn nicht ans Telefon?«

»Komm erst mal rein.«

Fernando bugsiert sie in die Küche. Jules Anwesenheit scheint Pia Hermes nicht zu verwundern, aber vermutlich ist ihr angesichts der Katastrophe alles andere egal. »Yannick ist verschwunden«, erklärt Fernando.

Jule nickt, während Fernando sich wieder Pia widmet: »Nun mal ganz von vorn. Seit wann ist er weg?«

»Keine Ahnung, das ist es ja! Und das ist nur eure Schuld! Ich war doch den ganzen Nachmittag in diesem Scheißgefängnis, und Stefan dachte, er sei mit seinem Freund Marco unterwegs.

Das hat Marcos Mutter jedenfalls gesagt, Stefan hat um zwei Uhr mit ihr telefoniert. Er hat sich nichts dabei gedacht, denn das war in letzter Zeit öfter der Fall, dass Yannick mit Marco den halben Tag um die Häuser zieht. Wir sind erst nervös geworden, als er um halb sieben noch immer nicht zu Hause war. Er muss immer um halb sieben zu Hause sein«, erklärt Pia. »Als er um sieben immer noch nicht da war, haben wir bei Marcos Mutter angerufen. Marco hat zu ihr gesagt, dass er um drei Uhr mit Yannick verabredet gewesen war. Aber die beiden sind gar nicht zusammen gewesen.« Ein Schluchzer beendet die aufgeregte Rede.

»Gibt es andere Freunde, bei denen Yannick sein könnte?«, fragt Fernando, um einen ruhigen Tonfall bemüht.

Pia schüttelt den Kopf. »Die hat Stefan schon alle angerufen. Im Moment radelt er alle Plätze ab, an denen Yannick sonst spielt.« Bei diesen Worten starrt Pia beschwörend auf das Handy, das in der Brusttasche ihrer Jeansjacke steckt.

»Habt ihr die Polizei benachrichtigt?«

»Noch nicht. Ich wollte erst ...« Pia macht eine fahrige Handbewegung, die offenlässt, was sie erst wollte.

»Hat er das schon mal gemacht? Ich meine, beim Spielen die Zeit vergessen?«, fragt Jule. Unwillkürlich fällt ihr Blick dabei auf die Uhr über der Küchentür. Es ist fast halb neun.

Pia schüttelt energisch den Kopf. »Nein, niemals. Er ist in dieser Hinsicht sehr zuverlässig. Er weiß, dass er sonst ein paar Tage nicht raus darf. Die größte Verspätung war mal eine knappe Stunde, aber nur, weil sein Fahrradreifen geplatzt war.«

»Ist er mit dem Fahrrad weg?«

»Ja. Es steht jedenfalls nicht im Hausflur.«

»Hat er ein Handy?«

»Nein«, jammert Pia. »Er sollte erst zum elften Geburtstag im November eines bekommen.« Sie schnieft und wischt sich mit dem Handrücken die Nase. »Wenn ich es ihm doch nur früher erlaubt hätte!« Jule reicht ihr ein Küchentuch aus Papier, das sie von einer Rolle über der Spüle abgerissen hat, während Fernando sagt: »Versuch dich zu beruhigen, Pia. Wann hast du Yannick zum letzten Mal gesehen?«

»Heute Morgen, bevor er zur Schule gegangen ist«, kommt es mit erstickter Stimme aus dem Küchentuch.

»Was hatte er da an?«

Furchen treten auf Pias Stirn, ihr Blick gleitet zur Decke, als stünde dort die Antwort geschrieben. »Ich ... ich muss nachdenken ...« Ihr Atem geht schwer. »Seine Jeans, die schwarzen Sportschuhe und ein dunkelgrünes T-Shirt, auf dem irgendein englischer Quatsch draufsteht. Und ich habe ihm gesagt, er soll die Jacke einstecken, es könnte mittags regnen. Aber er hat sie natürlich im Flur hängen lassen«, ruft Pia verzweifelt.

»Ich rufe jetzt die Kollegen von der Streife an. Wie heißen Marcos Eltern mit Nachnamen und wo wohnen die Leute?«

»Schuster«, flüstert sie kaum hörbar und nennt eine Adresse in Linden-Süd.

»Freunde wissen meistens mehr als Mütter, glaub mir«, sagt Fernando, ehe er verschwindet, um zu telefonieren.

Jule muss daran denken, wie sich Pia Hermes noch vor wenigen Stunden in der PD äußerst kühl, fast arrogant, gegeben hat, während ein junger Anwaltsschnösel von oben herab zu Völxen meinte: *Meine Mandantin war an besagtem Abend noch kurz Zigaretten holen, und wenn Sie ihr nichts Gegenteiliges beweisen können, dann würde ich Sie doch dringend ersuchen, dass Sie sie jetzt gehen lassen.* Nun bebt sie am ganzen Körper und weint hemmungslos, während Fernando im Wohnzimmer Yannicks Personenbeschreibung an die Kollegen durchgibt. Jule bleibt nichts, als der Frau die Küchenrolle zu reichen und dazu einen Becher Kaffee, den Pia gierig hinunterstürzt.

Niemals Kinder!, beschließt Jule angesichts des zitternden Häufchens Elend auf dem Küchenstuhl vor ihr. Nichts macht einen offenbar so angreifbar und verletzlich. Draußen grollt ein leiser Donner vor sich hin.

»Hast du Völxen auch angerufen?«, fragt Jule, als Fernando wieder in die Küche kommt. Er nickt. »Und Oda. Die beiden fahren direkt zu Marco, vielleicht kriegt Oda ja was aus ihm raus.«

»Und was machen wir?«

»Wir sehen uns jetzt mal Yannicks Zimmer genauer an«, entscheidet Fernando. Sie nehmen Jules Wagen, Fernando fährt die kurze Strecke, Pia sitzt vorne.

»Mal eine andere Frage«, beginnt Fernando vorsichtig. »Hast du Roland Friesen die Nummer von deiner Schwester gegeben?«

»Ja«, sagt Pia in gleichgültigem Ton.

»Warum?«, will Fernando wissen.

»Warum nicht?«, kommt es müde zurück.

»Er ist immerhin eine recht zwielichtige Existenz, außerdem hat er damals behauptet, Marion sei die Drahtzieherin des Überfalls gewesen. Ist dir nie der Gedanke gekommen, dass er ihr Schwierigkeiten machen könnte? Sich vielleicht an ihr rächen möchte?«

»Umso besser«, antwortet Pia und kneift die Lippen zusammen.

»Du hast sie wirklich gehasst«, stellt Fernando fest.

»Ich wollte nur, dass sie wieder abhaut und uns in Ruhe lässt. Ja, wenn du es genau wissen willst: Ich habe mir oft gewünscht, dass jemand sie umbringt. Aber ich war's nicht. Und jetzt lass mich mit meiner gottverdammten Schwester in Ruhe und kümmere dich gefälligst um meinen Sohn!«

Zu dumm, dass er nicht mehr nach Hause gehen konnte, um das Geld zu holen, ärgert sich Yannick zum wiederholten Mal. Da hätten sie bestimmt schon auf ihn gewartet. Aber er hat ja noch den Schatz. Der lässt sich bestimmt zu Geld machen oder gegen etwas anderes tauschen. Essen, zum Beispiel. Er hat einen fürchterlichen Hunger.

Er kommt an eine Gabelung. Rechts führt der Gang zu der Kammer, in der die Zigaretten unter einer dicken Plastikfolie auf drei Euro-Paletten lagern. Marco und er haben nicht schlecht gestaunt, als sie vor einigen Wochen diesen Vorrat entdeckt haben. Hunderte, nein, Tausende von Zigaretten.

»Hey, Alter, das ist ja der Hammer! Die verticken wir, damit werden wir reich!«, hat Marco entzückt gerufen.

»Aber die gehören doch wem«, hat Yannick zu Bedenken gegeben.

»Klar, der Zigaretten-Mafia!«, hat Marco mit gierig leuchtenden Augen bestätigt. »Denkst du, die holen die Polizei, nur weil ein paar davon fehlen?«

»Das nicht. Die bringen uns gleich um«, hat Yannick widersprochen.

»Wir dürfen nur so viele nehmen, dass es nicht auffällt.«

»Und wenn sie uns dabei erwischen?«

»Die kommen bestimmt nur nachts«, hat Marco vermutet, und richtig: schon fünfmal haben sie sich inzwischen von dem Lager bedient, aber nie ist ihnen dabei ein Mensch begegnet. Dennoch ist Yannick die Sache bis heute nicht geheuer. Andererseits lässt sich damit gut und einfach Geld verdienen, die Nachfrage boomt. Jeder der zwei Jungs hat inzwischen seinen eigenen kleinen Kundenstamm aufgebaut, sodass sie bald nicht mehr auf Marcos großen Bruder angewiesen sind, der ihnen am Anfang die Kunden vermittelt hat – gegen satte Prozente, versteht sich.

Der »Zigarettengang« liegt auch jetzt völlig im Dunkeln. Ob sie ihn wohl schon suchen, die Leute vom Jugendamt, die Polizei? Wie es wohl seiner Mutter geht, und seinem Vater? Wahrscheinlich sitzen sie getrennt voneinander in kahlen Zimmern vor einer grellen Lampe und werden pausenlos von Polizisten verhört.

Yannick betritt heute nicht den Zigarettengang, sondern geht weiter. Kurz nach der Abzweigung geht es durch einen engen Schacht hinab in ein Gewölbe aus glatten Kopfsteinen, das zur Kanalisation der Stadt gehört, was man unschwer am Geruch erkennen kann. Der daran anschließende Kanal, in dessen Mitte dunkles Wasser träge durch eine Rinne fließt, fällt leicht ab und wird dann immer enger, sogar Yannick muss stellenweise den Kopf einziehen. Die Wände sind permanent nass, der Boden ist sehr glitschig und es riecht moddrig. Yannick muss einigen Pfützen ausweichen. Er atmet auf, als er das enge Teilstück passiert hat. Gleich dahinter zweigt ein kurzer, ebenfalls sehr niedriger Gang ab, der sich jedoch nach wenigen Metern zu einer gewölbten, aus großen Sandsteinquadern gemauerten Kammer weitet. Auch hier sind die Wände klamm und feucht, aber Yannick kann wieder aufrecht stehen. Hier ist Endstation, der rückwärtige Teil des Raumes ist mit Geröll verschüttet. Aber Yannick hat sein Ziel schon erreicht. Der Lichtkegel der Stirnlampe erfasst den dicken Stein, der sich mit einiger Mühe aus der Wand ziehen lässt. Dahinter lagert, in eine Plastiktüte gewickelt, sein Schatz. Der wird deutlich mehr Geld bringen als die Zigaretten. Vielleicht kann er damit einen superguten Anwalt bezahlen, der seine Eltern raushaut. Gerechtigkeit ist eine Sache des Geldes, hat er neulich seine Mutter sagen hören, und nicht kapiert, was sie damit gemeint hat. Nun glaubt er es zu verstehen.

Die Tüte an die Brust gepresst macht er sich auf den Rückweg. Es wird auch Zeit, das Licht seiner Lampe wird allmählich schwächer. Irgendetwas rauscht und gluckert, aber das ist es nicht, was ihn beinahe zu Tode erschreckt und veranlasst, sich erschrocken gegen die Wand zu pressen. Da sind Stimmen! Menschliche Stimmen. Sie dringen aus dem Zigarettengang, und nun sieht Yannick einen Scheinwerfer, der weiter hinten aufflammt. Panisch knipst Yannick seine Lampe aus. Die Zigaretten-Mafia! Mindestens zwei Männer sind da hinten im Gang, er hört, wie sie einander etwas zurufen. Was sie sagen, versteht er nicht, aber er hat schon Leute am Kiosk in so einer Sprache reden hören. Was jetzt? Rasch am Gang vorbeihuschen, nach draußen? Was, wenn er unterwegs noch weiteren Mafiosi begegnet? Die machen ihn doch, ohne mit der Wimper zu zucken, kalt! Dunkelheit umfängt ihn, er kämpft einen Anflug von Panik nieder. Da hilft nichts, er muss zurück und warten, bis die Männer verschwunden sind. Gebückt tastet er sich in absoluter Dunkelheit an der nassen Wand entlang. Wasser läuft in seinen rechten Schuh. Mist, verdammter! Yannick stolpert weiter, noch immer die Stimmen im Ohr. Er weiß nicht mehr genau, ob sie wirklich noch da sind oder ob er sie sich einbildet. Aber das ist nun auch egal, sie waren da und er muss weg von ihnen, nur weg. Zurück dorthin, wo der Schatz lag und dann im Dunkeln warten, bis die Männer weg sind. Keine angenehme Aussicht. Erst nach etlichen

Metern wagt er es, die Lampe wieder anzumachen. Ein dünner Reif aus Licht glimmt schwach vor ihm auf. Das Wasser im Kanal ist binnen kurzer Zeit gestiegen, an manchen Stellen läuft es bereits über die betonierte Rinne. Yannick erschrickt. Was, wenn es noch weiter steigt, wenn sein Versteck voll Wasser läuft? Verdammt, er sitzt in der Falle.

»Ich verstehe nicht, was das soll, dieser Aufstand mitten in der Nacht! Dürfen Sie das überhaupt?« Frau Schuster ist eine zaundürre Rotgefärbte mit der fahlen Haut einer Kettenraucherin. Sie steht im Flur, zwischen einem Durcheinander aus Schuhen, Bierkisten und Mülltüten. Ihre Hände mit den vergilbten Fingerkuppen liegen auf den Schultern ihres Sohnes Marco, der auf den Boden starrt. Nebenan, in einem von Rauchschwaden durchzogenen Wohnzimmer, sitzt ein übergewichtiger Mann in Trainingshosen und einem T-Shirt vom Hardrock Café San Diego, den das Ganze nichts anzugehen scheint. Er starrt konzentriert auf einen riesigen Flachbildfernseher. Oda trauert im Stillen ihrem Videoabend nach, der durch Fernandos Anruf ein abruptes Ende genommen hat. Sie hat Veronika mit einem unguten Gefühl allein gelassen, aber die meinte, sie käme schon klar. »Versprich mir, dass du dem Typen nicht mehr nachweinst, er ist es nicht wert«, hat Oda sie ermahnt, ehe sie gegangen ist.

Auch Völxen scheint nicht erbaut darüber zu sein, seinen Feierabend opfern zu müssen. Seine Miene ist finster und gerade sagt er in sehr kühlem Tonfall zu Marcos Mutter: »Es geht um das Verschwinden eines Kindes. Ihr Sohn ist möglicherweise ein wichtiger Zeuge. Außerdem ist es jetzt nicht mitten in der Nacht, sondern gerade mal neun Uhr. Wir können Sie beide auch aufs Revier mitnehmen, wenn Ihnen das lieber ist.«

»Nee, schon gut«, gibt die Mutter klein bei. Nebenan findet eine Verfolgungsjagd mit Sirenengeheul und Reifenquietschen statt. »Verdammt, mach doch mal den Scheiß leiser«, ruft sie dem Bier trinkenden Schwamm in der guten Stube zu, woraufhin der träge nach der Fernbedienung greift.

»Ich nehme an, der Herr ist nicht Marcos Vater«, sagt Oda.

»Nee. Wo der ist, wüsste ich selber gerne.«

»Können wir mit Ihrem Sohn allein sprechen?«

»Ich weiß nicht recht ...«

»Schon gut, Mama«, meldet sich nun Marco in jovialem Ton zu Wort und entwindet sich dem mütterlichen Griff. Oda und Völxen folgen dem dicklichen Jungen in dessen Zimmer, einem schmalen Schlauch am Ende des Flurs. Poster von furchterregenden Fabelwesen, vermutlich die Helden indizierter Computerspiele, sind an die Raufasertapete gepinnt. Auf dem Fußboden liegt eine Playstation, die Marco nun unter das Bett schiebt. Da es außer dem Bett und einem wackelig aussehenden Schreibtischstuhl keine Sitzgelegenheit gibt, bleiben die Beamten stehen.

»Du bist Yannicks Freund?«, fragt Oda.

»Ein Kumpel halt«, relativiert Marco.

»Was macht ihr so, wenn ihr zusammen seid?«

»Alles Mögliche.«

»Zum Beispiel?«

»Mit dem Fahrrad rumfahren. Kicken. Abhängen.«

»Und wo macht ihr das?«

»Kommt drauf an.«

»Worauf?«

Marco bläst sich eine dunkle Haarsträhne aus der Stirn. »Wozu wir halt gerade Bock haben.«

»Wo habt ihr in letzter Zeit gespielt«, fragt Oda, wobei ihr das Wort »gespielt« nicht der passende Ausdruck zu sein scheint.

»Am Lindener Friedhof und auf dem Hanomag-Gelände.«

»Warst du heute in der Schule?«, will nun Völxen wissen.

»Klar.«

»Du gehst mit Yannick in eine Klasse?«

»Ja.«

»Wie alt bist du?«

»Bald zwölf. Bin letztes Jahr sitzen geblieben.«

»Das kann passieren«, sagt Völxen, der sich an eine Ehrenrunde in der achten Klasse des Gymnasiums erinnert. »War Yannick auch in der Schule?«

»Ja. Aber nach der Freistunde hat er gefehlt.«

»Welche Freistunde?«

»Mittwochs haben wir nach der Sechsten eine Stunde frei, dann ist Sport. Aber da hat er gefehlt.«

»Hat er öfter mal geschwänzt?«

»Nein. Selten. Und Sport nie. Das ist sein Lieblingsfach.«

Was immer Marcos Lieblingsfach sein mag – Sport ist es nicht, denkt Oda mit einem Blick auf die nicht vorhandene Taille des Jungen.

»Wo wollte er hin, hat er was gesagt?«

»Nö. Ich hab ihn nur wegradeln sehen. Manchmal sind wir in der Freistunde zu seiner Mutter, zum Kiosk. Das darf man zwar nicht, aber es merkt ja keiner.«

»Wann endet die sechste Stunde?«, mischt sich Völxen ein.

»Zwanzig nach eins.«

Oda und Völxen sehen einander an. Beide haben denselben Gedanken: Hat sich Yannick in der Nähe des Kiosks aufgehalten, als seine Mutter im Streifenwagen abgeholt wurde? Hat ihn dieser Anblick so verstört, dass er weggelaufen ist? Wohin?

»Ihr wolltet euch heute Nachmittag treffen, das stimmt doch, oder?«, will Oda wissen.

»Ja, schon.«

»Wann habt ihr das verabredet?«

»In der Pause. Wir wollten uns auf dem Hanomag-Gelände treffen. Aber er war nicht da. Ein Handy hat der ja nicht.« Ein Umstand, über den Marco verächtlich die Nase rümpft. »Ich habe eine halbe Stunde gewartet, dann bin ich zurückgefahren und wollte mal bei ihm zu Hause klingeln. Dann habe ich aber Cetin und seinen Bruder getroffen und bin den ganzen Nachmittag bei denen gewesen, Filme gucken.«

»Was wolltet ihr ursprünglich auf dem Hanomag-Gelände an diesem Nachmittag machen?«, fragt Oda.

»Nichts Besonderes.« Marco zuckt die Achseln, begleitet von einem aufsässigen Grinsen. »Abhängen, chillen.«

Oda verspürt den heißen Wunsch, diesen Jungen zu packen und die Wahrheit aus seinem schlaffen Körper herauszuschütteln, aber ihr Handy klingelt. Sie nimmt den Anruf im Flur entgegen, misstrauisch beäugt von Frau Schuster, die nervös rauchend in der Küchentür lehnt. Es ist Fernando. Mit wachsendem Interesse hört Oda zu, was der Kollege zu berichten hat.

In Yannicks Zimmer kann Fernando ein kleines Lächeln nicht unterdrücken, denn die Wände sind nahezu lückenlos bedeckt mit Postern von Fußballspielern: Nationalspieler und Spieler der *Roten*. In einem Regal häufen sich Fanartikel von Hannover 96, über der Stuhllehne hängt ein 96er Schal.

»Ich wusste gar nicht, dass er so ein Fußballfan ist«, meint Fernando.

Pia lächelt ebenfalls. »Vor allen Dingen seit der WM. Er hat Stefan bekniet, für ihn und sich Dauerkarten für diese Saison zu besorgen, aber das ist uns zu teuer, die sind ja verrückt. Was die verlangen, das kann sich doch kein normaler Mensch leisten.«

»Ich gehe aber trotzdem ab und zu mal mit ihm zu einem Heimspiel«, kommt ein schwacher Protest vom Flur her. Stefan Hermes ist zurück von seiner vergeblichen Suche, bleich wie ein Laken lehnt er an der Wand und schaut zu, wie die beiden Beamten das Zimmer seines Sohnes durchforsten.

Jule nimmt sich zuerst die Schubladen einer Kommode vor: Wäsche und T-Shirts, gebügelt und in ordentlichen Stapeln. Dann widmet sie sich dem Schreibtisch. »Hat Yannick kein Sparschwein?«, fragt sie kurz darauf.

»Er hat ein Sparkonto«, sagt Pia stolz.

»Wie viel Taschengeld bekommt er?«

»Fünf Euro die Woche. Warum wollen Sie das wissen?«

Jule zeigt den anderen die Zehn- und Zwanzigeuroscheine, die sie in einem leeren Kasten für Wasserfarben ganz hinten in der Schublade gefunden hat. »Das sind über dreihundert Euro. Woher hat er so viel Geld?«

»Keine Ahnung«, ruft Pia entsetzt und auch Stefan Hermes schüttelt nur den Kopf.

Fernando kriecht inzwischen auf dem Laminat herum. Der Sockel, auf dem der Kleiderschrank steht, sieht aus, als wäre da etwas nicht ganz in Ordnung. Tatsächlich, die vordere Blende ist lose, und als Fernando daran zieht, hat er das Brett auch schon in der Hand.

»Was machst du denn da, warum nimmst du die Möbel auseinander?«, ereifert sich Pia.

»Raucht Yannick?«

»Natürlich nicht! Er ist zehn!«

Fernando begibt sich in die Senkrechte. Er hält zwei Stangen Lucky Strikes in den Händen. Am Boden liegen ein weiteres Dutzend noch verpackter Stangen. Pia und Stefan starren völlig perplex auf den Fund.

»Wo hat er die vielen Zigaretten her?«, fragt Pia niemand Bestimmten.

Jule sieht sich die Stangen genauer an. »Das sind Unverzollte«, stellt sie fest. Fernando bestätigt dies. »Schmuggelzigaretten.«

»Ich habe wirklich keine Ahnung, was das zu bedeuten hat. Du etwa?«, fragt Pia ihren Mann.

»Nein, ich auch nicht.«

Fernando erinnert diese Szene lebhaft an seine eigene Jugend. Wenn seine Mutter auch nur die Hälfte von dem gewusst hätte, was er so getrieben hat ... kleine Diebstähle, Hehlerei – und hinter der Schule und am Leineufer gequalmt wie ein Schlot. Erst als der Handel mit den gefälschten Fußball-Tickets aufflog, Fernando eine Nacht in Polizeigewahrsam verbringen musste und die Polizei zu Hause auftauchte, musste die bis dahin ahnungslose Pedra Rodriguez realisieren, dass ihr Sohn kein Unschuldslämmchen war. Es war damals ein weiser Schritt von ihr, ihren Stammgast Bodo Völxen um Hilfe zu bitten. Anderenfalls stünde Fernando heute wohl auf der anderen Seite des Gesetzes. Aber immerhin war er damals schon fünfzehn oder sechzehn. Dass der zehnjährige Yannick mit Schmuggelzigaretten handelt – denn danach sieht es für Fernando aus –, das überrascht selbst ihn.

Falls Marco eine kriminelle Laufbahn plant, dann muss er noch einiges lernen, erkennt Oda amüsiert. Kaum dass sie die Worte

»geschmuggelte Zigaretten« ausgesprochen hat, gleitet der Blick des Jungen ängstlich über seinen Bettkasten, was auch Völxen nicht entgeht. Er öffnet den Kasten, räumt unter Marcos Protest ein paar Kissen, zerknüllte Kleidungsstücke und Manga-Hefte beiseite und stößt dann einen leisen Pfiff aus: »Fünfzehn Stangen. Ein netter kleiner Vorrat.«

»Wo hast du die her?«, forscht Oda.

Marco besinnt sich nun auf seine Rechte. »Ich bin noch ein Kind. Ihr könnt mir gar nichts tun.«

Oda schaut scheinbar nachdenklich zum Fenster hinaus auf einen engen Hinterhof und schmutzgraue Wände. Regentropfen prallen gegen die Scheibe und hinterlassen Schlieren im Staub. Dann wendet sie sich wieder Marco zu. »Was wohl deine Mutter dazu sagen wird?«

Offenbar hat der Junge noch einen gewissen Respekt vor seiner Mutter oder vielleicht auch vor dem fernsehenden Schwamm, denn in seine Augen tritt ein ängstliches Flackern.

»Marco, wir wollen dir nichts *tun*. Wir wollen nur wissen, woher ihr die Zigaretten habt. Und wo Yannick jetzt sein könnte«, sagt Oda eindringlich.

»Lass uns ein Geschäft machen«, schlägt Völxen vor. »Du sagst uns jetzt alles, was du weißt. Dafür erfährt deine Mutter nichts von den Zigaretten.«

»Darf ich sie dann behalten?«

»Jetzt mach aber mal 'nen Punkt!«, erwidert Völxen und mustert das Früchtchen mit drohendem Blick. »Also, ich höre.«

Fast gleichzeitig treffen die Kripobeamten, zwei Streifenwagen und die Feuerwehr vor der eingezäunten Industriebrache ein. Marco, der mit Völxen und Oda mitgefahren ist, darf nun im Einsatzwagen der Feuerwehr Platz nehmen. Die Männer schreiten zur Tat, ein paar Schnitte mit dem Bolzenschneider und der Tross holpert über den unebenen Grund. Völxen fürchtet um das Bodenblech seiner DS, die wie ein Kahn bei Windstärke sieben durch die Schlaglöcher schaukelt. Zwischen das Blaulichtgezucke mischen sich nun Blitze, ein kräftiger Regen hat eingesetzt. Zielsicher lotst Marco den Trupp zum Einstieg in die Katakomben der Stadt, und dann schlägt seine große Stunde, als er den Feuerwehrleuten voran durch die stählerne Falltüre schlüpft, um ihnen den Weg zu zeigen.

»Ich komme auch mit«, sagt Fernando und schon verschluckt auch ihn der Erdboden. Jule überlegt einen Augenblick, ob sie ihm folgen soll, aber Völxen ruft: »Sie bleiben hier oben, Frau Wedekin. Sie können da unten nichts tun. Setzen Sie sich in meinen Wagen.« Dankbar folgt Jule der Anweisung und sucht zusammen mit Oda in Völxens französischer Staatskarosse Schutz vor dem Regen. Nur mit Mühe sind dagegen Stefan und Pia Hermes davon abzuhalten, Fernando und den Feuerwehrleuten zu folgen.

»Lassen Sie die Männer in Ruhe arbeiten. Das sind Profis, die sind für so was bestens ausgerüstet. Wenn Yannick da unten ist, dann finden sie ihn«, beschwört Völxen das Paar. Deren Vertrauen in die Berufsfeuerwehr der Stadt Hannover ist offenbar größer als das zur Polizei, denn sie geben nach. Pia bringt sogar ein zuversichtliches Lächeln zustande, als ihr Mann einen aufgespannten Regenschirm über sie hält, den er von einem Streifenbeamten bekommen hat. Völxen und Oda sind dagegen nicht ganz so optimistisch gestimmt, denn was Marco vorhin, auf dem Weg hierher, geäußert hat, klang beunruhigend. »Yannick hat dauernd was von einem Schatz gefaselt, den er da unten angeblich versteckt hat. Vor ein paar Tagen wollte er ihn mir zeigen, aber dann konnten wir nicht hin, weil der Gang voller Wasser war. Man kommt angeblich nur durch, wenn es länger nicht geregnet hat. Ich habe gedacht, der verarscht mich bloß. Aber vielleicht stimmt es ja, vielleicht wollte er heute seinen berühmten Schatz holen und ...« Den Rest ließ Marco im Ungewissen stehen.

Eine Ratte flitzt panisch an der Wand entlang. Ein Dutzend greller Scheinwerfer erleuchtet die Unterwelt bis in den letzten Winkel. Fernando hat sich bis zur Spitze des Trupps vorgearbeitet, wo Marco neben dem Einsatzleiter, einem bärtigen Hünen, die

Führung übernommen hat. An einer Gabelung bleibt der Junge stehen und flüstert Fernando zu: »Da hinten liegen die Zigaretten. Aber ich glaube nicht, dass Yannick dort ist. Der hatte immer Schiss, wenn wir welche geholt haben.«

Zwei Männer von der Feuerwehr biegen in den Gang ein, um ihn zu kontrollieren. »Aber fassen Sie nichts an. Mit dem, was dort lagert, werden sich die Kollegen vom Zoll noch eingehend beschäftigen«, schickt Fernando ihnen nach.

Wenig später, nachdem sie einen ziemlich schmalen Schacht durchklettert haben, bleiben die Männer stehen und blicken ratlos auf den gurgelnd dahinschießenden Strom schmutzigen Wassers. Scheinwerfer folgen dem sich verjüngenden Kanal, an dessen engster Stelle das Wasser bis knapp unter die Decke reicht. Der Einsatzleiter schüttelt den Kopf und sagt zu Marco: »Das kann nicht richtig sein. Hier geht es nicht weiter.«

»Man muss aber da durch«, beharrt Marco. »Letztes Mal war da weniger Wasser.«

»Wo führt der Gang hin?«

»Keine Ahnung. Weiter sind wir nicht gegangen.«

»Da kommt doch keiner durch«, zweifelt nun auch Fernando.

»Doch«, beharrt Marco. »Aber nur, wenn es nicht regnet.«

Rufe werden laut: »Wir brauchen das Technische Hilfswerk, Taucher. Und jemanden, der sich hier unten auskennt!«

»Dann fordern Sie sie an, worauf wartet ihr denn?«, schreit Fernando verzweifelt. Kommandos werden gegeben, jemand spricht in ein Funkgerät.

Den Gesichtern der Männer sieht man an, was sie denken: Wenn der Junge dort hinten war, als der Gewitterregen einsetzte, kommt wahrscheinlich jede Hilfe zu spät. Einer der Feuerwehrleute, ein kleiner Mann mit einem dunklen Schnäuzer, tritt zu ihnen. »Das hat keinen Sinn. Bis die Taucher hier sind, ist der längst abgesoffen.«

»Woher wollen Sie das wissen?«, faucht Fernando.

»Weil ich hier früher gearbeitet habe. Die oben sagen, dass der Regen nachgelassen hat. Wenn es aufhört, sinkt das Wasser ziemlich rasch. Dann können wir weiter.«

»Das heißt, wir sollen hier rumstehen und warten?« – Eine Vorstellung, die Fernando nicht behagt.

»Sieht ganz danach aus«, sagt der Einsatzleiter und lenkt den Lichtstrahl seiner Lampe auf die schäumenden Fluten.

Donnerstag, 28. August

Das Morgenmeeting findet heute erst um zehn Uhr statt. Die Stimmung ist auf dem Nullpunkt. Die ganze Nacht über haben Einsatzkräfte des Technischen Hilfswerks die Kanalisation durchsucht, was nur möglich war, weil der Gewitterregen abrupt nachgelassen hatte und die Pegel der Abwasserfluten danach schnell wieder gesunken sind, so wie es der Feuerwehrmann mit dem Schnäuzer prophezeit hatte. Nirgends war jedoch eine Spur von Yannick zu finden. Gegen Mitternacht schickte Völxen Jule und Oda nach Hause. »Ihr könnt hier ohnehin nichts tun.«

Er selbst blieb da, und auch Fernando verbrachte die Nacht mit dem verzweifelt wartenden Ehepaar Hermes auf dem verlassenen Industriegelände in einem Streifenwagen. Völxen kam erst im Morgengrauen nach Hause, nur um drei Stunden später aus unruhigem Schlaf aufzuschrecken und unrasiert und ohne einen Bissen gefrühstückt zu haben wieder in der PD zu erscheinen.

»Noch immer keine Spur von dem Jungen. Was hoffentlich bedeutet, dass er rechtzeitig vor dem Regen rausgekommen ist oder gar nicht erst da unten war«, sagt Völxen und spricht anschließend die bittere Wahrheit aus: »Andererseits – wenn er im Kanal ertrunken ist und weggeschwemmt wurde, dann kann es Tage dauern, bis er gefunden wird. – Ja, was ist denn?«

Frau Cebulla hat das Büro betreten, ohne anzuklopfen, und platzt heraus: »Der Junge ist aufgetaucht!«

»Wo?«, fragt Fernando, Schreckliches ahnend.

»Bei seiner Oma im Altenheim.«

Ein kollektives Stöhnen der Erleichterung geht durch den Raum. Oda und Jule versinken synchron im Sofa und lächeln einander müde zu, während Frau Cebulla erklärt: »Er hat wohl die Nacht im Garten vor dem Heim verbracht und hat sich heute Morgen zu seiner Oma ins Zimmer geschlichen. Die wusste von nichts und hat seelenruhig mit ihm Karten gespielt. Ein Pfleger hat ihn entdeckt und die Eltern angerufen.«

»Wo ist der Junge jetzt?«

»Eine Streife hat ihn ins Friederikenstift gebracht, vorsichtshalber.«

»Die Großmutter! Dass ich daran nicht gedacht habe!« Völxen schüttelt den Kopf, entsetzt über sein eigenes Unvermögen. »Fernando, fahr sofort dorthin und versuch rauszukriegen, was es mit dem Schatz auf sich hat, von dem dieser Marco Schuster gesprochen hat«, ordnet er dann an. »Ich geh jetzt erst mal frühstücken.«

Auf dem Krankenhausflur sitzen Pia und Stefan Hermes, jeder mit einem Pappbecher Kaffee in der Hand.

»Fernando!«, strahlt diesen Pia überglücklich an. Sie stellt den Becher ab und umarmt ihn. »Wir sind ja so froh.«

»Wie geht es ihm?«

»Gut. Er ist da drin, im Untersuchungszimmer.«

»Ist der Arzt bei ihm, oder warum sitzt ihr hier draußen?«, fragt Fernando, den es wundert, dass das Paar nicht bei seinem Kind ist.

»Nein, ein Kollege von dir. Der wollte ihn gern allein sprechen.«

»Ein Kollege? Welcher Kollege?«

»Äh, ich habe mir den Namen nicht gemerkt«, gesteht Pia und sieht zu Stefan hinüber, der auch nur mit den Schultern zuckt.

»Habt ihr euch den Dienstausweis zeigen lassen«, fragt Fernando voller böser Ahnungen.

»Äh ... nein. Ich ... wir dachten ...«, beginnt Stefan Hermes, aber Fernando hört sich das Gestammel nicht länger an und öffnet, ohne anzuklopfen, die Tür des Untersuchungsraums. Auf einer Pritsche sitzt breit grinsend Yannick und vor ihm, auf einem Hocker, ein Mann in einem zerknitterten Trenchcoat, der ihn auffordert: »Und jetzt lach noch mal. Und heb mal die Hand. *Victory*, das Zeichen kennst du doch, oder?« Er macht es dem Kind mit der Linken vor, die Rechte hält den Fotoapparat. Der Kopf mit dem strähnigen Haar fährt herum, als die Tür gegen die Wand kracht. »Ah, der Herr Kommissar Rodriguez! Einen wunderschönen guten Morgen.«

»Jetzt ist das Maß voll, Arschloch!«

Der Angesprochene will aufstehen, aber es ist zu spät. Bei Fernando entladen sich die Anspannung der vergangenen Nacht und ein lang gehegter Groll gegen den Medienvertreter. Ansatzlos landet seine Faust im Wieselgesicht von Boris Markstein, der laut aufjault und einknickt wie ein Klappmesser. Yannick bleibt vor Verblüffung der Mund offen stehen, während Pia und Stefan mit erschrockenen Mienen beobachten, wie Fernando den Reporter am Kragen packt und ihn schwungvoll durch die Tür hinausbefördert. Auf dem Flur rappelt sich Markstein auf und hält sich die Hand vor die Nase. Blut tropft auf den Fußboden, er näselt etwas von Anzeige und Körperverletzung.

»Nur zu. Und dich krieg ich am Arsch wegen Amtsanmaßung«, entgegnet Fernando. Boris Markstein antwortet nicht. Als alter Recke des Boulevard-Journalismus weiß er, wann man besser die Klappe hält und verschwindet.

Jule sitzt über den Verbindungsnachweisen des Mobiltelefons von Marla Toss, die heute Morgen endlich gefaxt worden sind. Richard Nowotny hatte die Liste bereits in der Mache. Hinter der Nummer, die am häufigsten auftaucht, ist mit Bleistift *Klaus Brätsch, mobil* angemerkt worden. Hab ich dich, triumphiert Jule. Es gibt noch eine Reihe anderer Handynummern, eine davon taucht dreimal auf und dahinter steht in Nowotnys penibler Schrift *Prepaid Ausland*. Mist! Solche Nummern lassen sich kaum zurückverfolgen und werden gerne zu kriminellen Zwecken verwendet. Aber es kann ja auch etwas Harmloses gewesen sein. Vor lauter Konzentration überhört sie das leise Klopfen. Ihre Bürotür wird geöffnet und Jule sagt: »Fernando, ich hatte recht! Brätsch ist unser Sugar-Daddy.«

»Tatsächlich?« Jule löst den Blick von der Liste. Leonard Uhde steht im Zimmer, er lächelt. »Hallo.«

»Hallo.«

»Du hattest eine aufregende Nacht, höre ich.«

»Nicht so aufregend wie die davor«, antwortet Jule. »Eigentlich habe ich nur die halbe Nacht in einem Streifenwagen vor einer Falltür zu Hannovers Unterwelt verbracht, während die Feuerwehr nach diesem gottverdammten Bengel gesucht hat.« Kaum hat sie die Worte ausgesprochen, erinnert sich Jule, dass auch Uhde einen Sohn in Yannicks Alter hat. Darf man vor einem Vater über anderer Leute Kinder lästern? Aber Leonard Uhde ist bereits einen Schritt weiter: »Was macht der Fall Toss, kommst du voran?«

»Ja. Hier sind elf Anrufe von Klaus Brätschs Handy zu dem von Marla Toss im letzten Monat aufgezeichnet«, erklärt Jule.

»Sieh einer an. Da hattest du ja einen guten Riecher. Bist ein kluges Mädchen.«

»Ja«, lächelt Jule herausfordernd. »Und ich gehe jede Wette ein, dass die zwei sich auch schon vor zehn Jahren kannten.«

Seine blauen Augen funkeln sie an. »Wie kommst du darauf?«

Jule tippt sich an die Nase. »Mein Riecher. Oder auch: weibliche Intuition.«

Sie erwartet Protest oder eine spöttische Bemerkung, aber er fragt nur: »Wann schnappt ihr ihn euch?«

»Sobald Völxen sein Okay gibt. Im Moment frühstückt er.«

Er kommt näher, seine Hände umfassen ihr Gesicht, durchwühlen ihr Haar.

»Nicht hier«, wehrt Jule ab, der fast das Herz stehen geblieben ist.

»*No risk, no fun*«, antwortet Uhde, zieht sie mit einem Griff aus ihrem Sessel, und obwohl Jule nicht ganz wohl dabei ist, erwidert sie seinen Kuss – der ziemlich lange dauert und damit endet, dass er ihr ins Ohr flüstert: »Ich musste dich sehen.«

Jule bringt nur ein seliges Lächeln zustande.

Er windet sich ihr Haar um seine Hand, sieht ihr in die Augen und sagt: »Ich hätte jetzt Lust auf ein Frühstück mir dir, und danach hemmungslosen Sex.« Er küsst sie noch einmal, kurz, fordernd, und dann ist er auch schon wieder fort.

Die schlaflose Nacht steckt Fernando noch in den Knochen. Früher hätte er so was locker weggesteckt. Ich werde alt, resümiert er verdrossen, während er in Rolf Fiedlers Schreibtischsessel lümmelt und wartet.

Lang und breit hat ihm Yannick im Krankenhaus geschildert, wie er durch die rasch ansteigenden Fluten gerade noch rechtzeitig hinaus ins Freie gelangt ist – hin- und hergerissen zwischen seiner Angst zu ertrinken und der Furcht vor den Besitzern der Zigaretten.

Um diese Angelegenheit kümmern sich bereits die Kollegen vom Zoll. Fernando interessierte etwas anderes: »Woher hast du die Sachen?«, hat er Yannick gefragt, nachdem der Junge seinen »Schatz« endlich herausgerückt hatte.

»Von Tante Marla.«

»Hast du ihr das Zeug etwa geklaut?«

»Nein!«, hat Yannick protestiert. »Ich habe ihr erzählt, dass wir immer in den Gängen spielen, und einmal war sie sogar mit mir unten. Und dann hat sie gefragt, ob ich dort was für sie verstecken könnte.«

»Also habt ihr den Schatz zusammen versteckt, du und deine Tante?«

»Ja. Ich durfte es Mama nicht sagen. Ich durfte es keinem sagen. Nur als sie tot war, da habe ich es dem Marco gesagt.«

»Hat deine Tante dir erzählt, woher sie die Sachen hat?«

»Nein.«

Mehr wusste Yannick nicht. Der Arzt erschien und meinte, der Junge dürfe nun nach Hause gehen, er solle sich dort gründlich ausschlafen. Ach ja, schlafen ...

»Rodriguez! Penn gefälligst an deinem eigenen Schreibtisch!«

Fernando fährt in die Höhe. Rolf Fiedler und ein weiterer Kollege vom LKA stehen grinsend vor ihm. Fiedler hält einige Plastikbeutel mit Schmuck und Uhren in der Hand.

»Und?«, fragt Fernando und reibt sich die Augen.

»Die *Lange & Söhne*, das ist die aus Rotgold mit den Brillanten, die *Rolex* aus Platin und die *Cartier* – sie sind alle falsch«, verkündet Fiedlers Kollege. »Zwar gute Fälschungen, auf den ersten Blick für den Laien nicht erkennbar, aber doch falsch. Made in China oder Bangkok, nehme ich mal an. Die Perlenketten sind echt, aber es sind nur Zuchtperlen, nicht besonders wertvoll.«

»Soll das heißen, dass die Jungs damals gefälschte Uhren geklaut haben?«

»Was weiß ich?«, sagt Fiedler lapidar. »Ich überlasse es euch, die entsprechenden Schlüsse daraus zu ziehen.«

Hauptkommissar Völxen betrachtet nachdenklich die Sammlung nachgemachter Edel-Uhren und billiger Perlenketten, die man auf seinen Schreibtisch gelegt hat. Jule Wedekin und Oda Kristensen beugen sich interessiert über die Sachen, während Fernando gähnend im Hintergrund steht. Schließlich meint Jule Wedekin: »Das sieht mir doch sehr nach einem Versicherungsbetrug aus.«

Oda nickt. »Die Versicherung kam seinerzeit für die angeblich geklauten Uhren auf. Gut, das war noch kein großes Geschäft, denn er muss sie ja ebenfalls vom Hersteller gekauft oder in Kommission genommen haben. Die echten Uhren hat er dann unter der Hand vertickt – das war der Gewinn an der ganzen Sache.«

»Und Marion Hermes hat ihm Friesen und Landau vermittelt, die natürlich dachten, sie klauen Originale. Das glaubt Friesen wohl bis heute. Ehe sie merken konnten, dass sie getäuscht worden sind, hat Marion Hermes sie schon anonym an die Polizei verpfiffen. Wahrscheinlich hat Brätsch ihr als Gegenleistung das Studium finanziert.«

»Der Tod der Angestellten war sozusagen ein Kollateralschaden«, brummt Fernando.

»Aber warum hat Marla Toss die gefälschten Uhren aufgehoben?«, grübelt Oda und gibt sich gleich darauf selbst die Antwort: »Um Brätsch jederzeit damit erpressen zu können – und jetzt, wo sie vorhatte, mit ihrem Sohn bürgerlich-sesshaft zu werden, hat sie vermutlich genau das getan.«

»Also war er gar nicht ihr Geliebter, sie hat ihn nur erpresst und sich von dem Geld die teuren Klamotten selbst gekauft?«, fragt Jule.

»Wer weiß? Das eine schließt das andere nicht aus. Vielleicht fing es als Wiederbelebung der alten Affäre an und endete mit einem Erpressungsversuch. Deshalb auch dieser Zettel – wie war gleich noch der Text?« Oda sieht Jule fragend an.

»*Liebste Marion – entschuldige, ich kann mich nicht an deinen neuen Namen gewöhnen –, wir müssen uns sehen, tu nichts Unüberlegtes, bitte!*«, zitiert Jule wörtlich und fügt hinzu: »Klar, dass sie diese Uhren nicht in ihrer Wohnung aufbewahren wollte. Immerhin hat Brätsch einen Waffenschein und eine Pistole, das habe ich überprüft. Also hat sie das Zeug mit Yannicks Hilfe in dieses Höhlenversteck gebracht.«

»Aber nennt Brätsch sie noch *liebste Marion*, wenn sie ihn erpresst?«, zweifelt Fernando.

»Es kann ja auch ganz subtil gelaufen sein, Zuckerbrot und Peitsche, das kennt man doch«, meint Oda.

»Ach ja?«, hakt Fernando interessiert nach. »Erzähl mehr.«

»Vielleicht wollte er sie gar nicht umbringen und es war nur ein Streit, der eskaliert ist«, meint Jule.

»Immerhin war er hinterher kaltblütig genug, um sich ihre Handtasche zu schnappen, mit dem Schlüssel ihre Wohnung zu öffnen und dort nach den Uhren zu suchen. Nebenbei hat er noch verschwinden lassen, was sonst noch auf ihn hinweisen könnte«, kombiniert Fernando mit finsterem Blick.

»Das hört sich alles recht plausibel an«, meldet sich Völxen, der bis jetzt stumm an einem von Frau Cebullas Keksen herumgeknabbert hat, zu Wort. »Jetzt müssen wir es ihm nur noch beweisen.« Er seufzt tief und beschließt dann, während er sich die Kekskrümel von seinem Hemd wischt: »Wir beschaffen uns einen Durchsuchungsbeschluss für sein Haus und den Laden. Vielleicht gesteht er, wenn wir von vornherein schwere Geschütze auffahren. Ich rede mit der Staatsanwaltschaft.«

»Das gefällt mir nicht«, sagt Völxen knapp zwei Stunden später zu Oda angesichts der verschlossenen Tür des augenscheinlich leeren Ladengeschäfts. Die drei Beamten, die zur Durchsuchung der Räume abgestellt wurden, zucken ebenfalls ratlos mit den Achseln. Kein Schild gibt Auskunft über den Grund der Schließung, die im Widerspruch zu den in der unteren Ecke angegebenen Öffnungszeiten steht.

»Fahren wir mal zu ihm nach Hause«, schlägt Oda vor, und ihr Chef nickt.

Die Familie Brätsch wohnt in einem unscheinbaren Bungalow, der auf einem großzügigen Grundstück nahe des Altwarmbüchener Sees steht. Der Garten mit der kleinen Buchsbaumallee entlang der Zufahrt zur Doppelgarage ist sorgfältig gepflegt. Fenstergitter im Erdgeschoss lassen auf ein erhöhtes Sicherheitsbedürfnis der Bewohner schließen.

Völxen geht als Erster durch das schmiedeeiserne Gartentor, das nicht abgeschlossen ist. Er klingelt. Ein melodischer Gong tönt durch das Haus, aus der Sprechanlage krächzt eine Frauenstimme: »Ja, bitte?«

»Frau Brätsch? Kripo Hannover, machen Sie bitte auf.« Die schwere Holztür wird gleich darauf geöffnet. Völxen stellt sich und Oda vor. Karin Brätsch trägt ein Kostüm und Pumps, mitten im Flur stehen drei Einkaufstüten hannoverscher Bekleidungsgeschäfte. Offenbar ist sie gerade erst vom Einkaufsbummel zurückgekehrt. Sie sieht Oda, Völxen und die drei Polizisten in Zivil mit unverhohlenem Missfallen an, aber sonderlich überrascht scheint sie nicht zu sein. »Was ist los?«

»Ist Ihr Mann zu Hause?«, fragt Völxen zurück.

Sie schüttelt den Kopf. »Nein, der ist im Laden. Worum geht es denn?«

»Er ist nicht im Laden, der Laden ist geschlossen. Wir müssen ihn sprechen«, erklärt Völxen.

»Was? Wieso? Wieso ist er nicht im Laden?« Unwillkürlich

gleitet ihr Blick zu ihrer Armbanduhr, einem schlichten, silbernen Modell mit schwarzem Zifferblatt.

»Ist Ihr Mann mit dem Wagen unterwegs?«

»Ja. Der steht im Parkhaus, wir haben da einen Platz gemietet. Aber so sagen Sie doch ...«

»Was für einen Wagen fährt Ihr Mann?«, unterbricht Völxen.

»Augenblick.« Sie betätigt einen Schalter im Inneren des Hausflurs, während sie erklärt: »Ich muss nachsehen, welchen er heute Morgen genommen hat, ich bin mir nicht sicher.«

Das Garagentor öffnet sich. Drinnen parken ein schwarzer 5er BMW und ein älteres, beigefarbenes Mercedes-Cabrio. Nun ist Frau Brätsch wirklich überrascht. »Das ist seltsam. Beide Autos sind hier. Aber er fährt immer mit dem Auto.«

Oda geht hinüber zur Garage und ruft Völxen kurz darauf zu: »Die Motorhaube des BMW ist noch warm.«

»Frau Brätsch, wir haben hier einen richterlichen Durchsuchungsbeschluss.« Völxen zeigt der verblüfften Frau das Dokument. Gleichzeitig winkt er die drei Polizisten heran, die in einigen Metern Abstand gewartet haben. Mit eisigem Gesichtsausdruck macht Frau Brätsch den Männern Platz, die sich an ihr vorbei in den Flur drängeln.

»Was bitte soll das?«, fragt die Hausherrin den Kommissar in strengem Tonfall und setzt etwas freundlicher hinzu: »Vielleicht ist mein Mann oben, ich bin selbst gerade erst nach Hause gekommen, ich war noch nicht ...«

Der Schuss kracht durch das Haus und hinterlässt eine lähmende Stille. Für einen Augenblick erstarren alle Anwesenden in Regungslosigkeit, wie ein Standbild. Dann poltern die drei Polizisten die Treppe hinauf, gefolgt von Oda und Völxen. Nur Frau Brätsch bleibt unten stehen und presst beide Hände vors Gesicht.

»Selbstmörder sind eine Zumutung«, sagt Oda Kristensen etwa eine Stunde später zu Dr. Bächle, der nach getaner Arbeit aus dem Arbeitszimmer des toten Juweliers kommt. »Entweder man sitzt wegen ihnen drei Stunden in der Bahn fest oder sie hinterlassen eine rechte Schweinerei.«

»Da haben Sie völlig recht, Frau Krischtensen. Anfang Auguscht haben mich die Kollegen vom Dauerdienst zu einem geholt, der sich auf dem Dachboden aufgehängt hat. Da oben waren es fünfzig Grad, der isch uns wie ein Hefeteig durch die Bodendielen gelaufen. Dagegen schaut der hier geradezu harmlos aus. Obwohl ich es auch nicht besonders gut leiden kann, wenn das Hirn und Teile der *Sutura sagittalis* an der Tapete hängen.«

»Bächle, bitte! Mir ist eh schon ganz schwummerig!«

»Dagegen habe ich ein gutes Mittel, kommen Sie mit!« Galant nimmt Dr. Bächle die Kommissarin am Arm und führt sie die Treppe hinab. »Meine Herren, Sie können jetzt«, sagt er zu den vier im Flur wartenden Männern von der Spurensicherung, die daraufhin ihre Alukoffer aufheben und sich nach oben begeben. Der Rechtsmediziner führt Oda vor die Tür, langt in die Westentasche seines leichten Sommertrenchcoats und befördert einen schwarzledernen Flachmann ans Tageslicht. Er zwinkert Oda verschwörerisch zu. Die hat sich bereits einen Zigarillo angezündet, greift aber dennoch mit dankbarem Nicken zum Flachmann und gönnt sich einen großen Schluck. Den hat sie wirklich nötig, der Anblick von Klaus Brätsch, der sich mit seiner großkalibrigen Pistole in den Mund geschossen hat, ist ihr auf den Magen geschlagen.

»Des isch ein selbschtgebrannter Williams von meinem Cousin vom Bodensee, beschte Qualität«, verkündet Bächle stolz, während sich das Gebräu Odas Schlund hinabfrisst wie Abflussfrei. Sie muss husten.

»Ach ja, diese elende Qualmerei«, seufzt Bächle.

»Haben Sie nie geraucht?«, fragt Oda, als sie wieder zu Atem gekommen ist.

»Ich? Ha noi. Högschtens mal eine Zigarre. Rauchen macht nämlich impotent.«

»Radfahren auch. Trotzdem schreiben sie das nicht auf die Räder«, versetzt Oda, woraufhin Bächle kichernd sein Haupt schüttelt.

»Schön, dass ihr euch so gut amüsiert«, ertönt Völxens Stimme hinter ihnen.
»Auch einen Schluck Williams, Herr Hauptkommissar?«, fragt Bächle leutselig.
»Nein, danke. Ich brauche meine Sehkraft noch.«

Sie fahren schweigend in Richtung Innenstadt. Ab und zu wirft Oda Völxen einen Blick zu, aber der hat die Lippen zusammengepresst und starrt stur geradeaus. Schließlich hält es Oda nicht länger aus und sagt: »Es ist nicht deine Schuld.«
»Ich weiß«, knurrt Völxen. »Aber trotzdem ... Die Wedekin wollte ihn schon gestern vernehmen, hätte ich bloß auf sie gehört.«
»Dann hätte er sich vielleicht gestern erschossen. Es ist tragisch, aber es war wohl unvermeidbar. Hör auf, dir Vorwürfe zu machen«, insistiert Oda, und als längere Zeit keine Antwort von Völxen kommt, fragt sie: »War die Witwe vernehmungsfähig?«
»Einigermaßen. Immerhin hat sie zugegeben, etwas von der Beziehung zwischen Marla Toss und ihrem Mann gewusst zu haben. Und zwar auch schon vor zehn Jahren.«
»Interessant. Hat sie ein Alibi für Samstagnacht?«
»Ja. Wir müssen es noch überprüfen. Angeblich war sie übers Wochenende bei ihrer Schwester in München und ist erst Sonntagabend zurückgekommen. Sie behauptet, ihr Mann hätte niemals jemanden ermorden können, und schon gar nicht auf eine solche Art.«
»Das sagen sie alle«, meint Oda. »Was meint sie zu den gefälschten Uhren?«
»Von denen will sie nichts gewusst haben.«
»Das würde ich an ihrer Stelle auch behaupten. Entweder sie hat wirklich keine Ahnung, oder sie hängt mit drin und schweigt erst recht.«
Das sieht Völxen auch so. Wieder herrscht eine Weile Schweigen, dann sagt Oda: »Wieso war Brätsch eigentlich zu Hause? Oder anders gefragt: Woher wusste er, dass es Zeit ist, zu ver-

schwinden? Danach sah es doch aus, oder? Im Schlafzimmer lag doch schon der gepackte Koffer.«

Völxen atmet schwer und furcht seine Stirn. »Darüber denke ich auch gerade nach. Er musste eigentlich schon seit dem Mord davon ausgehen, dass wir über den Mobilfunk-Provider früher oder später von der Verbindung zwischen ihm und Marla Toss erfahren würden. Warum wartet er sechs Tage ab, ehe er sich vom Acker macht? Warum verliert er derart die Nerven, als wir vor der Tür stehen? Damit musste er doch rechnen.«

Oda schüttelt nachdenklich mit dem Kopf. »Vor der Aufdeckung der Verbindungsdaten hatte er offenbar keine Angst. Die Anrufe deuten ja nur auf ein Verhältnis mit der Dame hin. Das ist möglicherweise peinlich, aber nicht strafbar ... Wie bitte?«

»Nichts«, sagt Völxen, der etwas Unverständliches vor sich hin gebrummt hat.

Oda fährt fort: »Mit den Uhren ist das schon etwas anderes. Die Staatsanwaltschaft hätte ihn damit wenigstens wegen Versicherungsbetruges drangekriegt – und ein gutes Mordmotiv sind die Uhren auch, falls die Toss ihn damit erpresst hat. Weil die Dinger aufgetaucht sind, wollte Brätsch verschwinden, und als er erkannt hat, dass es dafür zu spät ist, ist er durchgedreht.«

Eine Ampel schaltet auf Rot, Oda und Völxen sehen einander ein paar Sekunden lang an. Dann spricht Völxen die Frage aus, die auf der Hand liegt: »Woher hat Brätsch vom Fund der falschen Uhren gewusst?«

Bodo Völxen ist düsterer Stimmung und nicht einmal die Schafe, die sich vor der Kulisse der untergehenden Sonne zutraulich geben, können daran etwas ändern. Auch wenn er sich noch so oft einschärft, dass der Selbstmord des Juweliers nicht auf sein Konto geht, so fragt er sich doch ständig, ob er nicht vermeidbar gewesen wäre. Und woher der Juwelier von den Uhren wusste. Von Yannick oder dessen Eltern? Da bestand keinerlei Kontakt, Fernando hat die Familie extra noch einmal danach gefragt. Alle drei sind nach der Untersuchung des Jungen nach Hause gefahren und haben mit niemandem gesprochen. Auch dem Reporter Boris Markstein, mit dem Fernando in der Klinik eine »intensive Begegnung« hatte, wie er sich ausdrückte, hat Yannick angeblich nichts von seinem Schatz erzählt. Und selbst wenn – der Journalist hätte die Information garantiert für sich behalten, um sie am nächsten Morgen in seinem Blatt zu verbraten. Marco Schuster wusste zwar von einem »Schatz«, aber nicht, worum es sich dabei handelte. Bleibt noch die alte Frau Hermes, die Yannick um Hilfe beim Verkauf der Uhren gebeten hat. Bestimmt hielt diese die Uhren für echt. Vielleicht wollte sie den rechtmäßigen Besitzer darüber informieren, dass sein Eigentum wieder aufgetaucht ist. Das ist die einzige Möglichkeit, die ihm einigermaßen plausibel erscheint. Er muss sie gleich morgen früh danach fragen. Ansonsten sind da nur noch die Mitarbeiter seines Dezernats, aber dass die Information von dort zu Brätsch gelangt sein könnte, ist völlig abwegig.

Nein, Völxen ist ganz und gar nicht zufrieden, auch wenn nun höchstwahrscheinlich der Mörder von Marla Toss gefunden ist. Er kann es überhaupt nicht leiden, wenn Täter nur anhand von Indizien überführt werden. Entweder, man hat handfeste Beweise – Fingerabdrücke, eine DNA-Spur, zuverlässige Zeugenaussagen – oder ein Geständnis, das einem Gewissheit bringt und das Gefühl hinterlässt, dass man seine Arbeit sorgfältig gemacht hat. Dieses Gefühl hat Völxen in diesem Fall ganz und gar nicht. Bestimmt wäre dies alles nicht passiert, wenn er die letzten Tage über nicht so abgelenkt gewesen wäre durch Sabine und diese Geschichte mit dem Pfarrer. Ja, er hat den Laden schleifen lassen, das muss er sich eingestehen, hat die Arbeit auf seine Mitarbeiter abgewälzt, und die hatten ebenfalls nicht immer ein glückliches Händchen. Man denke nur an Odas Panne mit Friesen oder Fernando, der diesen obdachlosen Zeugen wieder aus den Augen verloren hat.

Die Sonne versinkt hinter den Wäldern des Deisters und augenblicklich wird es kühl. Völxen geht ins Haus. In der Küche riecht es nach Pizza, Wanda steht an der Spüle und rupft Salat. Wo ist Sabine? Wieder bei ihrem *M.*? Es hat keinen Sinn, beschließt Völxen. Man kann vor solchen Fragen nicht davonlaufen, wenn sie nachher nach Hause kommt, wird er sie zur Rede stellen – egal was dann geschieht. Aber vielleicht sollte er sich erst Gewissheit verschaffen.

Zögernd nähert er sich dem Küchentisch. Wanda dreht sich erschrocken um. »Was schleichst du dich so an?«

»Ich schleiche mich nicht an.«

»Möchtest du auch eine Pizza? Wir können uns die erste teilen.«

»Ja, gern. Sag mal ... du wolltest mir doch gestern Abend was über deine Mutter sagen, ehe wir unterbrochen wurden.«

»Über Mama?«

»Ja. Über Mama und den ...« Es kommt ihm nur mit allergrößter Überwindung über die Lippen. »... Mama und den Pfarrer.«

»Ach so! Ach das.« Wanda kichert ins Tiefkühlfach. »Salami oder *Funghi*?«

»Wanda!«

»Nun sag schon.«

»Salami. Und jetzt raus mit der Sprache. Ich werde es schon überleben.«

»Da bin ich mir nicht so sicher«, meint Wanda grinsend, und Völxen denkt: Wenn sie noch lange so weitermacht, wird *sie* es nicht überleben.

»Also ...«, beginnt Wanda, während sie den Karton aufreißt. »Mama kann ja auch ein bisschen Saxofon spielen, ist wohl nicht so schwer, wenn man schon Klarinette kann. Und der neue Pfarrer spielt E-Gitarre und sein Freund oder Lebensabschnittsgefährte, oder wie immer man das bei denen nennt, spielt Piano. Und jetzt wollen sie bei deiner Geburtstagsfeier als Band auftreten und deine Lieblingsstücke zum Besten geben. Das wäre ja nicht das Schlimmste, Mama kann wirklich gut Saxofon spielen, aber das wirklich Grausame ist: Sie singt auch. Sie wollten erst mich dazu überreden, aber ich habe es strikt abgelehnt, mich vor dem ganzen Dorf zu blamieren. Sie wird also ein paar Stücke selbst singen, abwechselnd mit dem Pfarrer, und der ist auch kein Freddie Mercury. Das wollte ich dir nur sagen, damit dir nicht die Kinnlade runterkracht, wenn Mama und die zwei Schwuchteln vor versammelter Mannschaft losrocken. Tu dann bitte überrascht und sei nach Möglichkeit begeistert, ja?«

Der Suizid eines Tatverdächtigen wirft immer Fragen nach eventuellen Fehlern bei der Ermittlungsarbeit auf, und entsprechend frostig war die Atmosphäre bei dem außerordentlichen Meeting, das am späteren Nachmittag in der PD stattfand. Neben der Staatsanwältin Eva Holzwarth nahmen auch der Oberstaatsanwalt, der Polizeipräsident, sein Vize und der Pressesprecher daran teil. Und auch wenn letztendlich niemand Hauptkommissar Völxen einen Vorwurf machte, so blieb doch bei allen Mitarbeitern des Dezernats 1.1.K ein ungutes Gefühl zurück.

Ganz besonders unwohl fühlt sich Kommissarin Wedekin. Noch lange nach Feierabend blättert sie in den Ermittlungsakten, die ihr Leonard Uhde überlassen hat. Ein schrecklicher Verdacht keimt in Jule auf und nimmt, je mehr sie recherchiert, immer konkretere Gestalt an. Da ist das Vernehmungsprotokoll von Marion Hermes. Vernehmender Beamter: Leonard Uhde, damals Oberkommissar.

Wo waren Sie zur Zeit des Überfalls?
– In einem Volkshochschulkurs: Italienisch für Anfänger.
Seit wann kennen Sie Felix Landau?
– Seit einem halben Jahr.
Wussten Sie etwas von dem Plan, den Juwelier zu überfallen?
– Natürlich nicht.
Haben Sie bei Felix Landau oder Roland Friesen mal Waffen gesehen?
– Nein, niemals. Und ich hätte nie gedacht, dass die zu so etwas fähig sind …

Nein, Marion Hermes hatte von allem keine Ahnung, sie war völlig schockiert und überrascht, eine verdächtig naive Gangsterbraut, die bei der Vernehmung mit Samthandschuhen angefasst wurde. Andererseits – sie hatten ja die Täter, die beiden hatten gestanden, ein glasklarer Fall, wozu da noch den

Rambo spielen? Und was war mit Frau Brätsch? Die wurde anscheinend überhaupt nicht vernommen, zumindest existiert in der Akte kein solches Protokoll. Ein Versäumnis, findet Jule. Zumal, wie sich nun herausstellte, Karin Brätsch schon damals einen Hinweis auf ein Verhältnis zwischen Marion und ihrem Mann hätte geben können. Gut, vielleicht hätte sie geschwiegen, um ihrem Mann nicht zu schaden oder um nicht Gegenstand von Mitleid und Gespött zu werden – aber wenn man sie gar nicht erst vernimmt ... Irgendwie erscheint Jule das alles viel zu glatt. Uhde und sein damaliger Chef, ein gewisser Ludwig Kralicek, haben es sich wirklich sehr leicht gemacht. Zu leicht? Jule sucht in Fernandos Unterlagen die Telefonnummer von Roland Friesen und wählt die Nummer. Er geht nach langem Läuten ans Telefon, seine Stimme klingt verschlafen.

»Die Bullen schon wieder!«, stöhnt Friesen, nachdem sich Jule vorgestellt hat. »Macht ihr denn nie Feierabend?«

»Ich habe nur eine Frage, Herr Friesen. Sie haben im Prozess ausgesagt, dass der Plan für den Überfall von Marion Hermes stammte und dass Sie vermuten, dass Frau Hermes Sie hinterher verraten hat, um die Beute für sich zu behalten, stimmt das?«

»Natürlich stimmt das. Wie oft soll ich es noch sagen?«

»Haben Sie das damals auch der Polizei gesagt? Ich meine, *vor* dem Prozess, bei den Vernehmungen?«

»Klar doch, die ganze Zeit! Aber das hat die nicht interessiert. Oder das raffinierte Biest hat auch noch die Bullen rumgekriegt und geschmiert, das trau ich der zu.«

Ich auch, denkt Jule und fragt: »Wer hat Sie damals zu dem Fall vernommen?«

»Das waren zwei Typen. Kralicek und Uhde, immer abwechselnd. Werde ich nie vergessen, diese Fressen.«

»Aber Sie haben doch das Vernehmungsprotokoll unterschrieben. Ist Ihnen da nicht aufgefallen, dass diese Aussage fehlt?«

Friesen lässt ein schnaubendes Geräusch hören. »Hab's mir nicht durchgelesen. Mann, ich war so fertig, die haben mich kaum schlafen lassen, ich durfte nicht rauchen, ich wollte endlich meine Ruhe und was zu rauchen, also hab ich unterschrieben.«

»Danke, Herr Friesen«, sagt Jule und legt auf. Sie stützt den Kopf in die Hände, ihr Puls rast. Auf einmal bekommt alles ein ganz anderes Gesicht.

Sie ruft sich die letzten beiden Gespräche mit Leonard ins Gedächtnis. Wann immer die Sprache auf die damaligen Ermittlungen kam, wurde er entweder ungehalten oder er hat sie mit Zärtlichkeiten abgelenkt. Was ja auch hervorragend funktioniert hat. Seine gestrige Frage nach dem Fortgang der Ermittlungen hielt sie für einen Vorwand, um sie sehen zu können. Dabei war es genau andersherum. Ich dumme Pute habe ihm vom Fund der Uhren berichtet, und er muss es Brätsch erzählt haben. Klaus Brätsch, mit dem er unter einer Decke steckte, den er vermutlich erpresst und abkassiert hat. Vielleicht kannte Uhde sogar ein paar sichere Vertriebskanäle für die echten Uhren, er ist ja sozusagen vom Fach.

Je mehr Jule über sich und Leonard Uhde nachdenkt, desto mehr rundet sich das Bild: Der gemeinsame Auftritt im Juwelierladen mit den Trauringen – das geschah nicht nur, um mir näher zu kommen, sondern in erster Linie, um Brätsch zu warnen und darüber aufzuklären, dass ich eine Polizistin bin! Damit erklärt sich auch der »achtzigprozentige« Treffer beim Schriftvergleich. Brätsch muss gewusst haben, dass es mir nicht um die Adressen der Berufskollegen, sondern um seine Schrift ging. Also hat er versucht, sie zu verstellen, nur ist ihm das nicht besonders gut geglückt.

Leonard Uhde hat mich von Anfang an getäuscht und benutzt, und ich habe es ihm nur allzu leicht gemacht, erkennt Jule beschämt. So war er immer nah am Stand der Ermittlungen, ohne dass es jemandem aufgefallen wäre. Und noch einen Zweck erfüllte seine Liebeskomödie: Sollte ich jemals etwas von meinem Verdacht gegen ihn laut werden lassen, dann wird er das kalt lächelnd als Racheakt einer enttäuschten Geliebten abtun. Deshalb auch die riskanten Küsse im Büro. Und wie überaus gelegen muss es ihm gekommen sein, dass uns Fernando zusammen im Treppenhaus gesehen hat. »Scheiße, verdammte«, flüstert Jule, als die Erkenntnis mit Wucht über sie hereinbricht: Kommissarin Alexa Julia Wedekin, du blöde, verliebte Gans, bist auf einen korrupten, erpresserischen Kollegen hereingefallen. Und vielleicht sogar auf einen Mörder.

Freitag, 29. August

Zur Überraschung seiner Mitarbeiter ist Hauptkommissar Bodo Völxen am nächsten Morgen seit Langem wieder einmal guter Laune, obwohl man angesichts der jüngsten Ereignisse eher das Gegenteil erwarten würde.

»Wir können nur hoffen, dass sich aus den Unterlagen, die im Hause Brätsch und im Juwelierladen sichergestellt wurden, noch etwas ergibt, das uns ein Motiv für den Mord an Marla Toss liefert«, konstatiert er bei der morgendlichen Zusammenkunft in seinem Büro.

Das hoffe ich auch, denkt Jule, die an diesem Morgen sehr still ist. Doch das scheint niemandem aufzufallen.

Gegen zehn Uhr erscheint Karin Brätsch mit roten Augen und im schwarzen Kostüm. Völxen bittet sie in sein Büro. Die Witwe hat nicht viel Erhellendes zu berichten. Auf die Frage, ob ihr Mann sich in letzter Zeit mit Marla Toss getroffen habe, erwidert sie: »Ach, er hatte immer mal wieder etwas am Laufen. Ich habe inzwischen gelernt, beide Augen zuzudrücken und nicht übermäßig darauf zu achten. Im Grunde lebte jeder von uns sein eigenes Leben, und es ging ja auch immer wieder vorbei. Aber als diese Marla Toss wieder in der Stadt auftauchte, da war mir nicht wohl. Diese Frau hatte etwas Eiskaltes, Berechnendes.«

»Hat sie Ihren Mann erpresst?«

»Erpresst? Davon weiß ich nichts. Womit denn?« Auch von den Geschäften ihres Mannes will Frau Brätsch wenig Ahnung gehabt haben. »Wissen Sie, ich habe da hineingeheiratet, aber die Materie hat mich nie besonders interessiert. Ich helfe nur ab und zu im Laden aus, wenn die Angestellte gerade Urlaub hat oder krank ist«, wehrt sie ab und setzt vorsichtshalber gleich hinzu: »Mit den teuren Uhren habe ich gar nichts zu tun, die hat immer nur mein Mann verkauft.«

So ganz nimmt Völxen Frau Brätsch die Rolle der Unbedarften zwar nicht ab, aber er lässt es dabei bewenden. An ihrer Stelle würde er genau das sagen, was sie gesagt hat, und niemand kann sie zu etwas anderem zwingen. Ihr Alibi wurde inzwischen überprüft, daran ist nicht zu rütteln.

Völxen begleitet die Witwe zu den Aufzügen. Auf dem Flur begegnen sie Jule Wedekin, die stehen bleibt und ihnen mit gerunzelter Stirn nachsieht.

»Das Parfum von Frau Brätsch. Haben Sie das gerochen?«, fragt sie ihren Chef, als dieser wieder zurückkommt.

»Ja. Es roch sehr gut, finde ich.«

»Es heißt *Amouage*, und in der Wohnung von Marla Toss stand auch so eine Flasche.«

»Das wollen Sie so im Vorbeigehen erkannt haben?«, staunt Völxen.

»So ein Parfum riecht man nicht alle Tage«, erklärt Jule und platzt heraus: »Männer sind manchmal wirklich erschreckend fantasielos.«

»Oder praktisch veranlagt«, versetzt Völxen.

»Da haben Sie auch wieder recht«, muss Jule zugeben. »Zumindest haftet dem Ehebrecher dann kein fremder Duft an, wenn er von der Geliebten kommt.«

»Sehen Sie.«

Wieder in seinem Büro angekommen ruft Völxen Frau Hermes im Altenheim an. Nein, die alte Dame hat mit niemandem über den Schatz ihres Enkels gesprochen. »Haben Sie meinen Enkel in der Zeitung gesehen?«, fragt die Großmutter stolz, und der Kommissar antwortet: »Allerdings. Ein reizender Bengel.«

Yannicks Abenteuer in den Katakomben der Stadt und die Suche nach ihm finden sich zwar im Lokalteil der *Bild Hannover*, fallen jedoch relativ klein aus im Schatten der Schlagzeile: *Juwelier erschießt sich vor den Augen der Kripo*. Aber nicht einmal das bringt Völxen heute aus der Fassung, es veranlasst ihn lediglich zu einem leisen Knurren und einer wegwerfenden Handbewegung.

Jule dagegen ist schon den ganzen Tag nervös. Wann immer es an die Tür klopft, fährt sie zusammen. Sie weiß nicht, wie sie sich Uhde gegenüber verhalten soll, sollte er hier auftauchen. Sie ist froh, dass Fernando die meiste Zeit anwesend ist, und als er um zehn Uhr in die Cafeteria geht, folgt sie ihm wie ein Hund, obwohl sie wirklich nicht hungrig ist und sogar ihren Milchkaffee zur Hälfte stehen lässt.

»Was ist los mit dir? Du bist heute so unruhig«, bemerkt Fernando gegen Mittag.

»Nichts ist los.«

»Wenn es wegen Mittwochabend ist – du musst mir nichts erklären. Du warst eben mies drauf und ein bisschen betrunken. Ich hätte das nie im Leben ausgenutzt, glaub mir.« Er sieht sie mit einem so treuen Hundeblick an, dass Jule gerührt lächelt. »Du warst sehr nett. Danke.« Sie steht auf und murmelt: »Bin mal kurz bei Oda.«

»Frauengespräche?«

»Exakt.«

Odas Büro ist verqualmt wie eh und je, was Jule kein bisschen stört.

»Habt ihr was gefunden?«, fragt Oda erwartungsvoll, als sich Jule in den Besuchersessel fallen lässt.

Jule schüttelt den Kopf, während sich Oda einen Rillo ansteckt. »Hast du einen übrig für mich?«

»Bedien dich«, sagt Oda und fragt: »So schlimm?«

Jule nimmt ein paar nervöse Züge, hustet und sagt dann: »Oda, ich weiß nicht, was ich tun soll. Ich habe großen Mist gebaut ...« Es tut wider Erwarten gut, der Kollegin, die ohnehin schon einen Teil der Geschichte kennt, auch noch den Rest zu beichten. Oda bleibt ruhig und meint schließlich. »So was habe ich mir schon gedacht.«

»Wie bitte?«

»Woher hätte Brätsch denn sonst so rasch an interne Informationen kommen sollen? Und da es von unserem Dezernat ja wohl keiner war, bleiben da nicht mehr viele Möglichkeiten.«

»Was soll ich jetzt machen?«

»Nichts.«

»Aber Uhde ist möglicherweise der Mörder von Marla Toss! Wenn sie Brätsch mit den gefälschten Uhren erpresst hat, dann wurde sie automatisch auch ihm gefährlich.«

»Hast du irgendeinen Beweis gegen ihn in der Hand?«, fragt Oda.

»Nein. Noch nicht.«

»Dann vergiss es. Brätsch ist unser Mörder. Er wollte sich vermutlich nicht länger von diesem kleinen Luder erpressen lassen.«

»Okay.« Jule nimmt einen tiefen Zug, dieses Mal ohne zu husten. »Selbst wenn dem so ist, dann bleibt immer noch die Tatsache, dass Le... dass Uhde Ermittlungsergebnisse unterschlagen hat. Und dafür gibt es einen Zeugen, nämlich Friesen, ich habe mit ihm gesprochen.«

»Ein Ex-Knacki. Toller Zeuge!«

Jule seufzt. »Du hast ja recht. Aber Brätsch könnte doch einen Fehler gemacht haben ...«

Oda sieht ihre Kollegin über zwei perfekte, kreisrunde Rauchkringel hinweg zweifelnd an. »Meinst du, Brätsch hat über seine Zahlungen an Uhde und Marla Toss Buch geführt?«

»So was in der Art«, murmelt Jule, die selbst nicht so recht daran glauben mag. »Vielleicht weiß seine Frau etwas und sagt aus, jetzt, wo er tot ist.«

»Dazu hätte sie vorhin bei Völxen Gelegenheit gehabt. Ich habe nichts dergleichen mitbekommen.«

»Vielleicht braucht sie noch ein wenig Zeit.«

»Sie wird ohnehin observiert werden. Es sei denn, wir finden in Brätschs Unterlagen doch noch Hinweise auf das Nummernkonto, auf dem er sein Schwarzgeld gebunkert hat.«

»Falls noch was davon übrig ist. Bestimmt haben Uhde und diese falsche Schlange Marla Toss Brätsch ausgenommen wie eine Weihnachtsgans«, sagt Jule voller Zorn.

Oda grinst. »Ach, wie schnell sich doch Liebe in Hass verwandeln kann«, seufzt sie und sinniert dann vor sich hin: »Die meisten Mordopfer tun einem ja leid, manche machen einen sogar regelrecht fertig, aber bei einigen fragt man sich auch: Warum erst jetzt? So geht es mir jedenfalls mit Marla Toss.«

Jule runzelt die Stirn. Typisch für Oda, diese Einstellung. Jule kann sie nicht so ganz teilen. Sicher ist auch ihr Marla Toss im Laufe der Ermittlungen nicht gerade sympathischer geworden, aber ein Mord bleibt ein Mord und gehört bestraft.

Oda steht auf, bleibt vor dem geschlossenen Fenster stehen und sieht Jule, die Nägel kauend auf dem Besuchersessel kauert, eindringlich an. »Jule, darf ich dir einen Rat geben?«

»Ob du es glaubst oder nicht: Deswegen bin ich hier.«

»Schön. Dann bleib jetzt ruhig und halte den Mund.«

Jule will widersprechen, aber Oda hebt abwehrend die Hand: »Ich weiß, ich weiß, das widerspricht deinem jugendlichen Gerechtigkeitssinn, aber es ist besser für dich. Dir würde diese Geschichte ewig nachhängen, egal, wie sie ausgeht. Du bist dann für alle Zeiten die, die einen Kollegen angeschwärzt hat, aus Rache wegen verschmähter Liebe. Deine Karriere hätte sich erledigt, du lässt dich dann am besten gleich nach Bad Bevensen versetzen.«

Jule nickt. »Was ist eigentlich mit Uhdes damaligem Vorgesetzten, diesem Kralicek? Kennst du den?«

»Ich kannte ihn, flüchtig. Er ist vor einem Jahr gestorben.«

Großartig, denkt Jule zynisch. Falls je etwas von Unregelmäßigkeiten durchsickern sollte, kann Uhde es auf den damaligen Verantwortlichen schieben. »Was meinst du, soll ich mal mit Völxen über die Sache reden?«, fragt sie.

»Ich würde es sein lassen.«

Für den Rest des Arbeitstages vertieft sich Jule in die sichergestellten Unterlagen von Klaus Brätsch, blättert sich durch Kontoauszüge, Steuererklärungen, Rechnungen der letzten zehn Jahre, jedoch ohne etwas Verdächtiges zu finden. Als Fernando sich verabschiedet – »Schönes Wochenende, und treib's nicht zu doll« –, hält es Jule nicht länger aus. Nein, sie kann nicht einfach schweigen und dadurch womöglich einen Mörder decken. Schließlich ist sie Polizistin geworden, weil sie einmal Ideale hatte. Soll ihr Vorgesetzter entscheiden, wie man in dieser heiklen Angelegenheit vorgehen soll. Völxen ist ein Mann mit Verdiensten, sein Wort gilt etwas in der Polizeidirektion, und wenn er entscheiden sollte, dass man gegen Uhde ermitteln muss, dann hat das Gewicht. Ja, sie wird ihm alles erzählen und es dann seinem Urteil überlassen, was zu tun ist. Gewappnet für die unangenehmste Beichte ihres Lebens, klopft Jule an die Tür von Völxens Büro. Ihr Chef scheint ebenfalls im Aufbruch begriffen, er klappt gerade seine Aktentasche zu und nimmt einen riesigen Blumenstrauß aus der angeschlagenen Kaffeekanne, die ihm als Vase dient. Rosa Rosen und dunkelblaue Iris leuchten durch das Zellophan. »Ein wunderschöner Strauß!«, bemerkt Jule.

Völxen strahlt. »Ist für meine Frau.«

»Geburtstag oder Hochzeitstag?«, entschlüpft es Jule, woraufhin sich Völxens Miene verfinstert: »Sie sind jetzt schon die Dritte, die mich das fragt«, poltert er los. »Ist es denn so ungewöhnlich, seiner Frau mal einfach so Blumen zu kaufen? Gibt es denn keine Kavaliere mehr auf dieser Welt?«

»Nein, natürlich nicht – ich meine … doch, offensichtlich schon. Ich bin ja nicht verheiratet, deshalb kenne ich mich da nicht so aus.«

Ein Argument, das Völxen offenbar einleuchtet, denn sein Gesicht hellt sich wieder auf. »Was gibt es denn, Frau Wedekin? … Augenblick bitte!« Das Telefon auf seinem Schreibtisch läutet, er nimmt ab und Jule hört Völxen nach einer Weile sagen: »Das klingt ja nicht übel. – Wie lange? – Ach, je. Nun gut. Ich warte das Ergebnis ab, und je nachdem, ob es nötig ist, schicke ich Ihnen dann noch Proben vom Ehepaar Hermes und von Roland Friesen. – Ja, Ihnen auch ein schönes Wochenende, Dr. Bächle. Und Grüße an Ihre fleißige Kollegin.«

»Das war Dr. Bächle«, erklärt Völxen, als er aufgelegt hat. »Seine Mitarbeiterin hat unter den Fingernägeln von Frau Toss fremde DNA nachweisen können. Am Montag werden wir wissen, ob Brätsch der Mörder ist.« Völxen gibt ein zufriedenes Grunzen von sich und konstatiert: »Es geht doch nichts über einen handfesten forensischen Beweis.«

Jule kann ihm da nur zustimmen. Doch im Gegensatz zu Völxen findet es Jule nahezu unerträglich, dass das Ergebnis erst am Montag vorliegen wird. Wie soll sie das aushalten, das ganze Wochenende warten und grübeln? Jule denkt an Odas Worte. Ja, schweigen ist wohl das Klügste, zumindest im Moment, und ohne Beweise wird ihr gar nichts anderes übrig bleiben.

»Übrigens Glückwunsch zu Ihrem Riecher – Sie waren es doch, die gleich auf Brätsch getippt hat.«

So etwas hat sie doch schon mal gehört, fällt Jule ein, und sie wird rot, als ihr einfällt, bei welcher Gelegenheit: gestern, in ihrem Büro, von Leonard Uhde.

»So, Frau Wedekin, was wollen Sie denn von mir?«, fragt Völxen und schielt dabei klammheimlich auf seine Uhr.

»Nichts. Es hat sich erledigt.« Fluchtartig verlässt Jule das Büro ihres Chefs und stößt vor der Tür mit Leonard Uhde zusammen. Er hält sie an den Schultern fest und grinst.

»Was ... was machst du denn hier?« Jule kann nur mit Mühe ihren Schrecken verbergen.

»Ich habe dich gesucht«, erklärt er und flüstert: »Um acht Uhr bei dir?«

Wie? Was? Acht Uhr? Siedendheiß fällt Jule die SMS ein, die er vor zwei Tagen gesendet hat. *Vielleicht am Freitag.*

»Ich ... äh ...«

Die Klinke von Völxens Büro bewegt sich nach unten, Leonard Uhde räuspert sich und sagt laut: »Gut, dann machen wir das so, wie besprochen.«

»Ja«, hört sich Jule sagen, und schon schiebt sich Völxens riesiger Blumenstrauß durch den Türspalt. Uhde wünscht Jule ein »Schönes Wochenende, Frau Wedekin«, und geht neben Völxen her zu den Aufzügen. »Toller Blumenstrauß. Hat Ihre Frau Geburtstag?«

Zu Hause angekommen öffnet Jule eine Flasche Merlot und trinkt ein Glas davon ziemlich rasch leer, wobei ihr der Gedanke kommt, dass dieser Fall sie allmählich zur Trinkerin werden lässt. Noch eine Stunde, bis er kommt. Ein Mörder, möglicherweise. Was will er von ihr? Ist er tatsächlich ahnungslos? Oder weiß er, dass sie Bescheid weiß und … Sie weigert sich, den Gedanken zu Ende zu denken. Und doch: Falls er Marla Toss umgebracht hat, damit sie ihn nicht verraten kann, was hindert ihn, dasselbe mit ihr zu tun? Soll sie zur Sicherheit Thomas oder Fred bitten, sich nach acht Uhr mal eben ein Ei bei ihr zu borgen? Jule muss an ihren unsäglichen Auftritt von vorgestern Abend vor der Wohnungstür der beiden denken. Lieber Himmel, wie konnte nur innerhalb weniger Tage ihr Leben derart durcheinandergeraten? Höchste Zeit, dass wieder Ordnung einkehrt. Fernando! fällt ihr blitzartig ein. Fernando ist ihre Lebensversicherung, er hat sie und Uhde zusammen gesehen. Wenn Uhde sie also töten will, dann muss er konsequenterweise auch Fernando zum Schweigen bringen. Darüber hinaus kann Uhde nicht wissen, ob Fernando nicht längst getratscht hat. Oder ob ich jemandem von ihm erzählt habe – was ich ja auch getan habe, Oda nämlich. Nein, um sicherzugehen, müsste er schon das halbe Dezernat ausrotten. Jule verfällt bei diesem Gedanken in ein nervöses Kichern.

Wahrscheinlich will er nur herausfinden, was sie weiß und ob es für ihn schon Zeit ist, das Weite zu suchen, so wie Brätsch es vorhatte. Nein, er kann mich nicht in meiner eigenen Wohnung umbringen, ohne dass ein Verdacht auf ihn fällt, versucht sich Jule zu beruhigen. Er ist ja nicht dämlich. Man würde außerdem Spuren von ihm finden. Spuren …

Nachdenklich stellt sie sich unter die Dusche, trocknet sich ab, trägt eine duftende Körperlotion auf. *Damit ich wenigstens eine schöne Leiche abgebe.* Beim Auftragen der Wimperntusche merkt sie, wie sehr ihre Hände zittern. Beruhige dich, Jule! Du darfst dir nichts anmerken lassen. Erneut führt sie sich alle Argumente vor Augen, die gegen Leonard Uhde als ihren potenziellen Mörder sprechen. Dennoch bleibt ein mulmiges Gefühl.

Ja, sie hat Angst vor ihm. Wer weiß, ob er nicht alle Vorsicht fallen lässt, wenn er sich in die Enge getrieben fühlt? Vielleicht wollte er Marla Toss auch nicht umbringen und tat es doch – in einem Anfall von Wut?

Himmel, gleich acht. Sie schlüpft in ein schwarzes, ärmelloses Kleid und kämmt sich die feuchten Haare. Rastlos wie ein eingesperrtes Tier geht sie von Zimmer zu Zimmer. Obwohl es warm ist, fast schon stickig, fröstelt es sie. Immer wieder beugt sie sich über das Balkongeländer, ihre Blicke suchen die Straße ab. Zehn nach acht. Wo bleibt er? Vielleicht kommt er gar nicht. Vielleicht hat er eingesehen, dass … Es klingelt an der Tür, sie zuckt zusammen, erstarrt mitten in der Bewegung, ihr Herz schlägt bis zum Hals. Es klingelt erneut. Jule holt tief Atem, dann geht sie mit zögernden Schritten zur Tür.

»Kein Tango heute?« Fernando drückt seiner Mutter einen Kuss auf die Wange. Pedra Rodriguez holt gerade eine dampfende Kasserolle aus dem Backofen.

»Hm, Lasagne! Gab's schon lange nicht mehr«, schnuppert Fernando, dem das Wasser im Mund zusammenläuft.

»Es ist Schluss mit Tango«, verkündet Pedra Rodriguez knapp, während sie ihre Schürze abnimmt.

»Wie? Schluss mit Tango oder Schluss mit Alfonso?«

»Das weiß ich noch nicht.«

»Warum, was ist passiert?«, fragt Fernando. Was immer geschehen ist, er hat damit nichts zu tun, denn das angekündigte Gespräch von Mann zu Mann hat mangels Gelegenheit noch gar nicht stattgefunden.

Pedra wedelt mit dem Topflappen. »Ach, immer nur Tango. Das ist so langweilig und so melancholisch. Ich bekomme noch Depressionen davon. Außerdem sind im Tanzkurs lauter alte Leute. Ich mag nicht mehr, ich brauche was Fetziges. Das habe ich ihm gesagt, und jetzt ist er beleidigt.«

»Das tut mir leid«, sagt Fernando, und seltsamerweise meint er es sogar ehrlich.

»Lüg nicht.«

»Doch. Es ist so.«

»Ach, Männer!« Sie stellt zwei Teller auf den Tisch und kramt Besteck aus der Schublade, während sie sagt: »Irgendwie hat es mich auch gestört, wenn er dauernd hier herumgelungert hat.«

Mich erst, denkt Fernando, sagt aber nichts, sondern schaufelt sich eine große Portion Lasagne auf seinen Teller. »Riecht köstlich!«

»Ich mache demnächst einen Salsa-Kurs.«

»Salsa? Du?«

»Ja, ich«, bestätigt Pedra. »Und zwar mit dem neuen Mieter aus dem dritten Stock, dem Herrn Rossini.«

»Das ist ein Italiener!«

»Das ist mir bekannt. Wie schmeckt die Lasagne?«

»Ach, komm schon ...«

»Spielst du nicht jede Woche mit deinem Freund Antonio Poker? Ist das vielleicht kein Italiener?«

»Ich habe überhaupt nichts gegen Italiener. Ich kann's nur nicht leiden, wenn man mich für einen Spaghetti hält. Aber hör mal, Mama ... der Rossini, der ist doch ... ich meine ... der ist doch so etwa um die fünfzig.«

Pedras Rosinenaugen blitzen angriffslustig, als sie ihren Sohn betrachtet. »Ja und? Findest du, er ist zu alt zum Salsatanzen? Oder zu italienisch?«

»Nein, nein«, versichert Fernando. »Ist schon gut. Wann soll es losgehen?«

Als Oda den Flur betritt, stolpert sie über ein Paar ausgelatschte Sportschuhe in Größe 45. Sie ertappt sich bei dem Versuch, sich an Daniels Schuhgröße zu erinnern. Nein, Unsinn. Erstens wären ihr so große Füße aufgefallen, zweitens würde er nie so ausgetretene Latschen tragen. Von oben tönt kühler Elektrosound. Sie muss lächeln, als sie sich ins Bad schleicht und dabei das Schild *Bitte nicht stören* an Veronikas Tür hängen sieht. Unter der Schrift ist ein Totenkopf aufgemalt. Hatte Daniel also doch recht: Veronika würde sich rasch trösten. Hoffentlich dieses Mal mit ihresgleichen. Unschlüssig steht Oda wenig später in der Küche. Sie hat eigentlich keine Lust, alleine zu essen, zumal der Kühlschrank auch nicht allzu viel hergibt. Sie verlässt das Haus und geht zu Fuß ein paar hundert Meter durch das lang gezogene Straßendorf. Weiter unten gibt es einen Nobel-Italiener, bei dem sie schon lange nicht mehr war.

Nachdem Oda vom Chef begrüßt wurde und ihre Bestellung aufgegeben hat, sieht sie sich um. Entsetzlich! Lauter Pärchen. Oda, die mit dem Alleinsein nie ein Problem hatte, kommt sich auf einmal stigmatisiert vor und bereut es, hierhergekommen zu sein. Und ist es nicht eine Unverschämtheit, sie an den Tisch zu setzen, der schon fast im Gang zu den Toiletten steht? Wenn man wenigstens rauchen dürfte! Wo soll man nur mit den Händen hin? Nein, sie hat hier nichts verloren. Für Frauen wie sie wurden die Tiefkühlpizza und die Mikrowelle erfunden. Aber jetzt ist es zu spät. Oder soll sie sich ihr Essen einpacken lassen? Wie bitte? Wo ist dein Selbstbewusstsein geblieben, Oda? So weit kommt es noch, dass du vor diesen Weinglas-Schwenkern und ihren salatpickenden Botox-Tussen kapitulierst. Möchtest du wirklich mit einem dieser ergrauten, behäbigen Herren hier sitzen und dich über die Vor- und Nachteile von Crema di Balsamico unterhalten? Nun ja, vielleicht mit keinem von *denen* ...

Nach zwei ordentlichen Schlucken Primitivo, Empfehlung des Hauses, gehorcht Oda einem übermächtigen Impuls, greift in ihre Handtasche und zückt, unter den missbilligenden Blicken einer heftig Blondierten vom Nebentisch, ihr Handy. Manchmal muss man eben über seinen Schatten springen.

Daniel geht ziemlich schnell an den Apparat. »Ja?«

»Ich möchte mich bei dir entschuldigen.«

Eine kleine Ewigkeit bleibt es ruhig, dann antwortet er: »Ich mich auch.«

Eine warme Welle durchflutet Oda, und das hat nichts zu tun mit den Bandnudeln in Safransoße, die gerade serviert werden.

»Wo bist du?«

»In dem italienischen Lokal bei mir um die Ecke.«

»Meinst du, du kannst mit der Bestellung noch eine halbe Stunde warten?«
»Ja.«
Esse ich eben zweimal.

»Den habe ich noch im Keller gefunden.« Leonard Uhde steht mit erwartungsvoll blitzenden Augen vor ihr und streckt ihr eine Flasche Champagner entgegen. Jule ist so paralysiert, dass sie keinen Ton herausbringt.

»Darf ich reinkommen?« Eine überflüssige Frage, er steht bereits im Flur.

Jule zwingt sich zu einem Lächeln. »Ja, sicher.« Sie nimmt ihm den Champagner ab und eilt mit der Flasche in die Küche. Froh, eine Beschäftigung zu haben, holt sie Gläser aus dem Schrank und macht sich an dem Korken zu schaffen.

»Das war eine aufregende Woche«, hört sie ihn sagen.

»Allerdings.«

»Aber jetzt reden wir kein Wort mehr über den Dienst.«

Das hatte Jule ohnehin nicht vor.

Er ist hinter sie getreten. Sie spürt seine Hand an ihrer Wange, er streichelt ihr Gesicht, jeden Zentimeter freie Haut. Der Finger wandert nach unten, berührt ihren Hals, ihr Schlüsselbein. Sie zittert. Er streicht ihr Haar zurück und seufzt dicht an ihrem Ohr: »Ach, Jule! Weißt du, dass du mir allmählich gefährlich wirst?« Sein Atem in ihrem Nacken lässt sie erschauern. Ihr Körper versteift sich, Panik schnürt ihr die Kehle zu. Seine Hand greift nach ihrem Haar, er biegt ihren Kopf zurück. Wie ein Wolf, ehe er dem Lamm die Gurgel durchbeißt, denkt Jule und presst hervor: »Ich ... ich werde niemandem was sagen.«

Er küsst ihren Hals. Dann lässt er ihr Haar los, drückt sich an sie und schüttelt dabei den Kopf. »Weißt du, das Gerede der Leute ist mir scheißegal. Aber ich befürchte, wenn das noch lange so geht, dann werde ich mich ernsthaft in dich verlieben.«

Jule entwindet sich ihm, steht ihm nun gegenüber, ihre Blicke verweben sich. Diese Augen! Was ist eigentlich, wenn er *kein* Mörder ist?

»Sag mal, Sabine, wann geben denn deine Klarinettenschüler ihr Semester-Abschlusskonzert?«

»Warum willst du das wissen?«, fragt Sabine zurück.

»Weil ich gerne mitkommen würde – wenn es dir recht ist.«

»Das Konzert war vor zwei Wochen.«

»Oh.«

»Bodo, was ist los mit dir? Was hast du ausgefressen?«

»Nichts ist los!«, verteidigt sich Bodo Völxen, während Sabine den Blumenstrauß in der Vase ordnet und ihn dann auf den Küchentisch stellt.

»Ich meine, die sind wunderschön – aber du schenkst mir doch sonst keine Blumen. Und neulich der Kaffee am Bett … Jetzt willst du freiwillig mit auf ein Konzert meiner Schüler. Das bist doch nicht du!«

»Also, das ist nicht wahr«, protestiert Völxen matt.

Sabine setzt sich zu ihm an den Tisch, nimmt seine Hände und sieht ihn ernst an. »Bodo, ich mache mir Sorgen. Sag mir bitte, was los ist. Ich bin erwachsen, ich werde es schon aushalten.«

»Aber nein!«, wehrt er entsetzt ab. »So war das nicht gemeint! Du sollst dir doch keine Sorgen machen, nur weil ich dir mal den Kaffee ans Bett bringe und dir Blumen schenke. Es ist wirklich nichts! Ich … ich bin nur erleichtert und wollte dir eine Freude machen.«

»Worüber bist du erleichtert?«

»Über … über unseren letzten Fall.«

»Seit wann ist ein Tatverdächtiger, der sich vor eurer Nase erschießt, ein Grund zur Freude?«, wundert sich Sabine.

»Das natürlich nicht. Ich bin erleichtert, dass wir den Fall so rasch aufgeklärt haben.«

»Ist er denn schon aufgeklärt?«

»So gut wie«, schwindelt Völxen, der gerade das Gefühl hat, sich um Kopf und Kragen zu reden.

»Du schenkst mir also Blumen, weil du und deine Leute einen Fall gelöst haben?«

So, wie sie es sagt, kommt es ihm selbst nicht besonders

glaubhaft vor. Er hebt den Blick. In ihren Augen sitzt der blanke Argwohn.

»Ja, und wegen Amadeus. Ich habe mich sehr darüber gefreut, dass er nicht kastriert worden ist.«

»Du schenkst mir Blumen, weil dein Schafbock seine Eier noch hat?«

Wie das klingt! Herrgott, warum müssen Frauen den Dingen immer auf den Grund gehen? Bodo Völxen überkommt das übermächtige Bedürfnis, Sabine seine wahren Beweggründe zu beichten, aber eine kleine, innere Stimme rät ihm eindringlich zu schweigen. Also gibt er sich einen Ruck und sagt in feierlichem Ton: »Ich habe dir den Kaffee ans Bett gebracht und dir die Blumen geschenkt, weil … weil ich dich liebe. Reicht das nicht?«

Zufrieden registriert er, wie Sabine blinzelt und verlegen aufsteht und nach der Küchenrolle greift.

»Ist das jetzt ein Grund zum Heulen?«, fragt Völxen streng.

»Nein«, schnieft Sabine, »wer heult denn hier?«

Jule spürt seine Hände, die ihr übers Haar und über den Rücken streichen. Sein Atem zieht eine heiße Spur über ihren Hals. »Schlaf weiter«, flüstert er. Sie dreht sich um. Ein Kuss, eine Umarmung, dann steht er auf. Graue Morgendämmerung erhellt das Zimmer, er braucht kein Licht, um seine Kleidungsstücke zu finden. Jule hört die Gürtelschnalle klappern, als er in seine Jeans schlüpft. Aus dem Augenwinkel betrachtet sie seine Silhouette im kühlen Licht. Was für ein schöner Mann, was für ein wunderbarer Liebhaber. Ein tiefer Seufzer begleitet das Geräusch der Tür, die hinter ihm ins Schloss fällt. Dann steht auch Jule auf, und während sie das Bettlaken von der Matratze reißt und es in einen frischen Müllsack stopft, muss sie an Völxen denken, und an seine Worte: *Es geht doch nichts über einen handfesten forensischen Beweis.*

Montag, 1. September

»Rate mal, was man zwischen alten Rechnungen im Juwelierladen gefunden hat«, begrüßt Fernando Jule am Montagmorgen.
»Mann, bist du heute aber früh dran«, bemerkt Jule.
»Oder du so spät.«
Jule hat schlecht geschlafen, erst gegen Morgen fand sie Ruhe und hat dann prompt den Wecker überhört. »Was hat man denn gefunden?«, fragt sie und unterdrückt ein Gähnen.
»Den Anhänger, den Marla Toss an ihrem letzten Abend getragen hat.«
»Das kann nicht wahr sein. Wie kann ein Mensch so blöd sein, so was aufzubewahren?«
»Er ist Juwelier. Er bringt es nicht fertig, teuren Schmuck wegzuschmeißen«, vermutet Fernando. »Vielleicht wollte er ihn zu was anderem umarbeiten.«
»Kann sein«, räumt Jule ein.
»Hey, das beweist doch ganz klar, dass Brätsch der Mörder ist«, frohlockt Fernando.
»Kann sein«, sagt Jule und denkt: Vielleicht wurde ihm dieses »Beweisstück« aber auch untergeschoben.
Es wird Mittag, ehe der ersehnte Anruf aus der Medizinischen Hochschule kommt.
»Schönen Gruß aus der Pathologie: Die DNA unter den Fingernägeln von Marla Toss stimmt mit der von Klaus Brätsch überein«, verkündet Völxen mit zufriedener Miene. Jule fällt ein riesiger Stein vom Herzen. Sie hat sich schon mit ihrem Bettlaken im Müllsack zum Canossagang in Völxens Büro antreten sehen. Das wäre mit Sicherheit der peinlichste Moment ihres Lebens geworden.
Leonard Uhde ist kein Mörder. Das erleichtert Jule ungemein,

obwohl sie sich beschämt eingestehen muss, dass die Vorstellung, eventuell mit einem Mörder zu schlafen, für einen völlig neuartigen, abseitigen Nervenkitzel gesorgt hat. Bleibt die Tatsache, dass Uhde Ermittlungsergebnisse unterschlagen und gefälscht und mit einem Versicherungsbetrüger gemeinsame Sache gemacht hat. Soll er damit etwa durchkommen? Was, wenn er noch immer korrupt ist, sich noch immer von Gott weiß wem schmieren lässt? Aber ist es denn ihre Sache, das herauszufinden? Von derlei Gewissensfragen gequält, sitzt sie an ihrem Schreibtisch und starrt auf die Unordnung gegenüber. Auf Fernandos Seite liegt noch die Zeitung vom Freitag mit dem Bild von Yannick. Jule muss dabei an Leonard Uhdes Sohn denken, von dem sie nicht einmal den Namen kennt. Wie wird dessen Leben weitergehen, wenn er erfahren muss, dass sein Vater ein Betrüger und Erpresser ist? Darf sie, Jule Wedekin, eine Familie zerstören, nur weil Uhde vor zehn Jahren einen Betrüger benutzt hat, anstatt ihn der Justiz zuzuführen? Nein, beschließt Jule. Sie wird auf Odas Rat hören und den Mund halten, schon aus Selbstschutz. Aber sie wird Uhde nie wiedersehen – privat. Dass man sich im Dienst mal über den Weg läuft, wird sich wohl leider nicht ganz vermeiden lassen.

»Hier, ich habe dir einen Milchkaffee mitgebracht«, sagt Fernando, der gerade mit zwei Tassen in den Händen das Büro betritt.

»Danke.« Fernando entwickelt sich allmählich zum perfekten Kavalier, es nimmt geradezu unheimliche Formen an, denkt sich Jule im Stillen und erkundigt sich: »Wie war dein Wochenende?«

Fernando ringt theatralisch die Hände. »Hör auf! Ich musste mit meiner Mutter noch einmal zum Flohmarkt, es war furchtbar. Sie feilscht wie ein Teppichhändler um diesen alten Plunder, das meiste haben wir wieder mit nach Hause genommen. Und demnächst macht sie einen Salsa-Kurs zusammen mit einem zehn Jahre jüngeren Italiener.«

»Kein Alfonso mehr?«

»Kein Alfonso mehr.«

»So was«, wundert sich Jule und versenkt die Nase in der duftenden Tasse. Wirklich nett von Fernando, ihr extra den leckeren Milchkaffee aus der Cafeteria mitzubringen.

»Ach, übrigens ...«, setzt Fernando an.

»Was ist?«

»Vorhin kam ein Anruf von der Zentrale. Eine Altenheimleiche. Meinst du, du könntest mit Oda dorthin? Ich habe nämlich noch so irrsinnig viele Berichte zu schreiben.«

PIPER

Susanne Mischke
Der Tote vom Maschsee

Kriminalroman. 304 Seiten. Broschur

Im grünlichen Wasser des Maschsees treibt ein kalkweißer Körper. Julia Alexa Wedekin, Tochter aus gutem Hause und Jahrgangsbeste der Polizeihochschule, hat gerade ihre Umzugskisten in Hannover verstaut, als sie schon ihren ersten Fall zu lösen hat. Doch nur der brummige Hauptkommissar Völxen ist froh über die engagierte Unterstützung – endlich kann er sich mehr seiner Schafzucht widmen. Die Kollegen in der Mordkommission dagegen sind skeptisch: Der raubeinige Fernando Rodriguez und die kluge, aber unnahbare Oda Kristensen glauben, dass der Fall eine Nummer zu groß für die junge Kommissarin ist. Denn der Tote im hannoverschen Maschsee ist ein namhafter Psychiater, dem sein Mörder symbolträchtig die Zunge herausgeschnitten hat ...

01/1759/01/L

PIPER

Susanne Mischke
Liebeslänglich

Kriminalroman. 304 Seiten. Piper Taschenbuch

Eigentlich entscheidet Mathilde nie aus dem Bauch heraus. Aber diesmal ist sie rettungslos verliebt – in einen zu lebenslanger Haft verurteilten Mörder. Allzu rasch gibt sie ihm ihr Jawort, weil sie glaubt, daß er der Richtige ist. Bis er plötzlich vor ihrer Tür steht... Susanne Mischkes Kriminalroman ist originell und psychologisch packend zugleich. Sie schickt den Leser mit Mathilde auf eine Gefühlsachterbahn, wo Liebe sich in tiefen Haß verwandelt und hinter Leidenschaft eiskaltes Kalkül zum Vorschein kommt.

»Susanne Mischke wirft einen tiefen Blick in seelische Abgründe, ihre glaubwürdige Heldin schwankt zwischen Vernunft und Willen zum Wahnsinn.«
Hannoversche Allgemeine

01/1802/01/R